HEYNE <

EEVA LOUKO

KALTE FLUT

KRIMINALROMAN

*Aus dem Finnischen
von Anu Katariina Lindemann*

WILHELM HEYNE VERLAG
MÜNCHEN

Die Originalausgabe *Onnellisten saari* erschien
erstmals 2022 bei Otava, Helsinki.

Der Verlag behält sich die Verwertung der urheberrechtlich
geschützten Inhalte dieses Werkes für Zwecke des Text- und
Data-Minings nach § 44 b UrhG ausdrücklich vor.
Jegliche unbefugte Nutzung ist hiermit ausgeschlossen.

Penguin Random House Verlagsgruppe FSC® N001967

Deutsche Erstausgabe 07/2024
Copyright © 2022 by Eeva Louko
Copyright © 2024 der deutschsprachigen Ausgabe
by Wilhelm Heyne Verlag, München,
in der Penguin Random House Verlagsgruppe GmbH,
Neumarkter Str. 28, 81673 München
Redaktion: Sibylle Klöcker
Umschlaggestaltung: Nele Schütz Design
unter Verwendung von
Shutterstock.com (Janus Orlov, Jakkrit Orrasri)
und AdobeStock (Lars Johansson)
Satz: Satzwerk Huber, Germering
Druck und Bindung: GGP Media GmbH, Pößneck
Printed in Germany
ISBN: 978-3-453-42735-8

www.heyne.de

Für meinen Vater

Helsinki, den 20.9.1975

Meine Geliebte,
ich weiß nicht, ob dich dieser Brief jemals erreichen wird. Trotzdem muss ich es zumindest versuchen. Weil ich dich schrecklich vermisse. Und zwar so sehr, dass es mir das Herz zerreißt. Ich kann an nichts anderes mehr denken als an deine Berührung. An deinen Blick. An deine Hand in meiner Hand.

Ich verstehe nicht, wie wir in diese Situation geraten konnten. Vor uns lag das ganze Glück dieser Welt, eine gemeinsame Zukunft war zum Greifen nah. Sie hatte bereits begonnen. Ich verstehe einfach nicht, wie sich alles in einem Moment verändern konnte. In einem einzigen Augenblick.

Jetzt ist um mich herum nichts als Staub und Asche. Ich versuche immer noch zu begreifen, wie das alles passiert ist. Was wirklich passiert ist.

Es ist nun schon so lange her, seit ich dich das letzte Mal gesehen habe. Seit ich dich das letzte Mal berührte. Monate haben sich wie Jahre angefühlt. Wie eine Ewigkeit.

Ich weiß nicht, wo sie dich gerade festhalten oder wie deine Tage verlaufen. Man erzählt mir nichts. Und ich kann auch nicht mal jemanden fragen. Ich hoffe, du verstehst das und hasst mich nicht, weil ich dich nicht besucht habe. Ich schöpfe Kraft aus dem Gedanken, dass es dir gut geht. Man kümmert sich doch gut um dich, oder?

Jede Nacht ohne dich ist eine unerträgliche Qual. Dafür gibt es keine Worte. Meine Tage sind leer ohne dich. Vermisst du mich?

Meine Geliebte, mein Schatz. Ich warte auf dich, ich küsse dich.

Dein Raumfahrer

LOGBUCH

Eben habe ich meine früheren Einträge gelesen. Im Laufe der Jahre haben sich eine Menge angesammelt. Viele Hunderte Seiten.
 Voll mit depressivem Gejammer. Jahrelanges depressives Gejammer.
 Jetzt habe ich alles hinter mir gelassen und beschlossen, von vorne anzufangen.
 Meine früheren Einträge waren voller Wut. Wut auf dich. Jetzt weiß ich, dass ich mich geirrt habe. Ganz umsonst habe ich dir die Schuld gegeben. Die Wut, die aus mir herausquoll, ist dein Geschenk an mich. Ein Geschenk, bei dem ich vorher nicht wusste, wie man es benutzt.
 Jetzt verstehe ich es besser.
 Dies ist der erste Eintrag meines Neuanfangs.
 Hier beginnt meine Reise.
 Ich habe nach Informationen gesucht. Ich habe versucht, aus kleinen, zerbrochenen, nicht zusammenpassenden Stückchen ein ganzes Bild zusammenzusetzen. Ich habe noch viel zu erledigen. Aber jetzt kenne ich zumindest die richtige Richtung.
 Ich weiß, dass das, was du getan hast, nur zu meinem Besten war. Das weiß ich jetzt. Du schenktest mir ein neues Leben. Ein Ziel.
 Ich werde es zu Ende bringen.

KAPITEL I

Am schlammigen Ufer lag eine Leiche – wie eine Puppe.

In dem matschigen Sand und in einzelnen Ästen, die an den Strand gespült worden waren, war sie hängen geblieben. Rhythmisch schaukelte der schlaffe Körper in den kalten Wellen. Die rechte Hand lag auf trockenem Sand, die Handfläche zeigte gen Himmel, die Haut faltig, weiß, wachsartig.

Anton Koivu stand am Strand. Selbst nach zehn Jahren verspürte er immer noch ein Gefühl der Machtlosigkeit und der Demut dem Tod gegenüber. In seiner Unvorhersehbarkeit blieb der Tod grotesk und grausam.

»Schau dir das mal an!«, rief Oona Laine und brachte Anton dadurch wieder in die Realität zurück.

In einer Oktobernacht erhellte der von den Polizisten an den Strand gebrachte Scheinwerfer den Badestrand Kasinoranta auf unnatürliche Weise. Vorsichtig näherte sich Anton dem Ufer, der Leiche und der danebenstehenden Frau, die Winterkleidung trug. Oona hatte ihre blonden Haare komplett unter einer Wollmütze versteckt.

Es war schwierig, an den Strand zu kommen, weil er voll mit einzelnen Ästen, Müll und schmutzigem Schilf war, das an den Strand gespült worden war. Der Herbst war schon weit vorangeschritten, aber noch fehlte das Weiß des Schnees, und es herrschte anhaltende trostlose Dunkelheit. In Lauttasaari – einem jener Stadtteile von Helsinki, die zugleich eine Insel waren – hatten in den letzten Wochen Herbststürme gewütet und die Natur durcheinandergebracht, sie hatten den Wasserstand überall in gefährliche Höhen getrieben, und es sah nicht danach aus, als ob bald wieder Ruhe einkehren würde.

Vorsichtig wurde die Leiche aus dem Wasser und auf den Sand gehoben. In dem künstlichen Licht sah das Wasser ölig und schwarz aus. Die Leute von der Spurensicherung hatten den Bereich bereits mit einem auffälligen gelben Band abgesperrt.

»Komm mal gucken, die Jungs holen den Toten gerade aus dem Wasser!«, rief Oona.

»Scheint kein Typ gewesen zu sein, der beim abendlichen Joggen aus Versehen im Meer gelandet ist. Zumindest nicht der Kleidung nach zu urteilen.«

Die dünne Stoffjacke und die Khakihose klebten an der Haut des Toten. Die Konturen des leblosen Körpers zeichneten sich scharf ab. Die Schuhe waren im Wasser verschwunden, falls es überhaupt welche gegeben hatte. Auch von Socken keine Spur, der Mann war barfuß. In den letzten Wochen hatten die Temperaturen bei knapp fünf Grad gelegen.

»Was hat ihn wohl dazu gebracht, in Sommerklamotten rauszugehen?«

Die Leiche wurde umgedreht. Der Anblick ließ die Polizisten zusammenzucken.

Instinktiv machte Oona ein paar Schritte zurück.

»Huh. Na, das ist ja was!«

Unter Blutergüssen und Schwellungen waren die Augen kaum zu identifizieren. Bei der entstellten blauschwarzen Haut erkannte man lediglich den Mund, der leicht geöffnet war. Am Hals leuchtete eine böse aussehende rote und breite Schürfwunde wie ein Ausrufezeichen. Kleine Hämatome zogen sich über das ganze Gesicht und um die Augen.

Anton und Oona warfen sich einen vielsagenden Blick zu. Das hier war also der Grund, warum sie sofort herbeigerufen worden waren, obwohl es bereits nach zweiundzwanzig Uhr war. Der Tote hatte eindeutige Würgemale am Hals.

»Der Strand ist an dieser Stelle flach und steinig. Der Seegang und die Wellen sind ziemlich rau gewesen …« Oonas Stimme verklang in der Luft.

Die Vorstellung von schlammverschmierten scharfen Steinchen, die unter der Wasseroberfläche einen aufgeweichten Körper abrieben, kam Anton in den Sinn. Er musste schlucken, dann nickte er.

»Nach der Obduktion wissen wir mehr.«

»Eine Teenagerin hat die Leiche gefunden, das war bestimmt ein ziemlich großer Schock für einen Menschen, der noch so jung ist. Sie ist gerade da drüben bei den Jungs. Ich werde sie gleich noch ausführlicher befragen«, sagte Oona.

Anton nickte.

Fachmännisch arbeiteten die Leute von der Spurensicherung um den Leichnam herum. Sie sammelten jegliche Krümelchen, die ihnen Informationen liefern konnten. Anton schaffte es trotzdem nicht, sich so zu konzentrieren, wie er es eigentlich hätte tun sollen.

Ein einsamer Mann am Strand landet im Meer. Das hier schien kein Unfall gewesen zu sein. Die Abdrücke am Hals sprachen ihre eigene lautlose Sprache – die Sprache der Gewalt. Hatte der Mann gewusst, was ihn erwartete? Anton konnte sich den Hauch des Entsetzens auf den Gesichtern der Toten gut vorstellen. Das Entsetzen darüber, dass gerade das eigene Leben entgleitet und man nichts dagegen tun kann. Dieser Gedanke kam Anton jedes Mal in den Sinn, wenn er mit einer Leiche konfrontiert wurde, und es quälte ihn. Woran denkt ein Mensch, wenn er weiß, dass er gleich stirbt? Glücklich sind diejenigen, die einfach einschlafen und nicht wieder aufwachen. Im eigenen Zuhause, im eigenen Bett.

»Auf der unbefestigten Straße nach Vattuniemi wurden in der Nähe des Schilfgürtels einige Spuren entdeckt. Die Spurensicherung hat den Bereich bereits weiträumig abgesperrt und ist gerade dabei, das Areal zu durchkämmen.« Oona zeigte auf einen sich schlängelnden, dunklen Sandweg in der Nähe des Strandes.

Hatte sie etwa Antons umherschweifenden Blick bemerkt und versuchte ihn jetzt auf dezente Weise wachzurütteln? Anton räusperte sich und drehte sich instinktiv, um einen Blick hinter sich zu werfen. Er machte ein paar entschlossene Schritte und blieb dann stehen, um genauer hinzusehen.

Dunkelheit.

Die Lichter der Stadt spiegelten sich auf dem feuchten, dunklen Strand, ein gelblicher Schimmer aus der Ferne. Schweigend standen die kahlen Bäume auf beiden Seiten des Weges Spalier. Die rauen Umrisse verschmolzen mit der Dunkelheit. Bei einem Windstoß erwachten sie zum Leben und streckten ihre Äste gen Himmel wie zum Gebet, ächzend und nackt schwankten sie im Wind.

Anton erschauderte. Der Tod war immer hässlich. Müdigkeit überkam ihn.

»Hier ist noch was!«, rief Oona vom Ufer her und gab ihm mit einem Winken zu verstehen, dass er zurück an den Strand kommen sollte.

Antons Gedanken wurden unterbrochen. Seine Füße fühlten sich schwer wie Blei an, als er zum feuchten Ufer zurückging. Die Wasserlinie glänzte ölig, das schwarze Meer und der dunkle Himmel verschmolzen miteinander. Es war unmöglich, weit zu sehen. Nur der sich schwach abzeichnende Lichtstrahl auf der linken Seite zeigte an, dass sich hinter den dunklen Wolkenmassen irgendwo gelbes Mondlicht versteckte.

»Schau mal, die Jungs haben bei der Untersuchung des Toten das hier in seiner Tasche entdeckt. Warum hatte er wohl so etwas dabei, aber kein Portemonnaie oder einen Schlüssel – von seinen Klamotten wollen wir gar nicht erst reden«, sagte Oona. In ihrer Hand, die in einem Plastikhandschuh steckte, hielt sie eine durchsichtige Plastiktüte, die sie runterbaumeln ließ. In der Tüte lag irgendetwas.

»Was …« Anton brachte keinen vernünftigen Satz zustande. Aus seiner Tasche zog er ein Paar grüne Plastikhandschuhe und schnappte sich dann die Tüte, die Oona ihm hinhielt.

»Das ist wirklich ungewöhnlich. Das ist ja komplett erhalten geblieben, das Wasser hat überhaupt nichts kaputt gemacht.«

Anton blinzelte im Dunkeln. Oona leuchtete mit der Taschenlampe, um ihm behilflich zu sein. Das Ufer, das auf der Postkarte abgebildet war, erstrahlte im Lichtkegel. Für eine Hundertstelsekunde konnte man das salzige Meer förmlich riechen, die Möwen kreischen hören. Sommer.

Anton drehte die Plastiktüte um.

»*Ab alio expectes, alteri quod feceris.*«

»Was heißt das?« Um sie herum rauschte das Meer in der Dunkelheit. Der schwarze Himmel hing in ihrem Nacken, bald würde es anfangen zu regnen.

»Lass uns zurück aufs Revier gehen, die Spurensicherung wird das untersuchen. Wir brauchen die Todesursache so schnell wie möglich«, sagte Anton und eilte dann zum Polizeiwagen.

KAPITEL 2

Um sechs Uhr morgens klingelte der Wecker. Draußen war es noch stockdunkel.

Ronja krabbelte an die Bettkante und gähnte. In ihrem Hinterkopf machte sich herbe Enttäuschung bemerkbar. Das Gefühl hatte sie bereits vergangene Nacht beschlichen, in ihrem Magen spürte sie ein unbestimmtes Kribbeln, und durch ihren Körper lief ein Schauer – als wäre sie kurz davor, eine Grippe zu bekommen.

Sie seufzte. Woher sollte sie bloß die Energie für die jährliche Finnlandreise nehmen?

Max hatte Mitleid mit ihr gehabt und einen Kurztrip nach Stockholm vorgeschlagen, bevor Ronja anschließend nach Finnland weiterreisen würde. Die beiden planten, in Stockholm so viel Spaß wie möglich zu haben. Danach würde Ronja ihre Reise fortsetzen, und für Max ginge es wieder zurück nach London. Max kannte seine Mitbewohnerin ziemlich gut: So ein Städtetrip war genau das, was Ronja vor ihrer Rückkehr in das windige und kalte Lauttasaari gebrauchen konnte. Und vor der Begegnung – oder vielmehr: Zwangssozialisierung – mit ihrem Vater und den anderen.

Ronja schnappte sich die auf dem Boden herumliegenden Wollsocken und zog sie sich an, weil der Fußboden in ihrer WG eiskalt war. Durch die Wand hörte man das leise Piepen von Max' Wecker, wahrscheinlich war die Schlummerfunktion bereits angegangen. Ronja tapste in das kleine Badezimmer und betrachtete sich im

Spiegel. Wie konnte es denn nur schon wieder so weit sein? Der Besuch in Finnland – es war jedes Jahr das Gleiche.

Der Badezimmerspiegel war zerkratzt, und das Licht der darüber summenden Glühbirne ließ Ronjas Gesicht blass aussehen. Nach einer Nacht mit unruhigen Träumen standen ihr die Haare wirr vom Kopf ab, und die dunklen Schatten unter ihren Augen ließen sie krank aussehen. Die Lampe knackte. Die Londoner Wohnung war wirklich eine Bruchbude. Ronja musste unbedingt eine neue Arbeitsstelle finden und Geld sparen, auch wenn Londons Preise für eine Einzelperson horrend waren. Man musste einiges ertragen: Wände mit abblätternder Farbe, einen Wasserhahn, aus dem nur kaltes Wasser kam, und eine Kochnische, in der man sich kaum umdrehen konnte. Aber vielleicht würde sich ja Max darauf einlassen, mit ihr zusammen eine neue Wohnung zu suchen, schließlich kamen die beiden gut miteinander klar, sie gaben einander Raum.

Die Zeit verging wie im Flug, und schließlich rannten Ronja und Max hinaus in den dunklen Morgen mit ihren Reisetaschen, die hinter ihnen herrumpelten. Keiner von beiden war schon in der Lage zu sprechen. Ronja fühlte sich schlecht. Sie konnte doch nichts dafür, dass die Finnlandreisen bei ihr nicht mehr als ein bekümmertes Schulterzucken hervorriefen. In Finnland fühlte sie sich immer wie eine Außenseiterin, wie eine Fremde. Es ärgerte sie, dass sich nichts wirklich geändert hatte; andererseits war das Leben zu Hause während ihrer Abwesenheit trotzdem weitergegangen. Sie wohnte bereits seit fünfzehn Jahren im Ausland – das war eine verdammt lange Zeit.

Als sie im Taxi saßen, schaute Ronja aus dem Fenster auf die Lichter der erwachenden Stadt. Die Finnlandreise jetzt zu absolvieren, war im Grunde eine gute Idee, weil sie sowieso gerade arbeitslos war. Oder *in between jobs*, wie sie es lieber ausdrückte. Früher war sie fest davon überzeugt gewesen, dass sie irgendwann die Welt erobern würde, aber das Leben und ihre eigene Mittelmäßigkeit waren ihr dabei in die Quere gekommen. Eine zusammengeschusterte Abschlussarbeit, eine Handvoll unbestimmter Praktika und danach nur befristete Jobs. Sie war eine sich in Zeitverträgen abmühende Onlinejournalistin. Die Vision von einem Einsatz als Auslandsreporterin in einem aktuellen Krisengebiet – bewaffnet mit Notizblock und Stift – war inzwischen bescheideneren Träumen gewichen: geregelte Arbeitszeiten, eine unbefristete Arbeitsstelle. Und natürlich gern eine Beschäftigung in einem Bereich, der sie interessierte. Zumindest irgendetwas anderes als das hirnlose und monotone Kürzen von Onlinetexten am Newsdesk und das tagtägliche Drücken der Entertaste. Glücklicherweise war gerade der letzte befristete Job vorbei, den sie auch nicht vermissen würde. Sie hatte ihren Arbeitsplatz verlassen, ohne sich vorher von den Kollegen zu verabschieden.

In Heathrow pulsierte das Leben, als das Taxi vor den Eingangstüren hielt. Ronja und Max gingen in die Check-in-Halle. Überall ertönten laute Durchsagen, geduldig trieben diese die Leute, die sich verspätet oder verlaufen hatten, in die richtigen Flugzeuge. Glückliche Menschen, beunruhigte Menschen, müde und erwartungsvolle Menschen – alle zusammen in einem sauerstoffarmen Raum.

Langsam gingen Ronja und Max zum Check-in-Automaten, um einzuchecken. Vor ihnen stand eine Gruppe von Frauen, die sich aufgeregt miteinander unterhielten und erfolglos an dem Gerät herumfummelten. Bereitwillig blieb Ronja ein paar Meter von der gackernden Gruppe entfernt stehen, um zu warten. Die Frauen gestikulierten, zappelten herum und lachten laut. Offensichtlich waren sie gedanklich bereits bei ihrem lange geplanten und heiß ersehnten Mädelsausflug. Vielleicht waren sie auf dem Weg in irgendeine schöne Stadt, wo der Wein billig war und die Kellner gerne flirteten. Ronja beobachtete die Frauen und seufzte. In Wirklichkeit war Stockholm nichts weiter als eine nette Ablenkung, eine Art Täuschungsmanöver. Eigentlich konnte sie es kaum erwarten, wieder nach London zurückzukehren, auch wenn sich ihr die

Stadt bestimmt noch nicht von ihrer besten Seite gezeigt hatte – das Arbeitsleben war beschissen, und ihre Wohnsituation war auch nicht besonders toll. Aber immerhin hatte Jacob sie inzwischen auch ganz offiziell um ein Date gebeten. Sie trafen sich schon seit ein paar Wochen, hauptsächlich nachts in Jacobs schicker Dienstwohnung, weil er nicht über Nacht in Ronjas ungemütliche WG kommen wollte. Bis jetzt hatte er auch keine große Sache aus ihren Dates gemacht oder ihre Treffen überhaupt als Dates bezeichnet. Natürlich hatte er viel um die Ohren, weil er erst vor Kurzem eine Stelle in einer renommierten Anwaltskanzlei angenommen hatte. Jacob war bestimmt nicht der Mann fürs Leben, allerdings war sich Ronja auch nicht sicher, ob sie überhaupt in ihn verliebt war. Aber eigentlich interessierte sie das auch nicht wirklich. Sie wollte nur ein bisschen Spaß haben, ihre Langeweile und ihre unklaren Lebensverhältnisse vergessen. Oder vielleicht wollte sie sich auch nur selbst beweisen, dass man auch mit über dreißig noch interessant sein konnte und der Zug für sie noch nicht abgefahren war.

Max ging los, um sich für sie beide in den endlosen Labyrinthen des Flughafens auf die Suche nach Kaffee zu machen. Ronja blieb zurück und wartete unter den großen Leuchttafeln auf ihn. Aber einfach nur untätig rumzustehen, fühlte sich nicht gut an, weshalb sie ihr Telefon aus der Tasche kramte. Im selben Moment fing es an zu klingeln, und sie schreckte zusammen. Auf dem Display blinkte eine Ziffernfolge mit finnischer Vorwahl, aber ansonsten war ihr die Nummer völlig fremd.

»Hallo?«

»Spreche ich mit Ronja Vaara?«, hörte sie eine ausdruckslos klingende männliche Stimme fragen. Ronja hielt inne. Es hörte sich offiziell an.

»Natürlich, das bin ich.«

Es gab doch nicht etwa ein Problem mit ihrem Flugticket?

»Hier spricht Kriminalhauptkommissar Koivu, Polizei Helsinki. Ich muss Ihnen leider mitteilen, dass Ihr Vater Harri Vaara unter bislang ungeklärten Umständen tot aufgefunden wurde. Die Ermittlungen zur Todesursache sind noch nicht abgeschlossen. Mein Beileid.«

Papa ... tot?

Die Stimme des Mannes verhallte in Ronjas Ohren. Plötzlich waren die Farben im Flughafen verzerrt und das Neonlicht schmerzte in ihren Augen. Die widerhallenden Geräusche des Flughafens vermischten sich in ihren Ohren zu einer zähflüssigen Kakofonie. Die knallpinke Farbe des Reisekoffers, der am gegenüberliegenden Check-in-Schalter lehnte, brannte in ihren Augen. Eine große, hartschalige und abgenutzte, ganz offensichtlich billige Kopie einer Markentasche. Daran baumelte ein zerfleddertes Namensschild, das aufgrund der Luftzüge, die durch die herumwimmelnden Menschen erzeugt wurden, erschöpft nach links und nach rechts schwang.

»Entschuldigung, ich verstehe nicht«, stammelte sie ins Telefon. Ein Vorbeigehender stieß mit seinem Koffer gegen Ronjas Unterschenkel, aber sie spürte es noch nicht mal.

»Also ... was ist mit meinem Vater passiert?«

Stille.

»Wie ich bereits sagte, wurde Ihr Vater bedauerlicherweise am Sonntag tot am Kasinoranta aufgefunden.« Die Männerstimme klang ungeduldig. »Entschuldigen Sie, dass wir Sie nicht früher angerufen haben. Es war schwierig, Ihre Kontaktdaten herauszubekommen.«

Papa ... tot.

Alles, was Ronja in diesem Moment spürte, war eine grenzenlose, alles umfassende Leere. Jegliches Blut schien aus ihrem Körper zu verschwinden und hinterließ nichts als eine hohle Hülle.

»Sind Sie noch dran? Mit den Ermittlungen wegen der Todesursache wurde bereits begonnen. Wir werden eine Durchsuchung der Wohnung Ihres Vaters in der Straße Särkiniementie vornehmen müssen, die im Zusammenhang mit den Entdeckungen steht, die wir am Sterbeort gemacht haben. Ich hoffe, das ist für Sie in Ordnung. Wir werden noch heute die Wohnung aufsuchen. Außerdem möchten wir Sie darum bitten, dass Sie so schnell wie möglich aufs Revier kommen, damit wir uns noch genauer über die Umstände unterhalten können, die zum Tod Ihres Vaters geführt haben. Hallo?«

Ronja starrte geradeaus, ohne etwas zu sehen. Irgendwie begriff sie schon, dass der Mann immer noch redete und ihr Anweisungen gab. Seine Stimme war irgendwo in der Ferne zu hören.

»Aber … Ich wollte doch nach Stockholm«, sagte Ronja und merkte im selben Augenblick, wie absurd das klang. Wie absurd sich plötzlich dieser ganze Trip anfühlte.

Sie ließ die Hand sinken. Unbewusst drückte sie mit dem Daumen auf die Taste mit dem roten Hörerzeichen, auch wenn das sehr unhöflich war.

Sie war bereits auf dem Weg.

KAPITEL 3

Eilig goss sich Milla Kaffee aus dem Kessel in einen großen Becher und öffnete mit der anderen Hand den Kühlschrank. Wegen des eingetrockneten Joghurts war der Türgriff ganz klebrig. Und anscheinend war die Milch leer. Typisch.

Verdammt noch mal!

Letzte Nacht hatte sie wieder diesen Albtraum gehabt. Den, der sie bereits ihre halbe Kindheit über terrorisiert hatte. Sie hatte ihn schon vergessen, aber jetzt war er zurückgekehrt und hatte sie die ganze Nacht verfolgt: Sie war am Strand gewesen, bis zu den Fußknöcheln stand sie im Wasser. Sie sah das schwarze Wasser, das sie runterzog – das Wasser schlang sich um ihre Füße und zog sie dann mit aller Gewalt auf den Grund, ins Dunkle. Milla spürte die Kälte des Wassers und das sich abzeichnende Unheil. Unter ihrem Brustbein drückte der unvermeidliche, nahende Tod. Dann griff eine nasse, eiskalte Hand nach ihrer Kehle und drückte zu. Drückte mit dünnen, knöchernen Fingern dermaßen fest zu, dass Milla keine Luft mehr bekam ... Und dann war sie völlig verschwitzt im dunklen Zimmer aufgewacht.

Neben ihr hatte der schnarchende Topi gelegen. Irgendwie hatte sich das Zimmer plötzlich falsch und seltsam angefühlt. Schließlich war es ihr gelungen, sich wieder zu beruhigen, und sie war zurück in einen Dämmerzustand gesunken. Aber dann begann der Albtraum wieder von vorne. Die Kälte ließ sich irgendwo in ihrer

Magengegend nieder und schien nicht mal beim Klingeln des Weckers zu verschwinden. Anschließend schaffte es nicht mal ein großer Morgenkaffee, sie länger als einen kurzen Moment zu wärmen.

Sie wusste, warum der gleiche alte Schmerz wieder zurückgekehrt war: Ronjas Vater war gestorben. Gestern Abend hatte Topis Mutter Helena zu einer ungewöhnlich späten Uhrzeit bei ihnen angerufen. Wie immer hatte Topi den Anruf seiner Mutter sofort entgegengenommen, aber anstatt gut gelaunt zu plaudern, war er ganz blass geworden. Harri Vaara war tot am Ufer gefunden worden. Es hieß, dass die Tochter der Mikkolas, die im Teenageralter war, die Leiche gefunden hatte. Lauttasaaris Harri, der seinerzeit die Hälfte der Inselbewohner unterrichtet hatte.

Milla seufzte tief. Sie hatte Mitleid mit dem jungen Mädchen, das die Leiche gefunden hatte. Ob die Arme dadurch wohl irgendwelche Traumata zurückbehalten würde? Hastig trank Milla aus ihrer Tasse. Der schwarze Kaffee schmeckte noch bitterer als sonst.

Ronjas Vater.

Milla hatte sich nur kurz gewundert, wieso Topis Mutter so schnell von der Sache erfahren hatte. Eigentlich war das nämlich gar nicht so verwunderlich: In Lauttasaari sprachen sich Neuigkeiten blitzschnell herum, besonders bei der älteren Generation. Zudem war Ronjas Vater auf Lauttasaari ziemlich bekannt gewesen.

Als ihr Mann ihr die Neuigkeiten erzählte, hatte sie dreimal versucht, Ronja zu erreichen, und schließlich eine Sprachnachricht hinterlassen. Allerdings hatte sich Ronja noch nicht zurückgemeldet, was aber auch nicht ungewöhnlich für sie war. Vielleicht war sie noch nicht imstande, mit jemandem zu reden. Ronja konnte nicht besonders gut über ihre Gefühle sprechen, womöglich brauchte sie einfach noch etwas Zeit. Oder sie war bereits auf dem Weg nach Finnland.

Milla kratzte sich an ihrer linken Hand, durch die kalte Luft war ihre Haut ganz trocken und gereizt. Sie konnte sich nicht noch länger über diese Sache den Kopf zerbrechen, sonst würde sie noch verrückt werden. Also entschied sie sich, ein anderes Mal über die Leiche und den Tod nachzudenken. Eventuell würden ja auch die Albträume aufhören, wenn sie es sich einfach nur ganz fest vornahm. Oder vielleicht könnte sie das Grübeln zumindest auf ein anderes Mal verschieben, wenn der Zeitpunkt günstiger war. Milla hatte nämlich die phänomenale Gabe, schlechte und negative Gedanken in eine imaginäre Schublade zu stecken und sie nur hervorzuholen, wenn sie diese brauchte. Sie grübelte nicht lange über Unnötiges, sondern konzentrierte sich stattdessen lieber auf die positiven Dinge, auch wenn sie dadurch manchmal riskierte, etwas naiv und dumm zu wirken.

Allmählich weckte der Kaffee ihre von der Nacht trägen Glieder. Milla ließ ihren Blick durch die Küche schweifen. Auf dem Tisch standen Breischüsseln, deren Inhalt zu einer Paste getrocknet war, daneben lagen halb aufgegessene Brote vom gestrigen Abendessen und bunt zusammengewürfelte Legosteine. Das Geschirr von gestern war immer noch im Spülbecken zum Einweichen, und die Arbeitsflächen waren voller Brotkrümel und undefinierbarer Flecken. Auf dem Fußboden lagen noch mehr Spielsachen herum. Die Küchenschränke waren schrecklich altmodisch, aber im Moment fehlten ihnen die finanziellen Mittel, um in der Wohnung Renovierungsarbeiten durchzuführen, denn Milla war schon wer weiß wie viele Jahre zu Hause und auf das Elterngeld angewiesen. Nicht, dass sie mit drei kleinen Kindern Lust auf Renovierungsarbeiten gehabt hätte. Mittlerweile hatte sie gelernt, die cremefarbenen, mit romantischen Schnörkeln verzierten Schränke und den dazu völlig unpassenden Fliesenboden sogar ein bisschen zu mögen.

Hinter den Fenstern, die dringend mal wieder geputzt werden mussten, lag eine trübe Dämmerung, und leise tropfte der Regen. Die Uhr zeigte erst halb sieben Uhr morgens an, aber draußen herrschte bereits Rushhour: Die Leute, die auf dem Weg zur Arbeit waren, warteten an den Bushaltestellen unter ihren Regenschirmen, und vor den Ampeln bildeten sich Autoschlangen. Das Leben ging weiter wie an jedem anderen Tag. Als Mutter von drei kleinen Kindern hatte Milla das Gefühl, als würde sich das Karussell des Alltags von Jahr zu Jahr immer schneller drehen, mit unruhigen Nächten und von Chaos geprägten Tagen.

Eine vertraute Gereiztheit stieg in ihr hoch, Milla war müde. Müde und kaputt. Völlig am Ende. Zwischendurch hätte sie die sanftmütigen, es nur gut meinenden Tanten mit den guten Ratschlägen und die nervigen Kassiererinnen am liebsten angeschrien. Oder Leute, die einfach nur vorbeigingen. Oder ihre Schwiegermutter.

Milla liebte ihre Kinder, das stand außer Frage. Sie selbst hatte Kinder gewollt, mit geringem Altersunterschied zwischen den Geschwistern. Sie hatte sich vorgestellt, dass die Kleinen dann Spielkameraden in der eigenen Familie hätten, und auch die Babyzeiten wären auf einen Schlag erledigt. Oder zumindest nach fünf Jahren Dauerkoma. Bei dem Gedanken musste Milla kurz lachen. Wie naiv war sie eigentlich gewesen? Sie gab ihr Bestes, hatte aber oft einfach nur schlechte Laune, zumal Topi und sie immer öfter aneinandergerieten. In ihrem näheren Bekannten- und Freundeskreis gab es noch nicht besonders viele Mütter, die sich gegenseitig hätten unterstützen können, und bei ihrem Mann hatte sie oft das Gefühl, dass er die ganze Zeit arbeitete. Und wenn er zu Hause war, klebte er nur am Computerbildschirm. Er konnte stundenlang im fahlen Schein des blauen Lichts hocken, komplett versunken in das neueste Onlinespiel. Oder er spielte an seinem Handy herum. Milla verabscheute diese Welt voller Bildschirme, zu der sie keinen Zugang hatte.

So sollte es nicht laufen. Es kam ihr vor, als würde sie in einem wilden Strom treiben und sich bis zur Erschöpfung abstrampeln, um den Kopf über Wasser zu behalten.

So wie in dem Albtraum von letzter Nacht.

Der Kaffee war viel zu schnell leer, und Milla wollte sich gerade neuen einschenken, als aus dem Schlafzimmer ein wohlbekannter Radau ertönte. Milo war aufgewacht.

»Ich komme ja schon, mein kleiner Schatz. Ich komme«, seufzte Milla, stellte die Tasse ab und ging dann leise vor sich hin murmelnd zum Schlafzimmer.

Ein kleines Bündel mit strubbeligen Haaren saß gut gelaunt inmitten von Decken und Kuscheltieren und strahlte seine Mutter an. Milla stand in der Tür und staunte wieder einmal, wie dieser Anblick jedes Mal ihr Herz zum Schmelzen brachte und wie absolut perfekt ihr kleiner Junge sein konnte. Nach dem Gefühl der Erleichterung, wenn ihr Kleinkind eingeschlafen war, ergriff sie jedes Mal Bedauern, dass sie ihren Jüngsten jetzt erst mal viele Stunden nicht sehen würde. Ärger und dumpfe Müdigkeit wichen der Wiedersehensfreude.

»Ma-maaa!«, juchzte Milo, so laut er konnte, und streckte seine kleinen pummeligen Händchen nach ihr aus. Der Hunger und die Sehnsucht nach der Mutter waren bereits groß.

KAPITEL 4

Anton zog sich gerade ein T-Shirt im Used-Look über den Kopf und strich sich vor dem Spiegel die Haare zurecht. Er wusste, dass er gut aussah. Gleich würde sich herausstellen wie gut.

Alles war vorbereitet und so, wie es sein sollte. Das Schlafzimmer in hellen Farben strahlte eine diskrete Eleganz aus. Die schweren Vorhänge fielen auf stilvolle Weise, die Wände hatten genau den richtigen beigegrauen Farbton, und auf dem Schreibtisch an der Rückwand standen ein paar bewusst dort aufgestellte eingerahmte Bilder. Die Jugendstilwohnung war hell und schön, und Anton wusste, dass sie bei den Frauen immer großen Eindruck hinterließ.

Er fühlte sich energiegeladen, und dieses Mal hatte er das Gefühl, dass dieses Match besonders gut gelungen war. Tinder erfüllte nicht den Zweck, etwas Ernstes zu finden, und die Frau schien das genauso zu sehen. Der Datingdienst war darauf ausgerichtet, sich schnell mit jemandem zu treffen und emotionsarmen Sex zu haben. Das Wischen war einfach, es funktionierte wie bei einem Onlinekauf: ein Mausklick nach links – nein danke, ein Mausklick nach rechts – in die nächste Runde. Bei dem Dienst fand man natürlich auch viele Schlampen und Freaks, aber wenn man es schaffte, seine Einstellung ein bisschen anzupassen und dabei trotzdem seine eigenen Ansprüche hochzuhalten, dann war es durchaus möglich, ein gutes Schnäppchen zu machen.

Heute sollte aber wirklich keine Schlampe kommen. Die Frau schien auch keine von denen zu sein, die anhänglich wurden. Nichts war abstoßender als Frauen, die sich verknallten und dann einfach dablieben, womöglich zusammen frühstücken wollten. Die anfingen, Nachrichten zu schreiben. Solchen Frauen verpasste er immer sofort einen Dämpfer. Jemanden zu ghosten hatte zwar auch seine Konsequenzen, aber glücklicherweise fand sich immer wieder neue Gesellschaft. Und Anton kannte seinen Marktwert: Erfahrung, Aussehen, Wohnung.

Das schrille Geräusch des Summers unterbrach Antons Gedanken. Schnell strich er sich noch eine Haarsträhne zurecht. Lass die Frau ein bisschen warten – das sorgt für Stimmung.

Noch einen Moment.

Das Summen hallte durch das leise Treppenhaus des hundert Jahre alten Gebäudes. Offensichtlich gehörte die Lady nicht zu denjenigen, die gerne warteten. Also ging Anton zur Wohnungstür aus Eiche und riss sie auf, wodurch die dahinterstehende Frau, die Stöckelschuhe trug, ins Wanken geriet.

»Hallo, du bist ja pünktlich«, sagte Anton und musterte sie dann ungeniert von Kopf bis Fuß. Mit einer Handbewegung bat er sie herein.

Die Frau taumelte in den Wohnungsflur, und Anton betrachtete sie. Das eng anliegende Kleidungsstück brachte ihren schönen, durchtrainierten Körper gut zur Geltung. Gedankenverloren zupfte sie den kurzen Rock etwas nach unten, aber der Saum bewegte sich nicht. Sie trug hohe Stilettos, ihre blonden langen Haare fielen ihren Rücken hinab. Sie war schön und entsprach vollkommen Antons Geschmack. Und sie sah so aus, als ob es einfach mit ihr werden würde. Das war nicht schlecht.

Es war ein Wunder, dass sie noch Single war. Oder woher wollte er das eigentlich wissen – auf Tinder trieben sich alle möglichen Leute herum, und er konnte auch diejenigen nicht verurteilen, die vergeben waren. Wenn eine unglückliche Dame ein bisschen Abenteuer in ihrem Leben haben wollte, dann konnte sie das gerne von ihm kriegen.

»Schön, dass du gekommen bist«, sagte Anton und schenkte ihr ein breites Lächeln, von dem er wusste, wie entwaffnend es wirkte.

Sie lächelte zurück. »Hallo.«

Anton ging zu ihr, kam ihr ganz nah. Es bedurfte keiner Worte, denn beide wussten, was als Nächstes passieren würde.

Eine Stunde später war alles vorbei. Unruhig fuhr Anton aus dem zerwühlten Bettzeug hoch.

»Ich geh mal eben duschen, es ist ja schon ziemlich spät, und ich hab heute Abend leider noch was zu tun.« Anton, der bereits in der Badezimmertür stand, schenkte ihr ein einnehmendes Lächeln und tippte vielsagend auf eine imaginäre Armbanduhr.

Und er log noch nicht mal, denn er musste später wirklich noch mal aufs Revier, um die beschlagnahmten Sachen aus der Wohnung des am Ufer gefundenen Toten zu untersuchen.

Die Frau in seinem Bett zuckte leicht zusammen, aber falls sie enttäuscht sein sollte, ließ sie es sich nicht anmerken. Stattdessen richtete sie sich auf und betrachtete die Klamotten, die in einem Haufen auf dem Boden lagen. Sie lächelte ein bisschen. Unartig. Ohne Zweifel gehörte sie genau dorthin – in Antons Bett. Ihre Haare waren etwas zerzaust, aber Anton erlaubte es sich nicht, noch länger darüber nachzudenken. Die erste Tinder-Regel lautete schließlich, dass es sich nicht lohnte, etwas Ernstes in ein Date hineinzuinterpretieren – so etwas endete nie gut. Und außerdem war er auch gar nicht auf der Suche nach einer Freundin, seine Arbeit nahm schließlich seine ganze Zeit in Anspruch. Und das war auch gut so.

Anton schaltete die Dusche ein und lauschte dem Rauschen des Wassers. Das beruhigte ihn. Alle Geräusche verschwanden, und er vergaß sogar fast die Frau in seinem Schlafzimmer. Nach dem Sex musste er immer erst mal alleine sein, er brauchte Zeit für sich, um seine Gedanken zu sammeln. Diese Frau war schön und leidenschaftlich gewesen, keine Frage. Trotzdem wollte er nicht mehr von ihr. Das war einfach nicht sein Stil. Deshalb hatte es sich bislang als beste Lösung erwiesen, sich unter die Dusche zurückzuziehen und der Frau irgendwas Undeutliches zuzurufen. Normalerweise kapierten die Frauen den Wink mit dem Zaunpfahl schnell und waren verschwunden, wenn er aus der Dusche kam. Aber manchmal gab es natürlich auch solche, die, wenn er die Tür öffnete, immer noch da waren und vorschlugen, in die Stadt zu gehen oder noch eine zweite Runde einzulegen. Meistens war das dann für beide ziemlich peinlich.

Die Milchglastür beschlug, das warme Wasser entspannte die Muskeln und ließ den Kopf wieder klar werden. Diese Frau schien anders zu sein als die meisten, die man sonst auf Tinder fand. Sie hatte etwas Unabhängiges und Wildes an sich. Die beiden hatten keine Zeit mit sinnlosem Small Talk verschwendet. Genauso wie er es wollte. Sie hatten sich nicht erzählt, was sie beruflich machten. Aber wenn er jetzt mal darüber nachdachte, machte die Frau den Eindruck, als ob sie verantwortungsbewusst wäre. Anton hatte bei ihr einen Funken von Ernsthaftigkeit erkannt, weil er selbst genauso war. Das faszinierte und erregte ihn.

Er drückte Duschgel in seine Handfläche und verteilte den Schaum auf seinem Körper. Dann schnappte er sich das Shampoo und massierte es sich in die Haare. Er hatte eine klare Routine, mit deren Hilfe sich das Leben ganz passabel meistern ließ. Er hatte einen herausfordernden Job mit Zukunft und einen neuen Fall. Darauf sollte er sich jetzt konzentrieren. Er musste sich darauf fokussieren, den Mordfall des am Strand gefundenen Toten aufzuklären.

Dann stieg irgendwo aus den Tiefen seines entspannten Körpers ein Gedanke in ihm auf: Sollte er vielleicht ausnahmsweise doch mal seine Regeln vergessen und sich noch ein zweites Mal mit dieser Frau treffen?

Er ließ das Wasser über seinen Kopf laufen.

Er würde später darüber nachdenken und dann eine Entscheidung treffen. Aber er musste vorsichtig sein. Verbindlichkeiten, bei denen man sein Herz in die Hände eines anderen Menschen legte, endeten niemals gut.

Inmitten des Rauschens hörte er die Wohnungstür ins Schloss fallen.

Allem Anschein nach hatte die Frau die Wohnung verlassen.

KAPITEL 5

Ronja öffnete die schwere Tür des braun verputzten Hochhauses. Mit einer schweren Reisetasche in der einen Hand und einem vollgestopften Rucksack auf dem Rücken stieß sie die Tür auf und schlüpfte ins Haus. Knarrend fiel die Tür hinter ihr ins Schloss. Der Lärm hallte im Treppenhaus wider. Endlich war sie am Ziel angelangt.

Zum x-ten Mal ließ sie die vergangenen Ereignisse Revue passieren. Wie sie am Flughafen auf einer Bank saß und sich sammelte. Der neben ihr hockende Max, der sich fragte, was eben eigentlich passiert war. Die vielen Stunden, um die Tickets nach Stockholm für einen Direktflug nach Helsinki-Vantaa umzutauschen. Max' Wutanfall, als die Frau am Schalter anfangs nicht kooperieren wollte. Der Anruf der Polizei, dass sie die Wohnung nun durchsucht hätten und man diese wieder betreten könne, wenn man wollte.

Am Nachmittag war die Maschine schließlich in Finnland gelandet, es dämmerte schon. Als die Reifen den Boden berührten, war der anfängliche Schock bereits der düsteren, zaghaften Erkenntnis gewichen, dass das Leben von nun an ein anderes sein würde. Auch wenn ihr Vater während ihres ganzen Erwachsenenlebens praktisch nicht präsent gewesen war und sie einander nicht wirklich gekannt hatten, so war er doch trotz allem ihr Vater.

Ronja war völlig erschöpft. Einen Moment lang starrte sie einfach nur vor sich hin, strich sich eine dunkle Haarlocke, die ihr ins

Gesicht gefallen war, hinters Ohr, drückte dann auf den Fahrstuhlknopf und wartete. Das fahle Treppenhaus war vierzig Jahre zuvor ein Höhepunkt architektonischer Gestaltung gewesen, jetzt war es nur noch eine traurige Erinnerung an eine verlorene Kindheit – ein heruntergekommener, dämmriger Raum in Dunkelbraun und Pissgelb. Er bräuchte dringend eine gründliche Rundumsanierung oder zumindest einen neuen Wandanstrich. Ronja lächelte in sich hinein. Nichts hatte sich geändert, aber trotzdem war diesmal alles anders. Sie spürte einen schweren Druck im Brustkorb. Trauer. Woher kam dieses Gefühl so plötzlich? Und würde es jemals wieder weggehen?

Ronja betrat den Aufzug, mit zitternden Händen drückte sie auf die Taste für den zweiten Stock. Es deprimierte sie, in dieser Situation in die Wohnung ihres Vaters gehen zu müssen, aber es gab keinen anderen Ort, wo sie sonst hätte hingehen können. Sie wusste, dass die Polizisten dort gewesen waren, um Ermittlungen anzustellen. Was das auch immer bedeuten mochte. Der Gedanke an fremde Menschen, die in den Sachen ihres Vaters herumwühlten, fühlte sich unangenehm an, regelrecht abstoßend. Aber die Polizisten wussten wohl, was sie taten.

Der Fahrstuhl ruckelte und kam dann zum Stehen. Ronja stieß die Tür auf, dann schleppte sie ihre Taschen zur letzten schwarz gestrichenen Wohnungstür auf dem Gang und stellte ihre Sachen davor ab. Mit dem Blick maß sie die Tür, die ihr riesig vorkam. Sie sah aus wie eine Pforte, hinter der es kein Zurück mehr gab. Ronja spürte, wie sich ihr die Nackenhaare aufstellten.

Sie warf einen Blick über die Schulter in den grauen Korridor. Ausdruckslos starrten die Türen der Nachbarn zu ihr zurück. Im ganzen Gebäude war es mucksmäuschenstill, aber trotzdem fühlte es sich so an, als ob irgendjemand oder irgendetwas anwesend wäre. In den Wänden, im Geländer. In den dunklen Nischen des Treppenhauses.

Der Boden im Gang vibrierte.

Aber das alles kam doch nur durch den ganzen Stress. Ihre Nerven waren angespannt. Das Wichtigste wäre jetzt, sich erst mal zu beruhigen, also konzentrierte Ronja ihren Blick auf die weißen Buchstaben auf der Briefeinwurfklappe: Vaara. Die Buchstaben waren ungleichmäßig und auf die Schnelle aneinandergereiht worden, die Kunststoffoberfläche war bereits rissig.

Wenn das hier jetzt ein ganz normaler Besuch wäre, dann würde sie auf die Klingel rechts neben der Tür drücken. Nun aber wählte sie stattdessen aus dem Schlüsselbund in ihrer Hand den Abloy-Schlüssel, an dem ein roter Plastikanhänger hing, steckte ihn ins Schloss und öffnete die Tür. Auf dem Boden lag die neueste Ausgabe der *Helsingin Sanomat* sowie ein paar Werbeflyer einer nahe gelegenen Pizzeria. Neben der Tür lag ein ordentlich aufgestapelter Posthaufen. Offensichtlich waren die Polizisten hilfsbereit gewesen und hatten die Post aus dem Flur geräumt.

Ronja ließ ihre Reisetasche und ihren Rucksack zu Boden fallen und schlug die Wohnungstür hinter sich zu. In ihrer Brust hämmerte ihr Herz wie verrückt.

Vom Flur kam man in ein dämmriges und schmales Wohnzimmer, graues Licht sickerte durch die geschlossenen Jalousien in den Raum. Die Polizisten hatten sie bestimmt geschlossen – oder war es Papa gewesen? In der Wohnung dröhnte eine drückende Stille.

Das Ledersofa, dessen Farbe bereits verblichen war, stand an der Rückwand an dem Platz, wo es immer stand. Ronja stellte sich die Gestalt ihres Vaters vor, wie er in der linken Sofaecke hockte: konzentriert, mit einem Buch in der einen und einer Zigarette in der anderen Hand. Vor dem Sofa stand ein Tisch aus Rauchglas, in der Staubschicht, die sich darauf angesammelt hatte, hätte man etwas zeichnen können. Auf dem Tisch war ein altmodischer Aschenbecher platziert – so einer, in dessen Tiefen der Zigarettenstummel verschwand, wenn man den schwarzen Knopf in der Mitte drückte und damit einen tornadoartigen Drehmechanismus auslöste. Als Kind hatte Ronja immer wieder auf diesen Knopf gedrückt – so stark sie konnte, um einen immer noch schnelleren Strudel hinzubekommen.

Das Lundia-Regal beherbergte ein paar welke Zimmerpflanzen. Lichtfäden betonten den langsam durch die Luft schwebenden Staub. Ronja fühlte sich wie eine Grabschänderin, es war ein merkwürdiges Gefühl.

Ihr Vater gehörte einfach an diesen Platz, in dieses Zimmer. Er gehörte in Ronjas Lauttasaari-Welt. Irgendein letzter dünner Faden zwischen Kindheit und Erwachsensein war jetzt zerrissen. Ronja merkte, dass sie sogar diese lästigen kurzen und steifen Textnachrichten und Anrufe vermisste, die von ihrem Vater zwischendurch immer mal wieder gekommen waren, wenn er versuchte, ein aufmerksamer Elternteil zu sein. Ihre Augen füllten sich mit Tränen.

Der durchdringende Klingelton ihres Handys holte sie in die stickige schäbige Hochhauswohnung zurück.

»Hallo, Mama«, sagte Ronja in den Hörer und riss sich zusammen. Heftig wischte sie sich mit dem Jackenärmel über ihre Augenwinkel.

»*Bonsoir*, mein Liebling! Ich habe sofort angerufen, als ich deine Nachricht bekommen habe. Wie geht es dir?«

Aus ihrer Stimme waren die Aperitifs zu hören, die sie sich bereits genehmigt hatte, sowie die Wärme der Sonne und die für sie typische Unbekümmertheit. Die knackende Telefonleitung verlieh dem Gespräch noch zusätzlich etwas Exotisches. Ronja konnte sich gut vorstellen, dass ihre Mutter auch jetzt gerade auf der Sonnenliege lag – mit dem Handy in der einen und einem Drink in der anderen Hand, die Sonnenbrille nachlässig ins Haar geschoben. Im Hintergrund wogte Nizzas türkises Meer an den Strand.

»Ich bin gerade nach Hause gekommen, also nach Finnland. Bin jetzt in Papas Wohnung«, stammelte Ronja. Sie verspürte das dringende Bedürfnis, ihre Klamotten auszuziehen.

Also wand sie sich aus ihrer Kleidung heraus, während sie den Hörer an ihr Ohr drückte und sich dabei in dem staubigen Flurspiegel betrachtete. Ihre bleiche Gesichtsfarbe betonte die tiefen Schatten unter ihren Augen, die dunklen Locken standen in alle Richtungen ab, und ihre Augen waren wegen der trockenen Luft im Flugzeug blutunterlaufen. Sie sah schlimm aus.

»Warum bist du bloß in diese furchtbare Wohnung gegangen? Hättest du dir stattdessen lieber mal ein Hotelzimmer genommen. Heutzutage sollte man doch auch in Helsinki eine anständige Unterkunft bekommen. Harris Wohnung ist so ... düster. Und wo jetzt auch noch diese schreckliche Tragödie passiert ist und das alles ... Oder du hättest zu deiner Tante gehen können. Wohnt sie nicht immer noch in Pohjoiskaari? Sie hätte dich bestimmt für ein paar Tage bei sich aufgenommen«, zirpte Mama ins Telefon.

»Aber ich war doch immer hier.« Ronjas Stimme wurde immer leiser. Sie spürte einen Kloß in ihrem Hals und wusste, dass sie, wenn sie das Gespräch fortsetzen würde, in unkontrollierbare Tränen ausbrechen würde. Aber vor ihrer Mutter würde sie ganz bestimmt nicht wegen ihres Vaters weinen, also blieb sie still.

In der Telefonleitung zwischen Lauttasaari und Frankreich knisterte und knackte es.

»Schätzchen, das war doch nur so, weil dein Vater und ich so lange keinen Kontakt hatten. Aber das weißt du natürlich. Das ist eine furchtbare Sache. Ganz furchtbar.«

Mamas Gerede füllte die Stille.

»Und dann die Beerdigung ... Harri muss eine Beerdigung kriegen! Er wollte immer im Familiengrab bestattet werden. Ihm gefielen solche Traditionen. Für mich war das eine fürchterliche Vorstellung – alle Vaaras, die im Laufe von Jahrhunderten gestorben sind, liegen dort Seite an Seite ... Ich selbst hätte niemals zugestimmt, dort begraben zu werden.«

»Mama, lass das! Papa hat kaum seinen letzten Atemzug getan. Du hast ihn ja schon in den Sarg gesteckt und ihn abgehakt«, unterbrach Ronja ihre Mutter scharf.

Sie war einfach unmöglich! Trotzdem hatte sich Ronjas Zuhause nicht mehr nach einem richtigen Zuhause angefühlt, nachdem ihre Mutter gegangen war. Sie hatte alles hinter sich gelassen. Papa hatte sich daraufhin noch mehr in seine eigene Welt zurückgezogen und sich in seiner Arbeit verloren. Er hatte noch häufiger als früher rumgemault und war noch weniger präsent gewesen als vorher. Ronja hatte versucht, irgendwie zurechtzukommen – so gut man das im Teenageralter eben konnte:

Sie hatte sich mit Freunden am Kasinoranta betrunken, sich die Augen mit einem Kajalstift noch schwärzer geschminkt als Milla, hatte sich auf die falschen Jungs eingelassen ...

»Entschuldige, *ma chérie*. Aber dein Vater war so merkwürdig. Ich will damit nur sagen, dass es mich eigentlich gar nicht wundert. Auch nicht, wenn er aus freien Stücken ins Wasser gesprungen wäre. Harri lebte schon immer in seiner eigenen trostlosen Welt. Die war genauso trostlos wie seine Wohnung. Zumindest damals, als wir noch verheiratet waren«, plapperte Mama immer weiter.

»Das ist Jahrzehnte her, Mama. Vielleicht hatte Papa in den letzten Jahren gar nicht mehr solche Gedanken«, wies Ronja ihre Mutter zurecht. Mama war unglaublich narzisstisch und zur gleichen Zeit wahnsinnig neugierig. Nur ihr eigener Standpunkt zählte.

Aber wie war Papa eigentlich im Meer gelandet? Dieser flüchtige Gedanke kam Ronja für einen Moment in den Sinn, wurde dann aber vom Geplapper ihrer Mutter übertönt.

»Das ist wirklich eine schockierend lange Zeit. Hm ... Aber Ronja, wie geht's dir denn? Ich würde sonst ja auch gerne zu dir kommen, um dich zu unterstützen, aber Gilbert und ich haben schon Tickets nach Monaco gebucht. Gigi – du erinnerst dich bestimmt noch an meine Freundin Gilda – und Rémy, also ihr Ehemann, feiern bald ihre goldene Hochzeit in Monaco, und wir haben schon geplant, etwas länger dortzubleiben ...« Sie verlieh ihrer Stimme einen leicht flehenden Tonfall und machte zugleich klar, dass von ihr jetzt auf keinen Fall Unterstützung zu erwarten war.

Und zwar ganz bewusst. Mama machte nie etwas einfach nur so, weil es ihr gerade in den Sinn gekommen war. Sie machte alles immer genauso, wie sie es wollte. Das Leben anderer spielte dabei nur eine untergeordnete Rolle. Und sie würde auch ganz bestimmt nicht ins kalte, eisige Lauttasaari auf die Beerdigung von irgendjemandem gehen, erst recht nicht auf die Beerdigung des zu Depressionen neigenden und unter seltsamen Umständen ums Leben gekommenen Ex-Mannes. Nicht mal, um ihrem einzigen Kind beizustehen. Und davon einmal abgesehen wusste Mama, dass sie sich im Falle einer Rückkehr lästigen Gerüchten und langen Blicken aussetzen würde und dass man hinter ihrem Rücken über sie tuscheln würde. Die überraschende Trennung des Ehepaares Vaara war noch nicht vergessen.

»Ich rufe später noch mal an. Ich muss jetzt meine Sachen einräumen, dann diesen Polizisten anrufen und so weiter«, sagte Ronja.

»Selbstverständlich, Liebling. Natürlich tust du das, was du tun musst. Aber ich bin hier, immer nur einen Anruf entfernt, mein Schatz. Denk daran«, erwiderte Mama mit sanfter Stimme.

Ronjas Herz schmerzte. Sie wollte ihre Mutter nicht verabscheuen, denn Mama war schließlich die Einzige, die ihr noch geblieben war. Das war nicht viel. Trotzdem würde sie sich in nächster Zeit wohl eher nicht bei ihr melden.

»Du kommst doch irgendwann zu Besuch, oder? Du bist immer herzlich willkommen. Du bist mein Ein und Alles! Pass gut auf dich auf, *ma chérie. Bisous!*« Mamas Standardsprüche kamen in der gleichen Reihenfolge wie immer.

Nach dem Telefonat spürte Ronja, wie die Wärme und der Geruch des Atlantiks allmählich verblassten.

Das Grau der Wohnung war bedrückend.

Die dunklen Ecken seufzten, und die vertrauten Möbel bekamen in der Herbstdämmerung etwas Furchteinflößendes. Vielleicht hatte ihre Mutter ja recht, vielleicht wäre es wirklich besser für Ronja, wenn sie irgendwo anders unterkommen würde.

Am besten sollte sie den Staub, den Tod und die abgestandene Luft wohl einfach wegwischen. Aber zuerst bräuchte sie Tee. In London hatte Ronja es lieben gelernt, Tee zu trinken. Es beruhigte, klärte den Geist, und wenn man es brauchte, war es zur gleichen Zeit belebend. Sie trat in die Kochnische und öffnete die Schränke. Aus dem Oberschrank flog ihr eine Staubwolke ins Gesicht, die bei ihr einen Hustenanfall auslöste. Nachdem sie sich wieder erholt hatte, fuhr sie damit fort, die Schränke zu durchsuchen, bis sie im hinteren Teil ein Päckchen Tee fand. Ronja füllte den Wasserkocher, der am Rand der Spüle stand, und schaltete ihn ein. Im Schrank daneben fand sie die von ihrem Vater aufbewahrten hässlichen Becher mit Werbeaufdrucken. Wahllos schnappte sie sich einen davon und goss kochendes Wasser bis an den Becherrand. Langsam sank der Teebeutel auf den Boden des Bechers, während Ronja in ihren Wollsocken zum Ledersofa schlich. Sie warf den warmen Schal, den sie mitgenommen hatte, über ihre Füße, um sie zu wärmen. Das abgenutzte Leder des Sofas knarrte unter ihr.

Ronja fummelte an der Fernbedienung herum, zum Schluss hämmerte sie regelrecht darauf ein, aber der Fernseher ging einfach nicht an. Schließlich warf sie die Fernbedienung frustriert in die Sofaecke und schaltete stattdessen das Internetradio auf ihrem Handy an. Zumindest irgendeine lebendige Stimme in dieser Kammer. Der Tee war immer noch kochend heiß.

Ronja versank in einem von Selbstmitleid erfüllten Dämmerzustand. Die ganze Welt war so düster und kalt. Eine große Träne kullerte ihr die Wange herunter, als das auf dem Tisch liegende Telefon mit einem Piepton eine Textnachricht ankündigte. Und dann noch eine. Das musste Max sein.

Bist du schon da? Hat nach dem anfänglichen Stress
mit dem Umbuchen alles gut geklappt? Du schaffst das!
XOXO

Bin jetzt in Papas Wohnung. Es gibt jetzt noch einiges zu erledigen, schreibe dir später mehr.

Ronja tippte auf Englisch zurück, sie würde Max später noch eine ausführlichere Nachricht schreiben.

Dann warf sie einen Blick auf die zweite Nachricht, die sie bekommen hatte. Milla. Natürlich.

Bist du schon hier? Wie geht's dir? Bald sehen wir uns!

Lächelnd ließ Ronja das Telefon wieder zurück auf den Tisch sinken. London-Leben, Finnland-Leben – das alles schien gerade Lichtjahre entfernt zu sein wie unbekannte Universen. Merkwürdig, dass vierundzwanzig Stunden zuvor die Welt noch eine ganz andere gewesen war.

Ronja wollte für einen Moment mit ihren Gedanken allein sein. Sich sammeln. Sich überlegen, was sie als Nächstes tun sollte. Vielleicht wäre sie ja dann in der Lage, sich mit allen Leuten zu treffen, um deren Beileidsbekundungen entgegenzunehmen. Sie nahm einen Schluck von ihrem Tee. Die Flüssigkeit war inzwischen etwas abgekühlt und wärmte ihren ganzen Körper. Doch die unangenehme Stille kroch näher.

Es klingelte an der Tür, und Ronja rutschte das Herz in die Hose.

Mit zitternden Händen schlich sie vorsichtig und ganz leise zur Wohnungstür. Bis auf Max wusste noch niemand, dass sie schon hier war. Und sie hatte nichts als ihre bloßen Hände, um sich notfalls zu verteidigen … Dann verblasste dieser Gedanke. Ronja umklammerte das Telefon in ihrer Hand, bis ihre Fingerknöchel ganz weiß waren. Sie war bereit, den Notruf zu wählen, falls das nötig sein sollte.

Sie schlich näher zur Tür und warf einen Blick durch den Türspion.

Draußen stand ein Mann.

Der Typ sah nicht nach einem Polizisten aus. Er sah alt aus. Instinktiv überprüfte Ronja, ob die Türsicherung fest an ihrem Platz war.

»Hallo! Entschuldigung, wenn ich störe …«, rief der Mann hinter der Tür und klingelte dann noch einmal.

»I… Ist da jemand …?«

Ronja holte tief Luft. Sie verhielt sich ja völlig paranoid. Vor diesem älteren Herrn hatte man wohl kaum etwas zu befürchten. Warum stellte sie sich überhaupt vor, dass jemand herkommen würde, um sie zu bedrohen? Total lächerlich. Sie musste ihre Nerven wieder unter Kontrolle bekommen. Ronja öffnete das Sicherheitsschloss, und die Tür schwang weit auf. Der Verdacht, dass der Mann ein mysteriöser Vergewaltiger und Mörder sein könnte, löste sich in Luft auf.

»Entschuldigung, ich habe mich nur bei dem Geräusch der Türklingel erschreckt, als ich da drüben alleine auf dem Sofa saß«, stammelte Ronja und spürte, wie ihre Wangen zu glühen begannen. Ungeschickt strich sie sich ihre Haare hinters Ohr.

Jetzt sah sie ihn richtig.

Der Mann, der im Gang stand, war gar nicht alleine.

Als Ronja durch den Türspion geschaut hatte, war ihr entgangen, dass neben ihm ein angeleinter schwarzer etwas pummeliger Labrador saß, der sie aus dunklen Augen freundlich ansah.

Dann begann das Tier wie wild mit dem Schwanz zu wedeln.

»Minni! Ach, du meine Güte!«, rief Ronja. Für einen Moment vergaß sie den Mann und hockte sich hin, um den Hund zu kraulen. Minni leckte zufrieden über das vertraute Gesicht und schob ihren Kopf unter Ronjas Arm.

Dann schnüffelte eine feuchte Nase an Ronjas Wange und hinter ihrem Ohr.

»Ich … Entschuldigung, dass ich störe. Ich bin ein Nachbar. Martti. Martti Lahdenkangas aus Nummer sechzehn. Ich hatte mitbekommen, dass jemand in Harris Wohnung gekommen ist. Ich nehme an, dass du seine Tochter bist, oder?« Zaghaft streckte der freundlich aussehende Mann ihr seine Hand entgegen.

Der Rücken des Mannes war etwas krumm, und er war nur ein bisschen größer als Ronja. Seine hellgraue Jogginghose und das karierte Flanellhemd wirkten alt und abgetragen, aber bequem. An den Füßen trug er braune flauschige Filzpantoffeln. Er war etwas blass und sah freundlich aus. Sein Alter zu schätzen, war nicht ganz einfach. An den Schläfen begannen seine Haare grau zu werden und zurückzugehen. Heimlich studierte Ronja sein Gesicht: Die hellblauen Augen standen dicht beieinander, sein Blick war offen. Er hatte etwas Sanftes und Beruhigendes an sich.

»Na ja, ich wollte nur vorbeikommen, um mein Beileid persönlich auszusprechen. Und um dir Minni zu bringen. Ich hatte gemerkt, dass jemand gekommen ist, und dachte mir, dass du das bestimmt bist. Er hat oft von dir gesprochen«, erzählte Martti.

Fragend schaute Ronja ihn an.

»Harri hat mir Minni gebracht, damit ich auf sie aufpasse. Und dann hat er es nicht mehr geschafft, sie wieder abzuholen ... Ich habe mir gedacht, ich behalte sie lieber erst mal, bis du kommst, damit ihr nichts passiert«, erklärte der Mann, der rot wurde. Dann überreichte er Ronja die Hundeleine.

Ronja fühlte sich wie eine Idiotin. Die Polizei hatte den Hund nicht erwähnt, aber wie konnte es denn sein, dass sie das Tier nicht mal vermisst hatte? Sie schaute den schwarzen Labrador an. Minni war schließlich schon lange hier gewesen. Als Ronja vor vielen Jahren einmal zu Besuch nach Finnland kam, war ihr in der Wohnung ihres Vaters plötzlich ein Hundewelpe entgegengetapst. Das war wirklich eine Überraschung gewesen, weil ihr Vater nie zuvor den Eindruck erweckt hatte, ein besonders großer Hundefan zu sein. Er wand sich ein bisschen, als sie sich wunderte und sich nach der Herkunft des Tieres erkundigte. Aber schließlich insistierte sie nicht weiter. Das Wichtigste war schließlich, dass ihr Vater nicht alleine in seiner Wohnung vor sich hin vegetieren würde.

»Der Tod deines Vaters tut mir sehr leid«, sagte der Nachbar hustend, und Ronja kehrte wieder in die Gegenwart zurück.

Der Mann stand immer noch vor ihr.

»Ich habe ganz zufällig von Ulla, die im Erdgeschoss wohnt, gehört, was passiert ist. Sie weiß von ihrer Tochter, die mit dem Polizisten Mikko Saaristo verheiratet ist, dass man Harri im Wasser gefunden hat. Ich verstehe nicht, wie er da gelandet ist …« Marttis verlegene Stimme wurde immer leiser und verstummte schließlich ganz.

Ronja hätte am liebsten das Gesicht verzogen. Lauttasaari war anscheinend immer noch wie ein großes Dorf. Es gab kein Entkommen – weder vor seinen Taten noch seinen Geheimnissen. Immer gab es irgendwo einen Nachbarn, der seine Nase in fremde Angelegenheiten steckte.

»Harri und ich waren so gute Nachbarn, sogar Freunde, wage ich zu behaupten. Ja, und er wohnte direkt gegenüber. Was für ein toller Zufall, dass wir so nah beieinander wohnten!«, erzählte Martti mit leuchtenden Augen.

Ronja nickte zerstreut. Sie wusste, wie das hier ablief, sie kannte diesen Menschentyp. Sie bräuchte nur eine einzige klitzekleine Information mit einem dieser klatschsüchtigen Nachbarn teilen, und es würde sich sofort wie ein Lauffeuer auf der ganzen Insel verbreiten.

»Danke, dass du dich um Minni gekümmert und sie vorbeigebracht hast!«, sagte Ronja und griff forsch nach der Türklinke, um anzudeuten, dass das Gespräch nun beendet war.

Der Nachbar schien den Wink verstanden zu haben.

»Also wenn du mal Hilfe brauchen solltest, dann findest du mich gleich da drüben. Harris Tochter helfe ich immer gerne und so viel ich kann.« Martti nickte und schlurfte dann in seinen Pantoffeln durch den Gang.

Ronja zog leicht an Minnis Leine, woraufhin der Hund zufrieden in die Wohnung tapste. Ronja schloss die Tür hinter sich. Der Nachbar schien doch ein bisschen anstrengend zu sein.

So etwas hatte ihr gerade noch gefehlt!

Minni sah Ronja mit ihren vertrauensseligen Augen an. Sie kannte diesen Menschen, kannte dessen Geruch und akzeptierte ihn.

»Hier sind wir jetzt also, nur wir zwei Mädels.« Ronja schaute den Hund an, schüttelte den Kopf und zog sich dann wieder auf das Sofa zurück. Was sollte sie bloß mit Minni machen? Schließlich konnte sie den Hund nicht einfach als Handgepäck mit in den Flieger nach London nehmen. Aber darüber würde sie sich später noch Gedanken machen, vielleicht würde sie ja irgendwo in der Nachbarschaft ein gutes Zuhause für den Hund finden.

Minni schaute Ronja an, so als ob sie gerade über das Gleiche nachdenken würde. Ihr Herrchen war verschwunden, unruhig lief sie hin und her, kontrollierte verwirrt das leere Schlafzimmer und tapste dann wieder zurück ins Wohnzimmer, wo sie Ronjas Fuß anstupste. Dann besetzte der große Labrador die Hälfte des Sofas, aber Ronja brachte es nicht übers Herz, Minni mit einem Fußtritt zu verscheuchen. Das sanfte Wesen des Hundes beruhigte sie, und Ronja hoffte, dass es umgekehrt genauso war. Hoffentlich war sie zumindest ein kleiner Trost für Minni.

Ronja war sich nicht sicher, ob sie jemals wieder vom Sofa aufstehen wollte. Vielleicht würde sie einfach für immer dort sitzen bleiben, und irgendwann würde man sie mumifiziert in der Wohnung ihres toten Vaters finden. Oder sie würde von dem Hund angeknabbert werden. Lächelnd schaute sie Minni an.

»Du würdest mich doch nicht fressen, oder? Aber was rede ich denn da? Natürlich würdest du das früher oder später tun, du würdest mein Gesicht abnagen. Und meine Oberschenkel erst, die wären bestimmt ein Leckerbissen«, alberte Ronja herum und umarmte dann den schwarzen Riesen. Minnis Fell war rau und weich zugleich.

Es hatte etwas Tröstendes.

Minni ließ ihren Kopf auf Ronjas Schulter sinken. Die große schwarze Schnauze zitterte ein bisschen.

Ronja quoll das Herz über vor Freude.

KAPITEL 6

Anton betrat den Konferenzraum, ließ sich in einen Stuhl fallen und seufzte tief. Gedanken an den Toten vom Kasinoranta quälten ihn. In diesem Moment lag die Leiche beim Gerichtsmediziner, war in dessen Obhut, um endgültig die Todesursache festzustellen, aber Anton hatte das Gefühl, als ob das eine Ewigkeit dauern würde. Es war Mittwoch und schon einige Tage her, seitdem die Leiche gefunden worden war. Man hätte eigentlich annehmen können, dass Mäkinen die Arbeit schneller erledigen würde. Normalerweise war Anton bei so etwas immer dabei, aber diesmal hatte es sein Zeitplan nicht zugelassen. Er musste also warten, und das war alles andere als leicht.

Natürlich hatte Anton bereits am Fundort der Leiche kapiert, dass es sich hierbei nicht um einen Unfall handelte, aber sie brauchten ein vorläufiges Autopsiegutachten des Gerichtsmediziners, damit sie sich die nächsten Schritte überlegen konnten. Trotzdem lief Antons Ermittlerhirn auf Hochtouren. An einem kalten Oktoberabend lief der inzwischen Verstorbene in Sommerkleidung und ohne Portemonnaie oder Schlüssel nach draußen. Und er hatte eindeutige Würgemale am Hals.

Auch wenn es natürlich manche Leute schafften, sich selbst in kuriose Situationen zu bringen, YouTube war voll mit solchen verrückten Unfällen. In Lauttasaari hatten die wochenlangen Herbststürme Wohnungen und Autos beschädigt und Bäume entwurzelt.

Theoretisch war es also durchaus möglich, dass der Tote bei einer Windböe an einem Felsen den Halt verloren hatte und ins Wasser gestürzt war, sich dabei sein Gesicht an einem Stein aufgeschlagen hatte und ertrunken war.

Aber irgendetwas passte hier nicht zusammen. Antons Bauchgefühl sagte ihm, dass die Erklärung nicht ganz so einfach sein konnte.

»Ich bin doch nicht zu spät? Oder hat er schon angerufen?«, fragte Oona, als sie den Raum betrat. Sie sah mindestens genauso unausgeschlafen aus wie Anton. Die Haare waren nachlässig zu einem Pferdeschwanz zusammengebunden, die hellblaue Hemdbluse war zerknittert. Oona stellte zwei große Pappbecher auf den Tisch.

»Kaffee?«

Dankbar schnappte sich Anton einen der Becher. Heute würde es bestimmt noch spät werden.

»Er hat sich noch nicht gemeldet, aber macht er bestimmt bald. Ich habe mich in der Zwischenzeit mit dem Ganzen vertraut gemacht. Also ich weiß ja nicht …«, murmelte Anton und nahm einen Schluck von seinem Kaffee.

»Du siehst furchtbar aus, Anton.«

»Vielen Dank auch«, entgegnete er und verzog sein Gesicht.

»Aber ich glaube, dass dich das hier aufmuntern wird.« Oona lächelte verschmitzt und legte einen Stapel Fotos auf den Tisch.

Das weckte Antons Aufmerksamkeit. Oona war gestern mit dem Team bei der Durchsuchung der Wohnung des Toten dabei gewesen, um nach Hinweisen, nach Beweisen, um nach allem Möglichen zu suchen.

Dabei hatten sie offensichtlich etwas Interessantes entdeckt.

»Erinnerst du dich noch an die Postkarte, die wir in der Tasche des Toten gefunden haben? Nun ja, das war nicht die einzige von dieser Sorte. In der Wohnung haben wir noch mehr davon gefunden, eine ganze Schublade voll! Die Jungs haben sie zur

Spurensicherung gebracht, aber haben vorher auf mein Bitten hin jede Postkarte von beiden Seiten fotografiert.« Oona breitete die Fotos, die sie in der Hand gehalten hatte, nun vor Anton auf den Tisch aus.

Anton hatte sich schon gedacht, dass die Postkarte mit dem Landschaftsmotiv, die sie in der Tasche des Toten gefunden hatten, nicht zufällig dort gewesen war. Sie war wie ein Fingerzeig. Ein Hinweis. Und Anton hatte recht gehabt.

Er breitete die Fotos auf dem Tisch aus. Es gab mehrere Dutzend davon, die immer das Gleiche zeigten: den Badestrand Kasinoranta. Immer das gleiche flache Ufer. Auf jedem Bild glänzte das Meer in der Sonne, und der weiche Sandstrand wurde von Seegras, niedrigem Gestrüpp und Weidensträuchern gesäumt. Man konnte fast die salzige Meeresluft und den köstlichen Duft der Zimtschnecken aus dem nahe gelegenen Café riechen. Und das Meer, das schwindelerregend weitreichende glänzende Meer wies in die endlose Ewigkeit.

»Zusammen mit der Postkarte, die der Verstorbene bei sich hatte, sind es insgesamt siebenunddreißig Stück. Auf allen ist das gleiche Motiv zu sehen. Aber die Jahreszahlen variieren, gleiches gilt für den Versandort. Ein Teil der Postkarten wurde aus Finnland verschickt, ein anderer Teil aus dem Ausland. Die Untersuchungen der Spurensicherung sind allerdings noch nicht abgeschlossen«, beantwortete Oona Antons unausgesprochene Frage.

»Sind die anderen Postkarten genauso wie diejenige, die wir bei dem Toten gefunden haben?«, fragte Anton, obwohl er die Antwort bereits kannte.

Oona nickte.

»Auf allen stand der gleiche seltsame Aphorismus. Immer die gleiche Handschrift und kein Absender.«

»*Ab alio expectes, alteri quod feceris*«, sagte Anton laut.

»Erwarte vom anderen, was du selbst ihm getan«, las Oona aus ihren Notizen.

Anton schaute sie an.

»In meinen Ohren klingt das nach einer Drohung.«

»Oder einer Warnung«, führte Oona den Satz ihres Partners fort und setzte sich schließlich hin.

Anton nickte. Der Verstorbene hatte siebenunddreißig gleiche Postkarten erhalten, die er alle aufbewahrt hatte. Aus irgendeinem Grund. Und eine dieser Karten hatte er auf seine letzte Reise mitgenommen. Was hatte das zu bedeuten?

»Die Leute von der Spurensicherung werden uns sofort Bescheid geben, sobald sie die Postkarten untersucht haben. Ich habe ihnen gesagt, dass sie sich beeilen sollen, weil es für unsere Nachforschungen wichtig sein könnte. In den nächsten Tagen bekommen wir bestimmt mehr Informationen«, sagte Oona und nahm einen Schluck von ihrem Kaffee.

Anton nickte und starrte auf die Fotos. Zusammen sahen sie aus wie eine maritime Patchworkdecke. Irgendetwas verriet ihm, dass die Postkarten mit dem Tod zu tun hatten.

Aber inwiefern?

»Am Strand haben die Jungs nicht viel gefunden. Die Fußspuren hatten sich bereits mit unseren Spuren und denjenigen der Passanten vermischt. Und außerdem hatte der Wind auch den Sand durcheinandergebracht. Es ist praktisch unmöglich, einzelne Spuren zu isolieren«, fuhr Oona fort und schüttelte den Kopf.

Anton nickte.

Er warf einen Blick auf seine ihm gegenüber sitzende Partnerin. An Oonas Gesicht konnte man nichts ablesen, stattdessen wurden ihre Augen von dunklen Schatten umrahmt, und ihre Haut war blass. Ganz offensichtlich war der Schlaf bei ihr zu kurz gekommen. Die Frau war kaum dreißig Jahre alt, sie hatte etwas Zerbrechliches an sich.

»Hattest du überhaupt mal Zeit, um dich auszuruhen? Es ist nicht deine Aufgabe, dich durch die Arbeit selbst umzubringen. Ganz egal, was der Boss sagt. Du hast hier schließlich gerade erst angefangen«, sagte Anton sanft und sammelte die auf dem Tisch herumliegenden Fotos ein.

Schwach lächelnd erwiderte Oona seinen Blick.

»Wenn ich beweisen will, dass ich in einer Abteilung für Gewaltverbrechen gut zurechtkomme, dann muss ich doppelt so hart arbeiten wie alle anderen. Ich bin jung, ich bin eine Frau – mich hat der Boss ganz besonders im Visier. Und mal davon abgesehen will ich auch besser sein als alle anderen. Irgendeinen großen Erfolg konnte ich schließlich noch nicht vorweisen.«

Anton lächelte.

»Du hast noch Zeit. Du bist doch erst seit Kurzem hier und hast bis jetzt wirklich gute Arbeit geleistet. Ich zumindest weiß das wirklich zu schätzen, und natürlich gebe ich das auch an die Chefetage weiter«, sagte Anton mit einem Grinsen.

Oonas Blick war ernst, hoffentlich verstand sie seine Worte nicht falsch. Anton wusste, dass sie in keinster Weise an ihm interessiert war, und für ihn war sie wie eine Schwester.

»Diese Postkarten sind schon seltsam«, wechselte er das Thema. »Ehrlich gesagt, ich glaube nicht, dass wir es hier mit einem Unfall zu tun haben.«

Oona nickte.

»Sehe ich genauso. Die Prellungen im Gesicht des Toten und am Körper könnte man ja vielleicht noch damit erklären, dass er auf einen Felsbrocken geknallt ist, aber diese Würgemale ... Da wurde viel Kraft angewendet.«

Anton nickte. Genau deshalb hatte er Oona als seine neue Partnerin gewollt, nachdem Möttönen in Rente gegangen war. Oona war clever. Außerdem war sie furchtlos und geschickt, und sie wurde ständig besser. Und dabei hatte sie ihr ganzes Können noch nicht mal zeigen können, außer bei ein paar Ermittlungen, bei denen es um Körperverletzung ging. Aber der Fall mit der am Ufer gefundenen Leiche könnte zu Oonas beruflichem Durchbruch werden.

Stumm leerten sie ihre Kaffeetassen.

»Ich habe kurz mit der Tochter des Verstorbenen gesprochen – Ronja Vaara. Sie lebt inzwischen im Ausland, ist aber auf dem Weg nach Finnland. Ich habe sie darum gebeten, so schnell wie möglich aufs Revier zu kommen. Anscheinend war sie das einzige Kind des Verstorbenen und praktisch die einzige nahe Verwandte, von einer Schwester, die unter Demenz leidet, einmal abgesehen«, fuhr Anton fort.

Oona überlegte.

»Der einzige direkte Nachkomme ... Und sie war zum Todeszeitpunkt ganz bestimmt außer Landes? Für gewöhnlich sind nahe Verwandte ja auch in vielen Fällen die Schuldigen ...« Oona blickte ihn erwartungsvoll an.

»Ich weiß ja nicht. Eine dreißigjährige Frau und ein erwachsener Mann – allein das Schleppen wäre doch unmöglich. Und was ist mit den Spuren im Gesicht?«

»Und wenn ihr jemand geholfen hat?«

Anton sah nachdenklich aus und kratzte sich im Nacken. Eine im Ausland lebende Mörderin und ein heimlicher Komplize? Das hörte sich unwahrscheinlich an, aber andererseits war nichts unmöglich.

»Wurden schon die Videos der Überwachungskameras aus der Nachbarschaft überprüft?«

»Die Jungs sind gerade dabei, die Videos einzusammeln. In der Gegend gibt es allerdings nur sehr wenige Überwachungskameras. Hier gibt es Wohnhäuser, in denen es praktisch gar keine Sicherheitssysteme gibt«, antwortete Oona.

Beim Klingeln seines Telefons zuckte Anton zusammen. »Jetzt ruft er an, endlich.«

Dann hörte er dem Gerichtsmediziner zu und schaute dabei Oona an, die neugierig auf die Neuigkeiten wartete. Anton nickte. Mäkinen fasste sich bei seinen Anrufen immer kurz. Anton wusste es zu schätzen, dass keine Zeit mit Nebensächlichkeiten und dem Austausch von privaten Neuigkeiten verschwendet wurde. Sie würden nicht lange auf Details warten müssen.

»Vielen Dank, Mäkinen«, beendete Anton schließlich das Telefonat.

»Und?«

»Er wird uns später noch einen ausführlichen Bericht zukommen lassen, sobald er den fertig hat, aber die Ergebnisse weisen darauf hin, dass wir mit unseren Vermutungen richtiglagen.«

Oona hob gespannt die Augenbrauen.

»Die Ergebnisse der Autopsie sind eindeutig. Die Todesursache ist Sauerstoffmangel durch Strangulation. In den Augen sind Anzeichen von Blutungen zu erkennen, die durch starken Druck ausgelöst wurden. Und auch die Spur am Hals spricht für sich. Dem Verwesungsprozess des Leichnams nach zu urteilen, passierte das am Sonntag. Die genaue Uhrzeit zu benennen ist unmöglich, aber Mäkinen hatte auch dafür eine fundierte Vermutung. Wahrscheinlich trat der Tod zwischen sechs Uhr abends und Mitternacht ein.«

Oona verdaute erst einmal das Gehörte. Einen Mord zu begehen, setzte immer eine gewisse Kaltblütigkeit voraus, einen außergewöhnlichen Charakter. Und eine außergewöhnliche Brutalität.

»Harri Vaara wurde also am Sonntag, den 24. Oktober, nach Einbruch der Dunkelheit getötet«, fasste Oona zusammen. »Er wurde erwürgt und danach ins Meer gestoßen. Ich vermute, dass er nicht sofort entdeckt werden sollte, aber trotzdem fand man seine Leiche bereits circa vierundzwanzig Stunden später am Kasinoranta. Es klingt ganz danach, als ob es hierbei um eine geplante und nicht um eine spontane Tat ging. Wir haben es offensichtlich mit einem Mordfall zu tun.«

Anton nickte nachdenklich.

»Laut Mäkinen befindet sich die Leiche in einem guten Zustand. Er vermutet, dass der Tote nicht lange im Wasser trieb, sondern sich in den Steinen oder Wurzeln am Ufer verfangen hat, und dass das Wasser deshalb nicht das Weichgewebe zerstören konnte. Ansonsten hätte das Wasser den Verstorbenen unidentifizierbar machen können. Deshalb ist auch der Todeszeitpunkt laut Mäkinen einfach zu bestimmen. Allerdings war die Leiche aufgrund der heftigen Stürme teilweise übel zugerichtet. Das Ufer ist ziemlich steinig.«

Oona nickte. Sie dachte daran, wie das Wetter in den letzten Wochen gewesen war. Allein bei der Vorstellung, bei so einer Witterung ans Meer gehen zu müssen, bekam sie eine Gänsehaut. Keiner würde so etwas freiwillig tun. Zumindest nicht lebendig.

»Wie eine Stoffpuppe in einer mit Steinen gefüllten Waschmaschine«, sagte Oona mit einem schiefen Grinsen.

Die Vorstellung ließ beide erschaudern.

»Der Ort des Todes ist natürlich ein anderer als der Ort, an dem die Leiche gefunden wurde. Mäkinen hat gesagt, dass die Leiche nicht lange im Wasser trieb, weil sie in einem so guten Zustand ist. Also ist Harri wahrscheinlich auch am Kasinoranta ums Leben gekommen.«

»Und was ist, wenn er woanders ermordet wurde und danach an den Strand gebracht wurde?«

»Das ist zwar durchaus möglich, aber an dem Leichnam wurden keinerlei Spuren gefunden, die darauf hindeuten würden, dass er vorher woanders war. Vorläufig können wir also davon ausgehen, dass Harri seinem Mörder am Strand begegnet ist.«

Oona nickte.

»Was für eine Person würde auf so eine Art einen anderen Menschen umbringen? Wer würde so viel Kraft und Entschlossenheit aufbringen und einen Mann nachts an einen Badestrand zerren – jemanden, der nur halb angezogen ist und keine Schuhe anhat? Ihn anschließend eigenhändig erwürgen … und ihn danach ins Meer werfen?«, fuhr Oona fort.

Anton nickte.

»Jemand, der hasst. Ein Mensch, dessen Hass größer ist als alles andere.«

1975

Der Abend war einer dieser perfekten Frühlingsabende, die einen begreifen lassen, dass der Winter endlich vorbei ist. Es war einer dieser Abende, an dem die Menschen zum ersten Mal seit Langem ihre Mäntel offen lassen, den Schal vom Hals wickeln und glücklich in die strahlende Sonne blinzeln. Es war ein Abend, wie er alle Jahre wieder die vom Winter betäubten Menschen überrascht. An den Bäumen sprossen bereits kleine grüne Knospen, und am Strand roch es nach Schlamm, feuchtem Gras und salziger Luft. Hier und da lag noch ein bisschen Schnee, letzte Spuren des vergangenen Frosts. In einigen Tagen würde der letzte Schnee schmelzen.

Der Mann konnte sein Glück kaum fassen.

Hier war er nun also und wartete auf die Frau seiner Träume. Und schon bald würde sie kommen.

Die letzten Monate waren ungewiss gewesen, genauso ungewiss wie der nicht enden wollende Schneematsch. Dunkel und nass, ohne jeglichen Hoffnungsschimmer. Die Frau war so weit weg gewesen. Unerreichbar. Monatelang hatte er sie beobachtet, trotzdem hatte er nie den Fehler begangen, sie anzusprechen, er hatte sie immer nur aus der Ferne bewundert.

Die Stimme in seinem Kopf hatte ihn jedoch nicht in Ruhe gelassen. Die Stimme interessierte sich nicht für Anstandsregeln, sondern verlangte hartnäckig, dass er sich ihr näherte, aber das ergab ja keinen Sinn. Warum sollte sie sich mit ihm treffen oder reden wollen?

Der Winter war unendlich lang gewesen, unerträglich einsam. Wie eine Eiszeit.

Aber dann hatte sich etwas geändert.

An einem ganz gewöhnlichen Tag, in einer ganz gewöhnlichen Umgebung und zu einer ganz gewöhnlichen Uhrzeit hatte sie zurückgeblickt. So wie im Vorbeigehen, ganz kurz und so, als ob es ein Versehen gewesen wäre. Außer dass sie beide wussten, dass es kein Versehen und auch kein Zufall gewesen war. Ihre Blicke trafen sich aus einem ganz bestimmten Grund, und sie wussten es beide. Zwischen ihnen waren Hunderttausende Gewitter ausgebrochen und eine Million Feuerwirbel entflammt, es hatte gedröhnt und geblitzt und gewütet, und ein unsichtbarer Faden hatte die beiden zueinander hingezogen, hatte sie miteinander verbunden. Das Schloss hatte sich geöffnet.

Er wusste nicht, warum sie sich ausgerechnet an jenem Tag dazu entschied, ihn anzusehen, aber danach änderte sich alles. Sie begannen, heimliche Blicke miteinander auszutauschen, und sie wussten beide, dass früher oder später auch ihre Körper zueinander finden würden.

Eines Tages fand er in seiner Tasche einen zusammengefalteten Zettel, auf dem eine Nachricht stand. Es war ein Brief von der Frau. Die schrägen, langgezogenen Buchstaben waren mit sicherer Hand geschrieben worden, aber im letzten Wort offenbarte ein Klecks eine Verletzlichkeit, die unter die Haut ging. Er war vor lauter Glück ganz rot geworden, hatte die Nachricht in seiner Brusttasche versteckt und immer berührt, wenn er an sie denken wollte. Der Grund, warum sich die Dinge plötzlich geändert hatten, kümmerte ihn nicht. Er wollte nur in ihrer Nähe sein.

Nun wartete er nahe dem Strandcafé, am Treffpunkt, der in ihrer Nachricht stand. Natürlich hatte er sich seine besten Sachen angezogen. Er wollte auf keinen Fall blöd aussehen oder den Eindruck erwecken, dass er ihrer nicht würdig war. Das Tweedsakko und der schwarze Rollkragenpullover darunter waren viel zu warm in der Sonne, deren Strahlen sich in seine Haut bohrten. Aber das war ihm egal.

»Hallo!«, sagte die Frau, die von hinten kam und ihn dadurch überraschte. In ihrem eng anliegenden Rock und ihrer zitronengelben Strickjacke war sie atemberaubend schön. Eine Windböe zerzauste ihre Locken. Das helle Frühlingslicht ließ ihr Haar golden schimmern.

Er umarmte die Frau, noch bevor er überhaupt begreifen konnte, was er da gerade tat. Ihr Körper fühlte sich weich und wohlgeformt an. Ihr Hals duftete nach Rosen und nach etwas Verbotenem, ihre vollen Brüste drückten sich einladend an seinen Brustkorb. Er zitterte.

»Du siehst sehr hübsch aus«, stammelte er und löste ungeschickt seinen Griff.

Schüchtern bedankte sie sich und fragte ihn, wie es ihm ginge.

Die Worte perlten hell wie Wassertropfen, die auf die Oberfläche eines sich spiegelnden Teichs trafen. Sie waren schön wie ein Sommerabend und frisch wie ein Sommermorgen, weicher als die Wange eines neugeborenen Babys. Aber selbst wenn sie nichts als Kauderwelsch von sich gegeben hätte, dann hätte es in seinen Ohren dennoch wie die schönste Musik geklungen.

Seite an Seite spazierten sie zum Strandcafé und bestellten Kaffee bei der hinter der Theke stehenden jungen Bedienung. Wie ein Gentleman trug er die Tassen, während sie vor ihm herstolzierte. Sie schlängelte sich an den Terrassenstühlen, den Tischen und den Menschen vorbei und wählte schließlich einen Tisch aus, an dem sie einen überwältigenden Meeresblick hatten.

Zuerst fühlte sich die Situation seltsam an, in aller Stille nippten sie an ihrem Kaffee. Trotzdem machte sie keinen nervösen Eindruck, ganz im Gegenteil. Sie sah entspannt aus und hatte ein kleines Lächeln auf den Lippen. Sie sah glücklich aus.

Er hätte sie gern auf der Stelle geküsst, direkt auf den Mund. Stattdessen drückte er ihre Hand und hob diese an seine Lippen. Er küsste ihren Handrücken.

Sie schloss die Augen.

»Ich habe schon so lange auf diesen Augenblick gewartet. Was hat dich dazu gebracht, deine Meinung zu ändern?«, wollte er wissen.

Sie öffnete die Augen und beugte sich zu ihm herüber. Er hatte das Gefühl, als ob sie ihm direkt in die Seele blicken würde.

»Ich habe begriffen, dass ich nicht mehr so weitermachen kann wie bisher und dass es sich nicht lohnt. Ich wollte nicht mehr der Mensch sein, der ich war. Du strahlst richtig, weißt du das eigentlich?«

Er ließ ihre Hand sinken, aber ließ sie nicht los. Es war ihm egal, wenn sie jemand sehen würde. Er hatte Angst, dass sie sich zurückziehen würde, sobald er ihre Hand losließe. Er wollte sie für immer festhalten. Ihre Gegenwart vernebelte seine Gedanken, und er war nicht mehr imstande, klar zu denken.

»Ich habe das Gefühl, dass wir eine Verbindung haben. Das hatte ich schon vom ersten Tag an«, sagte er.

Für einen Augenblick breitete sich Stille zwischen ihnen aus. Dann begann sie, ihre Sachen einzusammeln und sich zum Gehen bereit zu machen. Aber der Mann war nicht bereit, sich zu trennen. Noch nicht.

»Wann sehe ich dich wieder?«

Sie sah ihn prüfend an.

Dann lächelte sie, und ihm war, als ginge die Sonne auf.

KAPITEL 7

Das Polizeirevier lag an einer Straßenecke im Stadtteil Pasila, es war hässlich, aus Beton und strahlte kalte Bürokratie aus. Der Nieselregen ließ alles nass und alt aussehen.

Ansku und Ronja umarmten sich vor dem Revier. Ronja hatte keinen Regenschirm dabei, und ihr Haar klebte bereits platt am Kopf. Sie kam sich vor wie ein nasser Hund.

Ansku hatte sich in dem letzten Jahr überhaupt nicht verändert. Ihr langes blondes Haar, das sie zu einem Pferdeschwanz zusammengebunden hatte, glänzte, und ihr dezentes Make-up war sorgfältig aufgetragen worden. Sie sah perfekt aus – so wie immer. Neben ihrer Freundin fühlte sich Ronja erbärmlich – so wie immer.

»Es ist schön, dich nach so langer Zeit mal wieder zu sehen. Und danke, dass du es einrichten konntest, mit mir herzukommen. Ich wollte Milla nicht belästigen, sie ist immer so eingespannt mit ihren Kindern«, begrüßte Ronja ihre Freundin. Dann warf sie ihr einen schuldbewussten Blick zu. »Das hier wird allerdings nicht besonders angenehm werden.«

Ansku schüttelte den Kopf. »Macht nichts. Wir kriegen das schon hin. Und später können wir sicher noch einen Kaffee trinken gehen und uns gegenseitig auf den neuesten Stand bringen.«

»Genau, außerdem verstehst du bestimmt mehr von der Bürokratie der Polizisten als ich. Ihr Ärzte redet ja auch immer so, dass man als Normalbürgerin nicht mal die Hälfte davon versteht«, sagte Ronja und lachte gezwungen.

Ansku lächelte.

»Was hat der Polizist denn am Telefon gesagt?«

»Er wollte nichts Genaues erzählen. Er meinte nur, dass er hofft, dass ich so schnell wie möglich aufs Revier komme. Vielleicht haben sie ja neue Informationen«, sagte Ronja und zuckte mit den Schultern. Schnell band sie ihre nassen Haare zu einem unordentlichen Dutt zusammen.

Sie sah bestimmt furchtbar aus. Sie hatte nicht schlafen können und sich die halbe Nacht auf dem alten Ledersofa unruhig hin- und hergewälzt, weil sie keine angenehme Schlafposition finden konnte – das Bett ihres Vaters war nämlich nicht besonders einladend gewesen. In den dunklen Nachtstunden wurden auch ihre Gedanken dunkler und ließen sie nicht schlafen. Erst in der frühen Morgendämmerung hatten sich die Gespenster verkrochen.

»Ronja Vaara? Sie werden von Kriminalhauptkommissar Koivu und seiner Partnerin Oona Laine erwartet. Folgen Sie mir bitte, ich bringe Sie zum Besprechungsraum«, sagte eine freundlich aussehende Frau.

Ronja und Ansku eilten ihr schnell hinterher, bis sie in einem trostlosen Raum mit niedriger Decke ankamen.

»Hier sind Ronja Vaara und ...« Die Frau drehte sich zu den beiden Freundinnen um und schaute Ansku fragend an.

»Anna-Mari Saarenrinne«, antwortete Ansku laut und deutlich.

Die Frau nickte, gab ihnen ein Zeichen, dass sie eintreten sollten, und verschwand dann. Ronja und Ansku blickten sich in dem unscheinbaren Raum um. An den Fenstern hingen Jalousien aus Metall. Konzentriert tippte ein Mann in Zivilkleidung auf einer Computertastatur herum. Er sah viel jünger aus, als Ronja gedacht hätte.

»Bitte nehmen Sie Platz«, sagte er und tippte weiter, ohne aufzusehen. Ronja und Ansku setzten sich.

Und warteten. Der Mann schrieb und schrieb. Seine schlanken Finger bewegten sich über die Tastatur. Er hatte schöne Hände.

Ansku wand sich auf ihrem Stuhl, sie schien keine bequeme Position zu finden. Ronja warf ihr einen Blick zu, aber Ansku erwiderte diesen nicht, sondern starrte stattdessen angestrengt auf ihre Hände. Normalerweise strahlte sie immer Selbstsicherheit aus, aber jetzt wirkte sie unsicher.

»Ja, da bin ich also, so wie wir am Telefon besprochen haben«, begann Ronja.

Da schaute der Mann sie endlich an. Lange blieb er still, dann hustete er. Schnell blickte er wieder auf seinen Computerbildschirm und zurück zu Ronja, dann zu Ansku. Er schien nervös zu sein und sah aus, als ob er die halbe Nacht wach gewesen wäre. Unter seinen Augen konnte man dunkle Schatten sehen.

»Sie haben also jemanden mitgebracht ...«, sagte er verkrampft und deutete auf Ansku.

Ronja errötete leicht.

»Ja, ich habe meine Freundin mitgenommen, weil ich mir dachte, dass ich vielleicht seelischen Beistand gebrauchen könnte. Und auch sonst ist es doch eigentlich besser, wenn zwei Ohrenpaare hören, um was es geht. Wir haben es hier ja wohl kaum mit irgendwelchen Staatsgeheimnissen zu tun, oder?«, lachte sie verkrampft.

»Ihre Freundin ... Ach so«, murmelte der Polizist und musterte die beiden Frauen mit seinen leuchtend blauen Augen. Er schien die Situation abzuschätzen und runzelte die Stirn.

»Das ist doch kein Problem, oder?«, fragte Ronja schnell. Sie wunderte und ärgerte sich zugleich. Koivu selbst hatte sie doch herbestellt, was sollte denn jetzt dieses Rumgeeiere?

»Normalerweise befragen wir die Leute immer getrennt voneinander.«

Ronja wartete, das Tippen begann erneut. Dann hörte Koivu plötzlich auf und räusperte sich.

»Also, ich bin Kriminalhauptkommissar Anton Koivu und ermittle mit meinem Team im Todesfall Ihres Vaters Harri Vaara. Wir haben ja schon miteinander telefoniert. Meine Kollegin Oona Laine kommt auch gleich. Noch mal mein Beileid.«

Er klang jetzt sachlich, schien allmählich in seinen Arbeitsmodus zu kommen, und dazu gehörte wohl auch, den Angehörigen bestimmte Sätze zu sagen.

Ronja hielt inne, wohin führte das hier gerade?

»Ich wollte so schnell wie möglich mit Ihnen sprechen, weil wir aufgrund der Untersuchungen Grund zur Annahme haben, dass es sich bei dem Tod Ihres Vaters nicht um einen Unfall handelte. Wie bereits erwähnt hat der Gerichtsmediziner eine Autopsie durchgeführt. Das ist eine Routinemaßnahme, weil der Tote außerhalb seiner Wohnung gefunden wurde. Inzwischen haben wir neue Informationen erhalten.«

Mit einem Papierstapel in der Hand betrat Oona Laine den Raum. Sie betrachtete die beiden Frauen und stellte sich dann kurz vor. Schnell nahm sie am Tisch Platz und legte die Papiere vor sich ab.

Anton nickte und fuhr dann fort:

»Die Todesursache deutet darauf hin, dass es sich nicht um einen natürlichen Tod und auch nicht um einen Unfall handelt. Vor diesem Hintergrund verstehen Sie bestimmt, warum ich mich so schnell wie möglich mit Ihnen treffen wollte«, sagte Anton geduldig, klickte dann mit der Maus und starrte mit einem interessierten Ausdruck auf den Computerbildschirm.

Ronja wartete darauf, dass er fortfahren würde, aber das tat er nicht. Die Stille wurde unangenehm.

»Ich verstehe nicht. Wie ist mein Vater denn gestorben?«, fragte Ronja ungeduldig.

»Die gerichtsmedizinische Untersuchung ist noch nicht abgeschlossen, und ich kann Ihnen auch nicht alles erzählen, aber wie Sie bereits wissen, wurde Ihr Vater am späten Montagabend am Badestrand Kasinoranta gefunden.«

»Sie werden ihr doch wohl irgendwas sagen können, schließlich ist sie Harris Tochter!«, rief Ansku, verstummte dann aber schnell wieder und fuhr damit fort, mit hochrotem Kopf ihre Hände anzustarren.

Ronja schaute Anton an und fragte: »Mein Vater hat sich doch nicht selbst umgebracht, oder? Versuchen Sie etwa gerade, mir das zu sagen?«

Der Gedanke, dass ihr Vater Selbstmord begangen hatte, war unvorstellbar. Aber andererseits hatte er auch immer viel Zeit alleine in seiner Kammer verbracht, war schwermütig gewesen. Man konnte also nie wissen.

»Wir können doch bestimmt auch jetzt schon etwas erzählen, oder? Für die Angehörigen ist es doch wichtig zu wissen, woran sie sind, damit es nicht zu irgendwelchen Missverständnissen kommt«, sagte Oona, die sich Anton zuwandte. Für einen Moment kamen Ronja die Gesichtszüge der jungen Polizistin bekannt vor. Hatten sie sich vielleicht schon mal früher irgendwo getroffen? Ronja schüttelte den Gedanken wieder ab. Natürlich nicht, die Frau war bestimmt zehn Jahre jünger als Ronja.

»Darauf wollte ich gerade kommen. Natürlich. Wir denken, dass Ihr Vater gewaltsam ums Leben gekommen ist. Leider können wir Ihnen keine Einzelheiten über die laufenden Ermittlungen erzählen«, erklärte Anton mit monotoner Stimme.

Ronja starrte ihn an.

»Laut Gerichtsmediziner starb Harri Vaara durch Sauerstoffmangel. Jemand hat ihn offensichtlich gewürgt«, fuhr Koivu mit ausdrucksloser Miene fort.

»Sind Sie sicher?«

Anton nickte.

»Der Gerichtsmediziner ließ keinen Zweifel daran. Die Vorgehensweise und die Fundstücke vom Ufer weisen darauf hin, dass die Tat geplant war, aber darauf kann ich zu diesem Zeitpunkt nicht näher eingehen, die Untersuchungen sind schließlich noch nicht abgeschlossen.«

Der Mann wies immer wieder darauf hin, dass die Polizei noch mitten in den Ermittlungen steckte. Ronja merkte, dass er verärgert aussah.

»In solchen Situationen denken Angehörige oft, dass sie das Recht hätten, mehr zu erfahren, und dass sie irgendwie weiterhelfen könnten, wenn sie alle Details kennen würden, aber ich kann Ihnen versichern, dass das nicht der Fall ist. Im Gegenteil«, erklärte der gelangweilt aussehende Polizist.

Aber Ronja hörte kaum noch, was er sagte. Sie konnte einfach nicht glauben, dass jemand ihren Vater ganz bewusst aus dem Leben befördert hatte.

»Sind Sie sich auch ganz sicher? Mein Vater hat niemandem etwas getan. Es kommt mir so vor, als ob hier ein Fehler vorliegt. So was passiert doch hier nicht, nicht hier im verschlafenen Lauttasaari«, rief Ronja.

Aber die Polizisten reagierten nicht mal auf ihren Gefühlsausbruch.

»Der Sterbeort wurde abgesperrt, zurzeit wird der Tatort untersucht. Vor dem Hintergrund der Analyse des Gerichtsmediziners und der Hinweise, die wir in der Wohnung des Verstorbenen gefunden haben, gehen wir derzeit von einem Mord aus. Es tut mir leid«, fuhr Oona fort und sah Ronja mitfühlend an.

Trotzdem waren Ronjas Gedanken bereits abgedriftet. In den dunklen kalten Abend. Hände am Hals ihres Vaters, die unbarmherzig zudrücken. Mit aller Kraft. Gegen seinen Willen. Wie das Leben langsam aus seinem Körper schwindet, während das Gehirn noch begreift, was gerade passiert. Papa, der sich dessen bewusst ist, dass seine letzten Momente nahen. Papa, der den Atem des Mörders in seinem Nacken spürt. In Ronjas Magen drückte es immer mehr, als sie an die letzten Augenblicke ihres Vaters dachte. Wusste er, dass er sterben würde? Oder kam die Situation dermaßen überraschend, dass er an nichts mehr denken konnte – nicht mal an Ronja? Verzweiflung, Angst. Überraschung? Was waren die

Gedanken eines Menschen, wenn der Sauerstoff zum letzten Mal aus der Lunge strömte?

Ronja lief ein Schauer über den Rücken, ihr war speiübel.

Schließlich bemerkte sie, dass Koivu sie fragend anstarrte. Sie hatte nicht die leiseste Ahnung, ob er sie etwas gefragt hatte. Sie spürte, wie sie rot anlief.

»Ich weiß nicht, was ich sagen soll. Alles fühlt sich gerade so unwirklich an«, stammelte sie.

Das unangenehme Starren des Mannes ärgerte und verwirrte sie. Warum wirkte dieser Typ eigentlich so abstoßend auf sie?

»Ich verstehe. Im normalen Alltag fühlt sich der Tod immer so an, als wäre er ganz weit weg – und so sollte es ja auch sein«, sagte Koivu jetzt in einem einfühlsameren Tonfall, den er bestimmt in der Polizeischule gelernt hatte.

»Sie wurden herbestellt, weil wir unter den gegebenen Umständen alles über Ihren Vater wissen wollen. Und außerdem wollen wir auch wissen, wo Sie zum Todeszeitpunkt gewesen sind. Wir beabsichtigen, auch noch die anderen Angehörigen zu befragen. Deshalb haben wir Sie herbestellt. Sie sind das einzige Kind des Verstorbenen. Erzählen Sie uns von ihm, wir wollen alles wissen«, sagte Oona und schaute Ronja aufmunternd an.

Ronja sammelte sich schnell und überlegte dann. Was sollte sie über ihn erzählen? Ihr Vater, der eigentlich nie richtig anwesend gewesen war und nie wirklich etwas über sich preisgegeben hatte. Ihr Vater, der sogar Ronja auf Distanz gehalten hatte, so als ob er dadurch sichergehen wollte, dass sie nicht verletzt wurde.

»Mein Vater war … Er war Geschichtslehrer, aber das wussten Sie bestimmt schon, oder?«, stammelte Ronja, die sich nicht sicher war, was man eigentlich von ihr hören wollte.

Sie hätte erzählen können, dass er von der Zeit der Unterdrückung Finnlands und der Geschichte von Finnlands Unabhängigkeit wie besessen gewesen war und darüber eine Dissertation geschrieben hatte, bevor er Lehrer wurde. Kerenski, Ausbeutung, die Roten und die Weißen, eine nach Größe strebende Nation – das alles brachte ihren Vater in einen nahezu ekstatischen Zustand. Die melancholischen Finnen, die sich vom russischen Joch befreit hatten, mit der Finlandia-Hymne, die im Hintergrund erklang – das alles war Papa immer wichtiger gewesen als seine eigene Tochter.

»Vor allem wollen wir wissen, wie er war. Hatte er viele Freunde? Was hat er den ganzen Tag gemacht? Gibt es etwas, das wir wissen sollten?«

Ronja stöhnte, sie wusste es doch auch nicht. Sie hatte keine Ahnung, wer in seinem täglichen Leben wichtig für ihn gewesen war. Hatte er Freunde gehabt? Und wenn ja – wen? Wen hatte ihr Vater sonst noch in seinem Leben gehabt?

»Ich ... ich weiß es leider nicht. Ich wohne nicht mehr in Finnland und habe meinen Vater nur selten gesehen. Zumindest hat er mir nichts von irgendwelchen Freunden erzählt. Er hat eine Schwester, aber zwischen ihnen liegt ein großer Altersunterschied, mein Vater war ein Nachzügler. Tante Liisa leidet unter Demenz und verlässt so gut wie nie das Haus. Und natürlich kannte ihn die Hälfte der Leute aus Lauttasaari mehr oder weniger, er hat schließlich mehr als fünfunddreißig Jahre als Lehrer gearbeitet«, sagte Ronja und spürte eine vertraute Welle der Scham in ihrem Körper.

Alle Kinder in Lauttasaari, die hier auch zur Schule gegangen waren, kannten Harri Vaara. Seine empathischen Lehrmethoden riefen Freude bei den Schülern und Sorge bei den Erwachsenen hervor. Und wenn er mal nicht unterrichtete, dann hockte er in seinem kleinen Arbeitszimmer und studierte mit geistesabwesendem Gesichtsausdruck alte Bücher, oder er gab sich leidenschaftlichen Diskussionen hin, wenn ihm jemand die Möglichkeit dafür gab. Das endete dann immer mit Geschimpfe und Geschrei.

Kein Wunder, dass sich Mama aus dem Staub gemacht hatte.

Die Polizisten tuschelten untereinander, dann schauten sie zu Ronja.

»Und was haben Sie an dem Tag gemacht, als Ihr Vater starb? Laut Gerichtsmediziner starb er Sonntagabend. Wissen Sie noch, wo Sie letztes Wochenende waren?«

Bei der Frage errötete Ronja noch mehr. Koivu schien angriffslustig zu sein.

»Sie verdächtigen jetzt doch wohl nicht Ronja?! Sie war ja noch nicht mal in Finnland, als es passierte!«, rief Ansku dazwischen. Sie schien wütend zu sein und starrte das Polizistenduo eindringlich an.

»Entschuldigung, Ihr Name war Anna-Mari, oder?«

Wütend funkelte Ansku die ihr gegenübersitzende junge Frau an. Sie schnaubte aufgebracht, dann sank sie in sich zusammen.

»Ich habe bloß die Angehörige des Opfers gefragt, wo sie zum Todeszeitpunkt gewesen ist. Das ist eine reine Routinefrage«, fuhr Anton jetzt mit einer sanfteren Stimme fort.

Verwundert blickte Ronja ihre Freundin an. Anskus Gesicht leuchtete rot wie eine Tomate.

»Natürlich habe ich nichts zu verbergen. Wie ich bereits sagte, lebe ich seit über zehn Jahren in London. Genau. Also letztes Wochenende … Freitagabend habe ich einen Freund besucht und entschied mich dann, das Wochenende dortzubleiben. Wir haben gekocht und ich erinnere mich, dass ich Sonntagabend gegen zehn Uhr wieder zu Hause in Putney war. Mein Mitbewohner kann die genaue Uhrzeit bestätigen, er war zu Hause, als ich kam«, sagte Ronja.

Anton nickte mit ausdruckslosem Gesicht.

»Wir brauchen die Kontaktdaten Ihres Freundes«, sagte er dann.

Ronja spürte, wie ihr Blutdruck stieg. Sie war bei Jacob gewesen. Nach ihrem Streit war sie nach Hause gegangen, genervt, weil Jacob ständig arbeitete, aber das würde sie diesem unsympathischen Polizisten bestimmt nicht erzählen.

»Ich kann Ihnen von beiden die Kontaktdaten geben, aber sie haben nichts mit der Sache zu tun«, erwiderte Ronja und kniff ihre

Lippen fest zusammen. Um sie herum elektrisierte die Luft. Warum war es ihr eigentlich peinlich, dem Polizisten zu erzählen, wo sie gewesen war? Ganz offensichtlich missfiel Koivu ihr plötzliches Ausweichen, er sah aus, als ob er gerade in eine Zitrone gebissen hätte.

»Ihr Vater ist gewaltsam gestorben, das ist eine ernste Angelegenheit. Wir müssen leider unangenehme Fragen stellen.«

»Werde ich etwa verdächtigt?«, fragte Ronja ungläubig.

»Nein, aber wir können die Angehörigen nicht unberücksichtigt lassen. Das verstehen Sie doch bestimmt, das ist reine Routine.«

Ruhig saß Ronja auf ihrem Stuhl.

»Wir bleiben in Kontakt. Haben Sie zu diesem Zeitpunkt noch Fragen?«

Ronja schüttelte nur den Kopf.

Sie hatte keine Fragen und würde jetzt bestimmt auch keine Diskussion beginnen. Er mochte vielleicht ein Ermittler sein, aber ein enorm arroganter und egozentrischer. In London hatte sie genug Typen gesehen, die nicht empathiefähig und unverschämt waren, die in zu jungen Jahren zu viel Verantwortung bekommen hatten, was in der Regel Größenwahnsinn hervorrief. Normalerweise brachte sie erst ein größerer Rückschlag wieder zur Vernunft. Dieser Menschentyp war unerträglich. Typisch war auch, dass der Arbeitspartner so eines Mannes oft eine deutlich jüngere Frau war. Er bekam mit Sicherheit eine Menge Kicks dadurch, dass er sie herumkommandieren konnte.

»Das Eigentum, das Ihr Vater bei seinem Tod bei sich hatte, wurde konfisziert und untersucht. In einer Stunde können Sie die Sachen in der gerichtsmedizinischen Abteilung abholen. Die Gerichtsmedizin liegt im Stadtviertel Ruskeasuo, die Wegbeschreibung bekommen Sie am Empfang«, fügte Anton noch hinzu und gab Ronja damit zu verstehen, dass das Gespräch für ihn nun beendet war.

Draußen hatte es aufgeklart. Als Ronja aus dem Gebäude trat, schnappte sie nach Luft, so als ob sie gerade aufgetaucht wäre.

»Ich kann es nicht glauben. Mord! Wie schrecklich! Wie in einem Film. Ich fasse es nicht. Und warum hat mich der Polizist so gequält? Ich bin doch der letzte Mensch auf dieser Welt, der Papa etwas antun könnte. Schließlich war er mein Vater!« Ronjas Augen brannten.

Ansku tippte währenddessen hektisch auf ihrem Handy herum und reagierte gar nicht.

Klick.

Klick.

Klick.

Ronja wurde wütend. Schnell riss sie Ansku das Telefon aus der Hand.

»Das ist jetzt ja wohl nicht dein Ernst, oder?! Papa wurde gerade ermordet und du hast nichts Besseres zu tun, als eine Textnachricht zu tippen?«

Ansku schaute Ronja an, es sah aus, als ob sie die Luft anhalten würde, dann sank sie in sich zusammen.

»Entschuldige, das ist total furchtbar. Ronja, das alles tut mir unendlich leid! Niemand sollte so etwas durchmachen müssen! Ich bin nur ein bisschen durcheinander, weil …«

»Weil was?«, fragte Ronja. Sie war total sauer, und als Ansku jetzt nur herumdruckste, aber nicht mit der Sprache rausrückte, machte Ronja das nur noch wütender.

»Dieser Koivu. Entschuldige, das ist in dieser Situation völlig unangebracht, aber ich kenne den. Ich war bei dem zu Hause.«

»Was?«

»Der ist bei Tinder. Ich wollte gerade sein Profil raussuchen. Einen Moment lang dachte ich schon, ich würde mir das alles nur einbilden. Er hat so getan, als ob er mich nicht kennen würde«, sagte Ansku und nahm Ronja das Telefon aus der Hand. Einen Moment lang suchte sie und zeigte Ronja dann den Eintrag.

»Da! Anton Koivu!«, schrie Ansku fast.

Ein etwas angespannt aussehender Mann ohne Shirt posierte vor der Kamera und sah aus, als ob er gleich die Welt erobern würde.

Aber das Gesicht war dasselbe. Ja, Anskus One-Night-Stand war dafür verantwortlich, dass Papas Mörder gefunden wurde.

»Das darf doch nicht wahr sein!«, platzte es aus Ronja heraus. Ihr war gleichzeitig zum Lachen und zum Weinen zumute.

»Warum hat der nichts gesagt? Nicht das kleinste Zeichen, dass er dich erkannt hat«, wunderte sich Ronja und scrollte neugierig durch Koivus Profil.

»Keine Ahnung. Einen Moment lang dachte ich, dass ich verrückt werde. Was für ein Arschloch, dass er noch nicht mal Hallo gesagt hat!«

Ronja schaute ihre Freundin an und grinste.

»Du bist doch nicht etwa in ihn verknallt, oder? Der ist doch echt ein Arsch.«

»Nein, natürlich nicht. Hab den schon vergessen«, erwiderte Ansku.

»Und diese Oona Laine ... Die kam mir total bekannt vor. Ich weiß nur nicht, woher ich die kennen könnte«, murmelte Ronja.

Ansku rollte mit den Augen.

»Zwischen ihr und Koivu liegen mindestens zehn Jahre Altersunterschied oder noch mehr«, sagte sie mit gepresster Stimme.

Ronja nickte. Anskus Männergeschmack war ziemlich speziell und dieser Typ entsprach vollkommen ihrem Beuteschema. Von dem Mann würden sie noch etwas hören und nicht nur in polizeilichen Belangen. Es könnte sein, dass zwischen Koivu und Laine etwas lief – oder auch nicht. Aber Ansku konnte Ronja nichts vormachen, ihre Eifersucht war unübersehbar.

»Jetzt weiß ich es! Sie sieht genauso aus wie Silja, erinnerst du dich?«

Ronja lachte, so musste es sein. Silja, die Schönheit der Oberschule. Alle Jungs waren in sie verknallt gewesen. Sie war eine dieser Typen, die während der Schulzeit aufblühten – aber danach verblasste ihr Glanz und erlosch schließlich komplett, wenn sie um die dreißig waren.

»Silja hatte eine kleine Schwester, das muss sie sein! Oona Laine hatte etwas Ähnliches an sich, ein Hauch dieser unbeschwerten Schönheit unter einem besorgten Äußeren. Aber ich hatte schon seit Jahrzehnten nichts mehr mit Silja zu tun. Lustiger Zufall!«

Ronja seufzte.

Verdammtes Lauttasaari! Warum kannte hier jeder jeden? Sie erinnerte sich daran, irgendwo gelesen zu haben, dass sich alle Finnen über drei andere Leute kannten. Das stimmte absolut! Selbst nach all den Jahren im Ausland holten sie die heimatlichen Bande immer wieder ein, hatten sie fest im Griff. Zogen sie zurück, als wollten sie ihr sagen, dass sie in Wirklichkeit hierhin gehörte und alles andere nur eine Illusion sei.

Das alles war ein Riesenschlamassel.

»So, jetzt gehen wir kurz noch woandershin und unterhalten uns mal über was komplett anderes, bevor wir nach Ruskeasuo fahren, um die Sachen deines Vaters abzuholen«, sagte Ansku und steckte das Telefon wieder zurück in ihre Tasche.

KAPITEL 8

Aber dann saß Ronja später trotzdem alleine in der Straßenbahn nach Ruskeasuo, weil Ansku einen Anruf vom Gesundheitszentrum bekommen hatte. Sie brauchten kurzfristig eine Vertretung für einen Arzt, der krank geworden war. Daraufhin hatte sich Ansku zerknirscht bei Ronja entschuldigt und sich auf den Weg gemacht.

Durch den Kaffee, den sie in einer Konditorei getrunken hatte, war Ronja ganz aufgekratzt und zittrig. In die Leichenhalle zu gehen bedrückte sie, obwohl sie doch nur die Sachen ihres Vaters abholen sollte und keinen einzigen Toten sehen musste. Dennoch war sie nervös. Was wäre, wenn sie trotzdem eine Leiche zu Gesicht bekommen würde? Sie hatte noch nie einen Toten aus der Nähe gesehen und könnte auch jetzt gut und gerne darauf verzichten.

Ihre Gedanken wurden unterbrochen, als sie in Ruskeasuo ankam. Falls überhaupt möglich war dieses Gebäude der gerichtsmedizinischen Abteilung sogar noch hässlicher als das Polizeirevier. Der nichtssagende dunkelbraune Backsteinwürfel mit den kleinen, an Triefaugen erinnernden Fenstern war alles andere als einladend. Resigniert ging Ronja in das Gebäude. Wenn sie das hier erledigt hatte, wären die Behördengänge erst mal vorbei und sie könnte sich wieder auf andere Dinge konzentrieren.

»Hallo, die Polizei schickt mich. Ich bin gekommen, um die Sachen meines Vaters abzuholen. Harri Vaara«, stammelte Ronja.

Die Frau am Empfang nickte.

»Mein herzliches Beileid. Sie können dort drüben auf den Arzt warten«, sagte sie und lächelte verständnisvoll. Dann führte sie Ronja zu einer orangefarbenen Plastikbank im Wartebereich.

Ronja hatte sich kaum gesetzt, als sie auch schon aufgerufen wurde. Ihr blickte ein Mann entgegen, der erst vor Kurzem die Schwelle zum Erwachsenenalter erreicht zu haben schien. Er trug ein blaues bodenlanges Gewand. Und offenbar konnte er seine Hände nicht kontrollieren, weil er die ganze Zeit nervös mit ihnen herumfuchtelte. Er schob eine seine Nase runterrutschende altmodische runde Brille hoch.

»Sie sind bestimmt gekommen, um die Sachen Ihres Vaters abzuholen. Ich bin Facharzt Otso Merivirta und vertrete heute unseren Gerichtsmediziner.«

Ronja nickte.

»Harri Juhani Vaara, geboren am 2. Mai 1952«, las der Mann von den Papieren ab, während er sie in die Tiefen des Gebäudes führte.

Ronja nickte und fragte sich im Stillen, wie weit sie wohl noch laufen würden, als der junge Arzt sagte: »Wir sind da. Bitte.«

Sie standen vor dem Obduktionsraum. Entsetzt schaute Ronja ihn an, aber Merivirta schob sie in den Raum und schloss dann die Tür hinter sich.

»Warten Sie dort, dann mache ich mich auf die Suche. Einen Moment.«

So einen Raum hatte sich Ronja immer wie in einer amerikanischen *CSI*-Folge vorgestellt: ein moderner und klinischer Saal, in dessen Mitte ein großer Metalltisch, ultramoderne Arbeitsinstrumente, die an Zahnarztbesteck erinnerten. Im Raum nebenan lösten gut aussehende Ermittler tatkräftig Verbrechen und unterhielten sich gegenseitig mit einem ironischen, intelligenten Humor. Dieser Raum war hingegen überraschend alltäglich. Kein dramatischer Desinfektionsmittelgeruch und auch keine glänzenden Oberflächen. Nur ein klinischer Untersuchungstisch aus Metall mit einer hellen Lampe darüber.

Ronja spürte, wie ihr der Atem stockte. Der Untersuchungstisch war nicht leer.

Jemand lag darauf. Eine Leiche?

Sie konnte die Konturen unter der Abdeckung erkennen. War das Papa? Ronja blinzelte und starrte wie versteinert auf den Tisch. In ihrem Kopf entstand eine Gestalt unter der Abdeckung. Papas große, gerade Nase, die sein Profil ein bisschen adlermäßig erscheinen ließ. Breite, etwas krumme Schultern und zu Fäusten geballte Hände, schließlich lange Beine, die in breiten Füßen endeten. Als Kind hatte sie oft mit seinen riesigen Schuhen gespielt. Mit seinen Galoschen, seinen Gummistiefeln. Später im Teenageralter, als sie sich über ihre eigenen großen – ihrer Meinung nach hässlichen – von ihrem Vater geerbten Füße geärgert hatte, hatte ihr Vater sie mit seinem typischen trockenen Humor getröstet: »Besser große Füße als zu kleine, dann kippt man nicht so schnell um.« Jetzt musste Ronja darüber lachen.

Lachen und weinen.

Vielleicht lag er dort mit geschlossenen Augen. Vielleicht waren seine Gesichtszüge ganz gelassen wie bei einem Schlafenden. Vielleicht wäre es gar nicht so schlimm – es hieß ja immer, dass die Seele des Menschen sich zum Zeitpunkt des Todes von seinem Körper trennt. Vielleicht sah die Leiche ja so aus wie eine leere Hülle.

Dann erinnerte sie sich an Koivus Worte und dachte an das, was ungesagt geblieben war. Sie war sich auch nicht sicher, ob sie überhaupt alles wissen wollte. Sie konnte sich nur vorstellen, wie die Würgemale vielleicht aussehen könnten und was der steinige Kasinoranta mit einem menschlichen Körper anstellen könnte … Erschrocken wandte sie sich wieder dem Arzt zu.

»Haben Sie die Sachen schon gefunden? Ich hab's ziemlich eilig.«

»Ja, gleich. Das ist bestimmt sehr schwer für Sie. Man hat die Leiche im Freien gefunden, weshalb sie etwas schlimmer aussieht.

Für manche Leute kann das zu viel sein. Wir haben natürlich versucht, ihn in einem so guten Zustand wie möglich zu halten. Das ist bestimmt sehr schwer für Sie«, wiederholte er und nickte. Dann durchsuchte er hektisch das Regal neben ihm.

»Er wurde ermordet«, platzte es aus Ronja heraus. Ihre Augen brannten, und ihr Hals fühlte sich an, als ob jemand auch sie gewürgt hätte. Am liebsten hätte sie die Abdeckung von der Leiche heruntergerissen und nachgeschaut, wer darunter lag. Sie wollte ihrem Vater in die Augen sehen. Sie musste sich zusammenreißen, damit sie vor dem jungen, unsicheren Mann, der sie jetzt bestürzt anstarrte, nicht in Tränen ausbrach.

»Entschuldigung, anscheinend habe ich da etwas durcheinandergebracht ... Mein herzliches Beileid«, stammelte er und trat dann von seinem Computer zurück.

Ronja stand neben dem Untersuchungstisch. Erinnerungen kamen ihr in den Sinn, die sich überschlugen: Ronja und ihr Vater am Strand und am Eisstand. Papa und Mama, die händchenhaltend vor ihr herliefen ... Ein leicht gebeugter Papa, der mit einem Buch in der Hand in der Sofaecke hockte. Papa in einer alten Strickjacke am Schreibtisch, wie er, in die Arbeit vertieft, vor sich hin murmelte. Das letzte Mal, als sie sich gesehen hatten. Der letzte gemeinsame Abend, bevor sich Ronja in den frühen Morgenstunden zum Flughafen und dann ins Ausland aufmachte. Papas weiches, altes T-Shirt. Eine schnelle, leichte Umarmung.

Das war alles schon so lange her. Es kam ihr vor wie ein anderes Leben.

»Gut. Hier sind die Sachen.« Der Arzt reichte Ronja eine Plastiktüte und lächelte ihr aufmunternd zu.

Ronja nahm die Tüte und schaute hinein, aber ihr Vater hatte anscheinend kaum etwas dabeigehabt.

»Außerdem hatte der Verstorbene auch noch eine kleine Tüte bei sich, in der eine Postkarte war. So steht's hier zumindest. Aber die Karte ist noch bei der Polizei«, erklärte der Arzt entschuldigend.

Ronja nickte resigniert.

Die Stille zwischen ihnen wurde unangenehm.

»Das ist jetzt bestimmt ein bisschen seltsam, aber ich habe eben gerade erst realisiert, dass der Verstorbene – also Ihr Vater – der Harri Vaara ist. Ich habe auch einmal bei ihm Unterricht gehabt, so wie ...«

»So wie wahrscheinlich jeder Bewohner von Lauttasaari«, beendete Ronja schmunzelnd den Satz.

Er lächelte nervös und nickte.

»So was hab ich schon ein paarmal gehört«, lachte Ronja gezwungen.

»Ja, natürlich. Tut mir leid.«

Mit glasigen Augen schaute Ronja den Arzt einen Moment lang an. Dann nickte sie und floh aus dem Raum – raus aus dem endlosen Korridor und raus aus dem alten Backsteingebäude.

KAPITEL 9

Geduldig lächelte Anton die ihm gegenübersitzenden Senioren an. Vier ältere Leute hockten um einen Tisch, auf dem eine mit Spitzen besetzte Tischdecke lag.

»Wie schön, dass wir so kurzfristig vorbeikommen durften, und toll, dass sie alle kommen konnten. Elli Rannikko, Kyllikki Jokinen, Martti Lahdenkangas und Ulla Kivisalo, nicht wahr?« Aufmunternd nickte Anton den Senioren zu. »Wir ermitteln im Todesfall Harri Vaara. Das hier ist meine Partnerin Oona Laine. Als Erstes wollen wir herausfinden, was Harri Vaara zuletzt gemacht hat, damit wir uns einen besseren Überblick über die Geschehnisse verschaffen können. Sie sind Harris Nachbarn und kannten ihn schon lange. Können Sie mir erzählen, was Sie am Abend seines Todes, also am Sonntag, den 24.10., gemacht haben?«

»Ja ... das ist wirklich alles ganz furchtbar«, sagte Elli Rannikko und schaute in die Runde. Ihre sorgfältig frisierten Locken hüpften dabei ein bisschen.

Die anderen nickten langsam.

»Ich selbst habe an dem Abend meine Wohnung überhaupt nicht verlassen. Zum Glück! Wer weiß, vielleicht wäre ich dem Mörder sonst ja selbst über den Weg gelaufen. Einkäufe musste ich auch nicht machen, weil mein Sohn so einen Einkaufsservice beauftragt hat, und die bringen mir die Lebensmittel direkt bis zur Wohnungstür. In diesem Alter hat es ja nicht viel Sinn, sich ohne Grund in der

Gegend herumzutreiben, besonders jetzt nicht, da es in letzter Zeit doch auch diese Einbrüche gegeben hat. Hat man gegen die eigentlich schon etwas unternommen?« Kyllikki Jokinen drückte ihre Handtasche fest an sich.

»Die Helsinkier Polizei tut alles, damit die Einbrecher so schnell wie möglich gefasst werden.«

»Und Sie, Frau Kivisalo? Ist Ihr Mann heute zu Hause geblieben, weil er nicht zu diesem Treffen kommen konnte?«, fragte Oona, wodurch sie wieder zum eigentlichen Thema zurückkehrte.

»Oh, Pentti befindet sich in einer so schlechten Verfassung, sodass er ganz bestimmt nichts gesehen hat. Alzheimer, wissen Sie? Da spielt das Erinnerungsvermögen nicht mehr mit. Er lebt in seiner eigenen Jugend, Jahrzehnte zurück«, sagte Ulla Kivisalo mit piepsiger Stimme.

Anton nickte, ermutigte sie fortzufahren.

»An jenem Abend ging ich gegen halb fünf in die Waschküche, um meine trockene Wäsche zu holen. Ich begegnete nur diesem jungen Pärchen, die im obersten Stock wohnen. Zwischendurch machen die ja ziemlich viel Krach, aber in dem Moment wollte ich sie nicht darauf ansprechen, weil ich es eilig hatte. Ich wollte so schnell wie möglich wieder nach Hause zurück, zu Pentti«, sprudelte es aus Ulla Kivisalo heraus.

»Du bist immer viel zu nett! Ich war selbst schon bei denen, um ihnen das zu sagen. Unmöglich, dass die da immer so einen Radau machen«, sagte Elli Rannikko und nickte der neben ihr sitzenden Ulla zu.

Anton grinste. Das Leben dieser Leute bestand aus Routinen, ihrem Zuhause, aus dem Pflegen kranker Ehepartner, dem Stalken der Nachbarn. Und es bestand daraus, über andere zu urteilen. Anton hoffte, dass er später, wenn er selbst mal alt war, niemals so werden würde.

»Martti, du hattest ja mehr mit Harri zu tun«, sagte Kyllikki Jokinen plötzlich.

Martti Lahdenkangas lief rot an, als sich die Aufmerksamkeit aller so unerwartet auf ihn richtete.

»Harri und ich haben ab und zu zusammen gepokert. Das war eine lustige und unschuldige Gewohnheit. Wir haben nur um ganz wenig Geld gespielt. Und unser Nachbar Pentti war auch oft dabei, bevor er krank wurde ...« Martti guckte schüchtern zu Ulla rüber.

Anton wurde aufmerksam.

»Wie lange kannten Sie Harri Vaara?«

»Das ist jetzt bestimmt schon zehn Jahre her, als ich hier eingezogen bin. Ich hatte ein paar Bilder, die ich aufhängen wollte, aber meine Bohrmaschine war kaputt. Also bin ich zu Harri gegangen und habe ihn gefragt, ob ich mir sein Werkzeug ausleihen könnte. Und damit fing alles an. Wir hatten beide keine Partnerin und wohnten alleine. Harris Frau hatte ihn verlassen, ich selbst war nie verheiratet«, erzählte Martti leise.

»Ihr habt euch sofort angefreundet, Pentti war ja auch immer gerne mit dabei. Wir waren auch alle zusammen auf dem Herbstfest der Wohnungseigentümergemeinschaft. Das waren noch gute Zeiten«, erzählte Ulla, die gerührt klang, dann kramte sie ein Taschentuch aus ihrer Handtasche. Vorsichtig tupfte sie sich die Augen ab.

»Haben Sie Herrn Vaara am Sonntag getroffen? Oder vielleicht am Abend zuvor?«

Martti schien angestrengt nachzudenken.

»Warten Sie mal. Es ist ja noch nicht lange her, aber ich habe ein unheimlich schlechtes Gedächtnis. Die Tage sind immer gleich, wenn man so wie ich unbeschäftigt ist. Ich warte derzeit auf die Entscheidung über meinen Vorruhestand. Früher oder später wird das Alter für jeden von uns zum Hindernis, der Körper lässt einen das spüren. Ich habe schon seit Längerem Probleme mit meiner Hüfte«, sagte Martti lächelnd und verstummte dann, um nachzudenken.

Anton wartete geduldig. Die Falten auf der Stirn des ihm gegenübersitzenden Mannes wurden tiefer.

»Das Wochenende habe ich zum größten Teil in meiner Hütte verbracht, also meinem Wochenendhäuschen. Aber Sonntag ... Ich kam morgens nach Hause, und dann klingelte Harri an meiner Tür. Ja, so war das. Er bat mich, eine Weile auf seinen Hund aufzupassen – er war ganz aufgeregt, so als ob er die Antwort auf ein Rätsel gefunden hätte.«

»Ein Hund?«, fragte Anton. Harris Tochter hatte nichts von einem Hund gesagt.

»So ein großer schwarzer ... Was für eine Rasse ist das noch mal ...« Hilfesuchend blickte Martti zu den anderen.

»Das ist ein Labrador und ein ziemliches Biest, also wenn Sie mich fragen. Ich verstehe wirklich nicht, warum Harri sich so einen angeschafft hat. Ich kannte Harri dreißig Jahre, aber diese Hundesache kam wie aus heiterem Himmel. Ich kann überhaupt nicht verstehen, wie man große Hunde in der Wohnung halten kann. Solche sabbernden Biester gehören nach draußen«, sagte Ulla Kivisalo energisch.

»Harri hat sich den doch gar nicht selbst geholt, das hast du falsch in Erinnerung, Ulla.« Kyllikki Jokinen lachte plötzlich.

Anton schaute sie fragend an. In Windeseile hatte die Unterhaltung eine seltsame Richtung eingeschlagen.

»Wie? Hat Harri den Hund gar nicht selbst gekauft?«

»Wie kann es denn sein, dass du dich nicht mehr daran erinnerst? Helena Saari hat ihm den Hund geschenkt. Diese Blondine. Ich erinnere mich aber nicht mehr an ihren Mädchennamen ... Ihre Eltern lebten in Kuikkarinne. Weißt du noch?«

Ulla sah nachdenklich aus.

»Ich kenne diese Helena Saari überhaupt nicht. Aber ich erinnere mich noch daran, als der Hund kam. Das ist schon viele Jahre her. Mindestens acht? Wenn nicht sogar zehn oder sogar noch mehr? Erinnerst du dich noch, Martti?«

Martti schüttelte den Kopf.

»Das war ganz seltsam, als Helena hier auftauchte. Harri war irgendwie verlegen wegen der Aufmerksamkeit. Natürlich wurde auch später beim Kaffeekränzchen darüber geredet. Harri hat wieder eine neue Flamme«, fügte Kyllikki grinsend hinzu.

»Flamme? Was meinen Sie damit?«, fragte Anton neugierig.

Verlegen schauten sich die Frauen an. Kyllikkis Wangen erröteten, als hätte sie sich verplappert.

»Das ist hier nur so eine Redensart. Hier in Lauttasaari reden wir nicht schlecht über unsere Männer, das ist mehr so ein Necken. Aber weil Harri alleine lebte, wünschten sich viele, dass er auf seine alten Tage noch jemanden kennenlernen würde. Es heißt, dass Harri ein Mann war, der immer auf der Suche war und seine Freundinnen gerne wechselte. So etwas wurde gesagt. Mich haben diese Geschichten aber nie besonders interessiert«, erzählte Kyllikki zögernd und schaute Ulla hilfesuchend an.

Die aber war gerade darauf konzentriert, an dem Faden herumzufummeln, der sich aus dem Saum ihrer Strickjacke gelöst hatte.

Anton warf Oona einen Blick zu, und diese verstand den Wink.

»Okay, kehren wir zu der Sache mit dem Hund zurück. Wenn ich alles richtig verstanden habe, dann besaß Harri einen Hund, den er von Helena Saari bekommen hatte, und am Sonntag bat er seinen Nachbarn Martti Lahdenkangas, auf das Tier aufzupassen. Um wie viel Uhr war das?«

Die Atmosphäre entspannte sich ein bisschen.

»Es war vielleicht zehn oder halb elf, auf jeden Fall vor dem Mittagessen. Leider habe ich nicht auf die Uhr geschaut«, erwiderte Martti.

»Warum hat Harri Vaara Sie um so etwas gebeten? Hat er erzählt, wohin er wollte und warum er den Hund nicht mitnehmen konnte?«, fragte Anton.

»Nein, Harri hat mir das nicht erzählt, aber daran war auch nichts seltsam. Ich habe auch schon öfter auf Minni aufgepasst. Das ist ein guter Hund, überhaupt kein Biest«, sagte Martti und wandte sich damit direkt an Ulla.

»Er hat doch bestimmt erzählt, wohin er wollte?«, fragte Oona beharrlich.

»Es gab wohl etwas, um das er sich kümmern musste. Er sagte, er holt den Hund spätestens am Montag wieder ab. Ich hab mich etwas gewundert, was für dringende Dinge er wohl an einem Sonntag zu erledigen hat. Aber dann habe ich nicht mehr darüber nachgedacht, weil Harri ständig unterwegs war. Schließlich hat jeder irgendwas zu tun. Manchmal kann so was auch mal länger dauern. So ist das eben.«

Aufmunternd nickte Anton dem Mann zu, dass er weiterreden solle.

»Harri mochte es, alleine an der Inselspitze spazieren zu gehen. Er liebte es, auf der Geschützbatterie zu stehen und das wilde, wogende Meer zu beobachten. Er sagte mal, dort würde er sich unbesiegbar fühlen. Vielleicht brauchte er einfach mal eine Pause zum Nachdenken und ging deshalb dorthin«, sagte Martti und schaute seine Nachbarn traurig an.

»Aber eigentlich könnte man doch davon ausgehen, dass er seinen Hund zu einem längeren Spaziergang mitnehmen würde?«, überlegte Anton laut.

»Stimmt. Aber warum hat er dann den Hund zu mir gebracht?«, fragte Martti verwirrt.

Anton nickte kurz. Das war eine Frage, auf die sie eine Antwort finden mussten.

»In was für einer Verfassung war er, als Sie ihn trafen?«, fuhr Oona fort.

In der Flut der Fragen schien Martti etwas verloren zu sein. Die neben ihm sitzende Ulla klopfte ihm tröstend auf die Schulter.

»Ganz normal. Er hat aber auch sonst nie wirklich seine Gefühle gezeigt. Er war ganz normal«, sagte Martti.

»Wir versuchen nur herauszufinden, warum er sich so verhielt und wohin er wollte«, warf Anton ein und blickte den vor ihm sitzenden Mann, der angespannt zu sein schien, ermutigend an.

»Das hat er nicht gesagt, und ich habe auch nicht gefragt. Er war ganz normal. Wie immer«, wiederholte Martti hilflos.

»Was passierte danach? Wie haben Sie den restlichen Tag verbracht?«, fragte Anton.

»Ich bin ein paarmal mit Minni rausgegangen. Am frühen Abend ging ich in den Laden um die Ecke.«

»Und am späten Abend?«

Martti schaute Anton prüfend an.

»Ich war zu Hause. In meinem Alter treibt man sich nicht mehr in Bars oder sonst wo herum. Meine Hüfte macht mir Ärger, und Spazierengehen ist für mich schon aufregend genug«, sagte er lächelnd.

»Wo ist der Hund jetzt? Haben Sie den noch?«, fragte Oona.

»Ich habe Minni zu Harris Tochter gebracht. Sie hat in der Wohnung rumgepoltert. Ich hab mir gedacht, dass sie sich bestimmt wundert, wo der Hund abgeblieben ist. Also hab ich Minni rübergebracht. Sie schien sich zu freuen«, erklärte Martti nickend.

»Hat jemand von Ihnen Harri später am Sonntag noch gesehen oder hatte mit ihm Kontakt?«, fuhr Anton fort.

Schweigend schüttelten die Nachbarn ihre Köpfe. Anton schaute die Leute an, die am Tisch saßen. Diese Menschen lebten in einer völlig anderen Welt als die jüngeren Generationen. WhatsApp nutzten sie wohl kaum. Verabredungen wurden im Voraus vereinbart, und man traf sich persönlich. Sie respektierten die Grenzen des anderen.

»Erzählen Sie uns noch mehr von Harri. Was für einen Charakter hatte er?«

»Harri war ein Original, er verbrachte viel Zeit allein. Alle wussten, dass er gerne für sich war, aber trotzdem kam er auch immer wieder unter Leute«, beschrieb Elli ihren ehemaligen Nachbarn.

»War er schon immer so ein Typ? Also ein Einzelgänger? Hatte er nicht mal Kontakt zu seiner Tochter?«

»Harri erzählte nicht viel über sich. Es ist schwierig zu sagen, wie ihre Beziehung war, Ronja verschwand bereits in jungen Jahren ins Ausland. Genauso wie die Mutter.«

»Also Harris Ex-Frau?«

»Ja. Ihre Ehe war ein Trauerspiel. Zwei Menschen, die überhaupt nicht zusammenpassten und nur wegen ihrem Kind zusammenblieben. Da gab es keine Liebe. Und zum Schluss ging Anita«, erzählte Ulla.

»Anita war natürlich genau Harris Typ. Möglichst schwierig«, sagte Kyllikki plötzlich. Ihre Stimme klang scharf, ihre Wangen glühten.

»Was meinen Sie damit?«, fragte Anton interessiert wegen ihres Tonfalls, der sich plötzlich verändert hatte.

»Ich kannte ihn lange und mochte ihn wirklich gern, aber es kam mir so vor, als ob er sich immer möglichst komplizierte Beziehungen suchte. Zum Beispiel Anita. Ein ganz unmöglicher Typ.«

»Machte Harri denn einen unglücklichen Eindruck?«

Die Frau legte ihre Stirn in tiefe Falten.

»Harri war immer unglücklich. Es war offensichtlich, dass er eigentlich ganz woanders sein wollte. Ganz weit weg von hier.«

KAPITEL 10

»Pfui, das ist eine ganz schreckliche Geschichte!«, schrie Ronja von der höchsten Sitzbank in der Sauna. Mit eisiger Miene starrte sie Ansku an, die weiter unten saß, aber dann brach Ronja in Gelächter aus.

»Das war eine wahre Geschichte, ist dem Opa von dem Freund eines Freundes passiert. Ganz am Ende gibt's noch eine Überraschung«, behauptete die auf der unteren Bank mit angewinkelten Beinen sitzende Ansku mit leiser Stimme und kicherte dann mit glühenden Wangen, Schweißperlen glänzten auf ihrer Stirn.

»Das sind aber nicht immer wahre Geschichten«, entgegnete die neben ihr sitzende Milla.

»Du erzählst es doch nicht bis zum Ende, oder? Sonst trau ich mich später nicht mehr, zu Fuß nach Hause zu gehen. Egal, ob die Geschichte wahr ist oder nicht«, lachte Ronja.

Sie war glücklich, dass sie in genau diesem Moment an genau diesem Ort war. Sie war glücklich darüber, dass Milla trotz ihres stressigen Familienalltags für die drei Freundinnen einen Besuch im Saunaverein organisiert hatte. Denn Entspannung hatte sie gerade wirklich bitter nötig. Die Ermittlungen, über die sie, nachdem sie auf dem Revier gewesen war, nichts mehr gehört hatte. Der furchtbare Besuch in der Gerichtsmedizin. Die Organisation der Beerdigung, die sie fast ganz alleine stemmen musste, weil sie Harris einziges Kind gewesen war. Die schlimmen, einsamen und deprimierenden Tage.

An der nordwestlichen Spitze der Insel tobte ein Herbststurm, das Meer rauschte und wogte nur wenige Meter von ihnen entfernt. Die heiße halbdunkle Sauna bildete eine schützende Blase inmitten der dunklen Ungewissheit. Ronjas Muskeln entspannten sich.

»Und was ist mit der Sache am Djatlow-Pass, das war total furchtbar«, rief Ansku plötzlich, die jetzt noch aufgeregter war als vorher. Milla und Ronja verstummten und warteten demütig. Sie wussten, dass sie in diesem Moment gar nichts anderes tun konnten, als einfach nur zuzuhören. Ansku begann zu reden, ihre Augen glänzten in der Dunkelheit.

Ronja merkte, wie sehr sie Ansku und deren Geschichten über Mörder, Gespenster und andere übernatürliche Dinge vermisst hatte. Die ganzen Schauermärchen, von denen sie als junges Mädchen so oft Panik bekommen hatte. Im Licht der Taschenlampe, in einem aus einer Decke gebauten Zelt, in dem man kaum atmen konnte, hatte Ansku immer Gruselgeschichten erzählt.

Ronja lächelte wehmütig. In der Sauna fühlte es sich so an, als ob sie wieder die drei kleinen Mädchen wären, die vor Aufregung kreischten. Verstohlen blickte sie zu den neben ihr sitzenden schwitzenden Frauen.

»Ronja, bist du eigentlich schon Ville begegnet? Meine Mutter hat erzählt, dass er nach Lauttasaari zurückgekehrt ist«, unterbrach Milla Ronjas Gedanken und schaute gleichzeitig um sich. Zur Saunaetikette gehörte es nämlich, dass man keine Namen nannte und auch nicht über andere tratschte. Jetzt hatte sich die Sauna allerdings geleert, und Milla sah ihre Chance gekommen.

»Ville … Ich habe Papas Wohnung eigentlich überhaupt nicht verlassen, außer um mal einkaufen zu gehen. Ich wollte niemanden sehen. Wenn ich irgendwo hingehe, werde ich sowieso immer angestarrt«, murmelte Ronja. Sie spürte, dass ihr Gesicht ganz warm wurde, sowohl von der Hitze in der Sauna als auch von Millas Frage.

»Milla, erzähl doch mal, was deine Mutter gesagt hat«, forderte Ansku ihre Freundin auf.

»Ville hat anscheinend von seinen Eltern gehört, dass du nach Lauttasaari zurückgekehrt bist. Und er meinte wohl, dass er dich anrufen will, um zu fragen, wie es dir geht.« Bedeutungsvoll zog Milla ihre letzten Worte in die Länge.

In der dunklen Sauna verzog Ronja ihr Gesicht.

»Ich habe nichts von Ville gehört und hab ihn bestimmt schon seit … Ich kann mich nicht mal daran erinnern, seit wie vielen Jahren ich ihn nicht mehr gesehen habe.«

Das dämmrige Licht verbarg gnädigerweise Ronjas gerötetes Gesicht. Ein seltsames Gefühl ließ ihr ganz warm ums Herz werden.

»Verdammt, jetzt gehen wir aber mal raus, um uns abzukühlen, hier ist es echt zu heiß.«

Ronja stand auf und eilte zur Tür, Ansku und Milla folgten ihr lachend.

Auf der Veranda war es dunkel. Die schmale Bahn für die Draußenschwimmer war in der Dunkelheit kaum zu erkennen. Das blauschwarze Meer wogte am Horizont. Die Körper der Frauen, die ihre Badetücher um sich geschlungen hatten, dampften.

»Jetzt schaut doch mal, wie deprimierend das dort aussieht. Da geh ich bestimmt nicht hin«, platzte es aus Ansku heraus, aber dann verstummte sie. Sie blickte zu Ronja, aber diese beobachtete gerade eine in der Ferne auf dem Steg stehende alte faltige Frau, die scheinbar mühelos ins eisige Wasser tauchte. Es würde die Gliedmaßen in wenigen Minuten steif machen und einem den Tod bringen, wenn man nicht aufpasste und in der Nähe des Stegs blieb.

»Gehen wir noch mal zurück in die Sauna?«, fragte Ansku.

»Zuerst trinken wir aber etwas Wasser, damit uns nicht schlecht wird. In der Sauna kann's schon mal passieren, dass man es vergisst«, erinnerte Milla ihre Freundinnen mütterlich und ging dann zu der Tür, die zur Kantine führte.

Sie gingen an einem kleinen Restaurant vorbei, in dessen Mitte ein gemütlicher Ofen stand. Um ihn herum saßen ein paar in Badetücher gehüllte, glücklich aussehende Leute. Vielleicht würden sie nach der Sauna nach Hause gehen, ihren Kindern einen Gutenachtkuss geben und ihrem im Bett liegenden Partner eine gute Nacht wünschen. Ganz normal.

Ronja ging an der verlassenen, stillen Empfangstheke vorbei. Alles war friedlich, und niemand war zu sehen, aber trotzdem hatte sie das Gefühl, als ob sie jemand beobachten würde.

Schon wieder.

Genau das gleiche Gefühl wie im Treppenhaus bei der Wohnung ihres Vaters. So als ob irgendjemand oder irgendetwas sie beobachten würde. Sie spürte, wie sich ein Blick in ihren Rücken bohrte, und drehte sich instinktiv um. Die Leute am Ofen unterhielten sich miteinander, keiner beachtete sie.

Sie zögerte.

Aber sie wurde das Gefühl einfach nicht los.

Sie blickte zu den Fenstern, aber wegen der Innenbeleuchtung sah man dahinter nichts als Dunkelheit.

Ronja schreckte zusammen, als ihr bewusst wurde, dass sie gerade völlig allein auf dem Gang stand mit nichts als dem Badetuch, das sie um sich geschlungen hatte. Ansku und Milla waren schon wieder zurück in die Sauna gegangen. Die Kälte kroch in ihren nassen Körper, sie zog das Badetuch noch enger um sich.

»Entschuldigung?«

Ein Augenpaar schaute sie von der Empfangstheke aus an. Gerade war die Frau noch nicht dort gewesen, da war sich Ronja ganz sicher. Das Herz klopfte ihr bis zum Hals.

»Entschuldigung, du bist doch Harris Tochter, oder?«

Um die blaugrauen Augen der Frau zeichneten sich feine Fältchen ab. Ihr Blick war sanft, aber geheimnisvoll. Ihre Haare, die schon graue Strähnen aufwiesen, hatte sie zusammengebunden.

Misstrauisch schaute Ronja die Empfangsdame an. Jetzt war ihr richtig kalt, sie wollte so schnell wie möglich wieder zurück in die warme Sauna.

»Ich kenne dich leider nicht. Ich bin mit Milla Saari hergekommen«, stotterte Ronja. Vielleicht dachte die andere, dass Ronja ohne Erlaubnis hier wäre.

Die Frau schaute Ronja an und nickte langsam. Etwas an ihrem Blick war seltsam. Mysteriös.

»Ich weiß, das meinte ich nicht. Du bist Harris Tochter. Ich habe gehört, dass du zurückgekehrt bist. Du hast Harris Augen und die gleiche Körperhaltung. Ich habe dich sofort erkannt«, fuhr die Empfangsdame fort.

»Kanntest du meinen Vater?«, fragte Ronja.

Die andere nickte nur. Ihre Augen sagten so viel, aber Ronja verstand nichts davon.

Nervös blickte die Frau sich um.

»War mein Vater ein Mitglied des Saunavereins?« Ronja versuchte sich daran zu erinnern, ob sie die andere schon mal getroffen hatte. Es wirkte so vertraut, wie die Frau mit ihr sprach.

»Er kam oft hierher. Er bat mich, mit dir zu reden, wenn ihm etwas zustoßen sollte.«

»Was meinst du damit? Weißt du, was mit ihm passiert ist?«, flüsterte Ronja, obwohl sie lieber laut geschrien hätte.

»Er wusste es. Er wusste, dass ihm etwas passieren würde.« Jetzt wurde Ronja richtig unheimlich zumute.

»Woher weißt du das?«

Einen Moment lang sah die Frau Ronja schweigend an.

»Er wurde bedroht«, flüsterte sie dann so leise, dass man es kaum verstehen konnte.

»Was?«

»Ich habe das Gefühl, dass es noch nicht vorbei ist. Irgendetwas Schreckliches wird bald passieren«, zischte sie dann mit weit aufgerissenen Augen.

»Etwas Schreckliches? Weißt du etwas?«

Im gleichen Moment strömte durch die Tür eine lärmende Gruppe neuer Saunagäste.

»Was meinst du?«, wiederholte Ronja ihre Frage mit lauterer Stimme. Sie musste unbedingt herausbekommen, was die andere hatte sagen wollen.

Schnell warf sie einen Blick zur Tür der Sauna. Es würde sie wohl kaum jemand vermissen, wenn sie sich noch etwas länger mit der Frau unterhalten würde.

Ronja drehte sich wieder zu ihr um, aber die andere war verschwunden – genauso schnell, wie sie auch aufgetaucht war. Wie aus dem Nichts.

War die Unterhaltung überhaupt wirklich passiert?

Ronja wurde klar, dass sie gerade nichts als ein Badetuch hatte, um ihren nackten Körper zu bedecken. Irgendjemand starrte misstrauisch aus dem Restaurantbereich in ihre Richtung. Als Ronja zum Saunaraum zurückkehrte, rannte sie fast.

Es war später Abend, als der Saunaverein schloss. Mit den nassen Badetüchern, die sie zusammengerollt hatten, mit feuchten Haaren und entspannten Gliedern machten sich die drei Frauen auf den Heimweg. Der tief hängende Mond schimmerte in der Dunkelheit.

An der Kreuzung verabschiedete sich Milla von ihren Freundinnen. Ronja und Ansku gingen weiter den Sandweg entlang in Richtung Vattuniemi. Ein Moment der Stille fühlte sich gut an nach Millas Redefluss. In der Luft lag bereits ein Hauch von Winter.

»Mir gefällt's, wieder hier zu wohnen. Ich habe eine wirklich schöne Zweizimmerwohnung mit Blick aufs Meer. Den obligatorischen Dienst im Gesundheitszentrum für die Spezialisierung muss man ja irgendwo absolvieren, und da habe ich mir gedacht, warum nicht an einem vertrauten Ort. Von dem Arzt, der mich als Mentor betreut, habe ich wirklich viel gelernt. Auch wenn es natürlich komisch ist, dass dort immer noch einige der Ärzte arbeiten, zu denen ich bereits als Kind gegangen bin«, erzählte Ansku, während sie weitergingen.

Ronja hatte ihre eigenen Bedenken, wieder zurück nach Hause zu ziehen. Allein der Gedanke, dass alles irgendwie vorgegeben war, war bedrückend. Ronja hatte immer das Gefühl gehabt, dass man in seinem Leben nie weiterkommen würde, wenn man an seinem Heimatort bliebe. Es kam ihr wie eine Verschwendung vor, sein ganzes kurzes Leben am selben Ort zu verbringen und nie neue Wege zu gehen.

»Koivu und seine Partnerin sind übrigens aktiv gewesen. Ich habe von meiner Mutter gehört, dass sie die Leute in ihrer Nachbarschaft befragt haben. Mama geht ja in Vattuniemi zum Friseur, und der hat ihr erzählt, dass die Polizisten auch dort gewesen sind«, erzählte Ansku.

»Koivu hat sich nicht mal die Mühe gemacht, mich über den Fortgang der Ermittlungen zu informieren. Ich glaube nicht, dass die überhaupt etwas herausbekommen«, platzte es aus Ronja heraus.

»Ich kann meine Mutter ja einmal fragen, was für ein Gefühl sie hatte. Irgendwo habe ich mal gelesen, dass es schwierig, wenn nicht sogar unmöglich ist, den Täter zu finden, wenn nicht innerhalb weniger Wochen entscheidende Hinweise gefunden werden. Die Polizisten geben aber bestimmt ihr Bestes«, sagte Ansku vorsichtig.

Ronja nickte. Koivu machte den Eindruck, als ob ihm sein Status als Kriminalhauptkommissar wichtiger wäre als die Aufklärung der Verbrechen. Offensichtlich trieb er sich lieber bei Tinder herum, als sich um seine Arbeit zu kümmern.

Ronja und Ansku erreichten den Kasinoranta. In der Dunkelheit und Kälte sah der Strand nicht besonders einladend aus. In den Büschen am Ufer hing noch das von den Polizisten zurückgelassene leuchtend gelbe Absperrband. Daneben hatte jemand Kerzen gestellt.

Ronja sah weg und beschleunigte ihr Tempo.

Sie gingen an einem großen, schiffsförmigen Klettergerüst vorbei, das im Regen glänzte. Es sah düster und bedrohlich aus. Das

Sommercafé am Strand hatte geschlossen, die Stühle und Tische waren übereinandergestapelt und an den Rand des Gebäudes gestellt worden. Links am Ufer ragten Hochhäuser wie eine Mauer aus der Dunkelheit heraus.

War da Licht?

Ronja schien es, als hätte sie aus dem Augenwinkel in einem der Fenster im dritten Stock kurz einen funkelnden Schimmer wahrgenommen. Ein schwaches Flackern von Kerzenlicht, eine Bewegung der Vorhänge.

Ronja drehte sich noch mal zu dem nächststehenden Hochhaus um. Alle Fenster waren dunkel.

Sie erschauderte.

»Ich hatte eben das Gefühl, als ob dort drüben etwas gewesen wäre ...«, murmelte sie leise.

Nachdenklich schaute Ansku ihre Freundin an. Die Hochhäuser. Ronja.

»Alles okay bei dir?«

Ronja blieb stehen. Der raue Meereswind blies ihr direkt ins Gesicht und brachte ihre Augen zum Tränen. Unruhe hatte von ihr Besitz ergriffen.

»Ja. Oder nein. Ich weiß es nicht. Im Saunaverein ist etwas Merkwürdiges passiert«, sagte sie und erzählte Ansku dann von der Empfangsdame und der kurzen Unterhaltung.

»Jemand hat deinen Vater bedroht?« Ansku versuchte das Gehörte zu begreifen.

Ronja nickte. Das laut auszusprechen, hörte sich irgendwie dämlich an. Total übertrieben.

»Vielleicht hat mich die Frau ja auch mit jemandem verwechselt oder hat in der Zeitung von Papas Tod gelesen und sich das dann alles ausgedacht. Irgendwie kam sie mir auch etwas verwirrt vor. Sie meinte, dass die Gefahr noch nicht vorbei sei.«

»Dein Vater schien keiner zu sein, der viele Feinde hatte. Und warum sollte jemand einen Geschichtslehrer bedrohen?«, fragte Ansku.

Ronja zuckte mit den Achseln. Vielleicht gab es überhaupt keinen Zusammenhang.

»Manchmal passieren schlimme Dinge einfach nur so, völlig ohne Grund, Ronja. Vielleicht ist das hier auch so«, sagte Ansku vorsichtig.

Um sie herum seufzte das schwarze Meer leise.

»Lass uns jetzt nach Hause gehen, es ist schon spät«, sagte Ronja.

Vielleicht hatte sich die Frau ja wirklich geirrt. Vielleicht lohnte es sich gar nicht, über diese Unterhaltung nachzudenken. Ronja war einfach nur müde und traurig. Das war alles zu viel für sie.

»Willst du bei mir übernachten?«, bot Ansku ihrer Freundin an.

Ronja schüttelte den Kopf.

»Danke, aber ich komm schon klar.«

An der nächsten Straßenecke trennten sich ihre Wege. Ansku ging weiter und verschwand dann im Schatten der Hochhäuser. Ronja überquerte die Straße und war froh, als die Wohnung ihres Vaters in Sicht kam. Im gelblichen Licht der Straßenlaterne fühlte sie sich sicherer. In London hatte sie nie Angst gehabt, auch wenn dort alles Mögliche passieren konnte – angefangen bei Raub bis hin zu Vergewaltigung und Mord. Aber der Pulsschlag der Großstadt und die Menschenmassen gaben ihr ein Gefühl der Sicherheit. In Finnland war die primitive Natur einfach viel zu nah. Auf Lauttasaari spürte man die Stadt nicht, weil die Dunkelheit und das schwarze Meer einfach alles umgaben.

Beim Betreten des Gebäudes schaltete Ronja schnell das Licht an, dann eilte sie hinauf in den dritten Stock und schloss die Wohnungstür auf. Minni kam sofort angelaufen, um sie zu begrüßen, holte sich ein paar Streicheleinheiten ab und vergewisserte sich, dass alles in Ordnung war. Dann tapste sie wieder zurück ins Wohnzimmer.

Das im Flur brennende Licht hatte etwas Heimeliges. Ronja rieb sich den Nacken. Der Abend war sehr lang gewesen, am besten war sicher, sie ruhte sich einfach mal richtig aus.

Die Gedanken ließen sie jedoch nicht in Ruhe.

Die Leiche im Wasser. Der unerwartete Tod. Mord. Die seltsame Frau im Saunaverein.

Was, wenn Papa gewusst hatte, dass er in Gefahr schwebte – oder noch etwas Schlimmeres?

KAPITEL 11

Ein kalter blauer Himmel spannte sich über den Dächern. Die Morgenluft war frostig, und ein eisiger Wind ließ Ronja erzittern. Sie wickelte ihren schwarzen Wollmantel noch enger um sich und zog die Schultern hoch. Ihre Nase lief, es war einfach bitterkalt.
Sie wartete.
Eine würfelförmige Kirche stand auf einem kleinen Hügel, die flachen, breiten Treppenstufen führten runter in Richtung der Straße Myllykalliontie. Als Kinder waren sie nach der Schule oft dorthin gegangen, hatten sich die Zeit auf dem Gelände der Kirche vertrieben, waren gegeneinander angetreten und auf einem Bein die Treppenstufen hochgehüpft, dann runtergerannt und wieder nach oben, bis sie sich schließlich am Fuße der Kirche hinsetzten – völlig erschöpft, verschwitzt, lachend. Jetzt war die Treppe leer, sie strahlte Kälte aus.
Die Genehmigung für die Beerdigung hatte sie von der Polizei schnell bekommen. Mit Millas Hilfe organisierte Ronja eine einfache und schlichte Trauerfeier. Jetzt trug Milla ein schwarzes Kostüm, die Haare hatte sie sich zu einem straffen Knoten zusammengebunden. Mit einem empathischen Ausdruck im Gesicht empfing sie die dunkel gekleideten, in einer Schlange still hintereinander hergehenden Trauergäste und führte sie an der Garderobe vorbei in den Kirchensaal. Halb Lauttasaari schien gekommen zu sein, um Harri auf seiner letzten Reise zu begleiten. Die Kirche drohte

aus allen Nähten zu platzen, wenn sich alle hineindrängen würden. Sogar die Lokalzeitung hatte einen kleinen Nachruf auf ihren Vater veröffentlicht. Das war eine Abwechslung zu den Zeitungsartikeln über seinen Tod, die furchtbar gewesen waren, aber wie es aussah, hatten sie jeden in der Gegend erreicht. Ronja war förmlich ertrunken in der Lawine von Beileidskarten. An der Tür hatte sie Blumen entgegengenommen, und einige ältere Leute hatten sie sogar angerufen und ihr Beileid bekundet.

Die Trauergäste starrten zu Harri Vaaras Tochter hinüber, die ins Ausland gezogen war – manche mehr, andere weniger diskret. Ronja erkannte einige der Gesichter wieder: die Frau aus der Bücherei, ihre alte Grundschullehrerin, die Mutter einer Klassenkameradin … All diese Leute, all diese bekannten Gesichter, die ihre Kindheit und Jugend mit ihr geteilt hatten. Ein ganzes Leben.

Tante Liisa kam herein, tief über ihren Rollator gebeugt. Mit ihren faltigen und kalten alten Händen griff sie nach Ronja, schwankte und klammerte sich an ihrer Nichte fest. Sie murmelte irgendetwas und tätschelte Ronjas Arm. Die wurde verlegen, zumal sie ihre Tante gar nicht wirklich kannte. Früher hatten sie Liisa nur alle Jubeljahre einmal einen Besuch abgestattet. Dann hockten ihr Vater und ihre Tante Liisa steif nebeneinander auf dem Sofa und tauschten bei einer Tasse Kaffee Neuigkeiten aus. Ein lästiges Ritual, von dem sich aber keiner der beiden trennen konnte. Vielleicht hielt ihre Blutsverwandtschaft sie mit einem letzten seidenen Faden zusammen. Ronja fand das seltsam. In ihr rief die genetische Verbundenheit keine Gefühle hervor, ihre Verwandten waren für sie nichts weiter als verstaubte Schwarz-Weiß-Fotos.

Die Beerdigungszeremonie selbst war schön. Ronja saß am äußersten Rand der rutschigen Kirchenbank, direkt vor dem Altar. So wie es sich für den engsten Familienkreis gehörte. Glücklicherweise hatte sich Milla als Unterstützung neben sie gesetzt. Milla und ihr Mann Topi, der unruhig mit dem Bein wippte. Neben ihm saß, mit gesenktem Kopf und leise schniefend, seine Mutter Helena. Ihre Trauer war aufrichtig, und Ronja wunderte sich über diese starke emotionale Reaktion. Vielleicht rührte der Tod die Seele selbst dann, wenn es sich nicht um einen Nahestehenden handelte?

Ronja weinte nicht. Sie konnte nicht. Sie wollte gern, aber es ging einfach nicht. Hatte sie überhaupt das Recht zu trauern? Schließlich war sie diejenige gewesen, die gegangen war. Und sie hatte den Kontakt zu ihrem Vater ganz bewusst eingeschränkt.

Ronja konzentrierte sich auf den weißen Sarg, der im Altarbereich stand. Wie klein er doch war, obwohl Papa so riesig gewesen war. Der zierliche Sarg wurde zum Fußende hin schmaler. Die grellweiße Farbe wirkte viel zu hell in dem alten Kirchensaal. Es war ein absurder Gedanke, dass darin tatsächlich ihr Vater lag. Ronja versuchte, nicht an den entstellten Körper ihres Vaters zu denken, an die Wunden an seinem Hals, am Kopf ... An seinen Körper, der bestimmt ganz schwarz und blau war.

Die angenehme Stimme des Pastors stieg tröstend in die Lüfte und sanft bis zum Kirchendach empor, sein Redefluss versetzte Ronja in einen schläfrigen Zustand. Sie sah, wie die Leute – einer nach dem anderen – Blumengestecke und -kränze neben und auf den Sarg legten. Sie sah die Tränen in den Augen der Leute und die mitleidigen, verstohlenen Blicke, die ihr zugeworfen wurden.

Was für ein merkwürdiges Ritual! Und gleich wäre auch das vorbei, nur noch ein Augenblick, bis man Papa hier alleine zurücklassen würde. Unsere Wege trennen sich, und wir werden uns nie wiedersehen, dachte Ronja in einem Moment der Stille.

Später, als die Zeremonie beendet und der schwarze Menschenstrom verschwunden war, blieb Ronja noch in Gedanken versunken vor der Kirche stehen.

»Nein, du bist es ja wirklich!«, hörte sie plötzlich jemanden hinter sich sagen.

Vor Ronja erschien ein lächelnder attraktiver Mann. Seine strohblonden Haare wehten im Wind, und seine Wangen waren gerötet. Er zitterte in seinem Wollmantel und knetete verstohlen seine Hände, die in schwarzen Lederhandschuhen steckten.

»Erinnerst du dich?«, fuhr er lächelnd fort und näherte sich ihr unbeholfen, so als wolle er sie umarmen.

Ronja durchfuhr ein Gefühl der Vertrautheit. Verdammt, das war ja Ville!

»Natürlich«, erwiderte sie, lächelte verlegen und umarmte ihn dann kurz. Misstrauisch schaute sie ihn an.

Ville war nach wie vor ein Märchenprinz. Er hatte etwas seltsam Schönes an sich, gleichzeitig strahlte er etwas Lausbubenhaftes aus. Sie erinnerte sich daran, wie Ville, der damals auf der Oberschule eine Klasse über ihr gewesen war, die Mädchen reihenweise um den Verstand gebracht hatte. Manche kicherten, wenn sie ihn sahen, andere vergaßen, was sie sagen wollten, und wieder andere starrten ihn nur an und seufzten.

Ville selbst schien nie etwas davon mitzubekommen, wie andere auf ihn reagierten. Ronja hatte ihn oft darauf hingewiesen, insgeheim war sie verunsichert, aber andererseits auch auf kindische Weise stolz. Trotzdem glaubte Ville damals, dass sie ihn nur ärgern wollte und seine Zuneigung auf die Probe stellte. Zum Schluss war er immer beleidigt gewesen, und sie hatten sich gestritten. Aber jetzt stand er an diesem kalten Morgen vor Ronja und war schön wie immer. Einerseits fremd und doch so vertraut.

»Mein herzliches Beileid. Das ist so furchtbar! Mit deinem Vater, meine ich … Du weißt schon. Ich bin mit meinen Eltern gekommen. Wie geht's dir?«, fragte Ville und sah Ronja in die Augen.

In seinem Blick sah sie nicht nur Mitgefühl, sondern auch Fragen – Dinge, die jahrzehntelang unausgesprochen geblieben waren. Sie wusste, was das für Fragen waren. Villes direkter Blick traf sie bis ins Mark, sie wand sich.

Verdammt! Ville. Dieselben blauen Augen. Derselbe Blick. Sie hob das Kinn, lächelte ihn zaghaft an.

»Und dann treffen wir uns ausgerechnet in so einer Situation wieder«, sagte Ronja und lächelte vorsichtig.

»Ich bin erst vor Kurzem wieder zurück nach Helsinki gezogen. Ich habe fast sechs Jahre in Jyväskylä gewohnt.«

Ronja nickte. Milla hatte geplaudert und es ihr schon vor einiger Zeit erzählt. Ville hatte einer Kommilitonin einen Antrag gemacht, sie hatten vorgehabt zu heiraten und einen Haufen perfekter, wunderschöner Babys zu bekommen und ein glückliches Familienleben in einem anonymen Neubau-Einfamilienhaus in einem Vorort zu führen. Ronja hatte das einen kurzen Stich versetzt, und sie hatte darüber nachgedacht, was hätte sein können. Wenn sie selbst andere Entscheidungen getroffen hätte. Wenn sie nicht so ein unruhiger Geist wäre.

Ville musterte ihr Gesicht. Zwischen ihnen kondensierte der Sauerstoff, Ronja spürte, wie ihr Puls sich beschleunigte.

»Du siehst noch genauso aus wie früher. Von deinen Haaren mal abgesehen«, unterbrach Ville die Stille mit seiner rauen Stimme.

Seine Worte durchschnitten die Luft. Er berührte leicht, wie im Vorbeigehen, eine auf Ronjas Schulter gefallene dunkle Locke.

»Wollen wir mal zusammen einen Kaffee trinken gehen? Du wirst wohl noch eine Weile hier sein, oder? Ich kann dich ja mal anrufen, wenn das okay ist. Es wäre schön zu hören, wie es dir geht. Es ist bestimmt schon zehn Jahre her, dass wir uns das letzte Mal gesehen haben.«

»Die Party bei Elina. Das war vor acht Jahren.«

Ronja hätte bei dem Gedanken daran am liebsten das Gesicht verzogen.

Es war ein unangenehmes Treffen gewesen. Sie beide waren schon etwas angetrunken und hatten nicht so recht gewusst, was sie sagen sollten. In einem überfüllten Flur hatten sie kurz miteinander geredet. In einem Meer von Schuhen und Mänteln hatte Ronja nach ihren Sachen gesucht, sie hatte genickt und stotternd irgendetwas über London erzählt. Sie war nur kurz übers Wochenende nach Finnland gekommen. Dann war plötzlich Villes Freundin aufgetaucht und hatte besitzergreifend die Hand auf seinen Rücken gelegt.

»Ich hab schon einiges über dich gehört. Schön, dich mal zu treffen. Du siehst überhaupt nicht so aus, wie ich es mir vorgestellt hatte.« Aus ihrem perfekt geschminkten Mund waren Eispfeile auf Ronja geschossen.

Danach hatte Ronja die Party verlassen, hatte sich schnell ihre Jacke unter den Arm geklemmt und nicht mal ihre Schnürsenkel zugebunden.

Jetzt stand sie vor der Kirche und zitterte – vor Kälte, wegen der Beerdigung, den Erinnerungen, wegen ihrem Vater, wegen Villes Worten, sie wusste nicht, warum eigentlich. Sie wusste nur, dass Ville es selbst nach all den Jahren innerhalb von Sekunden geschafft hatte, sie wieder zurück in die altbekannte Dreieinigkeit von Unsicherheit, Glück und Schmerz zu ziehen. Nichts hatte sich geändert.

»Lass uns gerne mal Kaffee trinken gehen. Das wäre schön«, war das Einzige, was sie herausbekam.

KAPITEL 12

Anton stand auf, um sich die Beine zu vertreten. An seiner Schläfe pochte eine Ader, und die Muskeln in seinem Nacken fühlten sich verspannt an. Er müsste mal wieder ins Fitnessstudio gehen.

Sie waren fleißig gewesen, hatten die Bewohner von halb Lauttasaari in kürzester Zeit befragt, hatten gründliche Vorarbeit geleistet. Das war zeitaufwendig, aber nötig. Trotzdem schien es, als ob keiner etwas wusste. Niemand hatte etwas gesehen. Die Untersuchungen waren schnell beendet, und die Beerdigungsgenehmigung war sofort erteilt worden. Auf der heute abgehaltenen Trauerfeier war es anscheinend sehr voll gewesen.

Oona stand vor dem Flipchart und schrieb etwas an den Zeitstrahl. Nach der Todesnacht klaffte ein großes Loch. Auf der Tafel waren Striche zu sehen, an deren Enden keine Antworten standen, sondern nur Fragezeichen. An der Wand hingen Fotos, auf denen Harris übel zugerichteter Körper zu sehen war. Diese Fotos schienen sie seltsam anzuschauen.

»Harri war am selben Tag, als er starb, bei seinem Nachbarn und hat ihn gebeten, sich um seinen Hund zu kümmern. Keiner weiß, wo er danach hinging. Der Tod erfolgte nur wenige Stunden später, obwohl Harri laut Zeugenaussage nicht den Eindruck erweckte, als ob er sich Sorgen machen würde. Das lässt darauf schließen, dass er keine Ahnung hatte, was noch passieren würde«, wiederholte Oona zum wer weiß wievielten Mal und ging dabei auf und ab.

Anton nickte. Ganz offensichtlich hatte Harri keine Angst gehabt und nicht mit dem Tod gerechnet. Aber warum hatte er seinem Nachbarn nicht erzählt, was er vorhatte, wenn diese Pläne so harmlos waren?

»Es scheint eine sehr persönliche Angelegenheit gewesen zu sein. Einen anderen Menschen im Zorn zu erwürgen. Außer wenn Harri versehentlich gestorben ist, weil er zur falschen Zeit am falschen Ort war. Außer wenn er etwas gesehen hat, das er nicht hätte sehen sollen«, fuhr Anton nachdenklich fort.

Oona kratzte sich am Kopf.

»Die Nachbarn schienen doch alle ganz helle zu sein. Man sollte meinen, dass einer von ihnen es mitgekriegt hätte, wenn etwas Seltsames passiert wäre.«

Anton seufzte.

Sie hatten nichts Besonderes herausbekommen. Die Nachbarn hatten alle Angst, das konnte man ihnen ansehen. Sie dachten bestimmt darüber nach, wer von ihnen der Nächste sein würde, kauften robustere Türschlösser und fürchteten sich noch mehr als zuvor vor dem unvermeidlichen Tod.

»Ich bin noch mal den Background von jedem einzelnen Nachbarn durchgegangen. Besonders den von Martti Lahdenkangas – der Letzte, der Harri Vaara lebendig gesehen hat. Ich habe nichts Verdächtiges gefunden. Seine Geschichte scheint wasserdicht zu sein. Die Kassiererin vom Laden konnte sich auch noch an ihn erinnern, er hatte Milch und Brot gekauft und hatte auch den Hund dabei«, las Oona von ihrem Bildschirm ab.

»Er kommt mir etwas schwächlich vor. Er meinte, er sei den Rest des Abends zu Hause gewesen. Nachdem er im Laden war, hätte er also theoretisch noch genug Zeit für alles Mögliche gehabt«, sagte Anton nachdenklich.

»Irgendwie kann ich mir aber nicht vorstellen, dass ein Frührentner in der Lage wäre, einen anderen Menschen zu ermorden. Seine körperliche Verfassung war wirklich nicht die beste.«

Anton nickte. Das stimmte allerdings.

»Wir müssen herausfinden, wohin Harri ging, nachdem er bei seinem Nachbarn war. Das ist der Schlüssel zur Lösung«, sagte Anton.

Die Aufgabe erwies sich jedoch als schwierig, da Harri kaum Spuren hinterlassen hatte.

»Ich habe das Team bereits vor Tagen darum gebeten, alle Videoaufzeichnungen von den Gebäuden und Geschäften aus der Umgebung einzusammeln. In der Gegend gibt es hauptsächlich Wohnhäuser, aber hier und da sollten auch Überwachungskameras installiert sein. Sie haben gesagt, dass es nicht mehr lange dauern sollte.«

Stille senkte sich über den Raum.

»Ich bin noch mal die Notizen durchgegangen. Sollte man nicht auch noch Helena Saari befragen?«, schlug Oona vor.

»Die Person, die Harri vor Jahren den Hund geschenkt hat und die von den Nachbarn erwähnt wurde? Gute Idee. Schreib das auf die Liste. Aber trotzdem ist es erst mal wichtiger, die Videoaufnahmen zu bekommen. Setz das an die erste Stelle«, murmelte Anton, dem es unangenehm war, dass er nicht selbst darauf gekommen war, Helena Saari zu befragen.

»Ich muss da noch was loswerden. Dieses Gespräch mit den Nachbarn … Das geht mir nicht aus dem Kopf, es wurde irgendwie so merkwürdig«, sagte Oona plötzlich.

»Was meinst du damit?«

»Die Art, wie sie Harri beschrieben haben. Über ihn wird getratscht, doch sie selbst schenken den Gerüchten angeblich keinen Glauben. Aber zur gleichen Zeit hat eine der Nachbarinnen – und zwar Kyllikki Jokinen – in ziemlich giftigem Ton kommentiert, dass es ihr so vorkam, als ob er sich immer möglichst komplizierte Beziehungen suchte. Was hat sie damit wohl gemeint?«

Anton nickte zustimmend. »Harri wollte woanders sein. So hat es eine der Nachbarinnen beschrieben. Harri war nicht glücklich. Eine unglückliche Ehe wäre natürlich eine logische Erklärung, aber was wäre denn, wenn Harri sich dazu entschieden hätte, etwas dagegen zu unternehmen?«

»Du meinst Selbstmord? Aber das wurde doch bei der Obduktion ausgeschlossen. Und davon mal abgesehen, warum sollte er sich umbringen, die Ehe endete schon vor langer Zeit. Das ist doch Unsinn.«

Anton runzelte die Stirn. Oona hatte recht, das ergab tatsächlich keinen Sinn.

»Zu viele Dinge deuten in eine andere Richtung, zum Beispiel die Postkarten.«

»Wurde bei deren Untersuchung noch etwas Neues herausgefunden?«, wechselte Anton das Thema.

»Ja, ich wollte gerade darauf kommen«, sagte Oona mit einem erleichterten Lächeln und suchte dann nach dem Bericht der Spurensicherung.

Anton nahm die Fotos zur Hand und breitete sie wie Spielkarten nebeneinander aus. Es waren insgesamt siebenunddreißig verschiedene Ansichten des Badestrands Kasinoranta. Ein riesiges Mosaik aus Uferstreifen, kreischenden Möwen, goldfarbenem Sand.

Anton ließ seinen Blick über den Tisch wandern. Auf manchen Bildern sah man nicht die Holzterrasse mit den Stühlen, die er bereits seit seiner Jugend kannte, sondern nur drei altmodische enge Umkleidekabinen. Auf einigen Bildern sah man ein Klettergerüst und Trainingsgeräte. Das mussten schon neuere Aufnahmen sein.

»Es wurden keine fremden Fingerabdrücke auf den Karten gefunden, nur die von Harri.«

Anton nickte und wartete darauf, dass Oona fortfuhr.

»Auf jeder Karte ist ein anderer Jahresstempel. Der erste stammt aus dem Jahr 1984, und ab da kam jedes Jahr eine neue Postkarte bis zu diesem Jahr. Deshalb ändern sie sich ein bisschen, auf einigen sind Dinge zu sehen, die auf anderen nicht drauf sind«, fügte Oona hinzu.

Anton betrachtete das Bildermeer, während Oona weiterlas.

»Zudem steht auf jeder Karte dieser lateinische Spruch: Erwarte dasselbe für dich, was du einem anderen getan. Der Text wurde mit schwarzer Tinte geschrieben, und die Handschrift ist immer die gleiche. Sie neigt sich etwas nach rechts, was darauf schließen lässt, dass der Schreiber vermutlich ein Linkshänder ist. Es ist eine ältere Schrift, die seit den 1930er-Jahren unterrichtet wurde. Das lässt sich daraus folgern, weil die Linie nahtlos von einem Buchstaben in den nächsten übergeht. Diesen Schreibstil behielt man bis in die 1980er-Jahre bei. Erst danach wurde die Schrift vereinfacht.«

Auf gut Glück schnappte sich Anton eins der Fotos und prüfte den darauf stehenden Text.

»Daraus können wir schlussfolgern, dass der Absender zwischen 1930 und 1980 die Grundschule besucht hat. Das ist allerdings ein ziemlich großer Zeitraum.«

»Oder der Schreiber hat die altmodische Schrift gelernt, um abzulenken.«

»Konnten sie noch etwas anderes über den Absender sagen? Auf einigen Karten ist ein ausländischer Poststempel zu sehen.«

Oona nickte.

»Ja. Ein großer Teil wurde aus Spanien verschickt, auf dem Stempel steht Madrid. Natürlich bedeutet das nicht unbedingt, dass der Absender selbst dort gewesen sein muss. Eine genauere Analyse konnte allerdings nicht gemacht werden. Erst ab der Mitte der 2000er-Jahre wird das Absenderland zu Finnland.« Anton betrachtete die Briefmarke aus der Nähe. Er drehte die Bildseite jeder Postkarte nach unten und sortierte sie nach ihrem Poststempel. Links sammelten sich siebenundzwanzig Karten an, nur auf zehn war der finnische Poststempel zu sehen. Helsinki 00100. Kein Absender.

Anton drehte die Bilder in seiner Hand. Spanien ... Welche Verbindung hatte Harri nach Spanien?

Oona räusperte sich.

»Wir sind das engste Umfeld des Verstorbenen durchgegangen. Von der Tochter einmal abgesehen lebt auch die Ex-Frau Anita

Vaara im Ausland. Allerdings nicht in Spanien, sondern in Südfrankreich. Sie wohnt dort schon lange. Wir haben sie angerufen, aber sie hat ein Alibi. Zur Tatzeit war sie mit Freunden auf einer Urlaubsreise in Cagnes-sur-Mer. Der Ort hat circa 50 000 Einwohner, liegt in der Nähe von Nizza und ist bei Künstlern sehr beliebt. Es ist unmöglich, dass sie nach Finnland gekommen ist, um einen Mord zu begehen«, sagte Oona.

Harris Ex-Frau ... Es wäre nicht das erste Mal, dass hinter einem Gewaltverbrechen die schlechte Beziehung eines Paares steckte. Aber Mord ... Anton musste an die Worte der Nachbarn über die Ex-Frau denken. Konnte es sein, dass sie noch einen Groll gegen Harri gehegt hatte? Und Frankreich war ja auch gar nicht mal so weit von Spanien entfernt ...

»Was wäre denn, wenn es zwei Absender gab? Einer aus Finnland und der andere aus Spanien?«

»Das könnte den Ortswechsel erklären. Wenn die Ex-Frau ihre Finger mit im Spiel hatte, könnte es sein, dass sie Harri verwirren wollte, indem sie den Absendeort änderte. Oder ist das zu weit hergeholt?«

»Die Ex-Frau und ein Helfer in Finnland?« Oona sah nachdenklich aus.

Anton konnte sehen, dass seine Partnerin nicht daran glaubte, dass die Ex-Frau dahintersteckte.

»Ich denke, wir sollten diese Anita Vaara noch mal anrufen«, sagte er. »Ich will sie nach Harris mentaler Verfassung befragen und ob sie weiß, was die Nachbarin damit gemeint hat, dass Harri woanders sein wollte.«

Oona nickte und notierte den Anruf nach Nizza sofort auf ihrer To-do-Liste.

»Lass uns weitermachen.«

»Die Postkarte, die in der Tasche des Toten gefunden wurde, ist diese hier. Sie war die letzte und wurde in diesem Jahr verschickt.« Oona zeigte darauf.

Konzentriert betrachtete Anton die Karte.

»Vielleicht hatte Harri herausbekommen, wer der Absender war. An seiner Stelle hätte ich das wissen wollen. Also wenn wir jetzt mal davon ausgehen, dass er es herausfand, und dann kam wieder eine und Harri dachte sich, dass es jetzt reicht. Was, wenn er dem Ganzen ein Ende setzen und den Typen persönlich treffen wollte?«

»Aber wusste Harri, dass er in Lebensgefahr schwebte? Soweit wir wissen, hatte er keine Waffe dabei.«

»Das deutet darauf hin, dass er keine Ahnung hatte.«

»Das war bis jetzt dann alles, was man bezüglich der Karten herausbekommen konnte«, sagte Oona schief grinsend und klappte den Laptop zu.

Anton räusperte sich.

»Wenn wir davon ausgehen, dass der Absender für Harri Vaaras Tod verantwortlich ist, dann scheint es eine sehr persönliche Angelegenheit gewesen zu sein. Die Karten deuten darauf hin, dass der Absender und Harri sich schon lange kannten. Die Karten umweht ein dunkles Geheimnis, von dem nur die beiden etwas wussten. Die Ex-Frau kannte den Toten bestimmt sehr gut …«, sagte Oona.

»Aber das Paar hat sich erst Anfang der 1990er-Jahre getrennt. Wer hat also davor die Karten verschickt? Die erste kam bereits 1984. Und davon mal abgesehen wissen wir nicht wirklich, wie Harri darauf reagiert hat. Es stellt sich die Frage, was sich der Absender mit dem Versenden zu erreichen erhoffte. Warum schickte er Harri jahrelang Postkarten, bis er ihn dann umbrachte?«, überlegte Anton.

»Vielleicht wollte er Harri Angst einjagen?«

»Warum hat er das Jahr für Jahr getan? Wird so ein Scherz nicht irgendwann mal alt?«

»Vielleicht wollte er Harri an etwas erinnern?«

»Wenn das so sein sollte, warum hat Harri dann nicht etwas dagegen unternommen? Oder woher wollen wir das eigentlich wissen, vielleicht hat er es ja versucht. Aber warum so eine Tradition beibehalten, wenn es einen so bedrückt? Ich hätte jedenfalls etwas dagegen unternommen. Aber aus irgendeinem Grund ließ er das so lange weiterlaufen.«

»Vielleicht konnte er nicht mit dem Absender reden oder wollte es nicht?«

»Oder aber er schaffte es – mit dem Resultat, dass es ihn das Leben kostete«, sagte Anton und verzog das Gesicht.

Sie drehten sich im Kreis.

»Ich finde es seltsam, dass er nicht zur Polizei gegangen ist. Wenn ich so viele Beweise hätte, dann würde ich das tun. Vor allem, wenn ich Angst um mein Leben hätte. Das bedeutet, dass er die Sache nicht öffentlich machen wollte.«

»Die Sache?«

»Den Grund, weshalb er schließlich tot am Ufer gefunden wurde.«

»Aus irgendeinem Grund behielt er es für sich. Aber warum? Hatte er das Gefühl, dass er sowieso nichts mehr zu verlieren hat? Oder hat er sich geschämt?«

»Was, wenn er dem Absender der Postkarten Geld schuldete und Angst hatte?«

»Schulden? Dreißig Jahre lang? Das ist eine sehr lange Zeit, um Schulden zurückzufordern. Andererseits wäre es auch nicht das erste Mal, dass so etwas passiert«, entgegnete Anton.

»Und was ist, wenn die Karten überhaupt nichts mit dem Mord zu tun haben? Er war ein ganz normaler Mann im Ruhestand. Vielleicht waren die Karten nur so ein dämlicher Insiderwitz. Vielleicht war ja die Ex-Frau die Absenderin, und es war ein gemeinsamer Scherz der beiden. Vielleicht begann sie schon damit, als sie noch zusammen waren, wenn sie beispielsweise mal auf Reisen war.«

Anton war sich dessen bewusst, dass sie sich an die Karten klammerten, weil sie keine anderen eindeutigen Hinweise gefunden hatten. Dennoch waren jetzt seine Polizisteninstinkte geweckt. Er war sich sicher, dass die Karten eine Bedeutung hatten. Er müsste es nur schaffen, die Teile zusammenzusetzen, um endlich das große Ganze zu sehen.

Harri, der Mann im Ruhestand, der ein Geheimnis hatte. Ein so großes Geheimnis, dass es über drei Jahrzehnte reichte. So groß, dass es ihn schließlich zu fassen bekam und ihn umbrachte.

»Das ist unsere Aufgabe.«

»Was?«

»Herausbekommen, was Harri verheimlichte.«

KAPITEL 13

»So eine Scheiße!«

Ronja keuchte atemlos und beschleunigte das Tempo. Sie hatte große Schwierigkeiten, mit Milla und den anderen aus der Gruppe mitzuhalten. Sie spürte einen Krampf in ihrem Unterschenkel, und ein kalter, feuchter Wind peitschte ihr ins Gesicht. Vom nassen Rasen waren ihre Turnschuhe schon ganz durchnässt. Mit entschlossenem Gesichtsausdruck machte Milla Kniebeugen in der Schar der Frauen, die alle Trainingsanzüge trugen. Ronja bemerkte das kleine Lächeln auf Millas Gesicht, als sie große, tiefe Schritte machte, die das Fett an ihrem Hintern zum Schmelzen bringen sollten. Das hier schien Millas persönliche Luxuszeit zu sein – Zeit für sich, was so selten war.

Milla hatte zuvor angerufen und angekündigt, dass sie Ronja zum Training abholen würde. Das sei angeblich ein guter Ausgleich nach der Beerdigung. Ablenkung schien eine gute Idee zu sein, obwohl Sport noch nie zu Ronjas Lieblingsbeschäftigungen gehört hatte. Und vor allem nicht in dieser kalten und dunklen Jahreszeit.

Aber mit so einer Quälerei hatte sie dann doch nicht gerechnet.

»Schau dir einfach an, was wir machen, und bleib hinter uns. Das Gefühl hinterher ist unbeschreiblich!«, sagte Milla aufmunternd.

Die Gruppe hatte sich sofort voller Eifer in Bewegung gesetzt, alle anderen waren offenbar mit dem Programm vertraut. Nur Ronja schleppte sich taumelnd und keuchend hinter ihnen her. Die Dunkelheit schlich sich klammheimlich an. Die Novemberdämmerung hing in der Luft und bedeckte die Erde, bis die Schatten länger wurden und ineinander verschmolzen. Und plötzlich war es überall stockdunkel, aber die trainierenden Frauen kümmerten sich nicht darum. Nachdem die Kniebeugen absolviert waren, eilte die Gruppe mit einem manischen Glanz in den Augen weiter in Richtung Basketballplatz. In der Dunkelheit konnte man nur hier und da das rhythmische Aufflackern der Reflektoren an den Windjacken erkennen, das gelegentliche Keuchen und die entschlossenen Anfeuerungsrufe der Trainerin hören.

Ronja stolperte hinterher und schaffte es schließlich auf die Fußgängerbrücke, die über die Särkiniementie-Straße führte, während der Rest der Gruppe längst die andere Straßenseite erreicht hatte. Als Ronja die Brücke hinunterrannte, kam es ihr vor, als würde sie direkt in ein schwarzes Loch laufen, weil die Straßenlaternen noch nicht an waren. Mit einem Mal waren das rhythmische Geräusch der Turnschuhe und die Rufe der Trainerin verstummt.

»Wo sind die denn jetzt hin?«, murmelte Ronja. Keuchend blieb sie stehen.

Der Schweiß lief ihr in Bächen den Nacken herunter, die Baumwollklamotten klebten ihr am Leib. Sie versuchte zu erspähen, in welche Richtung die anderen gelaufen waren. Sie vermutete, dass sie bestimmt noch die Trainingsgeräte am Kasinoranta ansteuern würden, um Muskeltraining zu machen. Frustriert schlug sie den kleinen Waldweg zu ihrer Linken ein, von dem sie wusste, dass er zum Badestrand führte.

Sie wurde schneller, lauschte ihrer eigenen gehetzten Atmung. An ihrer Stirn klopfte eine Ader. Jetzt erreichte sie den Strand, und der Weg verzweigte sich in mehrere breite Sandwege. Ronja joggte zu den Trainingsgeräten hinüber, die neben dem Spielplatz waren, aber die Frauen waren nicht da.

Der Strand war vollkommen leer.

»Wo sind die denn jetzt alle hin?«, keuchte Ronja verzweifelt. Sie zog ihre Handschuhe aus und warf sie auf den Boden. Mit vor

Kälte ganz tauben Fingern wollte sie ihr Handy aus der Jackentasche holen, doch der Reißverschluss klemmte. Mit schmerzerfüllter Miene und rasend vor Wut zerrte sie daran. Von der Kälte begann auch noch ihre Nase zu laufen. Verdammtes Scheißwetter, verdammtes Armeetraining, verdammtes Finnland und verfluchtes Lauttasaari! Und verfluchter Papa. Warum musste das hier alles passieren? Warum war sie nicht schon längst wieder zurück nach London abgereist?

Schnell hob Ronja ihren Kopf. Etwas hatte ihre wütenden Gedanken unterbrochen. Sie war hier schon mal gewesen. Erst vor Kurzem. Als sie mit Ansku vom Saunaverein nach Hause gegangen war. Damals hatte sie gedacht, etwas gesehen zu haben. Vielleicht. Ihr Blick fiel auf das gleiche helle Hochhaus vor ihr. Im Fenster des dritten Stocks brannte Licht. Im gleichen Fenster wie neulich. Der weiche gelbe Schimmer sah in der Dunkelheit einladend und warm aus.

Plötzlich piepte das Handy in ihrer Jackentasche, sie hatte eine Textnachricht bekommen. Ronja schreckte aus ihren Gedanken auf. Sie riss wieder am Reißverschluss, bis dieser endlich nachgab. Mit steif gefrorenen Fingern zog sie das iPhone heraus und las die blinkende Nachricht.

Wo bist du? Ruf an!

Daraufhin versuchte sie Milla zu erreichen, doch sie hatte nicht ausreichend Empfang. Wo zum Teufel steckten die anderen eigentlich? Hastig tippte Ronja eine Antwort und zog sich dann schnell wieder ihre Handschuhe an. Sie hatte viel zu wenig an, sie musste unbedingt in Bewegung bleiben.

Unsicher blickte sie sich um. Vielleicht war die Gruppe am Kasinoranta nach rechts gegangen. Der Sandweg wurde in dieser Richtung hügelig, und dort gab es gute Trainingsstrecken. Ronja steckte das Telefon wieder in ihre Tasche und ging am Strand entlang nach rechts, in westlicher Richtung. Der fahle Schimmer der Straßenlaternen, die inzwischen angegangen waren, ließ den leeren Strand unheimlich aussehen. In der Dunkelheit roch Ronja das Meer, auch wenn sie es nicht sehen konnte.

Gegen den Wind zu laufen, nervte sie. Die kalte Luft brannte in ihrer Lunge. Jetzt reichte es. In der Straße Tiirasaarentie blieb sie stehen, von den Hochhäusern und den geparkten Autos bekam sie zumindest ein bisschen Schutz vor dem Wind, der vom Meer her wehte. Hatte es überhaupt Zweck weiterzulaufen, wenn die Gruppe vielleicht sowieso woanders hingegangen war? Ronja konnte sich nicht mehr daran erinnern, was die Trainerin über den genauen Ablauf gesagt hatte. Sollte sie vielleicht lieber auf dem gleichen Weg wieder zurückgehen? Was, wenn sich die Gruppe am Ende wieder am Startpunkt treffen würde?

Etwas unterbrach Ronjas Gedanken.

Aus der Dunkelheit trat plötzlich eine Gestalt auf sie zu.

Ronjas Muskeln spannten sich an, sie erinnerte sich an die Schlagzeilen, in denen es um Vergewaltigungen in der Innenstadt von Helsinki gegangen war. Natürlich hatte sie nichts dabei, um sich zu verteidigen, nicht mal Pfefferspray. Sie ging auf die Gestalt zu. In ihrer Brust klopfte ihr Herz wie verrückt, das Adrenalin schoss durch ihre Adern. Sie würde ganz schnell an dem Typen vorbeigehen und jeglichen Blickkontakt vermeiden, um ihn nicht auf dumme Gedanken zu bringen, und sie würde ausreichend Abstand halten. Glücklicherweise war der Weg an dieser Stelle relativ breit. Wenn es nötig sein sollte, würde sie laut schreien.

Sie hatte die Person fast erreicht. In ihrem Kopf regte sich kein einziger vernünftiger Gedanke. Ronja und die Gestalt waren fast schon nebeneinander.

»Entschuldigung.«

Ronjas Körper fühlte sich fast schwerelos an, automatisch schaute sie auf.

Es war eine Frau.

Ihre Augen waren fast ganz schwarz. Wie gelähmt blieb Ronja stehen.

»Ich habe dich am Strand gesehen. Schon früher. Ich habe auch überlegt, wann du wohl herkommen würdest«, sagte die andere und schaute Ronja an.

Die kleine Frau, die uralt aussah, trug Winterkleidung, und unter dem altmodischen Hut schaute schneeweißes Haar hervor. Im Kontrast zu ihrem dunklen Mantel sahen ihre Haare aus wie eine Krone aus Zuckerwatte. Ihr Gesicht zeigte im fahlen Lichtschein der Straßenlaterne Furchen und Falten. Aber ihr Blick war scharf und durchdringend.

»Ich habe meine Freunde verloren. Entschuldigung, ich kenne Sie nicht.« Instinktiv trat Ronja einen Schritt zurück.

Die pechschwarzen tiefliegenden Augen sahen Ronja aufmerksam an. Innerhalb einer Hundertstelsekunde fühlte es sich so an, als ob die Alte in eine andere Welt abgetaucht wäre. Oder vielleicht bildete sich Ronja das ja auch nur ein.

»Kennen wir uns von irgendwoher?«, fragte Ronja. Es wäre schließlich nicht das erste Mal, dass jemand von den alten Bekannten ihrer Eltern kommen und zu ihr sagen würde, dass sie immer noch genauso aussehe wie früher, obwohl inzwischen Jahrzehnte vergangen waren. Vielleicht war diese Frau eine davon.

»Ich heiße Sara. Sara Lumme. Oder zumindest war das mal mein Name.«

Sie lächelte ein bisschen.

Die Welt um sie herum schien stillzustehen. Nur ihr Atem wurde zu Dampfwolken, die sich zwischen ihnen ausbreiteten.

»Ich habe etwas für dich«, fuhr Sara mit sanfter Stimme fort.

Plötzlich wurde sich Ronja ihrer nassen und verschwitzten Klamotten bewusst. Sie kannte diese Sara nicht. Und sie glaubte auch nicht, dass die Frau sie kannte. Irgendetwas an dieser ganzen Situation führte dazu, dass sich ihr die Nackenhaare aufstellten. Sie wollte nach drinnen, ins Warme.

»Schön, Sie kennenzulernen, ich muss jetzt aber trotzdem weiter, es ist kalt und auch schon dunkel«, erklärte Ronja mit aufgesetzter Munterkeit und trat unruhig von einem Fuß auf den anderen.

Ronja zuckte zusammen, als Sara nach ihrer Schulter griff. Die Hand der Frau fühlte sich durch den Handschuh zart und knöchern an, aber ihr Griff war fest.

»Ich muss dich warnen, aber zum Glück bist du ja heute gekommen. Ich habe dich aus dem Fenster gesehen und bin dir gefolgt.«

»Mich warnen?«

»Dort passieren schlimme Dinge. Am Strand. Es gab mal eine Zeit, da war das mein Strand. Aber jetzt nicht mehr. Nicht mehr. Wenn du nicht aufpasst, wird es dir schlecht ergehen.«

Ronja starrte die Frau an. Jedes Härchen auf ihrer Haut schien ihr gerade zu Berge zu stehen.

»Man behauptet von mir, ich sei verrückt. Aber das bin ich nicht. Das musst du mir glauben. Ich habe nicht mehr viel Zeit. Aber ich habe etwas für dich. Es gehört dir«, flüsterte Sara fast atemlos und begann plötzlich in ihrer Handtasche nach etwas zu wühlen.

Ronja wusste nicht, was sie tun sollte. Also wartete sie.

Die Frau fand, wonach sie gesucht hatte, und reichte es Ronja. Es war ein Schlüssel. Ein rostiger, uralter Schlüssel. An einem Band baumelte ein Schlüsselanhänger. Ein Raumschiff.

Die Alte lächelte Ronja an, als würde sie sie kennen. Als würde sie wissen, wer Ronja war.

»Ich kenne Sie nicht. Wer sind Sie? Und was soll ich mit dem Schlüssel? Der ist bestimmt nicht für mich«, bekam Ronja mit Mühe und Not heraus. Sie wollte so schnell wie möglich weg von hier.

»Meine Zeit ist fast abgelaufen. Morgen werde ich nicht mehr hier sein. Sie bringen mich weg. Schon wieder. Aber der Schlüssel wird dich ans Ziel führen. Sie wären wütend, wenn sie wüssten, dass ich mit dir gesprochen habe. Nimm den Schlüssel. Nimm ihn jetzt sofort«, krächzte Sara und drückte Ronja den Schlüssel in die Hand.

Das Telefon in Ronjas Tasche klingelte.

Sie erschrak bei dem überraschenden Geräusch so sehr, dass sie einen Satz machte. Ohne weiter darüber nachzudenken, steckte sie den Schlüssel in ihre Jackentasche, rannte los und ließ Sara stehen. Ihr Herz klopfte wie wild, als sie an dem Café am Kasinoranta vorbeirannte, das um diese Jahreszeit geschlossen war, und dann weiter in die Richtung der Särkiniementie-Kreuzung und dem Leben entgegen. Ganz egal wohin, Hauptsache irgendwohin, wo sie in Ruhe durchatmen konnte. Als sie den Asphalt erreichte, blieb sie stehen. Der kalte Wind peitschte ihr ins Gesicht, aber sie freute sich darüber.

Sie warf einen Blick über ihre Schulter, aber es war keine Menschenseele zu sehen. Die Straße war leer.

»Nein, verdammt«, keuchte sie schwer, sie war am Ende ihrer Kräfte.

Was zum Teufel war eben eigentlich passiert? Wer war diese seltsame Frau gewesen? Und warum war sie nicht einfach weitergegangen? Die Alte litt offensichtlich unter Gedächtnisstörungen oder war einfach nur verrückt. Anscheinend hielt sie Ronja für jemand anderen. Und das Gerede über ihren Badestrand, über den Tod ... Ronja schüttelte die Gedanken ab. Heute Nacht hatte sie sich schon selbst genug Angst gemacht. Verdammt!

Ihr Telefon klingelte immer noch. Sie kramte das vibrierende Gerät aus ihrer Jackentasche.

Auf dem Display leuchtete Millas Nummer.

Aber bevor sie auch nur auf den Knopf mit dem grünen Hörerzeichen drücken konnte, bekam sie fast einen Herzinfarkt, als Milla plötzlich aus dem Busch neben ihr sprang. So fühlte es sich zumindest an, auch wenn die Freundin offensichtlich auf dem Sandweg hinter ihr hergerannt war.

»Du hast mich fast zu Tode erschreckt! Wohin seid ihr eigentlich plötzlich verschwunden? Diese verdammte verrückte Sportgruppe, jetzt mal ganz im Ernst, Milla! Das war doch echt unmöglich«, motzte Ronja und funkelte die vor ihr stehende schwitzende Milla wütend an.

»Wohin bist du plötzlich verschwunden?! Wir haben bestimmt zwanzig Minuten nach dir gesucht. Wir haben schon gedacht, dass wer weiß was passiert ist. Hier gab es doch diese sexuellen Übergriffe, ich habe befürchtet, dass du vielleicht in irgendeinem Gebüsch gelandet bist und vergewaltigt wurdest. Ich hab bestimmt zehn Mal versucht, dich zu erreichen«, rief Milla erzürnt.

Einen Moment lang schwiegen sich beide an.

»So läuft das doch jedes Mal! Genauso wie damals, als du einfach nach London abgehauen bist. Was zur Hölle soll das denn immer?«, schrie Milla frustriert.

Schweigend schaute Ronja ihre Freundin an, die wütend ihre Arme in die Seiten gestemmt hatte. Ihr wurde bewusst, dass Milla sich große Sorgen gemacht hatte. Aber sie war doch nur kurz weg gewesen. Sie durchfuhr der Gedanke, dass sie es wirklich immer so machte: In dem Moment, in dem die Dinge kompliziert oder unangenehm wurden, machte sie sich aus dem Staub. Sie haute ab, als die Beziehung mit Ville ernster wurde. Während ihres ganzen Erwachsenenlebens ging sie Verpflichtungen aus dem Weg.

Sie holte tief Luft und wischte sich über das Gesicht, das vom Schweiß ganz feucht war. Die kalte Luft kroch unter ihre Klamotten und ließ sie erzittern.

»Entschuldige, ich weiß ja auch nicht, was passiert ist. Ihr wart einfach weg, ich habe euch überall gesucht«, sagte sie ruhig und schaute Milla dabei in die Augen.

»Alle haben sich richtig Sorgen um dich gemacht. Die Trainerin wollte sogar schon die Polizei anrufen«, seufzte Milla und wischte sich den Schweiß von der Stirn.

Schweigend musterten sich die Freundinnen einen Moment lang.

Ronja sah, dass Milla sich schon wieder beruhigt hatte. Sie konnte nie lange wütend sein.

»Lass uns jetzt zu den anderen gehen. Und irgendwann möchte ich auch mal nach Hause«, sagte Ronja und ergriff Millas Arm.

1975

»Bei uns ist keiner zu Hause. Was hältst du davon, wenn wir zu mir gehen und noch etwas trinken?«, fragte sie mit unschuldiger Stimme. Aber ihr Blick verriet, dass sie mit ihrer Einladung keinen kurzen Absacker meinte, sondern etwas ganz anderes.

Der Mann lief rot an – wegen ihrer Direktheit, wegen dieses Moments und vor lauter Glück.

Sie trafen sich schon seit vielen Wochen. Er war neunmal mit ihr ausgegangen, war mit ihr zusammen gewesen und hatte ihre Schönheit genossen. Er erfreute sich an dem Gedanken an sie, hatte sie vermisst und sie begehrt, wenn sie nicht da war. Er konnte nicht mehr länger warten, er musste sie unbedingt ganz nah bei sich spüren. Er musste mit ihr zusammen sein, und zwar richtig.

Der kurze Fußmarsch zu ihrer Wohnung fühlte sich unwirklich an. Die Füße versanken im Sand, und die Frau schwankte in ihren Schuhen mit den hohen Absätzen, als sie ohne Eile nebeneinander hergingen. Sie waren erfüllt von aufkeimenden zärtlichen Gefühlen und Erwartungen, sie trauten sich nur noch nicht, diese laut auszusprechen.

Die Frau wohnte im ersten Stock. Oder im zweiten. Das hatte keine Bedeutung. Das Wichtigste war, dass sie hier waren, in diesem Augenblick. Sie schloss auf, und sie gingen hinein, er zog die Tür hinter sich zu.

Der Flur war klein und schmal. Sie hängte ihre Jacke an den Haken. Schnell trat er neben sie, wie magisch von ihr angezogen, und legte ebenfalls seine Jacke ab.

Sie standen nebeneinander, fast Schulter an Schulter. Er war ihr ganz nah, nahm den warmen Duft ihres Parfums wahr, nach Veilchen und nach einem Hauch von Rose. Er wollte sie berühren, war nur wenige Zentimeter von ihr entfernt. Ihre Haut war hell und weich, er wollte sie mit Küssen bedecken. Er hatte das Gefühl, dass es unvermeidlich war, es musste einfach passieren. Das warme Gefühl in seinem Inneren wurde immer stärker, es wuchs und übernahm die Kontrolle. Es fühlte sich so an, als ob der Sauerstoff zwischen ihnen knapp würde. Sie bewegte sich, ihre Hand streifte ganz leicht seinen Rücken. Er war wie elektrisiert. Mit roten Wangen hängte er seine Jacke an die Garderobe.

»Komm, wir holen uns aus der Küche etwas zu trinken«, sagte sie.

Im Begriff, ihr zu folgen, bemerkte er ein Paar derbe Schuhe im Schuhregal.

Die Schuhe eines Mannes.

Er schaute sich um, aber der Flur offenbarte keine weiteren Geheimnisse. Er folgte ihr ins Wohnzimmer, das klein, aber gemütlich war. Eine hellgelbe Couchgarnitur, an der Seitenwand ein kleines Bücherregal.

Und daneben ein Klavier.

Sein Blick blieb an dem Instrument hängen. Es war dunkelbraun, die Oberfläche war bereits abgenutzt. Gutmütig und massiv stand es da, es war bereit. Er ließ seine Hände auf die glatte Oberfläche sinken, ließ seine Fingerkuppen langsam über das von der Sonne aufgewärmte Holz gleiten.

Mit zwei Gläsern in der Hand trat sie neben ihn und sah ihn mit einem leichten Lächeln auf den Lippen an.

»Spiel etwas für mich«, sagte er mit gedämpfter Stimme.

Sie blickte zurück, und ein Lächeln breitete sich in ihren Augen aus.

»Du hast mich doch schon früher spielen hören.«

Konzentriert blickte er ihr ins Gesicht. Ein Gesicht, das mehr verriet, als Worte hätten sagen können.

»Ja. Trotzdem«, erwiderte er sanft und strich ihr eine Haarsträhne aus dem Gesicht.

Sie nickte, stellte ihr Glas auf dem Klavier ab und setzte sich auf einen mit Samt bezogenen Hocker, dann stellte sie die Sitzhöhe richtig ein.

Sie klappte den Klavierdeckel auf. Die glatten weißen und schwarzen Tasten schienen auf sie zu warten. Sie ließ ihre zierlichen flinken Finger sinken, während ihr Rücken sich ein wenig streckte.

Fasziniert schaute er zu.

Und dann fing sie an zu spielen.

Aus der Leere entstand Musik um sie herum. Musik, die perlte und wogte wie Meereswellen und funkelte wie der Sternenhimmel. Musik, die ihm Flügel verlieh.

Er konnte sich nicht mehr zurückhalten. Er sehnte sich nach ihr, sehnte sich so sehr, dass ihm das Herz schwoll. Er sehnte sich, obwohl sie direkt vor ihm saß. Nur wenige Zentimeter von ihm entfernt. Er schaute die Frau an, die so konzentriert in ihrem Spiel, in der Musik versank. Ihr Kopf war etwas geneigt. Er wollte in dieser Welt sein. Er beugte sich zu ihr hinunter und küsste zärtlich ihren hellen nackten Hals, ließ seine Lippen bis zu ihrem Schlüsselbein wandern, langsam und genießerisch. Seine Hände schlichen sich an ihre Taille, der Stoff ihres Kleides raschelte leise.

Plötzlich schien sie auf ihrem Platz zu versteinern. Die Musik verstummte abrupt.

Dann drehte sie sich um und griff voller Leidenschaft nach ihm. Ihre Hände suchten den Weg zu seinem Rücken, seinem Haar, seinem Gesicht. Ihre Lippen fanden einander. Sie küssten sich wie zwei Menschen, die zum ersten Mal in ihrem Leben küssen. Es war zur gleichen Zeit neu und Furcht einflößend und fühlte sich trotzdem vertraut an. Ihr Schicksal war hier, ihre Lippen gehörten einander.

»Ich …« Es gelang ihm nicht, den Satz zu beenden. Er begehrte sie mit Haut und Haar, seine Hände berührten sie überall, wo er nur konnte. Sie war das Zentrum seiner Welt.

KAPITEL 14

Anton betrachtete die neben ihm liegende Frau, ihre weiche, glatte Haut.

Er hatte mehrere Tage nichts von Ansku gehört. Das hatte ihn verunsichert, und er hatte schon angefangen, an sich zu zweifeln. Ihm missfiel das Gefühl, die Situation nicht unter Kontrolle zu haben. Am frühen Abend hatte er dann eine unbeschwert klingende Nachricht mit einem Vorschlag von ihr bekommen. Das rief seltsame Gefühle in ihm hervor. Anton hatte versucht, diese abzuschütteln, aber trotzdem hatte sich seine Antwort dann wie von selbst getippt.

Er wusste, dass er sich eigentlich mit voller Kapazität auf die Aufklärung von Harri Vaaras Fall konzentrieren sollte. Sie hatten immer noch keine echten Fortschritte gemacht, und bald würden die Chefs anfangen, Fragen zu stellen. Im Umkreis von ein paar Häuserblocks hatten sie nur eine einzige Überwachungskamera gefunden – an der Ecke des Supermarkts. Oona hatte das Videoband abgeholt, aber darauf gab es nichts Interessantes zu sehen. Nur die leere Straße. Andererseits wäre es auch sehr viel Glück gewesen, wenn man darauf ausgerechnet Harri gesehen hätte.

»Ehrlich gesagt weiß ich gar nicht, warum ich wieder hergekommen bin.«

Anton wurde aus seinen Gedanken gerissen, die Mordermittlung rückte in den Hintergrund. Seine Augen glitten über die im Bett liegende Ansku. Er hatte es nicht eilig, aus dem Bett zu kommen. Irgendetwas zwischen ihnen schien sich verändert zu haben, aber er wusste nicht, was er damit anfangen sollte. Er ließ seine Hand über ihren nackten Körper wandern, ihre Haut fühlte sich warm und weich an. Seine Finger massierten ihren unteren Rücken und arbeiteten sich in kreisenden Bewegungen weiter vor bis zum Po. Er kniff sie.

»Natürlich weißt du das.«

Ansku lächelte.

»Wir sollten uns bestimmt nicht mehr treffen, da es jetzt doch diese Ermittlungen gibt und so. Ist das nicht unethisch, wenn wir uns trotzdem sehen? Immerhin bin ich mit der Tochter des Toten gut befreundet«, sagte Ansku.

Anton spannte die Muskeln an. Es wäre so einfach, den Gefühlen nachzugeben. Diese düstere Mordermittlung und die Einsamkeit des eigenen Lebens einfach zu vergessen und etwas Neues zu beginnen.

Er setzte sich auf.

»Man muss meiner Meinung nach die Dinge nicht komplizierter machen, als sie sind. Das hier mit uns ist schließlich unsere Privatsache«, sagte er.

Ansku nickte langsam.

»Privatsache ... Ja.«

Anton war nicht derjenige gewesen, der ein zweites Treffen vorgeschlagen hatte, sondern er war darum gebeten worden. Trotzdem hatte die Begegnung mit Ansku sein Leben auf den Kopf gestellt: Keine seiner Regeln schien mehr zu gelten, sie funktionierten schlicht nicht mehr. Ansku war einfach anders.

»Von dieser Sache darfst du aber niemandem etwas erzählen, das weißt du doch, oder? Das hier ist ein Geheimnis zwischen uns beiden. Aber ich mag dich«, sagte Anton und drehte sich zu Ansku. Er hatte es tatsächlich laut ausgesprochen. Wohin das noch führen würde, wusste er nicht.

Ansku schaute ihn an. Ihre blauen Augen schimmerten in den Farben des Himmels.

»Du hast es nicht mal deiner Partnerin erzählt?«, fragte Ansku.

Anton schaute sie nachdenklich an. Oona. War diese schöne Frau etwa eifersüchtig auf seine Kollegin? Und lohnte es sich dann überhaupt, das hier fortzusetzen, wenn jetzt schon Eifersucht mit im Spiel war? Vielleicht war es doch nicht so eine gute Idee. Vielleicht sollte er Ansku lieber ghosten. Nach dem nächsten Mal.

»Oona? Du musst dir wegen ihr keine Gedanken machen«, antwortete Anton neckend und stupste Ansku leicht in den Bauch.

Er sah, wie sie errötete.

»Das macht mir nichts aus. Du kannst tun und lassen, was du willst. Also falls du schon eine Beziehung hast …«, stammelte sie.

Anton merkte, dass ihr Blick durchs Zimmer schweifte und für einen Moment beim Schreibtisch hängen blieb.

Scheiße!

Ein gerahmtes Foto stand auf der Tischplatte. Ansku hatte es bestimmt gesehen. Ihr Gesichtsausdruck veränderte sich unmerklich, innerhalb einer Hundertstelsekunde. Oder bildete er sich das nur ein?

»Habt ihr bei euren Untersuchungen eigentlich schon Fortschritte gemacht?« Ansku wechselte das Thema.

Anton hörte die Frage irgendwo aus der Ferne.

»Vielleicht. Es ist noch vieles offen, aber ich darf natürlich nichts erzählen.« Anton zwang sich zu einem Lächeln.

Er hätte nicht auf Anskus Nachricht antworten sollen.

»Ich helfe natürlich, wo ich kann«, sagte sie und berührte seine Schulter.

»Dann erzähl mir doch etwas über Ronja. Wie ist sie so? Hatten sie und ihr Vater ein schlechtes Verhältnis?«

Anton sah, wie Anskus Stirnfalten tiefer wurden.

»Ronja ist eine Frau, die ihren eigenen Weg geht. Sie lebt schon lange im Ausland. Ich selbst hatte im Laufe der Jahre mal mehr, mal weniger regelmäßig Kontakt zu ihr, aber ich glaube nicht, dass sie ihren Vater besonders oft angerufen hat.«

»Wieso nicht?«

»Ich vermute, dass sie ein bisschen sauer auf ihn war, weil ihre Mutter die beiden verlassen hat und weil ihr Vater es nicht geschafft hat, die Familie zusammenzuhalten. Ronja wuchs allein mit ihm auf. Harri war ... nicht gerade gesprächig, und es war bestimmt nicht einfach, als Teenie mit so einem Griesgram zusammenzuwohnen«, erzählte Ansku.

Anton seufzte.

»Das sind aber alles nur meine persönlichen Vermutungen«, fügte Ansku dann noch nachdrücklich hinzu.

Das schlechte Verhältnis zum Vater. Die im Laufe der Jahre angesammelten unverarbeiteten Dinge. Könnte die Tochter ihren eigenen Vater umgebracht haben? Anton dachte an Ronjas Mutter, die in Frankreich lebte. Mutter und Tochter schienen sich ähnlich zu sein, beide waren ins Ausland gezogen. Könnten die beiden womöglich zusammen etwas so Furchtbares getan haben? Anton versuchte sich zu merken, dass er mit Oona später noch darüber sprechen musste.

»Ja, und da gab's natürlich noch ...« Anskus Stimme erstarb mitten im Satz.

Anton wurde aufmerksam.

»Was denn?«

»Das hat wahrscheinlich überhaupt nichts zu bedeuten, aber mir fiel gerade noch etwas ein. Ronja hatte einen Streit mit ihrem Vater am Telefon. Kurz bevor er starb«, stammelte Ansku.

»Einen Streit?«

Ansku lief rot an.

»Natürlich gibt's zwischen Vätern und Töchtern mal Streit. Und das muss ja auch gar nichts bedeuten«, sagte sie verteidigend.

Anton nickte. Das stimmte. Aber unter den gegebenen Umständen waren auch die kleinsten Details interessant. Und davon einmal abgesehen hatte Ronja den Streit nicht erwähnt, als er sie auf dem Revier befragt hatte. Was hatte das zu bedeuten?

»Worum ging es bei dem Streit?« Anton versuchte seine Stimme ruhig und unbekümmert klingen zu lassen.

»Keine Ahnung. Ronja hat es nur nebenbei bemerkt, dass sie von Harri genervt war, aber trotzdem bald nach Finnland kommen müsste. Und dann passierte nur wenige Tage später dieses Unglück.«

Harris letztes Telefongespräch mit seiner Tochter war also alles andere als harmloser Small Talk gewesen. Sie hatten gestritten. Hatte es vorher auch schon Streitigkeiten gegeben?

Ansku sah aus, als ob sie nicht noch mehr über ihre Freundin verraten wollte, und Anton wusste, dass es keinen Zweck hätte, sie zu drängen. Er musste Ronja direkt darauf ansprechen.

Also schob er die Angelegenheit beiseite, zumindest fürs Erste.

»Vielleicht werde ich dich dann mal als Nächste befragen. Was hast du eigentlich in der Mordnacht gemacht?« Anton beugte sich zu Ansku und küsste sie. Auf den Mund, auf den Hals, auf die Schulter, auf ihre linke Brust, dann auf die rechte. Er bewegte sich weiter nach unten, in Richtung ihres Bauchs.

Das war die beste Art, um für einen Moment an etwas anderes zu denken.

Seine Lippen wanderten weiter nach unten.

»Und du musst dir wegen Oona keine Sorgen machen. Sie ist nicht mein Typ.«

LOGBUCH

Heute habe ich mich an vieles erinnert, ich habe viel an dich gedacht.
Ich habe mich an alles erinnert, was wir zusammen erlebt haben. Und wie alles endete.
Ich habe mich an den Anfang von allem erinnert.
Damals, als ich noch ein Kind war, ein menschliches Pflänzchen. Ich erinnere mich an dich und an deine Arme, wie ich auf deinem Schoß saß. Ich kann mich auch noch ganz genau an ihre Gesichter erinnern. Ich erinnere mich an ihre blonden Locken, die mich an der Wange kitzelten, wenn sie mit ihrem Gesicht ganz nah kam. Ich erinnere mich an mein Zuhause.
Aber ich erinnere mich auch noch an andere Dinge.
Ich erinnere mich daran, wie du zurück nach Hause kamst, nachdem du lange Zeit fort gewesen warst. Ich war damals in deiner Gegenwart immer etwas schüchtern. Ich erinnere mich noch daran, wie du wütend wurdest und durchgedreht bist. Du warst Angst einflößend. Du hast sie bestraft, du hast uns bestraft, aber sie am allermeisten, so wie es jeder Mann tun würde.
Schließlich habe ich sehr viel später aber verstanden, warum du es getan hast.
Ich erinnere mich auch daran, wie sich alles in einer einzigen Nacht veränderte. Wie das Licht zur Dunkelheit wurde. Diese Dunkelheit war schließlich meine ganze Welt. Ich verstand damals nicht, warum sich mein Leben so verändern musste. Ich verstand nicht, warum ich nicht so weitermachen konnte wie bisher. Ich erinnere mich nur an das Schwarz, das mit der Veränderung kam, alles war schwarz. Und das Schwarz wuchs von Jahr zu Jahr, es ernährte sich selbst.
Aber jetzt verstehe ich es. Mein Geist will das hier, er will sich erinnern.

Es war ein Teil deines Plans. Etwas, das ich ganz von allein verstehen musste. Erst später habe ich die einzelnen und zerbrochenen Teile zusammengefügt und habe es verstanden – alles.

Heute spürte ich wieder diese Schmerzen.

Ich habe mich an die Dinge erinnert, die den Schmerz verursacht haben. Den Verzicht. Um das Neue zu verstehen. Um die ganze Wahrheit zu verstehen. Lange Zeit wusste ich nicht, ob sie eine Bedeutung haben, aber du hast es mir geduldig beigebracht.

Heute hatte ich einen Albtraum. Es fühlte sich so echt an. Vor lauter Schmerzen wälzte ich mich hin und her, meine Daunendecke raschelte abscheulich im Schlaf. Die Federn in der Decke wurden lebendig. Es war furchtbar. Mit einem Schreck wachte ich auf. Aber das Gefühl, das der Traum zurückgelassen hatte, streifte danach noch im Zimmer umher. Nicht mal die weiche sichere Dunkelheit meines Schlafzimmers half mir dabei, das Gefühl abzuschütteln, dass irgendjemand in meiner Bettdecke herumkrabbelte. Mit den Fingern berührte ich meinen Körper, strich langsam über meine Haut. Mit langsamen Bewegungen. So wie auch du es getan hast. Es beruhigte mich. Ich erinnerte mich an dich.

KAPITEL 15

Am fernen Horizont sah man die Windsurfer in den grauen Wellen schaukeln. Die spitzen hellen Segel bewegten sich im Rhythmus der Meeresbewegungen auf und ab, die Surfer waren dem Meer völlig ausgeliefert.

»Pass auf, Isla! Geh weiter vom Wasser weg, deine Handschuhe könnten nass werden!«, schrie Milla.

Ronja, die neben ihr stand, blinzelte in den weiten Horizont, wo sich die Surfer langsam nach links bewegten. Sie hielten sich vom flachen und steinigen Kasinoranta fern. Am Morgen hatte Milla angerufen und Ronja vorgeschlagen mitzukommen, um den Surfern zuzuschauen, schließlich war die Wohnung von Ronjas Vater ganz in der Nähe. Daraufhin hatte Ronja wahllos irgendwas angezogen und sich eingeredet, dass sie auf die Art wenigstens etwas frische Luft bekäme. Jetzt bereute sie es allerdings, dass sie nicht auf dem Sofa liegen geblieben war. Die eiskalte Meeresluft blies ihr direkt ins Gesicht und brachte ihre Augen zum Tränen.

»Echt kalt heute, ich verstehe nicht, wie die es da draußen aushalten«, wunderte sie sich und wickelte ihren Schal noch enger um ihren Hals.

»Total verrückt. Ich habe Topi auch gesagt, dass das bei so einem kalten Wetter absolut wahnsinnig ist. Verdammt, wir haben immerhin schon November! Aber weil seine Freunde unbedingt surfen wollten, musste er natürlich auch mit. Jake hat im September angeblich mit dem Surfbrett ganz Lauttasaari umrundet, und seitdem sind die Jungs wie besessen von diesem Sport. Sie haben das hier ihre Polarnacht-Tour genannt«, schnaubte Milla und half ihrem Kleinkind dabei, auf dem unebenen Sandstrand ein paar Schritte zu machen. Die älteren Geschwister waren ihrer herumkommandierenden Mutter entfleucht und liefen durch das Gestrüpp am Strand.

Am Strand waren auch noch andere Leute, ein Teil verbrachte dort den Tag, andere waren aus Neugierde gekommen, denn das Surfen im Spätherbst hatte sich herumgesprochen. Neben ihnen standen kleine Gruppen Menschen, Kinder und Erwachsene in warmen Klamotten. Milla begrüßte einige bekannte Familien. Verstohlen warfen manche Ronja neugierige bis mitleidige Blicke zu.

»Frieren die denn gar nicht?« Ronja lachte und zuckte dann zusammen – das stahlgraue Meer war bestimmt nur wenige Grad warm. Wenn man nur einen Neoprenanzug trug, musste es wirklich eiskalt sein.

Aber Milla hörte gar nicht zu.

»Kannst du einen Moment auf Milo aufpassen?«, fragte Milla und eilte dann zum Ufer zu den größeren Kindern, die jetzt durch das kalte Wasser wateten. Milla schnappte sich ihren verdutzt aussehenden Jungen und klemmte ihn sich unter den Arm. Die Ältere kam zu ihr und lief dann neben ihrer Mutter her. Ronja beobachtete derweil das neben ihr herumtapsende Kleinkind und wartete verwirrt.

»Ihr dürft doch nicht alleine ins Wasser gehen, wie oft habe ich euch das schon gesagt?!«, schimpfte Milla, während sie zu Ronja zurückkam. Die Kinder folgten ihr, sie sahen schuldbewusst aus.

»Das ist bestimmt gar nicht so gefährlich«, sagte Ronja, die versuchte, die Stimmung etwas aufzulockern.

Millas Gesichtsausdruck war streng.

»Isla und Otso können noch nicht schwimmen. Isla, du weißt doch, dass man nicht ins Wasser gehen darf!«

Verärgert schaute das Mädchen ihre Mutter an.

»Wir sind doch gar nicht schwimmen gegangen, Mama! Da war ein Monsterfisch, den wir gesucht haben«, erklärte das Mädchen dann ihrer Mutter, so als ob diese überhaupt nichts kapieren würde.

»Ach so, ein Monsterfisch … Das Meer ist gefährlich, das weißt du doch, Isla. Man muss ganz vorsichtig sein. Weißt du nicht mehr, was mit Kalle und Kaarlo passiert ist?«, fragte Milla jetzt mit sanfterer Stimme.

»Kaarlo und Kalle?«, fragte Ronja verwundert.

»Erinnerst du dich etwa nicht mehr an diese Geschichte?«

Ronja starrte Milla einige Sekunden lang verständnislos an, aber dann fiel es ihr wieder ein.

»Ach ja, natürlich! Aber das ist eine ganz schreckliche Geschichte. Das sollte man so kleinen Kindern gar nicht erzählen«, sagte Ronja und schaute Millas Kinder an.

Bei der Geschichte musste sie an Tante Liisas krächzende Stimme denken. Das Schicksal von Kaarlo und Kalle kannten alle Kinder aus Lauttasaari. Hier war das Meer überall, am Strand, wenn man auf einem Felsen hockte oder in einem Boot saß. Das Wasser rauschte an der Insel vorbei und verschluckte in seinem Strudel jeden, der nicht aufpasste. Mit dem Meer war nicht zu spaßen. Die Geschichte von Kaarlo und Kalle war schon vor Jahrzehnten eine effektive Art gewesen, um zumindest ein bisschen Vernunft in die Köpfe allzu lebhafter und neugieriger Kinder zu bekommen.

»Was ist denn mit Kallu und Pallu passiert?«, fragte Otso und zupfte seine Mutter am Ärmel.

»Kaarlo und Kalle, mein Schatz. Nun ja, also das ist eine wirklich traurige und schreckliche Geschichte.«

»Ist das nicht schon lange her?«

»Ja, das stimmt. Die Jungs lebten, als dein Papa und deine Mama noch nicht mal auf der Welt waren. Oma und Opa waren damals auch noch ganz jung«, erklärte Milla geduldig.

»Was ist denn jetzt mit denen passiert?«, fragte Isla ungeduldig.

»Kaarlo und Kalle waren eineiige Zwillinge. Sie sahen also ganz gleich aus, deshalb hatten sie auch ähnliche Namen bekommen. Es heißt, dass man sie überhaupt nicht auseinanderhalten konnte. Sie waren die einzigen Kinder ihrer Eltern und machten ständig Blödsinn. Eines Tages bekamen sie wegen eines Streichs Hausarrest, aber sie beschlossen auszubüxen.«

Die Kinder sahen ihre Mutter aufmerksam und mit großen Augen an und nickten.

»Sie sind also heimlich abgehauen und kamen dann zum Veijarivuori-Badestrand. Wisst ihr noch, als wir im Sommer da waren? Früher gab es da noch keine Hochhäuser. Nur Wälder und Sommerhäuschen. Die beiden Jungs schwammen und hatten Stunden lang Spaß. Bis abends die Sonne langsam unterging.«

»Ist das nicht irgendwann Anfang Herbst passiert? Das Meer war bestimmt nicht mehr besonders warm«, sagte Ronja.

»Ja, Ronja hat recht, der Sommer war schon vorbei. Und deshalb wurde es auch richtig kalt. Aber die Jungs konnten einfach nicht aufhören, obwohl sie schon froren. Keiner von ihnen wollte nach Hause gehen, weil sie wussten, dass ihre Eltern bestimmt richtig wütend sein würden. Kaarlo überlegte sich, noch einmal seinen Bruder herauszufordern, und schlug ein Wettschwimmen vor – zu einer nahe gelegenen Insel und wieder zurück. Und der Verlierer müsste alle Schuld, weil sie abgehauen waren, auf sich nehmen.«

»Und was passierte dann, Mama?«

»Sie fingen an zu schwimmen. Sie schwammen und schwammen. Aber das Meer war kalt, und es gab größere Wellen. Und die Insel war doch weiter weg, als sie gedacht hatten. Vom Strand aus hatte es so nah ausgesehen. Sie hielten so lange durch, bis sie nicht mehr konnten.«

Blass vor Schreck starrten die beiden Kinder ihre Mutter an.

»Sie ertranken. Sie ertranken beide. Und keiner rettete sie, weil keiner wusste, wo sie waren. Sie ertranken, weil sie nicht auf die Erwachsenen gehört hatten.«

Isla schniefte. Milla nahm das Mädchen in den Arm.

»Ihre Eltern waren furchtbar traurig, weil sie ihre beiden Kinder verloren hatten.«

Ronja war ganz schwindlig. Eine schreckliche Geschichte. Tante Liisa hatte die beiden Jungs sogar persönlich gekannt, war mit ihnen zur Schule gegangen.

Nachdenklich blickte Ronja in Richtung Horizont. Das Meer schien zu flüstern und die Badegäste in die Umarmung seiner Wellen zu locken. Wenn man nicht aufpasste, konnte es einem am Strand schlecht ergehen.

Hatte das nicht irgendjemand gesagt? Erst vor Kurzem?

»Die Frau …«, sagte Ronja.

»Was?«, fragte Milla.

»Das Meer. Und der Strand. Die Frau. Bei dieser schrecklichen Geschichte fiel mir das gerade ein. An dem Abend, als wir zusammen Sport gemacht haben und ich die Gruppe verlor. Ich hab dir noch gar nicht erzählt, was passiert ist, kurz bevor du mich gefunden hast«, sagte Ronja.

»Ich dachte, du wärst nur am Ufer entlangspaziert. Ist dir etwas passiert? Du wurdest doch nicht belästigt, oder?«, fragte Milla besorgt.

»Nein, nichts dergleichen. Ich habe euch gesucht, bin aber zuerst in die andere Richtung gelaufen. Ich bin an den Hochhäusern am Strand vorbeigekommen, lief in Richtung Westen, als ich einer Frau begegnete. Sie war alt, ihre Haare waren ganz weiß, und ihr Gesicht war faltig. Sie sah uralt aus. Überraschenderweise hielt sie mich an und sagte, dass es mir an dem Strand schlecht ergehen würde. Angeblich sei es mal ihr Strand gewesen.«

Mit einem verwirrten Ausdruck auf dem Gesicht hörte Milla zu.

»Ich weiß nicht, ob sie eine Bekannte meiner Eltern oder einfach nur verrückt war, aber ich musste gerade an sie denken, als du über das Meer gesprochen hast.«

Milla sah sie mit einem seltsamen Gesichtsausdruck an.

»Wo genau bist du ihr begegnet?«

»Direkt neben dem Strand, auf dem Weg. Sie erschien wie aus dem Nichts, was merkwürdig war.«

»Ach, verdammt!«

»Was?«

»Hat dir die Frau ihren Namen gesagt?«

»Saara. Nein, Sara ... Beziehungsweise sie hat gesagt, dass das mal ihr Name war. Auch das fand ich seltsam. Ich kenne niemanden, der so heißt. Vielleicht hat sie mich mit jemandem verwechselt. Keine Ahnung, warum ich das gerade überhaupt erzähle«, sagte Ronja und lächelte.

Milla lachte laut. Verwundert schaute Ronja ihre Freundin an.

»Ich weiß, wer Sara ist.«

Wildes Gekreische erfüllte das Wohnzimmer. Die gruselige Geschichte war am Strand zurückgeblieben. Isla, die ihren Schneeoverall gegen ein Tüllkleid getauscht hatte, hüpfte gut gelaunt auf dem Sofa herum und juchzte bei jedem Sprung. Ihr kleiner Bruder Otso versuchte mit seiner großen Schwester mitzuhalten, was ihm jedoch nicht gelang. Milla gab ihr Bestes, damit sich ihre Kinder benahmen – sie gab Anweisungen, erteilte Befehle und unternahm Erpressungsversuche, während sie ihren Jüngsten im Arm hielt.

Verlegen stand Ronja in der Schlafzimmertür und beobachtete, wie Topi in den Tiefen des Kleiderschranks verschwand. Man hörte ein Stöhnen und Keuchen, als er eine große schwarze Kiste herausholte.

»Hier war sie, unter den Schlittschuhen und den Helmen. Ich versteh nur nicht, wie die da überhaupt gelandet ist«, murmelte Topi und stellte die große Kiste mit den abgenutzten Rändern auf den Esstisch und öffnete den Deckel, unter dem massenweise Papiere und Fotos zum Vorschein kamen.

»Eine richtige Schatzkiste«, lachte Ronja, aber Topi beachtete sie überhaupt nicht – so wie immer.

Milla hatte erzählt, dass die mysteriöse Sara eine entfernte Verwandte ihres Mannes Topi sei. Milla hatte darauf bestanden, dass Ronja ausführlicher mit ihm darüber reden solle, weil sich hinter dem Ganzen angeblich eine interessante Geschichte verbarg. Ronja vermutete, dass dahinter – zumindest teilweise – steckte, dass Milla ihre Freundin und ihren Ehemann einander näherbringen wollte, auch wenn es wahrscheinlich nicht klappen würde. Milla war traurig, dass ihre älteste Freundin, die sie seit ihrer Kindheit kannte, nichts mit ihrem Ehemann zu tun haben wollte. Aber Ronja fand Topi einfach nur unerträglich. Und Topi hielt Ronja für eine eingebildete Traumtänzerin, die nur an sich selbst dachte.

Topi holte Gegenstände aus der Kiste und legte sie auf den Tisch. Es war ein Sammelsurium aus zusammengeknüllten Papieren, alten Zeugnissen und Dokumenten, Quittungen, abgegriffenen ausländischen Landkarten und Familienfotos.

»Ich verstehe nicht, was an meiner Großtante so interessant sein soll. Und was so dringend ist, dass ich direkt vom Strand herkommen sollte. Ich hätte auch noch zu Veksi in die Sauna gehen können. Aber Milla hat so lange gebettelt, bis ich es nicht mehr hören konnte ...«, murmelte Topi mit widerwilliger Miene. Seine Wangen waren noch ganz rot vom Surfen.

Schließlich fand Topi das Gesuchte und legte ein Schwarz-Weiß-Foto vor Ronja auf den Tisch.

»Da!«

Ronja sah das gleiche lächelnde Gesicht, das ihr auf der Straße entgegengekommen war. Das Gesicht auf dem Bild war allerdings viel jünger, es strahlte geradezu vor Jugend. Anstelle der weißen Strähnen sah sie einen toupierten Pagenkopf. Obwohl es sich um ein Schwarz-Weiß-Bild handelte, war offensichtlich, dass die Haare goldblond waren. Die Frau lächelte schüchtern, aber blickte direkt in die Kamera. Ihre Haut sah schon fast übernatürlich glatt aus, was typisch für die damaligen Porträtfotos aus dem Studio war.

»Sie ist sehr hübsch«, sagte Ronja, nahm das Foto und betrachtete es nachdenklich. Wie konnte es sein, dass die heutige Sara der Frau auf dem Foto einerseits so ähnlich sah, aber zugleich wirkte sie wie ein völlig anderer Mensch? Was war in der Zeit zwischen dieser Aufnahme und der Gegenwart mit ihr passiert? Fragend blickte Ronja Topi an.

»Die alte Dame, die dir begegnet ist, war Topis Großtante. Um genau zu sein, die Schwester seiner Großmutter. Sie wohnt ganz in der Nähe vom Strand.« Milla war mit ihrem Jüngsten auf dem Arm neben Ronja aufgetaucht. Der Lärm aus dem Wohnzimmer war von Stimmen aus einem Zeichentrickfilm abgelöst worden.

»Echt?«

»Tante Sara ist etwas speziell, man könnte sagen, sie ist ein bisschen anders als andere … Sie ist psychisch krank«, hustete Topi verlegen und setzte sich.

Fragend sah Ronja ihn an.

»In den 1970er-Jahren war sie eine Zeit lang in einer Pflegeeinrichtung. Damals war ihr Zustand am schlimmsten. Sie bildete sich Dinge ein, litt unter Wahnvorstellungen und Angstzuständen. In so einer Verfassung wäre sie niemals alleine zu Hause zurechtgekommen. Oma und Opa beschlossen damals, dass es das Beste wäre, sich professionelle Hilfe zu holen«, fuhr Topi fort.

»Zustand? Wie lange war sie denn in dieser Einrichtung?«

»Mehrere Jahre, so ganz genau weiß ich das aber ehrlich gesagt auch nicht. Sie erhielt nie eine genaue Diagnose, sodass es schwierig war, ihr zu helfen. Heute würde man die Symptome wahrscheinlich mit Schizophrenie und Depressionen in Zusammenhang bringen. Aber irgendwas machte man dann ja doch richtig, weil sie schon vor meiner Geburt rausgelassen wurde und wieder alleine zu Hause wohnen durfte. Vor allem jetzt im Alter braucht sie viel Hilfe, weil das Gedächtnis nicht mehr so mitspielt, wie es sollte, und die Halluzinationen kommen und gehen. Mal ist ihr Zustand besser, mal schlechter.«

Ronja nickte. Sie dachte an ihre kranke Tante Liisa, deren Befinden zwischendurch richtig gut sein konnte, aber sich von einem Moment auf den anderen auch wieder verschlechtern konnte.

»Tante Saras einziger Wunsch ist es, zu Hause sein zu dürfen. Dorthin kommt auch regelmäßig die häusliche Pflege, um ihr ihre Medikamente zu geben, um mit ihr spazieren zu gehen und um einfach nach ihr zu sehen, ob sie alleine zurechtkommt«, fuhr Topi fort.

»Ist Sara eigentlich irgendwas zugestoßen, wodurch dieser Zustand bei ihr ausgelöst wurde?«, fragte Ronja verwundert.

Topi warf Milla einen vielsagenden Blick zu. Jetzt standen sie also kurz davor, zum Kern der Sache zu kommen.

»Ich selbst stehe Tante Sara nicht besonders nah, aber ich weiß, dass sie ihren Verstand verlor, nachdem ihre Kinder verschwanden«, sagte Topi vorsichtig.

»Ihre Kinder verschwanden?«

»Meine Mutter kennt auch nicht alle Details. Meine Oma wollte nämlich nie richtig darüber reden«, entgegnete Topi.

»Das ist eine furchtbare Geschichte, ganz furchtbar. Ich wollte, dass du es von Topi selbst hörst«, sagte Milla und redete dann weiter, bevor Topi noch etwas dazu sagen konnte.

»Saras neunjährige Tochter und der sechsjährige Sohn verschwanden eines schönen Tages vom Kasinoranta. Annikki und Toivo. Die Familie lebte schon damals in der Nähe des Badestrands in einem Hochhaus. Die Kinder spielten miteinander am Strand. Damals war es ganz normal, seine Kinder unbeaufsichtigt draußen spielen zu lassen.«

Missbilligend schüttelte Milla den Kopf.

»Am Abend kamen die Kinder jedoch nicht zurück. Man konnte sie nirgends finden. Sie verschwanden einfach, waren wie vom Erdboden verschluckt. Niemand von den Leuten, die zu dem Zeitpunkt am Strand gewesen waren, konnte etwas dazu sagen. Du kannst dir bestimmt vorstellen, dass man nach der Geschichte mit Kaarlo und

Kalle schnell damit begann, sich auf die Suche nach ihnen zu machen. Keiner wollte so eine Tragödie noch mal erleben. Man suchte die verschwundenen Kinder überall auf der Insel. Auch das Ufer wurde durchkämmt, jeder Millimeter«, sagte Milla und fuchtelte hektisch mit den Händen herum.

Fast schon atemlos wartete Ronja darauf, das Ende der Geschichte zu hören.

»Nach drei Tagen kehrte zumindest Annikki wieder nach Hause zurück – genauso unerwartet, wie sie auch verschwunden war. Man fand sie hungrig und müde im Treppenhaus des Gebäudes, in dem ihre Familie wohnte«, fuhr Milla fort.

Topi nickte still und strich über die Tischkante.

»Was passierte mit dem anderen Kind? Kam das auch wieder nach Hause?«, fragte Ronja.

»Nun, das ist es ja. Toivo wurde nie gefunden. Er verschwand und kehrte nie wieder zurück. Und Annikki erzählte nicht, wo ihr Bruder steckte und wo die beiden drei Tage lang gewesen waren. Sie redete überhaupt nicht mehr. Kein einziges Wort. Hörte komplett auf zu sprechen. Sie wurde von Polizisten, Sozialarbeitern und Verwandten befragt, aber sie bekamen nichts aus ihr heraus. Zum Schluss gaben sie auf«, erzählte Milla.

»Ab diesem Zeitpunkt wurde Tante Sara psychisch krank. Sie litt unter Wahnvorstellungen und Angstzuständen, sie brach zusammen. Sie kam dann in eine Pflegeeinrichtung, es gab keine Alternative«, fuhr Topi fort.

»Später wurde Toivo für tot erklärt«, fügte Milla leise hinzu und schaute ihren Mann an.

Erstaunt hörte sich Ronja die Geschichte an.

»Wie kann es denn sein, dass ich noch nie etwas davon gehört habe? Man sollte doch meinen, dass so ein Vorfall hier in Lauttasaari eine ganz große Sache war? Und besonders Papa liebte Geschichten über diese Gegend. Komisch, dass er mir nichts davon erzählt hat«, wunderte sich Ronja.

Topi wurde rot. Offensichtlich war es ihm unangenehm, darüber zu sprechen. Aber warum? Topi schien zu merken, dass Ronja ihn anstarrte, und riss sich daraufhin zusammen.

»Meiner Familie war diese Sache immer sehr unangenehm. Psychische Krankheiten waren damals ein Tabuthema. Über solche Dinge sprach man nicht, solche Krankheiten gab es einfach nicht. Sehr traurig, wenn man heute darüber nachdenkt. Heutzutage hätte Tante Sara mehr Hilfe und Verständnis bekommen«, stammelte Topi.

Ronja nickte und wurde rot, sie schämte sich für ihre Gedankenlosigkeit. Wenn solche gravierenden Erschütterungen die eigene Familie ereilten, waren viele Leute erst einmal überfordert. Das wusste sie selbst ziemlich gut, trotzdem wollte sie jetzt mehr erfahren.

»Was war mit den Kindern passiert? Bekam man jemals heraus, wo sie in den drei Tagen gewesen waren?«

»Die ganze Angelegenheit blieb ein Rätsel. Die Polizisten kamen zu der Schlussfolgerung, dass die Kinder wahrscheinlich am Ufer rumgelaufen waren. Annikki war damals nur ein paar Jahre älter als unsere Isla. Man weiß, dass sich Kinder in dem Alter nicht immer lange konzentrieren können. Vielleicht sah Annikki etwas Aufregendes und lief los, um es sich genauer anzusehen. Toivo war erst sechs und folgte seiner Schwester bestimmt überallhin. Vielleicht haben sie sich danach verlaufen. Oder vielleicht watete Toivo zu tief ins Wasser und kam dann nicht mehr alleine wieder raus. Womöglich hatte er auch einen Kletterunfall im Wald und verletzte sich dabei. So etwas kann ja passieren. Aber bis zum heutigen Tag weiß keiner, was genau geschah. Es wurde nie eine Leiche gefunden, nicht im Wasser, nicht an Land, nirgends«, fuhr Topi fort.

Milla schüttelte den Kopf und drückte Milo, der auf ihrem Schoß lag. Sie hatte Topis Familientragödie bestimmt schon oft gehört, aber es bewegte sie jedes Mal aufs Neue. Kleine Kinder, mutterseelenallein in der grausamen Welt. Was hatten die beiden drei Tage lang gemacht? Hatten sie wenigstens etwas zu essen gehabt? Warum hatte ihnen kein Erwachsener geholfen?

Ronja schaute sich das Bild an. Saras Leben war auf den Kopf gestellt worden. Ronja hatte Mitleid mit ihr. Es gab bestimmt kein schlimmeres Schicksal, als sein eigenes Kind auf so eine Art zu verlieren und nie zu erfahren, ob es noch am Leben war. Das musste eine Qual sein – bis ans Lebensende.

Ronja erschauderte.

»In Topis Verwandtschaft wird nur sehr wenig darüber geredet. Vermutlich, weil ein Teil der Leute bereits gestorben oder dement ist oder weil sie zum damaligen Zeitpunkt noch so jung waren, sodass sich keiner mehr richtig daran erinnern kann«, sagte Milla.

»Wie ist es Annikki eigentlich ergangen? Wohnt sie noch in der Gegend?«, erkundigte sich Ronja bei Topi mit gepresster Stimme.

»Annikki redete nie wieder, und schließlich brachte man auch sie in eine Jugendpsychiatrie. Zum Schluss ging es mit ihrem Leben dann so richtig bergab, sie zog weg aus Lauttasaari, Gerüchten zufolge wurde sie drogenabhängig, geriet an die falschen Leute. Meine Mutter hat erzählt, dass sie zwischendurch auch im Gefängnis saß«, erzählte Topi.

Ronja schaute aus dem Fenster, blickte auf die Autos, die auf der Straße vorbeifuhren, und dachte über das verlorene Leben nach. Wie unnötig ...

Topis Räuspern brachte sie wieder in die Gegenwart, in Millas Küche zurück.

»Dann verschwand sie eines Tages plötzlich, brach auch die letzten Kontakte ab. In der Familie glaubt man, dass auch Annikki starb, weil jahrzehntelang keiner etwas von ihr gehört hat.«

»Wie schrecklich«, flüsterte Ronja.

Topi nickte.

»Über diese Dinge wird nie gesprochen, meine Verwandtschaft ist eben so«, sagte Topi und starrte konzentriert auf seine Finger.

KAPITEL 16

Die Uhr tickte. Ronja merkte, dass sie sich hoffnungslos verspäten würde, und eilte direkt von Milla weiter, um Ville zu treffen, der Wort gehalten und sie auf einen Kaffee eingeladen hatte. Er wartete an einer Kreuzung im Norden von Lauttasaari auf sie. Auf seinem Gesicht breitete sich ein Lächeln aus, als er Ronja kommen sah. Er umarmte sie.

»Schön, dich zu sehen!«

»Entschuldige, ich bin spät dran. Irgendwie kam heute einiges zusammen.« Ronja grinste verlegen. Sie war ganz durcheinander von der Aufregung und Hektik dieses Tages.

Die Sonne warf ihre letzten rosafarbenen Strahlen hinter die Hochhäuser mit den schwarzen Dächern. Bald würde es dunkel werden. Die malerische Straße Taivaanvuohentie schlängelte sich den Berg Kotkavuori hoch, der ein beliebtes Wahrzeichen von Lauttasaari darstellte.

»Warum sind wir hier?«, fragte Ronja ihn nervös.

Ville wiederzusehen, versetzte ihr Innerstes auch heute wieder in Aufruhr.

»Du bist doch warm genug angezogen, oder? Wir gehen nämlich an einen Ort, wo es ein bisschen windiger ist. Ich will dir etwas zeigen. Etwas, mit dem ich mich in letzter Zeit intensiver beschäftigt habe. Ich dachte, dass es dir vielleicht gefallen könnte«, sagte Ville und lächelte.

Ronja wurde nervös. Er roch gut und vertraut. Das hier könnte noch brenzlig werden.

»Was hast du denn dabei?«, fragte sie und zeigte auf die große, schwer aussehende Sporttasche in seinen Händen.

»Das siehst du gleich.«

Sie mussten nicht lange laufen, bis sich das Gelände änderte. Der asphaltierte Weg endete, es wurde steiler. Niedrige knorrige Büsche und wilde Gräser säumten den Sandweg, und man musste gut aufpassen, damit man nicht über Baumwurzeln stolperte.

Als Kind hatte Ronja ihren Vater oft gefragt, warum der Name des Berges ausgerechnet Kotkavuori lautete, Adlerhügel. Sie hatte dort noch nie einen Adler gesehen, nicht mal flüchtig. Höchstens Krähen und kleine Vögel. Sie fragte ihren Vater immer wieder, warum die Adler in der Stadt leben wollten. Sie würden doch bestimmt viel lieber frei im Gebirge herumfliegen.

»Woher willst du denn wissen, dass die Adler nicht vielleicht im Wasserturm leben? Vielleicht haben sie dort heimlich ein Nest gebaut, damit die Menschen sie nicht ständig anstarren und stören. Vielleicht spielen sie dort in Wirklichkeit Schach und überlegen, warum Menschen keine Flügel haben«, erwiderte Papa jedes Mal.

Auch diesmal war von Adlern weit und breit nichts zu sehen. Ein anderes Wahrzeichen von Lauttasaari, der berühmte Wasserturm, war vor einigen Jahren abgerissen worden. Weit öffnete sich jetzt vor ihnen eine grasbewachsene Bergkuppe und der Himmel.

»Weißt du noch, wie wir hier dieses Spiel Zehn-Stöcke-auf-dem-Brett gespielt haben? Es gab hier so viele Verstecke«, sagte Ronja und lächelte, als sie zurückdachte.

Sie merkte erst jetzt, dass sich die Wolken zurückgezogen hatten und der Himmel ganz klar war. Schnell versank die Sonne am Horizont und färbte den Himmel mit letzter Kraft in bunte Farben. Bald würde das Meer Lauttasaari in einen Schleier hüllen.

Ville hockte sich hin und begann in seiner Sporttasche hektisch nach Rohren in unterschiedlichen Größen und nach dünnen Metallteilen zu suchen.

»Was hast du da?«

»Ein Teleskop«, antwortete Ville lachend und zeigte Ronja den Inhalt der Tasche.

»Was? Nicht schlecht. Wie viel kostet so was eigentlich?«, neckte Ronja den auf dem Boden hockenden Ville, der jetzt die Teile zusammensetzte.

»Zu viel, aber das ist zum Teil auch ein Arbeitsinstrument. Hat dir denn keiner erzählt, dass ich die sogenannten Weltraumspaziergänge der Astronomischen Gesellschaft leite?«

Und Ronja musste feststellen, dass es ihr tatsächlich keiner erzählt hatte. Sie hatte keine Ahnung, was Ville heute machte. Offensichtlich Weltraumspaziergänge. Das letzte Mal, als sie ihn gesehen hatte, hatte er von einer Karriere als Musiker geträumt, trug T-Shirts mit Bands drauf und ließ sich die Haare wachsen. Ville war regelmäßig in der Raucherecke der Schule zu finden gewesen, wo auch Ronja oft abhing, an den Zigarettenstummeln der anderen zog und versuchte, cool auszusehen. Seitdem war viel Zeit vergangen.

»Und was machst du, wenn du nicht gerade Weltraumcowboy spielst?«

Ville war amüsiert. Er schaffte es, das Rohr und das Stativ zusammenzubauen, und stand dann auf. Mit einem durchdringenden Blick sah er Ronja an.

»Ich unterrichte.«

»Du unterrichtest? Was denn?«

»Geschichte. Wer hätte das gedacht, dass aus mir mal ein trockener Geschichtspauker wird! Genauso wie dein Vater«, sagte Ville lachend, aber verstummte dann schnell, als ihm bewusst wurde, was er eben gesagt hatte. »Entschuldige. Ich weiß nicht, willst du ...«

Ronja lächelte und schüttelte den Kopf. Es machte ihr nichts aus, wenn über ihren Vater gesprochen wurde. Es war ein Zeichen dafür, dass er mal gelebt hatte und immer noch hier war. Zumindest in irgendeiner Form.

Ville räusperte sich nervös, ging an ihr vorbei und stellte das Stativ auf den Boden. Er positionierte das Rohr vorsichtig auf dem Stativ. Dann stellte er den Winkel ein, was eine gefühlte Ewigkeit dauerte. Ronja wartete still.

Sie konnte ihren Atem in der Dämmerung sehen. Die Meteorologen hatten für dieses Jahr einen rekordverdächtigen Schneefall prophezeit, der jeden Tag einsetzen konnte.

»Komm mal gucken.«

Ronja war amüsiert, aber ließ sich darauf ein. Sie beugte sich ein bisschen, blickte durch das Okular, schloss das andere Auge.

Noch nie zuvor hatte sie so etwas gesehen.

»Wenn du es da schärfer einstellst, kannst du die Oberfläche des Kraters erkennen. Siehst du es?«, flüsterte Ville, der sich neben Ronja gestellt hatte.

Sie sah es.

Mit bloßem Auge von der Erde aus betrachtet war der Mond gelb, aber jetzt zeigte er seinen bösen Doppelgänger – dieser war grau metallisch, düster. Die Oberfläche wurde von Löchern, Falten und Pfaden durchzogen, die wie ausgetrocknete Flussbetten in der Wüste aussahen. Wenn man den Blick etwas verlagerte, änderte sich die Oberfläche und sah aus wie ein dicht gewebter Spitzenvorhang, der mit flachen Kratern durchsetzt war. Es sah aus, als ob dort frisch gefallener Puderschnee liegen würde.

»Das ist ja atemberaubend«, hauchte sie und ließ ihren Blick auf den Details verweilen.

»Nicht wahr? Wenn man es jetzt ein bisschen verstellt ... Entschuldige ... Schau mal hier. Weißt du, welcher Planet das ist?«, fragte Ville.

Wie eine gehorsame Schülerin blickte Ronja noch einmal durch das Okular. Sie sah eine einzelne weiß glänzende Perle inmitten der Dunkelheit. Der Planet war symmetrisch rund, und seine Oberfläche sah weich und irgendwie cremig aus. Ronja hätte ihn gerne berührt.

»Es ist kaum zu glauben, dass die Venus so ein furchtbarer Schmelztiegel ist. Da ist es die ganze Zeit über 400 Grad heiß, weil die Sonne ganz in der Nähe ist. Dazu kommt noch, dass es ständig sauren Regen gibt. Ein irreführender Planet. Von außen betrachtet ist er so schön und glatt und von innen das reinste Inferno«, hörte sie Ville fachmännisch sagen.

»Warum sieht der Planet denn gar nicht feurig aus? Wenn es da doch so heiß ist. Von hier aus sieht die Venus aus wie eine Marmorkugel.«

»Man müsste ein stärkeres Teleskop haben. Mit diesem hier sieht man nur die Wolken im oberen Bereich der Atmosphäre der Venus. Genauere Details kann man nicht erkennen. Die Forscher haben aber auch so ihre Probleme mit der Venus. Dort ist es dermaßen heiß und das Sonnenlicht ist so hell, dass die Sensoren auf der Oberfläche nicht richtig funktionieren.«

»Ist die Venus nicht der sogenannte Liebesplanet? Ein richtiges Liebesnest«, sagte Ronja lachend und starrte gebannt auf den Planeten.

»Die Venus war die römische Liebesgöttin. Sie repräsentierte Schönheit, Liebe und so weiter. Es wird gesagt, dass die Venus eigentlich der Schwesterplanet der Erde ist, hauptsächlich, weil beide Gesteinsplaneten sind, nebeneinanderliegen und ungefähr die gleiche Größe haben. Ich glaube aber, dass die Venus die böse Stiefschwester ist. Außerdem dauert auf der Venus ein Tag nach unserer Zeitrechnung ganze 244 Tage!«, erzählte Ville, aus dessen Stimme Stolz über sein Wissen herauszuhören war.

»Das ist ja wie eine schlechte Beziehung: eine unendliche Hölle in beschissener Gesellschaft und unter furchtbaren Bedingungen.«

»So ist es.« Ville nickte und fing dann an zu lachen.

»Milla hat mir erzählt, dass du heiraten wolltest. Was ist passiert?«

Am Ende seiner Weltraum-Tour hatte Ville aus seiner Sporttasche eine Thermoskanne und zwei Plastikbecher herausgeholt und auf eine niedrige Steinmauer gestellt. Dampfkringel stiegen auf, während schwarze Flüssigkeit in die Becher lief. Ville reichte Ronja eine gelbe Tasse.

Der Kaffee war herrlich warm. Ronja entspannte sich. London, die anstrengende Jobsuche, Papa, der Mord – alle Sorgen waren in weite Ferne gerückt. Es gab gerade nur diesen Moment, eine sichere Blase. Ihre Jugendliebe. Vielleicht könnten sie ja noch Freunde werden, überlegte Ronja. Fast ohne Hintergedanken.

»Annika und ich waren viele Jahre zusammen, und es hat sich dann einfach so entwickelt. Ich weiß nicht, ob ich wirklich bereit war zu heiraten. Ich weiß nicht, ob ich überhaupt heiraten will. Sich zu verloben, war mehr eine gemeinsame Entscheidung. Zu dem Zeitpunkt fühlte es sich so an, dass man es eben so machen muss. Echt romantisch«, sagte Ville schulterzuckend und nahm einen Schluck von seinem Kaffee.

Ronja betrachtete die Landschaft, das Meer bewegte sich in seinem eigenen Rhythmus. Die Lichter der Innenstadt gingen bereits an. Die Dunkelheit verdeckte die letzten Strahlen des Tages. Eine weiße Mondsichel war am Himmel aufgegangen.

Ronja versuchte, sich Ville vor dem Traualtar in einem dunklen Anzug vorzustellen. Der Anzug war faltenfrei, aber Villes Hände schwitzten vor lauter Nervosität. Die Braut war natürlich wunderschön und trug ein weißes Kleid. Als sie den Mittelgang entlangschritt, hörte man von beiden Seiten entzückte Seufzer. Das perfekte Paar.

»Annika blieb in unserer gemeinsamen Wohnung in Jyväskylä. Ich hatte das Gefühl, ich müsste noch mal ganz von vorne anfangen, deshalb habe ich ihr auch alle unsere Möbel dagelassen. Natürlich hat's mir später leidgetan, dass ich auch die Stereoanlage zurückgelassen habe. Aber ansonsten hatte ich da nichts mehr. Ich wollte zurück nach Helsinki«, erklärte Ville.

Ronja nickte. Ville war hier in Lauttasaari eigentlich immer glücklich und zufrieden gewesen.

»Und du, gibt's bei dir gerade jemanden?«, fragte Ville.

»Es gab früher jemanden, mit dem es etwas Ernstes hätte werden können, zumindest dachte ich das. Aber dann stellte sich heraus, dass er mich fast ein halbes Jahr lang betrogen hatte. Das war ziemlich beschissen. Danach habe ich mich aufs Lernen konzentriert und wollte Spaß haben. Zum Glück habe ich einen tollen Mitbewohner. Max und ich haben zusammen schon so einiges erlebt«, erzählte Ronja lachend und erinnerte sich im selben Augenblick daran, dass sie sich mal wieder bei Max melden sollte.

»Fremdgehen ist echt Scheiße.« Ville nahm einen Schluck von seinem Kaffee und starrte in die Ferne. In seinem Blick lag etwas Geheimnisvolles.

»Mir fehlt wohl das Beziehungsgen«, fuhr Ronja fort. »Mir kommt es so vor, als ob alle um mich herum verheiratet oder schwanger sind … Ich selbst suche nach erfüllenden Momenten. Die Zeit vergeht wie im Flug, und ich bin nicht dabei. Jetzt gibt's gerade auch einen Mann, den ich in letzter Zeit ziemlich oft getroffen habe, aber ich scheine das irgendwie nicht in den Griff zu bekommen … Ich habe das Gefühl, dass es nirgends hinführt. Und ich weiß noch nicht mal, ob ich überhaupt will, dass es irgendwo hinführt.« Ronja verstummte. Gab sie zu viel preis? Redete sie wirres Zeug? Sie hoffte, dass die sich senkende Dämmerung die Röte kaschieren würde, die ihr gerade in die Wangen schoss.

Natürlich wusste Ville, dass sie beziehungsfähig war, schließlich war das zwischen ihnen ernst gewesen. Sie hatte ihn mit jeder Faser ihres Körpers geliebt, hatte sich in dem Gefühl fast selbst verloren. Aber es hatte ein schlechtes Ende genommen. Das vertraute Gefühl der Scham ergriff sie. Sie hatte es vermasselt.

»Hättest du denn gerne eine Familie, Kinder, das ganze Programm? Du bist immer deinen eigenen Weg gegangen. Warst immer so eine Abenteurerin.«

Ronja schaute Ville an. Sie wusste es nicht. Aber sie konnte es nicht leugnen, dass sie sich allmählich nach einem Anker sehnte. Nach etwas, an dem man sich festhalten konnte. Sie wusste nur nicht, was das für ein Anker sein sollte. Und ob sie einem anderen Menschen jemals so sehr vertrauen könnte, um eine feste Bindung einzugehen.

»Ich weiß es wirklich nicht.«

Nach einer Stunde wurde die Kälte gnadenlos.

Eigentlich wollte Ronja noch nicht gehen, aber der Zauber war verflogen. Ville schien es ähnlich zu gehen, auch er zitterte bereits vor Kälte.

Langsam tasteten sie sich auf dem sich schlängelnden Pfad wieder zurück, den Kotkavuori-Berg hinunter.

»In den Nachrichten wurde über diese sexuellen Übergriffe berichtet, also wenn du willst, dass ich dich noch nach Hause begleite, ist das überhaupt kein Problem«, sagte Ville wie nebenbei und schaute sie an.

Ronja nickte.

»Dann kannst du auch mal einen Blick in Papas Bücherregal werfen, ob es da etwas gibt, das du gerne haben würdest. Ich muss seine Wohnung leer räumen, weil seine Schwester nichts von seinen Sachen haben will. Und Mama will auch nichts. Ich weiß nicht so recht, was ich mit dem ganzen Kram machen soll«, sagte Ronja.

Sie war nervös.

Obwohl sich zwischen ihnen auf dem Kotkavuori alles unkompliziert angefühlt hatte, war der Druck auf ihrer Brust stärker geworden, seitdem sie sich auf den Rückweg gemacht hatten. Ville war so vertraut – und so attraktiv. Er war ganz anders als Jacob. Bei Ville gab es eine Nähe, in der Ronja am liebsten versunken wäre. Sie musste wirklich vorsichtig sein.

Langsam gingen sie die Straße am Hafen entlang. Die dunklen abgedeckten Boote trieben nebeneinander im stillen Wasser. Ein

Teil war bereits für den Winter an Land gezogen worden. Stille umgab sie, es waren nur ihre Atemgeräusche und das entfernte Rauschen des Verkehrs zu hören.

In der Luft lag der Geruch nach Salz und Meer.

»Von der Polizei habe ich überhaupt nichts mehr gehört, und ich glaube auch nicht, dass die sich noch mal melden werden«, beschwerte sich Ronja.

»Eigentlich haben sie sogar ziemlich viele Leute befragt. Mein Vater hat erzählt, dass irgendein unfreundlicher Polizist bei ihnen und den Nachbarn angerufen hat. Sie scheinen wirklich gründlich vorzugehen«, erzählte Ville.

Ronja schaute ihn an.

»Das ist wohl etwas übertrieben. Außerdem haben alle Lauttasaarier eine Meinung zu Papa – alle kannten ihn, wenn auch nur vom Hörensagen.« Aber kaum jemand weiß wirklich etwas, dachte Ronja kühl.

»Keine Ahnung. Vielleicht untersucht die Polizei ja alle Möglichkeiten, um sicherzugehen, dass nichts vergessen wird.«

Natürlich machten die Polizisten ihre Arbeit, und natürlich würden sie Ronja nicht immer sofort über alles informieren, wenn es eine neue Wendung gab. Papas Tod hatte Mitgefühl und Emotionen bei den Insulanern geweckt. Viele hatten bestimmt auch selbst bei der Polizei angerufen und ihre Hilfe angeboten. Schließlich war einer von ihren Leuten gestorben! Dass Papa ein Einzelgänger gewesen war, spielte nach seinem Tod keine Rolle. Einmal Insulaner, immer Insulaner.

»Ich hätte mir mehr Mühe geben sollen, aber jetzt ist es zu spät. Offensichtlich kannte ich meinen Vater überhaupt nicht richtig«, gab Ronja betreten zu.

Sie schämte sich, dass sie nicht versucht hatte, ihn besser kennenzulernen. Bis es dann zu spät war. Sie bereute es zutiefst. Hatte sie überhaupt das Recht, um ihn zu trauern? Wie konnte man sich so schlecht, aber zur selben Zeit auch so unberührt fühlen?

»Du warst deinem Vater bestimmt sehr wichtig, und das weißt du auch. Und du darfst traurig sein, du hast in letzter Zeit viel alleine durchmachen müssen«, sagte Ville. Unvermittelt nahm er Ronjas Hand und drückte sie.

Bei allem, was er tat, wurde er immer schnell körperlich, er zeigte seine Gefühle durch Berührungen. Und Ronja schüttelte seine Hand nicht ab.

Es fühlte sich einfach zu gut an, dass ein vertrauter Mensch da war und sie festhielt.

»Ich würde gerne nach London zurückkehren, ich sollte nur zuerst diesen Papierkram erledigen und überlegen, was ich mit der Wohnung mache. Und mit Minni. Probleme eines Einzelkindes«, sagte Ronja lächelnd.

Sie spürte, wie der Kloß in ihrem Hals anschwoll und ihre Augen schmerzen ließ. Sie war völlig allein.

»Es gibt doch keine Eile. Oder etwa doch? Viele wären in so einer Situation völlig durch den Wind. Du kannst hier so lange bleiben, wie du willst. Und du weißt doch, dass du immer mit mir reden kannst, oder?«, fragte Ville und blieb stehen. Ohne es zu merken, waren sie bereits am Ziel angekommen.

»Hast du mal darüber nachgedacht, noch etwas länger in Finnland zu bleiben? Hier gibt es ja schließlich auch Arbeit …«, sagte Ville herausfordernd.

»Alles ist so verwirrend. Ich weiß nicht, ob mich etwas hier hält«, sagte Ronja leise.

»Ich bin doch hier«, erwiderte Ville und schaute Ronja direkt in die Augen.

Sie zuckte zusammen, denn sie wusste, was er meinte, und sie selbst konnte auch nicht mit hundertprozentiger Sicherheit sagen, dass sie keine Gefühle mehr für ihn hatte. Die würden vermutlich nie komplett verschwinden. Aber inzwischen waren so viele Jahre vergangen, und sie kannten sich auch nicht mehr. Zumindest nicht mehr so wie früher.

»Wir waren damals praktisch noch Kinder, das ist wirklich schon lange her. Ich weiß nicht ...«

Die Stille zwischen ihnen dauerte zu lange.

Ronja riss sich los und begann hektisch in ihrer Tasche nach den Schlüsseln zu kramen. Ville machte einen Schritt zurück. Sie merkte, dass er sich ärgerte, aber warum wollte er unbedingt wieder ein Teil ihres Lebens sein? Warum erinnerte er sich nicht mehr daran, wie schlimm es gewesen war, als sich Ronja aus dem Staub gemacht hatte?

Ronja fand den Schlüsselbund und schloss die Tür auf. Schnell trat sie in den Aufzug, Ville folgte ihr. Der Fahrstuhl kam ihr unheimlich klein vor, Villes Jacke raschelte, als sie sich leicht berührten. Sie spürte, wie ihr eine leichte Röte in die Wangen stieg. Villes warmer Atem streifte ihr Haar.

Der Aufzug ruckelte nach oben.

»Wir sind da«, sagte Ronja ein bisschen zu munter und stieß die schwere Tür auf.

Mit steinerner Miene trottete Ville ihr hinterher.

»Ich habe gestern gemerkt, dass die Deckenlampen in diesem Stockwerk kaputt sind«, erklärte Ronja und zeigte zur Decke. »Bisher scheint keiner dem Hausmeister Bescheid gesagt zu haben.«

Aber plötzlich blieb sie stehen und erstarrte. Hier schien etwas nicht zu stimmen.

Der Flur sah ganz normal aus, aber Ronja überkam das gleiche Gefühl wie damals, als sie zum ersten Mal nach dem Tod ihres Vaters in die Wohnung gekommen war. Irgendetwas wirkte auf seltsame Art verschoben.

»Hast du den Schlüssel vergessen?« Ville trat neben sie und schaute Ronja verwundert an.

In ihrer Stimme lag Angst, als sie leise sagte: »Jemand war hier.«

»Was? Wie kommst du darauf?« Ville schaute sich um. Die Wohnungstür sah aus wie eine ganz normale Tür in einem ganz normalen Hochhausflur.

»Hier ist doch keiner, das bildest du dir ein. Wahrscheinlich liegt das nur an dem ganzen Stress. Wer sollte denn herkommen? Hast du die Schlüssel?« Ville hielt Ronja seine Hand hin und ging dann zur Tür. Aus dem Spalt zwischen Tür und Boden schimmerte ein fahler Lichtstreifen ins Treppenhaus. Ronja trat neben Ville.

»Hast du mich gehört? Hast du die Schlüssel?«, wiederholte er seine Frage und schaute die blass gewordene Ronja verwundert an.

»Ich … Keine Ahnung. Ich hab einfach ein komisches Gefühl bekommen«, stammelte sie.

Ville starrte sie an. Ronja errötete und reichte ihm die Schlüssel. Er schloss die Tür auf. Sofort kam Minni angetapst, um die beiden zu begrüßen – so wie immer. Sie sprang ihnen um die Beine herum und wedelte mit dem Schwanz.

Im Flur war es absolut still.

Da spürte Ronja, wie sich ihr die Nackenhaare aufstellten.

Die Lichter brannten. Sie hatte sie beim Verlassen der Wohnung bestimmt nicht angelassen.

»Ville … Jemand ist hier gewesen«, zischte Ronja. Aber Ville stand in der Tür zum Wohnzimmer und schien sie gar nicht zu hören.

»Ach du Scheiße!«, rief er plötzlich.

Schnell trat Ronja neben ihn und blieb dann wie angewurzelt stehen. Intuitiv griff sie nach seinem Arm.

Damit hatte sie nicht gerechnet.

In dem Raum herrschte komplettes Chaos. Bücher lagen verstreut auf dem Fußboden herum. Die Sofakissen waren herausgerissen worden, und in der Ecke lag ein gerupft aussehender Sofarahmen. Ein Teil der Gläser aus dem Geschirrschrank lag zerbrochen auf dem Küchenboden.

»Wer war das?«, flüsterte Ronja mit zitternder Stimme.

1975

Die Luft in dem kleinen Schlafzimmer war stickig und heiß. Licht fiel herein und warf das Muster der Vorhänge auf die Blümchentapete. In der hinteren Ecke stand ein Ventilator auf dem Boden, der leise klapperte und die staubige Luft im Zimmer umherwirbelte.

Die seit vielen Wochen andauernde Hitzewelle hatte die Luft schwer gemacht. Die betäubende Wärme machte alles träge und veränderte auch die Menschen. Aus den wortkargen Finnen wurden Südländer. Sie liefen mit einem Lächeln auf den Lippen herum, saßen bis zum Morgengrauen ohne Jacke auf Felsen und tranken Wein. Sie sonnten sich und bekamen eine dunkle Gesichtsfarbe. Die Wärme brachte Bäume und Büsche dazu, außergewöhnlich schnell zu wachsen, und das berauschende Grün überzog das ganze Land.

Er saß in seiner Unterhose am Rand des schmalen Betts und rauchte eine Zigarette. Seine Bewegungen waren langsam und träge – das Zigarettenende glühte und knisterte bei jedem Zug. Der Rauch in der Lunge war stimulierend und entspannend zugleich. Seine Haut fühlte sich immer noch heiß an – nach dem, was er eben getan hatte. Er betrachtete die Frau, die neben ihm auf der Seite lag und schlief. Das cremefarbene Unterkleid aus Satin war bis zur Taille hochgerutscht, ihre Naturlocken lagen auf dem Kissen. Er strich ihr die Haare aus dem Gesicht, um es sich besser ansehen zu können. Sie war wunderschön, schön und verletzlich in ihrem Schlaf.

Der Sex war hektisch gewesen, schweißtreibend und schnell vorbei. Sie hatten einander regelrecht verschlungen, fast schon zu heftig. Sie hatte gesagt, dass sie ihn sofort wollte, und er hatte nichts dagegen gehabt. Er hatte sie auf die dünne gehäkelte Tagesdecke geworfen, die auf dem harten Bett lag, und ihr die Klamotten vom Leib gerissen. Die Schuhe waren irgendwohin geflogen, Gleiches galt für seine Hose, sein Hemd, ihr Kleid. Sie hatte nur den glatten Unterrock anbehalten. Es gefiel ihm, dass sie nicht völlig nackt war.

Und inmitten von all dem hatte sie zu ihm gesagt, dass sie ihn liebte. Atemlos hatte er in abgehackten Worten irgendwas geantwortet. Er konnte sich nicht mehr erinnern, was es gewesen war. Er erinnerte sich nur daran, dass er sich unbesiegbar gefühlt hatte. Sie brachte ihn dazu, sich so zu fühlen – jedes Mal, wenn sie zusammen waren. Er war nicht einfach nur irgendein unwichtiger oder bemitleidenswerter Typ, der so tat, als wäre er ein richtiger Kerl, und der es nur aus Mitleid in ihr Bett geschafft hatte.

Sie hatten lange übereinander und ineinander gelegen. Warum fühlte es sich jedes Mal so neu und gut an? Wie konnte es sein, dass es noch so viel zu lernen gab, aber gleichzeitig gab es auch so viel, was er bereits konnte, einfach nur, indem er seinen Instinkten folgte? Nachdenklich nahm er den letzten Zug von seiner Zigarette.

Danach hatte er ihr Tolstoi vorgelesen. Das Buch war eins ihrer Lieblingsbücher, sie hatte es schon viele Male gelesen, kannte es in- und auswendig. Trotzdem wollte sie, dass er es ihr vorlas. Es fühlte sich angenehm an, als sich die Worte und Sätze in seinem Inneren bildeten und als glatter, beruhigender Fluss aus seinem Mund strömten. Ihr warmer Körper schmiegte sich an ihn, als er die Seiten umblätterte und mit der Geschichte fortfuhr. Manchmal murmelte sie halblaut Sätze mit, und schließlich schlief sie in seinen Armen ein.

»Liebster ...« Sie bewegte sich im Schlaf. Mit der Hand suchte sie nach seinem nackten warmen Rücken.

Es bedurfte keiner Worte. Er nahm ihre suchende zarte Hand in seine eigene und küsste sie zärtlich. So wie er es in den vergangenen Wochen schon viele Male getan hatte. Oder waren die Wochen bereits zu Monaten geworden? Er war sich nicht sicher. Der Rest der Welt hatte aufgehört zu existieren. Es gab nur noch sie beide. Den Mann und die Frau. Es war so einfach.

Bis ihn die Schwierigkeiten der Realität einholten.

Sie wachte nicht auf, sondern träumte weiter. Er traute sich nicht, sie zu wecken, aber er konnte sich auch nicht einfach neben sie legen und in den gleichen süßen Fluss eintauchen, in dem sie gerade so glücklich zu treiben schien.

Er fühlte sich hellwach und kribbelig. Er stand auf und ging in die Küche, denn er hatte Durst. Das kalte Wasser erfrischte ihn, doch nur für einen Moment. Nervös ging er weiter ins Wohnzimmer. Der alte Parkettboden fühlte sich glatt unter seinen nackten Fußsohlen an.

Er blickte sich um. Er war so glücklich gewesen, dass er sich nicht wirklich mit der Realität auseinandergesetzt hatte. Aber jetzt, an diesem heißen Nachmittag, hier in ihrem Zuhause, verstand er es – endlich: Sie führte noch ein anderes Leben. Ein Leben, in das er nicht gehörte. Dieses Zuhause war nicht sein Zuhause. Dieses Leben, diese Sachen gehörten ihm nicht.

Er ging zum Bücherregal. All diese Bücher, sie hatten der Frau beim Lesen so viel Freude bereitet.

Aber sie waren auch von jemand anderem studiert worden. Von einem anderen Mann.

Dezente Hinweise waren in der ganzen Wohnung verteilt – auch wenn er sie bislang erfolgreich verdrängt hatte:

Die Schuhe im Flur.

Die Jacke im Kleiderschrank.

Das Geschirr für vier Personen.

Er blieb vor dem Bücherregal stehen und schaute sich die dort aufgestellten Schwarz-Weiß-Fotos an, die in goldenen verschnörkelten Bilderrahmen steckten. Die Anordnung auf dem ersten Bild war perfekt. Das Lächeln der Frau war noch strahlender und umwerfender als das Hochzeitskleid, das sie trug. Neben ihr stand ein Mann mit dunklen Augen. Seine Gesichtszüge waren unscharf.

Zwei von Gott zusammengeführte Menschen. Ein glückliches Ehepaar an seinem Hochzeitstag.

Er hasste dieses Bild.

Er hasste, was es bedeutete, und dass es auch seine Zukunft zerstörte. Er hasste die Tatsache, dass nicht er derjenige auf dem Foto war, der neben der Frau stand. Dass nicht er derjenige war, der über sein einzigartiges Glück lächelte.

Kraftlos ließ er seinen Blick umherschweifen. Auf dem zweiten Bild sah sie ernster aus, ihr Gesicht verriet eine neue Reife. In ihrem Arm lag ein kleines Bündel. Ein Säugling, der seine Mutter anblickte – seine größte Liebe.

Wie konnte er das Schicksal ändern, für das sie sich entschieden hatte? Nur deshalb, weil er sie mehr als alles andere auf dieser Welt liebte? Konnte er die Frau darum bitten, nur noch ihm zu gehören? Er wusste, dass ihm dies nicht zustand, und doch musste er es tun.

KAPITEL 17

Nachdenklich schaute sich Anton das Chaos an. Der Einbruch in die Wohnung und das Durchwühlen der Sachen musste etwas mit Harris Verschwinden und seinem Tod zu tun haben. Die Erklärung, dass es ein ganz normaler Einbruch gewesen war, schien allzu einfach zu sein.

»Sie haben doch nichts angefasst, oder?« Er schaute die auf dem Sofa sitzende Ronja an, die geschockt und verwirrt zu sein schien.

»Wir waren abends unterwegs, und als wir zurückkamen, war die Tür wie immer verschlossen. Als ich aufgeschlossen habe, ist mir aufgefallen, dass die Lichter brannten. Ich bin mir sicher, dass ich sie nicht angelassen habe. Und als wir reinkamen, haben wir sofort gesehen, dass die Wohnung komplett durchwühlt worden war«, erzählte sie kopfschüttelnd.

»Was heißt wir? Ich sehe hier niemanden außer Ihnen«, sagte Anton.

Ronja nickte, ihre Lippen waren verkniffen.

»Ville. Er ist ... ein alter Freund. Wir waren auf dem Kotkavuori und haben dort den Abend verbracht. Ville ist eben rausgegangen, um mit dem Hund Gassi zu gehen. Er kommt bestimmt gleich zurück«, erklärte Ronja.

»Dann warten wir«, sagte Anton, in erster Linie zu sich selbst. Die Atmosphäre in der Wohnung war bedrückend. Seltsam, dass die Tochter trotzdem hierbleiben wollte.

»Haben Sie eine Vermutung, wer hier gewesen sein könnte?«, fragte Anton.

Die auf dem Sofa sitzende Ronja sah aus, als ob sie kurz davor stünde aufzuspringen und wegzulaufen. Anton fand, dass sie aussah wie ein Reh im Scheinwerferlicht.

»Nein, das hier ist ja sowieso alles völlig absurd. Mein Vater war Geschichtslehrer. Wer würde denn einem langweiligen, pensionierten Lehrer wie meinem Vater etwas antun wollen?«, fragte Ronja und fuchtelte dabei mit den Händen in der Luft herum.

»Die Untersuchungen gehen natürlich voran, machen Sie sich deshalb mal keine Sorgen. Unsere Aufgabe ist es, Antworten auf Ihre Fragen zu finden.«

»Vielleicht habe ich ja zu viele Krimis gelesen oder zu viele Horrorgeschichten gehört. Oder zu viel Zeit in dieser Wohnung verbracht.« Ronja lachte, es klang aufgesetzt.

Anton konnte aus ihrer Stimme einen Hauch von Angst hören. Harris Tochter war geschockt, auch wenn sie versuchte, ihre Gefühle zu verbergen. Das war typisch für Angehörige von Mordopfern. Sie versuchten, tapfer zu sein und zu funktionieren, doch irgendwann kam der Zusammenbruch.

»Können Sie mir sagen, ob etwas Wertvolles mitgenommen wurde?«, erkundigte sich Anton.

Ronja sah nachdenklich aus. »Ich bin mir nicht sicher, ich war nicht besonders oft hier. Nur einmal pro Jahr. Meine Mutter hat nach der Scheidung den Schmuck mitgenommen, und soweit ich weiß, besaß mein Vater keinen Computer oder andere teure Geräte. Und mein Laptop ist immer noch da, wo ich ihn gelassen habe.«

Anton dachte nach. In der Wohnung gab es tatsächlich nichts Wertvolles, auch die Möbel sahen so aus, als wären sie mindestens dreißig Jahre alt. Und dass Ronjas teuer aussehender Laptop nicht mitgenommen worden war, deutete ebenfalls darauf hin, dass der Einbrecher nach etwas Bestimmtem gesucht hatte. Aber nach was? Anton stellte sich den Mörder in der Wohnung vor, wie er in Harris

Sachen herumwühlte. Die Karten. Hatte der Einbrecher vielleicht nach den Karten gesucht?

Es läutete. Anton ging zur Tür, um zu öffnen.

»Ich glaub's ja nicht ... Anton! Was machst du denn hier?«, ertönte Villes Stimme aus dem Flur.

Erstaunt sah der Polizist ihn an.

Ville. Das war schon lange her.

»Ronja hat mir erzählt, dass ein Mann namens Koivu die Ermittlungen leitet, aber ich habe nicht kapiert, dass du das bist. Was für ein Zufall!«, rief Ville und klopfte Anton auf den Rücken.

»O Mann, wir haben uns ja lange nicht gesehen. Was in aller Welt tust du denn hier, Ville?«, fragte Anton verwirrt.

»Ronja ist meine Ex. Wir waren vor ewigen Zeiten zusammen. Nicht wahr, Ronja? Irgendwann als Jugendliche«, rief Ville in Richtung des Sofas.

Anton registrierte Ronjas Gesichtsausdruck. Sie sah mürrisch aus.

»Ach so, die Ex-Freundin. Wie bist du denn heute Abend hier gelandet, in der Wohnung des Vaters deiner Ex?«, fragte Anton.

Ville interpretierte die Frage als Necken und versetzte Anton als Antwort einen freundschaftlichen Schubser. Anton geriet dadurch etwas ins Taumeln und lächelte verkrampft. Die Begegnung mit dem alten Bekannten brachte ihn auch in anderer Hinsicht aus dem Gleichgewicht. Der Sommer. Dieser letzte Sommer, in dem sie etwas miteinander zu tun gehabt hatten. Das schien schon eine Ewigkeit her zu sein.

»Wir haben uns einfach nach langer Zeit mal wieder getroffen. Zum Glück! Als wir hier ankamen, herrschte absolutes Chaos, aber keiner war zu sehen.« Ville fuchtelte mit den Händen herum und setzte sich dann neben Ronja.

Anton nickte. Er verdrängte die aufsteigenden Erinnerungen.

»Als ob jemand mit einem Schlüssel reingekommen wäre! Oder kann man heutzutage moderne Schlösser so einfach knacken, ohne dass es jemand merkt? Und die Lichter brannten. Ich lasse sie nie an …«, sagte Ronja, aber dann verstummte sie.

»Du hast in letzter Zeit wirklich eine Menge Stress gehabt. Die Polizei wird sich bestimmt auch um das hier kümmern, du musst dir keine Sorgen machen«, sagte Ville und nahm ihre Hand.

Schweigend beobachtete Anton die beiden. Er wusste nicht, was zwischen ihnen lief, aber Harris Tochter schien wütend zu sein. Solche Gefühle konnte man nicht vorspielen.

»Hatten auch noch andere Leute einen Wohnungsschlüssel? Wissen Sie, ob Ihr Vater jemandem einen Schlüssel gegeben hat?«, fragte Anton.

Ronja sah nachdenklich aus.

»Glaub ich nicht. Mein Vater war sehr eigen, was so etwas anging. Er gab anderen nicht einfach so seine Wohnungsschlüssel. Als Kind musste ich draußen warten, wenn ich den Schlüssel zu Hause vergessen hatte. Keiner bekam einen Ersatzschlüssel. Meinem Vater war es egal, auch wenn ein kleines Kind draußen in der Kälte warten musste. Das Wichtigste war, dass das Eigentum nicht in die falschen Hände geriet.« Ronjas Stimme klang scharf.

Anton schaute sie an. Die Beziehung zwischen Vater und Tochter war offensichtlich kompliziert gewesen, vielleicht auch distanziert, aber Ronja zeigte auch jetzt noch eine gewisse Entschlossenheit. Hatte sie vielleicht doch etwas mit Harris Tod zu tun?

»Offenbar haben Sie wenige Tage vor dem Tod Ihres Vaters mit ihm gesprochen. Als Sie bei uns auf dem Revier waren, haben Sie nichts davon erzählt. Worüber haben Sie geredet?« Anton beschloss, es einfach mal zu probieren. Anskus Worte über den Streit zwischen Vater und Tochter geisterten in seinem Kopf herum.

»Wir haben miteinander gesprochen?« Ronja schien rot zu werden.

»Wir haben die Anruflisten überprüft.« Anton griff zu einer Notlüge. Natürlich waren sie die Listen durchgegangen, aber über den Inhalt des Gesprächs wusste er nur von Ansku.

»Wir ... Wir haben nur kurz miteinander geredet. Papa war schlecht gelaunt. Manchmal war es schwierig mit ihm, er war oft schwermütig. Er war wieder mal irgendwie verärgert«, stammelte Ronja.

»Schlecht gelaunt. Hatten sie vielleicht deshalb Streit?«

Anton konnte an Ronjas Gesichtsausdruck ablesen, dass sie ihm seine ausgedachte Geschichte nicht abkaufte. Oder bildete er sich das nur ein?

»Ich war müde, er war müde. Papa nörgelte rum, und ich ärgerte mich. Weshalb ärgern sich Menschen? Er wollte, dass ich mehr Zeit in Lauttasaari verbringe, dass ich aus London wegziehe und wieder zurückkomme.«

»Ist das nicht ein ganz natürlicher Wunsch? Besonders von einem Vater, der seine Tochter nicht sehr oft zu Gesicht bekommt?«, fragte Anton.

Ronjas Augen funkelten wütend. Ganz offensichtlich ärgerte sie sich über seine herablassende Art.

»Bestimmt, aber Papa hat auch früher nicht rumgenörgelt, dass ich häufiger nach Hause kommen soll. Meine Abwesenheit war nie ein Problem für ihn. Aber bei diesem Gespräch gab er nicht nach. Er wollte, dass ich sofort nach Finnland komme. Für immer. Aber er begründete das auch nicht. Ich bekam das Gefühl, dass er vielleicht krank ist oder so ...«, sagte Ronja nachdenklich.

Anton nickte. Er wartete, dass sie fortfahren würde, aber sie blieb stumm. Warum wollte der Vater seine Tochter unbedingt in seinem Leben zurückhaben? War Harri schwer krank gewesen? Zumindest hatte der Gerichtsmediziner nichts dergleichen gesagt.

»Als Nächstes werden wir die Wohnung auf mögliche Fingerabdrücke untersuchen, und die Spurensicherung wird die nötigen Untersuchungen durchführen. Gibt es einen Ort, wo Sie die heutige Nacht verbringen können? Bis wir nicht das Gegenteil beweisen können, müssen wir davon ausgehen, dass der Einbruch etwas mit dem Tod Ihres Vaters zu tun hat. Die Wohnung muss für mindestens vierundzwanzig Stunden gesperrt werden«, erklärte Anton.

»Glauben Sie, dass es ein ganz normaler Einbruch gewesen sein könnte?«, fragte Ronja.

»Es ist noch zu früh, um etwas mit absoluter Sicherheit sagen zu können. Aber es wäre schon ein sehr großer Zufall, wenn ausgerechnet in die Wohnung eines vor Kurzem ermordeten Mannes eingebrochen wird. Ich kann natürlich keine Einschätzung abgeben, bevor die Untersuchungen nicht abgeschlossen sind«, sagte Anton und versuchte, dabei ruhig zu klingen.

»Was ist denn, wenn der Mörder etwas Bestimmtes gesucht hat?«, fragte Ronja.

Anton nickte kurz. Das wäre durchaus möglich, und er hatte auch schon daran gedacht. Vielleicht hatte Harri etwas hinterlassen, das der Mörder haben wollte. Es stellte sich nur die Frage, ob er es auch gefunden hatte.

»Ich versichere Ihnen, dass wir alle Möglichkeiten berücksichtigen werden. Überlassen Sie die Ermittlungen einfach der Polizei. Sie können Ihre Sachen holen, aber ich möchte Sie darum bitten, nichts anzufassen, sofern es nicht unbedingt sein muss.«

»Gibt es schon Verdächtige?«, fragte Ronja hartnäckig weiter.

Mit einem gequälten Gesichtsausdruck drehte sich Anton zu ihr um. Manchmal konnten Angehörige wirklich anstrengend sein.

»Wir werden Sie informieren, sobald es Neuigkeiten gibt.«

Ronja nickte kühl.

KAPITEL 18

Auf dem Revier angekommen, lief Anton geradewegs zum Besprechungsraum, den Oona reserviert hatte. Viele Gedanken schossen ihm durch den Kopf. Der Einbruch, der nicht nach einem normalen Einbruch aussah. Das Türschloss war nicht aufgebrochen worden. Dann war da noch das letzte Telefonat zwischen Harri und seiner Tochter, der Streit, von dem sie nichts erzählt hatte.

Und Ville – es war seltsam, ihn nach so vielen Jahren wieder zu sehen. Die Begegnung weckte viele Gefühle tief in seinem Inneren, die Anton nicht wieder hervorholen wollte.

Oona legte das iPad in die Mitte des Tisches, gab den Zahlencode ein und startete den Videoanruf. Anton spürte sein Herz schlagen, als er das Freizeichen hörte. Schnell strich er sich über die zerzausten Haare, holte tief Luft und konzentrierte sich.

»*Bonjour!*« Offensichtlich hatte sich Anita für diesen Termin extra hübsch gemacht. Rot geschminkte Lippen, eine elegante hellrosa Seidenbluse. Die oberen Knöpfe hatte sie offen gelassen. An ihren Ohrläppchen klirrten goldene Ohrringe.

»Hallo, Frau Vaara. Schön, dass es mit unserem Gespräch geklappt hat. Wir sind Anton Koivu und Oona Laine von der Mordkommission Helsinki. Wir untersuchen den Mord an Ihrem Ex-Mann«, sagte Anton förmlich.

Die Frau auf dem Bildschirm nickte lächelnd.

»Ich weiß, meine Tochter hat mir davon erzählt. Wie schrecklich! Armer Harri, dass er auf so eine Weise von uns gegangen ist. Das ist schlicht und einfach *dégoûtant*. In der Mordnacht war ich mit meinen Freunden in Cagnes-sur-Mer. Das ist ein wunderschöner Ort, aber das habe ich der Polizei auch schon alles erzählt«, seufzte Anita und fuhr sich durchs Haar, sodass ihre dicken Armreifen hin und her schaukelten.

»Stimmt, aber wir rufen heute an, weil wir uns genauer nach Harris Charakter erkundigen wollten. Sie kannten ihn ja bestimmt ziemlich gut«, fuhr Oona fort und lächelte Anita aufmunternd an.

»Nun, in der Tat. Ich habe diesen Kerl viele Jahre ertragen. Wir waren lange zusammen, mindestens acht Jahre, wenn ich mich recht entsinne. Wir ließen uns scheiden, als Ronja sechs war.«

»Was für ein Typ war Harri?«

»Schwermütig, wenn man ihn mit einem Wort beschreiben müsste. Dieser Mann hatte keine *joie de vivre*. Ich weiß wirklich nicht, wie ich ihn so lange ertragen konnte«, erwiderte Anita bitter.

»Ja, sie haben bestimmt versucht, die Ehe so lange wie möglich aufrechtzuerhalten, so ist es ja oft, besonders wenn Kinder mit im Spiel sind«, fuhr Oona in leichtem Tonfall fort.

»Gewiss, *ma chérie*, gewiss. Aber schließlich habe ich mir gesagt, dass ich mein Leben nicht mit diesem Mann vergeuden kann. Dann traf ich Gilbert, und es war Liebe auf den ersten Blick. Seitdem sind wir ein Paar.« Während sie sprach, gestikulierte sie mit den Händen.

Schief lächelte Anton die Frau auf dem Bildschirm an.

»Hatten Sie und Harri nach der Scheidung noch etwas miteinander zu tun? Das Kind blieb ja beim Vater, aber Sie haben bestimmt Kontakt gehalten, oder?«

»Ronja. Ja, natürlich hatte ich mit Ronja Kontakt, aber meine Arbeit und mein Leben ... Es war einfach so, dass ich sie nicht mitnehmen konnte. Ich hatte immer ihr Bestes im Sinn. Im Nachhinein denke ich, dass es für sie mit Harri bestimmt ziemlich deprimierend gewesen sein muss. Aber glücklicherweise hat auch sie es verstanden, ihr Umfeld zu erweitern, und ist ins Ausland gezogen, um zu studieren. Ganz die Mutter«, sagte Anita.

»Aber hatten Sie auch Kontakt mit Harri?«

»Mit Harri hatte ich so viel zu tun, wie es wegen Ronja eben nötig war. Er hielt zu mir so wenig Kontakt wie möglich. Vielleicht war er wütend, oder er war dazu nicht in der Lage, das habe ich nie so wirklich durchschaut. Ronja habe ich immer getroffen, wenn ich in Finnland war.«

Anton warf Oona einen Blick zu. Ronja hatte in ihrer Kindheit nicht besonders viel Wärme von ihren Eltern erfahren. Ein schwermütiger Vater und eine abwesende Mutter. Anton verspürte Mitleid mit ihr.

»Wir haben bereits überprüft, wo Sie zum Zeitpunkt des Mordes waren. Aber fällt Ihnen noch etwas Besonderes ein, was sich an dem besagten Wochenende ereignet hat? Ganz egal, was«, fuhr Oona fort.

»Das kann auch eine Kleinigkeit sein, die unbedeutend erscheint. Uns interessiert alles, was Ihnen einfällt.« Antons Stimme klang etwas flirtend, was ihn selbst verwirrte.

Anita schürzte ihre roten Lippen und überlegte.

»Ja, natürlich war ich zum Zeitpunkt des Mordes nicht in Finnland. Und ich kann auch nicht wirklich etwas Schlechtes über Harri sagen. Eigentlich war er ein Schwächling. Er brauchte jemanden, der ihn rettete, aber das war ich leider nicht. Aber eine Sache fällt mir doch noch ein.« Anita lächelte leicht, und Anton hatte den Eindruck, als würde sie ihm direkt in die Augen schauen.

Er spürte, wie seine Wangen warm wurden.

»Wir sind ganz Ohr, Madame.«

»Ich weiß nicht, ob es wichtig ist, aber vor ungefähr einem Monat bekam ich einen etwas seltsamen Anruf von einem jungen Mann aus Finnland. Er befragte mich über die 1980er-Jahre und über Lauttasaari. Er sagte, dass er etwas Geschichtliches über Lauttasaari schreiben würde. Anfangs habe ich mir nichts dabei gedacht, solche Projekte gibt es ja öfter. Vielleicht war ich als ausgewanderte Finnin ja so interessant, dass sie mich dabeihaben wollten«, sagte Anita.

»Das klingt, als ob Sie trotzdem Ihre Zweifel gehabt hätten«, entgegnete Anton.

Anita nickte.

»*Oui.* Zuerst erzählte ich ihm etwas über mein Leben in Lauttasaari, aber dann wurden die Fragen meiner Meinung nach zu persönlich. Als er von meiner familiären Situation erfuhr, begann er mich nach Harri und Ronja auszufragen. Besonders nach Harri. Er begründete es damit, dass Harri als Lehrer in Lauttasaari so bekannt gewesen war. Aber ich empfand die Situation als unangenehm und beendete das Gespräch kurz darauf.«

»Wer war der Mann?«

»Ich erinnere mich nicht mehr an den Namen. Aber das bekommen Sie bestimmt über die Nummer heraus, ich habe sie nämlich gespeichert. Ich speichere immer alle Nummern, das ist noch so eine alte Angewohnheit von mir. Das kommt noch aus der Zeit, als die Telefone noch nicht so weit entwickelt waren wie heute und die Gefahr bestand, Kontaktdaten zu verlieren«, erklärte Anita, holte ihr Telefon hervor und las Anton dann die Nummer vor.

Anton lächelte sie an.

»Vielen Dank, das war ein sehr interessantes Gespräch. Wir melden uns bei Ihnen, falls wir noch mal Ihre Hilfe benötigen sollten.«

Als das Gespräch beendet war, lehnte sich Oona in ihrem Stuhl zurück und seufzte.

»Zugegeben, das müsste schon ein ziemlich großer Zufall sein! Also dieser Anruf von dem Mann, der etwas über die Geschichte Lauttasaaris schreibt.«

»Das kannst du aber laut sagen. Dann wollen wir doch mal sehen, wer dieser mysteriöse Typ war«, sagte Anton lächelnd.

Er gab die Nummer in das Auskunftssystem ein, woraufhin auf dem Bildschirm sofort ein Name erschien.

Mit offenem Mund starrte Anton darauf.

»Also, damit hätte ich jetzt wirklich nicht gerechnet.«

KAPITEL 19

Ronja wachte auf. Aus dem Wohnzimmer hörte sie Villes leises Schnarchen.

Er war ein richtiger Gentleman gewesen und hatte Ronja und Minni ohne Umschweife einen Schlafplatz angeboten. Allerdings hatte sie die Einladung nur widerwillig angenommen.

Ganz vorbildlich hatte Ville auf dem Sofa geschlafen und Ronja sein Bett angeboten. Trotzdem hatte sie die Spannung durch die Wand hindurch spüren können.

Den Großteil der Nacht hatte sie sich unruhig hin und her gewälzt. Jetzt fühlten sich ihre Glieder steif an, und sie konnte noch nicht klar denken. Ronja stopfte ihre wenigen Habseligkeiten in einen Rucksack, zog sich an und schnappte sich Minni. Sie würde später noch mit Ville reden, aber jetzt wollte sie erst mal einfach nur raus aus der Wohnung. Egal wohin. Sie musste Max anrufen, wollte gern seine vertraute Stimme hören und wie er über sein eigenes, ganz normales Leben sprach. Sie musste alles wieder ins Gleichgewicht bringen und auch den Rückflug buchen, sobald der Papierkram erledigt war und sie die Wohnung verkauft hatte.

Ihre Füße trugen sie zum Kasinoranta. Sie musste an Papas Wohnung denken, stellte sich vor, wie die Tür mit dem gelben Polizeiband abgesperrt worden war und wie die Ermittler nun alle Räume durchkämmten und in Papas Privatsachen herumwühlten.

Minni blieb stehen, um zu schnüffeln und um das Schilf am Ufer genauer zu inspizieren.

»Hallo, warte mal!«, hörte Ronja jemanden hinter sich rufen. Sie drehte sich um.

»Ich hab mir schon gedacht, dass du das bist. Ich war gerade auf meinem Morgenspaziergang. Da ist ja Harris Mädchen, dachte ich mir.« Lächelnd schaute der Nachbar Martti sie und Minni an.

Ronja lächelte schwach zurück. Sie hatte keine Energie, um mit einem fremden älteren Mann Small Talk zu machen, aber andererseits konnte sie sich jetzt auch nicht aus dem Staub machen.

»Minni musste mal raus«, murmelte sie.

Martti nickte.

»Hunde sind uns älteren Menschen ja so ähnlich, sie brauchen auch eine bestimmte Routine. Und wenn man muss, dann muss man«, lachte Martti und geriet dabei etwas ins Taumeln.

Ronja lächelte und wollte schon weitergehen, aber der Nachbar bückte sich bereits, um den Hund hinter den Ohren zu kraulen. Ronja registrierte die sanfte Geste. Martti war für ihren Vater wichtig gewesen, und offensichtlich mochte Minni ihn auch. Vielleicht sollte sie ihn ja doch besser kennenlernen.

»Hör mal, willst du uns vielleicht begleiten? Wir könnten uns beim Kiosk um die Ecke einen Kaffee holen.«

Auf Marttis Gesicht breitete sich ein Lächeln aus.

»Das klingt nach einer tollen Idee. Manchmal gibt's da auch richtig gute Donuts.«

Einen Moment später schlenderten die beiden mit Minni am Strandweg entlang, in den Händen hielten sie Pappbecher, aus denen es dampfte. In seiner freien Hand Hand hielt Martti eine Papiertüte, aus der ein köstlicher Geruch stieg.

»Ich habe gerade von den Rannikkos, die unten wohnen, gehört, dass die Polizei Harris Wohnung durchsucht. Ich bin total geschockt. Gerade erst wurde auf der Eigentümerversammlung darüber gesprochen, dass die Schlösser ausgewechselt werden müssen.

Einbrecher sind heutzutage wirklich clever. Von dem armen Harri wurde aber nichts geklaut, oder?«

Ronja seufzte. Sie überlegte, wie sie ihre Worte formulieren konnte, ohne den Mann zu verschrecken. Sie war selbst noch geschockt von dem, was gestern passiert war.

»Nein, die Polizei hat die Wohnung für die Untersuchungen in Beschlag genommen, aber ansonsten ist da nicht viel passiert«, sagte sie.

»Und es wurde nichts geklaut?«, fragte Martti verwundert.

Ronja schüttelte den Kopf.

Dass der Eindringling mit einem Schlüssel reingekommen war, schien die einzige Möglichkeit zu sein. Das Schloss hätte zwar auch geknackt werden können, aber die heutigen Türen waren in der Regel so robust, sodass es eher unwahrscheinlich war. Und davon einmal abgesehen hätte es bestimmt jemand mitbekommen, wenn sich ein Typ auf dem Hausflur an einer der Türen zu schaffen gemacht hätte. Mit einem Schlüssel aber kam man schnell rein und wieder raus, ohne dass es unbedingt jemand bemerkte.

»Weißt du vielleicht, ob mein Vater jemandem einen Ersatzschlüssel für seine Wohnung gegeben hat? Dir zum Beispiel?«, fragte Ronja ganz unverfänglich.

Für einen Moment war Martti still und sah aus, als ob er nachdenken würde.

»Ich glaube nicht, dass er irgendjemandem einen Ersatzschlüssel gegeben hat, und ich habe auch keinen. Dafür hätte es auch gar keinen Grund gegeben, weil dein Vater sowieso immer zu Hause war. Harri und ich haben unsere Treffen immer schon vorher vereinbart. Es wäre mir nicht mal im Traum eingefallen, ohne seine Erlaubnis einfach bei ihm aufzutauchen. So etwas gab es bei uns nicht. Hier platzt man nicht einfach in die Wohnung anderer Leute«, sagte Martti. Aus seiner Stimme hörte man leichte Missbilligung.

Ronja bemerkte seine abwehrende Miene.

»Entschuldige, natürlich nicht. Ich muss das nur wissen, weil ich die Wohnung verkaufen will und der Makler alle Schlüssel braucht …« Ronja erzählte schnell eine Notlüge, die aber zum Teil sogar der Wahrheit entsprach. Sie glaubte ihre Geschichte fast schon selbst.

»Man sollte bestimmt auch noch beim Hausmeister nachfragen«, schlug Martti hilfsbereit vor.

Zwischen ihnen breitete sich Stille aus.

»Hat die Polizei denn irgendwelche Neuigkeiten? Erst vor Kurzem habe ich in der Zeitung gelesen, dass Einbrüche in Helsinki zugenommen haben. Ich habe mit ein paar Freunden geredet, die in Puistokaari wohnen, und sie machen sich große Sorgen, weil in mehreren Nächten jemand an ihre Tür geklopft hat«, erzählte Martti und kratzte sich im Nacken.

Ronja schüttelte stumm den Kopf. Sie wollte den Mann nicht erschrecken, er machte ohnehin den Eindruck, als könne er jeden Moment zusammenbrechen.

Aber auf eine seltsame Art wirkte er auf sie beruhigend. Kein Wunder, dass sich Papa in Marttis Gesellschaft wohlgefühlt hatte. Vielleicht war der Nachbar ja doch nicht so ein schlimmes Plappermaul, wie sie anfangs gedacht hatte. Im Grunde schien er sogar ein wirklich netter Kerl zu sein. Vielleicht könnten sie hin und wieder mal zusammen Kaffee trinken gehen und er könnte ihr etwas über Papa erzählen. Womöglich würde sie das ihrem Vater wieder etwas näherbringen?

Martti blieb stehen und fasste sich an die Hüfte, verzog dabei das Gesicht.

»Alte Verletzung. Bei kaltem und feuchtem Wetter macht sie sich manchmal bemerkbar«, erklärte er und lehnte freundlich ab, als Ronja ihm anbot, sich unterzuhaken.

»Wir können da vorne links abbiegen, dann kommen wir gleich wieder zu unseren Wohnungen. Man braucht sich ja nicht schon am frühen Morgen so quälen.«

»Ich bin gleich sowieso noch mit einer Freundin zum Frühstück verabredet«, erwiderte Ronja.

Martti nickte, riss sich zusammen und ging dann tapfer weiter, auch wenn er beim Gehen leicht schwankte.

»Ach ja, da war noch eine Sache ... ich weiß nicht, ob das wichtig ist, ich habe auch nicht daran gedacht, der Polizei etwas davon zu erzählen. Diesem Koivu oder wie der heißt, aber jetzt fiel mir das gerade ein. Ich verspreche, dass ich die Polizei deswegen sofort anrufe, wenn ich nach Hause komme«, sagte Martti und nickte.

Ronja wurde aufmerksam.

»Seit dem Frühherbst habe ich deinen Vater öfter auf dem Hof gesehen, immer zusammen mit der gleichen Person. Sie haben immer nur geredet. Ich weiß allerdings nicht, ob es ein Mann oder eine Frau war. Dort drüben standen sie – in der Hauseinfahrt, unter dem Dach.«

Ronja traute sich nicht, ihn zu unterbrechen.

»Da ist ja nichts dabei, ich treffe hier auch Leute, und auf dem Hof treiben sich viele herum. Aber ich wurde darauf aufmerksam, weil sie sich regelmäßig trafen. Und einmal sah ich, wie dein Vater der Person ein Paket überreichte.«

»Wer war das? Kanntest du den?«

»Ich habe nie das Gesicht gesehen. Ich sah nicht, was für eine Haarfarbe er oder sie hatte. Sie verschwanden immer so schnell unter dem Dach, und von meiner Wohnung kann ich nicht richtig bis dahin sehen. Ich kann nicht mehr so weit gucken, und dazu wohne ich ja auch noch recht weit oben ...«, sagte Martti entschuldigend.

Ronja nickte.

»Aber daran kann ich mich erinnern, dass die Person einen roten Ford fuhr. Einmal sah ich, wie sie den Hof verließ und zum Auto ging. Ich habe schon seit meiner Kindheit viel über Autos gelesen und kenne die Automarken im Schlaf. Das war ein Ford Fiesta, ein Standardmodell, ein Fünftürer. Allerdings konnte ich aus dem Fenster nicht das Kennzeichen erkennen. Meine Augen, weißt du …« Martti verstummte und zeigte mit dem Finger auf sein Gesicht.

»Na klar, es ist bestimmt schwierig, auf die Distanz etwas zu erkennen«, murmelte Ronja.

Unbarmherzig peitschte Ronja der kalte Wind ins Gesicht. Sie ging den Fußweg entlang und klappte den Kragen ihrer Jacke hoch. Minni kümmerte das Wetter nicht, fröhlich zuckelte sie neben Ronja her. Endlich einmal ein langer Spaziergang!

Der Oktober war ja bereits unangenehm kühl und regnerisch gewesen, aber der November war noch erheblich härter. Die Dunkelheit in Finnland war eine Sache, eine andere war der Wind, der einem auf Lauttasaari ständig ins Gesicht peitschte. Ganz egal, in welchem Winkel der Insel man sich befand, überall wurde man von ständigem Wind begleitet, der Haare und Klamotten durcheinanderwirbelte und einen am Vorwärtskommen hinderte. Die gesamte Fläche der Insel betrug nur etwas mehr als vier Quadratkilometer, und manchmal schien es, als wäre ganz Lauttasaari dem kalten Wind hoffnungslos ausgesetzt, dieses kleine Fleckchen Land, das allein an der Westküste von Helsinki im Finnischen Meerbusen trieb.

Ronja kam beim Gesundheitszentrum an, einem flachen weißen Gebäude, das auf einem Hügel lag. Die Schiebetüren öffneten sich, und sie betrat den leeren Empfangsbereich. Die Uhr tickte langsam an der hellgelb gestrichenen Wand. Die Stille des frühen Morgens war spürbar. An der Rezeption war niemand zu sehen, also marschierte Ronja geradewegs durch den klinisch beleuchteten Gang im Erdgeschoss und suchte das Zimmer mit der Nummer drei. Links neben der Tür war ein kleines Namensschild angebracht.

Anna-Mari Saarenrinne, Allgemeinmedizinerin.

Ronja klopfte an und wartete, bis sie von einer leisen, offiziell klingenden Stimme hereingerufen wurde.

Ansku saß in ihrem weißen etwas zu großen Arztkittel vor dem Computer. Ihre gleichmäßig blondierten glänzenden Haare hatte sie zu einem straffen Pferdeschwanz im Nacken zusammengebunden. Auf dem Tisch lag eine Brille mit markantem Gestell auf einem hohen Papierstapel. Ansku sah höchstens aus wie fünfundzwanzig, doch sie bearbeitete die Tastatur ihres Computers mit der Entschlossenheit eines Facharztes. Es war seltsam, ihre Kindheitsfreundin als kompetente Erwachsene bei der Arbeit zu sehen. So als ob sie gerade spielen würden, in ihren Dreißigern zu sein.

»Warte, ich schreibe das hier eben schnell zu Ende, ich muss das jetzt noch fertig kriegen. Danach habe ich Zeit für dich«, murmelte Ansku und tippte weiter, ohne sich dabei zu Ronja umzudrehen.

»Okay, ich warte.«

Ronja sah sich die Anatomischen Tafeln an, die an den Wänden hingen. Sie sahen wie alte Lehrtafeln aus, aber waren wahrscheinlich nur billige Kopien. Man sah nackte menschliche Körper nebeneinanderstehen. An ihnen war nichts Menschliches zu sehen, übrig geblieben waren nur klinische Beschreibungen, Darstellungen von inneren Organen, Blutgefäßen, Gehirnen.

Plötzlich sprang Ansku von ihrem Bürostuhl auf.

»Aha, du hast also auch den Hund mitgenommen, aber das ist kein Problem«, lachte sie und umarmte Ronja. »Gehen wir?«

Die Fenster des Mutteri waren beschlagen, und Gemurmel erfüllte die Luft. Der Regen, der auf dem Hinweg bereits eingesetzt hatte, schuf in dem kleinen Café eine gemütliche Atmosphäre. Das kleine, runde Holzgebäude stand schon seit fast neunzig Jahren auf dem Paradeplatz an der großen und verkehrsreichen Kreuzung an der Lauttasaari-Brücke, die in Helsinkis Innenstadt führte. Das ausgefallene kleine Café war geblieben, auch wenn die Stadt um es herum gewachsen war, sich weiterentwickelt und verändert hatte.

Es strahlte den Geist vergangener Zeiten aus: Die Insel war früher mal ein Villenviertel gewesen, wohin man nur mit dem Boot oder der Fähre gelangen konnte; die große Brücke über die Meerenge zum Festland wurde erst Ende der 1960er-Jahre gebaut. Ein Dampfer brachte die Passagiere vom Festland zum Strand, damit sie dort eine schöne Zeit verbringen konnten. An der Theke des Cafés kauften die Reisenden Fahrkarten, Gebäck und Karamellbonbons, Lutscher, Saft und noch andere Kleinigkeiten.

Auch jetzt gab es auf der Theke sieben verschiedene Sorten von Leckereien, und Ronja konnte dem verlockenden Duft der Zimtschnecken nicht widerstehen, obwohl es eigentlich noch zu früh dafür war. Aber was soll's, dachte sie. Süßes Gebäck zum Frühstück – warum eigentlich nicht?

»Ich nehme nur Tee«, rief Ansku, die hinter Ronja stand, der Verkäuferin zu und kramte Münzen aus ihrer Tasche.

Sie setzten sich an einen schmalen Ecktisch. Minni, die stank wie ein nasser Wischlappen, rollte sich unter dem Tisch zusammen und wartete darauf, dass etwas Leckeres für sie herunterfallen würde.

»In England bekommt man nie so etwas Köstliches«, sagte Ronja mit vollem Mund. Nachdem die Begegnung mit dem Nachbarn sie irgendwie nervös gemacht hatte, wirkte die gemütliche Umgebung des Mutteri beruhigend auf sie. Aber was war mit Ansku los?

»Ist alles okay bei dir? Irgendwie siehst du blass aus.«

»Ich? Ja … Ich bin nur etwas müde.« Ansku winkte ab, errötete leicht und strich sich eine Haarsträhne hinters Ohr.

Ronja schaute Ansku aufmerksam an, sagte jedoch nichts. Ganz offensichtlich behielt Ansku etwas für sich, aber es hatte keinen Zweck, sie auszuquetschen. Sie würde es schon erzählen, wenn sie bereit dazu war.

Ronja seufzte. Dann erzählte sie, was bei ihr zuletzt passiert war.

»Die Polizei ist immer noch in Papas Wohnung. Sie haben versprochen, anzurufen und Bescheid zu sagen, wenn es neue Informationen gibt. Die letzte Nacht war ich bei Ville, hoffentlich muss ich da nicht noch länger bleiben. Es fühlt sich etwas … seltsam an. Im Moment gibt es nichts, was ich sonst tun könnte, damit der Mord an Papa schneller aufgeklärt wird«, sagte sie und steckte sich ein weiteres Stück Gebäck in den Mund.

Ansku rührte in ihrem Tee herum.

»Die Polizisten tun bestimmt alles, was in ihrer Macht steht. Du musst nicht selbst recherchieren«, bemerkte sie.

»Ich weiß, aber irgendwie vertraue ich diesem Koivu nicht. Der kommt mir so vor, als ob seine Fähigkeiten nicht ganz seinem Titel entsprechen, wenn du weißt, was ich meine«, druckste Ronja herum.

Konzentriert klaubte Ansku Gebäckkrümel vom Tisch auf, aber Ronja sah, dass ihre Freundin amüsiert war. Ronja wusste, dass sie nichts für ihren Charakter konnte – sie war unendlich neugierig, hatte ein angeborenes Bedürfnis, alles infrage zu stellen und zu widersprechen.

»Ich bin heute Morgen diesem Nachbarn begegnet, als ich mit Minni spazieren ging«, wechselte Ronja das Thema. Sie berichtete ihrer Freundin, was Martti ihr über die dubiosen Treffen in der Hauseinfahrt erzählt hatte.

»Das ist ja tatsächlich ein seltsamer Zufall, dass ausgerechnet nach der Beerdigung in die Wohnung deines Vaters eingebrochen wird. Und dann das, was du über diese mysteriöse Person erzählt hast, die in der Hauseinfahrt Pakete abgeliefert oder angenommen hat … Aber bist du dir sicher, dass der Nachbar keinen Unsinn erzählt hat?« Ansku rollte mit den Augen. »Kann gut sein, dass da gar nichts dran ist. Dass es nicht mal dein Vater war, sondern ein anderer Rentner, der ihm nur ähnlich sah. Aber irgendwas ist an dieser Geschichte seltsam.«

Das Prasseln des Regens war leise im Hintergrund zu hören. Beide Frauen hingen für einen Moment ihren Gedanken nach.

»Also mal ehrlich, diese Story mit der rätselhaften Person in der Hauseinfahrt scheint mir an den Haaren herbeigezogen«, fuhr Ansku fort. »Wie blind muss man denn sein, wenn man nicht mal erkennt, ob das ein Mann oder eine Frau war? Und davon mal abgesehen – wenn dein Vater kein anständiger Mann war, wer denn dann? Ich kann mir beim besten Willen nicht vorstellen, dass er in dubiose Geschäfte verwickelt war. Das klingt doch alles total verrückt!« Ansku lachte.

»Der Nachbar schien wirklich nervös zu sein, und ich hatte den Eindruck, als ob er zuerst nicht sicher war, ob er mir das überhaupt erzählen soll. Klar, es ist durchaus möglich, dass er etwas gesehen hat, was in Wirklichkeit gar nicht so war. Und natürlich ist es ein gruseliger Gedanke, dass die Nachbarn so sehr am Leben der anderen interessiert sind«, überlegte Ronja laut. »Aber was, wenn doch etwas an der Sache dran ist?«

Plötzlich fielen ihr die Worte der merkwürdigen Frau vom Saunaverein ein.

»Glaubst du, dass ... Papa wurde doch nicht wirklich bedroht, oder? In was hätte er denn verwickelt sein können?« Ronja schaute ihre Freundin an.

Ansku überlegte.

»Meine Eltern sagen nur Gutes über ihn. Und sie wüssten es bestimmt, wenn er in irgendwas Dubioses verwickelt gewesen wäre. Schließlich haben sie schon immer in Lauttasaari gewohnt.«

»Vielleicht bin ich ja auch nur etwas durcheinander. Das war einfach alles ein bisschen viel. Ich kann's kaum erwarten, endlich wieder zurück nach London zu kommen. Max hat mir eine Nachricht geschrieben, dass er eine neue Wohnung für uns gefunden hat.«

Ansku schaute Ronja an. Sie sah etwas traurig aus, aber dann lächelte sie leicht.

»Erzähl mal, was ihr bei eurem Date gemacht habt, du und Ville. Und wie bist du überhaupt auf die Idee gekommen, bei ihm übernachten zu müssen, anstatt mich oder Milla anzurufen?«, fragte Ansku lachend.

Böse blickte Ronja ihre Freundin an und biss dann in ihr Hefeteilchen. Aus irgendeinem Grund war es ihr unangenehm, über

Ville zu reden, obwohl zwischen ihnen doch gar nichts gelaufen war. Trotzdem erzählte sie nichts von Villes Gefühlsregung vor der Tür ihres Vaters am gestrigen Abend.

»Das war kein Date. Und außerdem hat er sich wie ein perfekter Gentleman verhalten. Er hat mir einen Schlafplatz angeboten, weil ich nicht wusste, wo ich sonst hingehen sollte.«

»Natürlich nicht«, erwiderte Ansku und brach dann in schallendes Gelächter aus, sodass sich die am Nachbartisch sitzenden älteren Damen zu ihnen umdrehten.

Aber heute hatte Ronja wirklich keine Lust, mit Ansku zu diskutieren. Seit der Mittelstufe war Ansku immer schnell wütend geworden, wenn es zu Streitigkeiten kam. Ansku war diejenige, die ihren Standpunkt bis zum Schluss verteidigte. Dabei war es nicht unbedingt immer so, dass sie recht hatte, sie war einfach nur hartnäckiger als andere.

Ronja schüttelte den Kopf, als sie das entschlossene Funkeln in Anskus blauen Augen sah.

»Und hast du in letzter Zeit mal über Koivu nachgedacht?«, fauchte Ronja.

Einen Moment lang schauten sich die beiden wütend an, aber fingen dann gleichzeitig an zu lachen. Es war befreiend. Danach wechselten sie in stillem Einvernehmen das Thema und sprachen über alte Bekannte.

Das Licht des Novembertags war fahl, aber glücklicherweise hatte es aufgehört zu regnen, als sie sich vor dem Mutteri voneinander verabschiedeten. Ansku verschwand schnell hinter einer Straßenecke. Ronja seufzte, am liebsten hätte sie es sich jetzt auf einem Sofa gemütlich gemacht und Reality-TV geschaut, aber es gab keinen Platz, wohin sie sich zurückziehen konnte. Wann würde sie wohl endlich wieder nach London zurückkehren? Oder war und blieb Finnland ihr wirkliches Zuhause? Lange hatte sie gedacht, dass Finnland zwar ihr Geburtsland, ihre geistige Heimat jedoch im Ausland wäre. Aber jetzt wusste sie nicht mehr, was ihr Orientierungspunkt war und wo ihre Zukunft lag. Es fühlte sich so an, als befände sie sich in einem eigenartigen Vakuum – mindestens bis der Mord an ihrem Vater aufgeklärt wäre.

Langsam ging Ronja hinter Minni her. Auf der Straße waren nur wenige Leute unterwegs. Dunkle Wolkenfetzen zogen über den Himmel, auf dem vom Regen glänzenden Asphalt spiegelten sich die Umrisse der kahlen Bäume wider.

Ronja dachte nach.

Ansku hatte sie wieder zur Vernunft gebracht, ihre Angst war verflogen. Der hysterische Nachbar hatte auch sie in Panik versetzt. Papa war eine bekannte Persönlichkeit auf Lauttasaari gewesen, und seine ehemaligen Kollegen hatten sogar einen Nachruf für ihn verfasst, der in der Lokalzeitung veröffentlicht worden war. Vielleicht hatte ein Einbrecher das gelesen und war davon ausgegangen, eine leere Wohnung vorzufinden? Vielleicht hatten die Treffen in der Hauseinfahrt überhaupt nichts mit dem Mord zu tun? Oder vielleicht hatte jemand, der nicht ganz richtig im Kopf war, den alten Mann angegriffen? Völlig ohne Grund. So etwas passierte ständig. Der Tod kannte keine Logik. Vielleicht hatte der Mörder geglaubt, dass Papa Geld dabeihatte. Vielleicht, vielleicht, vielleicht.

Vielleicht würde Ronja das nie herausfinden und sie müsste einfach lernen, damit zu leben.

Routinemäßig bog Ronja nach links ab. Sie überkam das seltsame Gefühl, dass irgendwas nicht stimmte. Warum hatte sich Martti eigentlich solche Gedanken wegen Papas rätselhaften Treffen gemacht? Ronja wurde aus ihren Grübeleien gerissen, als auf einmal das Telefon zu klingeln begann. Es war Koivu. Lustiger Zufall, gerade hatte sie an ihn gedacht. Vielleicht gab es ja neue Informationen. Ronja zog ihre Handschuhe aus und drückte auf die grüne Hörertaste.

»Koivu am Apparat. Ich hoffe, ich rufe nicht in einem ungünstigen Moment an«, hörte sie eine mürrische Stimme.

»Haben Sie den Kerl gefunden, der in die Wohnung meines Vaters eingebrochen ist?«, fragte Ronja.

»Eingebrochen? Nun ja ... An der Tür gab es keinerlei Einbruchspuren. Ich rufe nur an, um Ihnen mitzuteilen, dass die Spurensicherung die Wohnung untersucht hat und nichts Verdächtiges gefunden hat. Keine Fingerabdrücke, nichts. Von unserer Seite aus können Sie wieder in die Wohnung zurück.«

Ronja schloss die Augen. Die Polizisten hatten nichts gefunden? Überhaupt nichts? Sie holte tief Luft. Sie wollte nur weg von hier, weg aus Finnland, zurück nach London und dort ihre Wunden lecken.

»Wir bleiben in Verbindung«, sagte Koivu kurz und legte auf.

Was für ein abscheulicher Typ!

Aber dann klingelte das Telefon noch einmal. Hatte Koivu etwas vergessen?

»Spreche ich mit Ronja Vaara? Hier spricht Ritva Poukama-Lahti, die Bankberaterin bei der Nordea Bank. Ich rufe Sie wegen des Testaments Ihres Vaters an. Passt es Ihnen gerade?«, hörte Ronja die lebhafte Stimme einer Frau mittleren Alters ins Telefon plappern. Ronja konnte ihren eigenen Herzschlag spüren.

»Mein herzliches Beileid. Ich habe mich seit ein paar Jahren um einige rechtliche Angelegenheiten Ihres Vaters gekümmert. Was die Nachlassaufstellung angeht, wissen Sie bestimmt, dass das in den kommenden Monaten erledigt werden sollte. Glücklicherweise ist das nicht so furchtbar eilig und wir können es uns in Ruhe anschauen, wenn Sie Zeit haben. Aber ich rufe wegen einer anderen Sache an. Ihr Vater hatte ein Testament, und ich würde gerne mit Ihnen darüber sprechen.«

Ronja dachte scharf nach. Ihr Vater hatte nie ein Testament erwähnt. Hatte er es erst vor Kurzem aufgesetzt? Und warum?

»Ich bin davon ausgegangen, dass er kein Vermögen besitzt. Manchmal hat er gesagt, dass ich mal die Wohnung bekomme, aber ansonsten hatte er doch nichts. Warum hat er denn ein Testament gemacht?«, wunderte sich Ronja.

»Sie sind natürlich der einzige direkte Nachkomme, und Ihr Vater hat nie wieder geheiratet, sodass sein Eigentum an Sie geht. Ihm gehörte die Wohnung in der Straße Särkiniementie und sein persönliches Eigentum, das sich darin befindet. Und noch ein bisschen Geld. Wir können uns das mal genauer anschauen, wenn es Ihnen zeitlich passt. Das ist reine Bürokratie. Aber dieses Testament ... Da gibt es eine Stelle, weshalb ich mich dazu entschieden habe, Sie sofort anzurufen.«

Wann kam diese Frau endlich auf den Punkt?

»Ihr Vater hat vor ein paar Monaten das Testament geschrieben, er wollte das unbedingt.«

Das klang gar nicht nach Papa. Wusste er, dass er bald sterben würde? Wurde er bereits bedroht und wusste, dass ihm keine Zeit mehr bleiben würde? Und deshalb hatte er ein Testament geschrieben?

»Was steht denn drin?«

»Er hinterlässt 10 000 Euro von seinem Sparkonto einer Person namens Ellen Rinne. Und deshalb melde ich mich bei Ihnen. Haben Sie Frau Rinnes Kontaktdaten, damit der letzte Wille Ihres Vaters umgesetzt werden kann?«

Ronja blieb stehen. Jetzt verstand sie überhaupt nichts mehr. Sie hatte keine Ahnung, wer diese Ellen Rinne war.

»Also haben Sie die Kontaktdaten von Frau Rinne?«, fragte die Bankberaterin noch einmal.

Aber Ronja kam nicht mehr dazu, auf die Frage zu antworten. Sie starrte geradeaus.

Sie wurde beobachtet.

Panisch drehte sie sich um. Es war, als hätte sie aus dem Augenwinkel jemanden gesehen. Eine Person, die blitzschnell hinter dem Kindergartengebäude verschwunden war, das ungefähr zwanzig Meter von ihr entfernt war. Ronja wusste nicht, ob es ein Mann oder eine Frau gewesen war. Sie wusste nur, dass sie die Person schnappen musste – ganz egal, wer es war.

»He, du!«, rief sie. Es fühlte sich unwirklich an, so als ob sie träumen würde. Sie wollte schon loslaufen, sie musste unbedingt herausfinden, wer das war. Sie hatte das Gefühl, als ob der Schlüssel zur Lösung zum Greifen nah sei.

Ein ohrenbetäubender Lärm brachte sie jedoch dazu, sich schnell umzudrehen.

Vor Ronjas Augen flimmerte es, und sie hatte keine Zeit zu verstehen, was gerade passierte.

Sie hörte das laute Aufheulen eines Motors und scharfes Reifenquietschen.

Instinktiv ließ sie Minnis Leine los und sprang an den Straßenrand. Der harte Boden nahm sie in Empfang. Sie atmete schwer und blickte hoch. Sie hielt immer noch das Telefon in ihrer Hand. Irgendwo im Hintergrund bellte ein Hund.

Ronja sah die Rücklichter des wegrasenden Wagens – ein rotes Auto, das genauso schnell verschwand, wie es gekommen war.

1975

Sie saßen auf einem von der Sonne aufgewärmten großen Stein in der Nähe des Ufers. Im Laufe der Jahrtausende waren die Steine glatt und rund geworden, die Gischt des Meeres hatte so lange auf sie eingeschlagen, dass Ecken und Kanten abgeschliffen waren.

Die Frau strich über den warmen Stein und breitete darauf die dünne Decke aus. Sie hatten Brot, Käse, eine kleine Flasche Saft und eine größere Flasche Wein dabei sowie vier Gläser. Die Frau holte sie aus dem Korb und stellte alles vorsichtig auf die Mitte der Decke. Dann lachte sie. In diesem Lachen steckte pure Freude über diesen Moment, den Sommer, die Liebe. Sie hatten alles, hier und jetzt.

Den Mann überkam ein Anflug von Fürsorge, also eilte er ihr zu Hilfe und verteilte Brot und Käse – ordentlich in einer Reihe – auf der Unterlage. Er öffnete die Weinflasche und spürte ihren warmen Blick, als er den Öffner tiefer in den weichen Korken drehte. Der Korken ploppte, und der Geruch des Weins stieg ihm in die Nase. Er schenkte ein und reichte ihr eins der Gläser. Dann stießen sie an.

Sie saßen nebeneinander und schauten in Richtung Ufer, wo die Menschen mit den Füßen im Wasser standen, die Frauen hielten ihre Röcke etwas hoch und die Männer ihre Hosenbeine. Die Leute bespritzten sich gegenseitig mit Wasser und waren ausgelassen, und diejenigen, die Badesachen trugen, sprangen in die Wellen wie Fische. Die Frau winkte zum Strand hinüber, obwohl die Kinder sie kaum sehen konnten oder bemerkten – sie waren immer mit ihren eigenen Abenteuern beschäftigt und untersuchten den Sand, Steine, Algen oder kleine Muscheln, die an den Strand gespült worden waren. Aber dort waren sie, mitten auf dem Sandstrand, der gewissermaßen das zweite Zuhause der Kinder war, ihr Lieblingsplatz – so wie es auch sein Lieblingsplatz war, hier neben der Frau, ganz in ihrer Nähe.

Er wollte diesen Moment am liebsten für immer festhalten, und er spürte, dass es ihr ähnlich ging.

Die Frau holte aus dem Korb eine schwarze kastenartige Kamera. Sie stellte sie ein und drehte sie einen Moment in ihren Händen, stand dann auf und ging etwas weiter, stellte die Kamera auf den gegenüberliegenden Stein und hastete dann schnell wieder zurück zu dem Mann. Sie sagte ihm, er solle lächeln, und schmiegte sich dann noch näher an ihn. Näher an seinen warmen Körper, an seine weiche Haut. Er nahm sie in seine Arme und gab ihr blitzschnell einen Kuss auf ihre weiche, duftende Wange. Jetzt würden sie für immer vereint sein, auf dem gleichen Bild.

Der Mann wusste, dass sie es hinbekommen könnten, sie würden alles schaffen, wenn der Wille nur stark genug war. Sie könnten zusammen eine Familie sein. Er würde sich um sie alle kümmern, er würde sich um die Kinder kümmern, als ob es seine eigenen wären.

Er war sich nicht sicher, wie weit es gehen könnte. Wie weit sie zu gehen bereit war, wie weit ihre Liebe gehen würde. Aber er wusste, dass der andere Mann ganz anders fühlte. Die Frau war ihm egal. Das konnte man an ihrem Gesicht ablesen, an ihrer Gestik.

Die Frau hatte Angst.

KAPITEL 20

Ronjas Fuß lag in Anskus Schoß, die den weißen Verband fester machte, fast schon zu fest, dann befestigte sie ihn mit einer Metallklammer.

»Der Verband bleibt für ein paar Tage dran – zur Unterstützung. Wenn du willst, kannst du mit dem Fuß auftreten, aber nur ganz vorsichtig. Du darfst nicht richtig herumlaufen, verstanden?«, erklärte Ansku und schaute Ronja mahnend an.

Minni sprang neben Ronja aufs Sofa und legte ihre Schnauze auf Ronjas gesundes Bein. Geistesabwesend kraulte Ronja den Hund.

Sie war zu schnell an den Straßenrand gesprungen. Das Auto, das sie fast überfahren hätte, war weggerast, und die Straße war wieder genauso ruhig wie sonst auch. Die Person, die sie kurz davor aus dem Augenwinkel gesehen hatte, war ebenfalls verschwunden. Verwirrt war Minni um sie herumgelaufen.

Glücklicherweise war Ronja dann eingefallen, Ansku anzurufen.

»Ich bin mir sicher, dass ich mir diese Person nicht eingebildet habe. Sie ist mir gefolgt. Da bin ich mir ganz sicher!«, erklärte Ronja ihren Freundinnen.

Sowieso hatte sie schon seit einiger Zeit immer wieder das Gefühl gehabt, dass sie beobachtet wurde.

Dieses Mal hatte Ronja die Gestalt sogar fast eingeholt, aber dann war das Auto aufgetaucht – wie aus dem Nichts.

Also war die Person, die sie beobachtete, nicht der Autofahrer, der versucht hatte sie zu überfahren ...

»Zum Glück ist es nur eine Verstauchung, in ein paar Tagen sollte alles wieder verheilt sein, wenn du das Bein schonst«, sagte Ansku und räumte die Utensilien in den Verbandskasten.

Mit gerunzelter Stirn schaute Milla vom anderen Ende des Sofas ihre Freundin besorgt an. Als sie die Nachricht von Ansku bekommen hatte, hatte sie ihre Schwiegermutter angerufen und gebeten, auf die Kinder aufzupassen. Und dann war sie sofort zu Ronja gekommen.

»Du bist dir also sicher, dass der Autofahrer versucht hat, dich zu überfahren?«, fragte sie noch einmal.

Ronja holte tief Luft. Sie war schockiert gewesen, mit welcher Geschwindigkeit das Auto plötzlich auf sie zugerast war. Es hätte auch ein schlimmes Ende nehmen können, wenn es sie erwischt hätte. Aus irgendeinem Grund war das Auto dann aber trotzdem im allerletzten Moment an ihr vorbeigerast. Hatte Ronja es geschafft, durch ihren Sprung einem tödlichen Unfall zu entgehen, oder hatte der Fahrer sie nur erschrecken wollen?

»Ich konnte nicht wirklich etwas erkennen. Zuerst hatte ich mit Koivu telefoniert und danach mit Papas Bankberaterin, und dann tauchte plötzlich dieses Auto auf. Ich bin auch nicht aus Versehen auf der Fahrbahn gelaufen, da gibt es schließlich einen breiten Fußgängerweg. Ich war nicht mal in der Nähe der Straße. Der Wagen kam wie aus dem Nichts und fuhr mit rasender Geschwindigkeit direkt auf mich zu. Und dann bin ich einfach, ohne zu überlegen, zur Seite gesprungen. Das war wahrscheinlich so ein Selbstschutzreflex«, schilderte Ronja das Geschehene.

»Bankberaterin? Weshalb brauchte dein Vater denn eine Beraterin?«, erkundigte sich Ansku.

Und dann erzählte Ronja kurz von dem Telefonat und dem Testament.

Mit großen Augen hörten Ansku und Milla ihrer Freundin zu.

»Ellen Rinne? Wer ist das denn?«, wunderte sich Milla.

»Keine Ahnung. Das Gespräch wurde unterbrochen, als das Auto auftauchte. Ich rief die Bankberaterin danach direkt zurück und erklärte, was passiert war. Sie klang besorgt und drängte mich, sofort die Polizei zu kontaktieren.«

Nachdenklich blickte Ronja um sich.

»Ich habe den Namen gegoogelt, aber es kam nichts Vernünftiges dabei heraus. Und bei Facebook findet man wiederum viel zu viele mit dem Namen.«

»Ich könnte mal meine Eltern fragen, ob sie jemanden kennen, der so heißt. Hier kennt schließlich jeder jeden. Und wenn schon nicht direkt, dann zumindest über einen Freund. Der Bekanntenkreis meiner Mutter erstreckt sich allerdings nur bis nach Katajaharju. Und sie fährt vielleicht einmal im Jahr in die Innenstadt. Angeblich gibt's dafür keinen Grund, weil sie ja sowieso alles hier kriegen kann«, sagte Ansku und tippte gleichzeitig eine Textnachricht.

»Warum sollte dir jemand etwas antun wollen, Ronja? Um ehrlich zu sein, bin ich wirklich sehr besorgt. Hier geht es schließlich um Mord! Und wenn auch nur die kleinste Möglichkeit besteht, dass du in Gefahr schwebst, dann ...«, sagte Milla und schaute ihre Freundinnen ängstlich an.

»Aber ich habe doch keine Feinde. Schwer vorstellbar, dass mich jemand aus dem Weg räumen will«, lachte Ronja, aber es klang angestrengt.

In Wirklichkeit machte sie sich Sorgen, schließlich war ihr Vater ermordet worden, in die Wohnung war jemand eingebrochen und jemand hatte versucht, sie zu überfahren. Aber warum war der Mörder hinter ihr her? Das ergab doch alles keinen Sinn. Es sei denn, dass sie etwas wusste, das sie nicht wissen sollte. Aber was sollte das sein?

»Vieles kommt mir hier zu seltsam vor, als dass es ein Zufall sein könnte. Zum Beispiel der Tod deines Vaters unter solch merkwürdigen Umständen. Mord ist wirklich eine große Sache.«

»Was ist, wenn derjenige oder diejenigen, die dafür verantwortlich sind, auch dich loswerden wollen?« Milla sprach das aus, was auch die anderen beiden dachten.

»Aber warum?«, widersprach Ronja. »Oder vielleicht war die Sache mit dem Auto ja auch einfach nur Pech. Vielleicht hat der Fahrer für einen Moment die Kontrolle über sein Fahrzeug verloren und merkte zu spät, dass er auf dem Bürgersteig fuhr. Und drückte dann im Reflex aufs Gaspedal, als er merkte, dass er einen Fehler gemacht hatte. Manchmal glotzen die Leute auch auf ihre Handys, wenn sie gerade hinter dem Lenkrad sitzen. Vielleicht war das alles nur ein großes Missgeschick.«

Ansku und Milla sahen allerdings nicht besonders überzeugt aus.

»Kam dir das Auto bekannt vor?«, fragte Milla.

Ronja überlegte. Der Wagen war viel zu schnell gewesen, sie hatte keine Zeit gehabt, es sich genauer anzusehen. Sie hatte Auspuffgas gerochen und den Heulton der quietschenden Reifen gehört, als der Fahrer schnell bremste und das Lenkrad herumriss. Danach war der Wagen wieder zurück auf die Straße gefahren und verschwunden.

»Es war rot«, antwortete Ronja. Etwas anderes hatte sie sich während der wenigen Sekunden nicht gemerkt. Ein roter Teufel.

Es klingelte an der Wohnungstür.

Ronja wollte aufstehen, aber Ansku bestand darauf, dass sie sitzen blieb, und ging dann selbst zur Tür.

»Ich wollte nach Ronja sehen. Geht's ihr gut? Ich habe gehört, was passiert ist. Ist alles okay bei ihr?«, ertönte Villes Stimme aus dem Flur. Er ging an Ansku vorbei ins Wohnzimmer und betrachtete Ronjas verbundenen Fuß. Er sah besorgt aus.

»Ville, woher ...«

»Wer war eigentlich der Fahrer? Geht's dir gut?«, erkundigte sich Ville und sah sie aufmerksam an.

Sie war etwas verärgert. Was um alles in der Welt machte er hier? Spielte er jetzt ihren Freund? Aber dann wurde ihr doch ganz warm ums Herz.

»Alles in Ordnung. Oder so in Ordnung, wie es eben sein kann, wenn man an den Straßenrand springen musste und sich dabei den Fuß verstaucht hat«, erwiderte Ronja lachend. Dann bemerkte sie die Gestalt von Koivu im Flur neben Ansku. Sie starrten sich an. Bis zum Sofa konnte Ronja das Knistern zwischen den beiden spüren.

Ville setzte sich neben Ronja und griff spontan nach ihrer Hand. Sie starrte ihn an.

»Du hättest auch eine Textnachricht schreiben können«, sagte sie und löste sich schnell aus seinem Griff. Sie stand vom Sofa auf, wobei sie ins Stolpern geriet. Der Schmerz in ihrem Fuß war überraschend stark, und sie taumelte. Aber Milla fing sie auf und führte sie zu dem in der Nähe stehenden Sessel, damit sie sich wieder setzen konnte. Milla warf Ville einen anklagenden Blick zu.

»Ich wollte nur sichergehen, dass alles in Ordnung ist. Nach der Sache mit deinem Vater und dem Einbruch ist das alles ziemlich beunruhigend«, stammelte Ville und stand dann verschämt vom Sofa auf.

Ronja nickte und lächelte gezwungen. Gleichzeitig warf sie einen Blick zu Koivu, der immer noch im Flur bei Ansku stand. Es sah aus, als ob die beiden gerade einen Anstarr-Wettbewerb austragen würden.

Aber dann kam Ansku zu Ronja und sah Ville eindringlich an.

»Hör mal, Ronja muss Herrn Koivu gleich erzählen, was heute vorgefallen ist. Und als Ärztin rate ich auch, dass sie sich jetzt ausruht. Das heißt, es sollten jetzt alle gehen, die hier nicht dringend gebraucht werden«, sagte Ansku entschieden.

Ville errötete leicht, aber er verstand. Er zupfte an seinem Hemd und war dann genauso schnell wieder weg, wie er gekommen war.

»Ich ruf dich morgen an. Pass gut auf dich auf«, rief er ihr vorher noch unsicher von der Tür aus zu.

Ansku rollte mit den Augen, als die Tür hinter ihm ins Schloss fiel. »Der ist ja wie der Prinz auf dem weißen Pferd!«

»Ja, was läuft da eigentlich zwischen euch?«, fragte jetzt auch Milla.

Ronja spürte, wie ihr Gesicht heiß wurde. Mit ausdrucksloser Miene stand Koivu die ganze Zeit neben ihnen und hörte zu. Aber vor diesem Typen würde sie jetzt ganz bestimmt nicht über solche privaten Dinge sprechen.

Doch was in aller Welt tat Ville eigentlich? Die erste Liebe war und blieb natürlich immer die erste große Liebe, aber ihm entglitt gerade die Kontrolle über den Verlauf der Dinge. Zwischen ihnen war nichts mehr. Und zwischen ihnen würde auch nie wieder etwas sein.

KAPITEL 21

Anton setzte sich neben Ronja auf das Sofa. Sie versuchte keine Miene zu verziehen, auch wenn Ville sich gerade total blamiert hatte. Er schien immer noch an seiner Ex zu hängen und schwirrte um sie herum, obwohl alle sahen, dass dieser Zug längst abgefahren war.

»Und da sind wir schon wieder, wir sind ja eben erst hier weggegangen. Sind Sie jetzt bereit, uns zu erzählen, was vorgefallen ist?« Anton holte ein Notizbuch aus seiner Tasche und schaute Ronja interessiert an, deren Wangen ganz rot waren.

Sie nickte und wiederholte dann, was seit dem Morgen passiert war. Der Polizist hörte sich ihren stockenden Bericht an und notierte sich Stichpunkte.

»Ein Testament?«, wiederholte er. Es war schwierig, Ronja zu folgen.

»Das Telefonat wurde unterbrochen, als das Auto plötzlich auf mich zuraste. Aber die Bankberaterin sagte, dass Papa in dem Testament angegeben hat, dass eine gewisse Ellen Rinne 10 000 Euro bekommen soll. Keine Ahnung, ob das stimmt. Vielleicht ist der Bank ein Fehler unterlaufen – mein Vater war schließlich alles andere als vermögend. Und warum hätte er extra ein Testament machen sollen?«, stammelte sie.

Ein geheimnisvolles Testament. Die unbekannte Ellen Rinne. Weitere Teilchen, die nicht zusammenpassen schienen.

»Sagt Ihnen der Name etwas? Kennen Sie jemanden, der so heißt?«
Ronja schüttelte den Kopf.

Anton schrieb in sein Notizbuch das Wort Testament und daneben den Namen Ellen Rinne, neben den er ein großes Fragezeichen setzte. Sie mussten dieser Sache auf den Grund gehen. Hier gab es einfach zu viele Zufälle. Zu viele Ereignisse, die etwas mit Harris Tod zu tun hatten.

»Ich denke, dass man das ernst nehmen sollte. Wenn in den nächsten Tagen etwas Ähnliches passieren sollte, dann melden Sie sich bitte umgehend bei uns.«

Die auf dem Sofa sitzende blasse Ronja nickte. Als Anton ihre dunklen Augen und das wirre Haar musterte, machte er sich etwas Sorgen um sie.

»Ich sage das jetzt mal ganz direkt: Der Versuch, Sie zu überfahren, könnte etwas mit dem Tod Ihres Vaters zu tun haben. In den letzten Tagen sind viele merkwürdige Dinge passiert. Das ist besorgniserregend.«

Ronja begegnete Antons Blick.

»Besorgniserregend? Welche Informationen haben Sie denn inzwischen? Sind Sie mit Ihren Ermittlungen weitergekommen? Gibt es Verdächtige?«

Anton holte tief Luft. Er müsste mehr Geduld mit ihr haben. Harri Vaaras Tochter war ganz schön hartnäckig.

»Ich weiß nicht, wie oft ich Ihnen das noch sagen muss, aber ich darf keine Details preisgeben, solange die Ermittlungen nicht abgeschlossen sind. Wir haben schon einige wichtige Untersuchungen durchgeführt«, erwiderte Anton, der ein Lächeln andeutete und sich dann erhob.

Ronja nickte und schob die Lippen vor, was sie wie ein schmollendes Kind aussehen ließ.

»Ich fahre dann mal wieder zurück aufs Revier. Und wie ich bereits sagte – melden Sie sich bitte sofort bei uns, wenn sich so etwas wiederholen sollte«, sagte Anton. Dann ging er in den Flur und öffnete die Tür. Aber kaum hatte er einen Fuß in das dunkle Treppenhaus gesetzt, hörte er auch schon jemanden hinter sich rufen.

»Du hast die hier vergessen.« Es war Ansku, die ihm seine Handschuhe brachte.

Ihre Blicke trafen sich. Er nahm die Handschuhe.

»Du kannst mich übrigens nicht einfach bei der Arbeit anrufen. Jemand könnte deine Nachrichten sehen oder deine Stimme hören. Ich werde viel zu erklären haben, wenn jemand deine Herz-Smileys sehen sollte«, sagte er mit sanfter Stimme.

Er wollte nicht wütend auf Ansku sein, aber das Vermischen von Privatem mit Beruflichem nagte an seiner Konzentration und brachte ihn aus dem Gleichgewicht. Ansku hatte seine Routinen durcheinandergebracht.

Sie kam näher, der Duft ihres Parfums stieg ihm in die Nase.

»Ich dachte, ich könnte dir ruhig Nachrichten schicken, ohne dass dadurch irgendwelche Probleme entstehen. Ich habe ja auch nie bei dir angerufen, außer ein einziges Mal – und da auch nur, weil du nicht geantwortet hast …«, stammelte sie.

»Du weißt, dass das zwischen uns geheim bleiben muss. Hier geht es immerhin um meine Karriere«, flüsterte Anton und sah Ansku dabei eindringlich an.

Er konnte sich noch genau an das letzte Mal erinnern, als sie in seinem Bett gelegen hatte.

Er berührte sie leicht an der Schulter und spürte ihre warme Haut unter seiner Handfläche.

»Keiner weiß davon, ich habe niemandem davon erzählt. Nach dem Besuch auf dem Revier musste ich Ronja allerdings erzählen, woher wir uns kennen, aber keiner weiß, dass wir uns immer noch treffen«, antwortete sie mit bebender Stimme.

»Wir machen hieraus jetzt keine große Nummer. Ich leite die Ermittlungen, und es würde ziemlich fragwürdig aussehen, wenn herauskommen würde, dass ich etwas mit jemandem zu tun habe, der dem Opfer nahesteht.«

»Etwas zu tun hast?«, fragte Ansku mit einem Lächeln auf den Lippen.

Anton lachte. Und war gleichzeitig erregt.

»Na, was ist das hier denn dann?« Anton kam noch näher.

Etwas, das sich sonst wie ein Eisblock anfühlte, hatte begonnen, in seiner Brust zu schmelzen. Ganz egal, wie die Situation auch sein mochte, er wollte Ansku. Mehr als alles andere, und so etwas war ihm schon seit Ewigkeiten nicht mehr passiert. Dazu kam, dass er sich in ihrer Gesellschaft auf seltsame Art wohlfühlte, richtig wohl.

Verrückte Situation.

Trotzdem wäre es das Beste, es geheim zu halten und die Kontrolle zu bewahren.

Das Blut verließ sein Gehirn.

»Ich muss jetzt los. Wir schreiben …«, stieß Anton hervor und ließ Ansku im Flur zurück.

KAPITEL 22

Ronja seufzte zufrieden. Milla und Ansku versprachen ihr, bei ihr zu bleiben, damit sie nicht alleine in der Wohnung sein musste. Jetzt saßen die drei im Wohnzimmer und versuchten, sich zu entspannen. Milla hatte Tee gekocht.

»Du bist Koivu vorhin ja ganz schön schnell hinterhergelaufen«, sagte Ronja mit einem vielsagenden Blick zu der neben ihr sitzenden Ansku.

Diese erwiderte nichts, sondern nickte nur. Aber Ronja sah trotzdem, wie Ansku rote Ohren bekam. Sie kicherte. Das war fast so wie damals, als sie noch Schülerinnen gewesen waren, beieinander übernachtet und unter der Bettdecke über Mädchenkram gekichert hatten.

Aber an Ronja nagte auch Zweifel. Was, wenn es bei Papas Tod um mehr ging? Was, wenn sie selbst in Gefahr schwebte? Die vielen langen Arbeitstage ihres Vaters. Die vielen Abende, an denen er weg gewesen war. Die Wochenendtrips. Was, wenn Papas Einzelgängertum darauf zurückzuführen war, dass er in Schwierigkeiten gesteckt hatte und Ronja nicht in die Sache mit hineinziehen wollte ...?

Jetzt kamen ihr auch Papas Ausflüge verdächtig vor – wo hatte er sich eigentlich immer herumgetrieben?

»Diese Wohnung ist noch genauso wie früher«, lachte Ansku und stand auf, um sich die Beine zu vertreten. Sie ging zum Bücherregal und inspizierte die Titel mit schief gelegtem Kopf.

»Du kannst dir alles nehmen, was du willst. Papas Sachen muss ich ja auch noch irgendwie loswerden«, sagte die auf dem Sofa sitzende Ronja lachend.

Ansku wählte ein paar Werke aus und stapelte diese auf dem Couchtisch im Wohnzimmer.

»Das sind schon ziemlich viele Wälzer. In unserem Lesekreis behandeln wir gerade Tolstoi«, erzählte Ansku und zitierte dann Anna Karenina. Papas Ausgabe sah aus, als wäre sie schon sehr alt.

»Nimm ruhig alle«, sagte Ronja, als sie sich den Stapel anschaute. »Das sind Papas alte Bücher. Er hat sie immer ganz oben im Regal versteckt. Er schien diese Geschichten zu mögen, in denen es um eine verbotene Liebe geht mit tragischem Ende. Ich will eurem Lesekreis aber nicht die Stimmung verderben«, sagte Ronja dann.

Interessiert schlug Ansku ein Buch auf. Die vergilbten Seiten hatten Flecken, so als ob sie mal nass geworden wären.

»Schau mal, hier steht ja sogar eine Widmung! Anscheinend hat dein Vater das Buch geschenkt bekommen. Du willst es bestimmt nicht weggeben«, sagte Ansku und beäugte den Eintrag in schräger, schnörkeliger Schrift genauer.

»Für den Mondwanderer. Dein Buzz«, las Ansku langsam vor.

»Dein Buzz? Steht das da wirklich?«, wunderte sich Ronja und griff nach dem Buch, um es sich genauer anzusehen. Aber das war das Einzige, das in der Widmung stand. Die Handschrift war sorgfältig, es war eine Schrift, wie sie in der Nachkriegszeit in der Schule unterrichtet worden war.

»Ich habe keine Ahnung, wer dieser Buzz sein könnte. Das muss ein Spitzname sein. Ich kann mich nicht daran erinnern, dass Papa jemals so einen Namen erwähnt hätte, nicht mal aus Spaß«, grübelte Ronja laut.

Buzz Aldrin. Der Mann auf dem Mond. Nicht der berühmte, der die ersten Schritte auf dem Mond gemacht hatte, den die ganze Welt kannte und der ikonische Worte gesagt hatte, sondern der andere. Die Person im Hintergrund. Dieser Mann hatte zu den ersten drei

Menschen gehört, die zum Mond gereist waren, aber trotzdem war er immer nur im Hintergrund gewesen, kaum einer erinnerte sich mehr an ihn. Ein Abenteurer, Eroberer und Entdecker, aber gleichzeitig auch eine unsichtbare Figur, die alles am Laufen hielt, ohne daraus eine große Sache zu machen.

Ihr Papa war jemand gewesen, der eine Sache lieber hundertmal überprüfte, bevor er etwas machte. Und wenn möglich, ließ er es dann auch lieber bleiben. Die heutige Welt interessierte ihn kaum, stattdessen konzentrierte er sich lieber auf die Vergangenheit.

Ansku reichte Ronja das Buch, damit diese es sich genauer ansehen konnte. Dabei fiel ein Polaroidfoto heraus. Das Bild war verblichen und alt, die Ränder waren etwas abgestoßen.

»Wann wurde diese Aufnahme wohl gemacht?«, fragte Ronja und nahm es in die Hand.

Ihren Vater erkannte sie sofort. Auf dem Bild blickte ein um Jahrzehnte jüngerer Harri lächelnd in die Kamera und hielt sich zum Schutz vor der blendenden Sonne die Hände über die Augen. Er trug eine altmodische Badehose, sein Haar war etwas zerzaust, und im Hintergrund war der sommerliche Kasinoranta zu sehen.

»Wie alt ist er hier wohl? Er kann ja nicht älter als Anfang zwanzig sein«, überlegte Ronja laut.

Sie suchte auf dem Foto nach einer Jahreszahl, nach einem Hinweis, wann das Foto geschossen worden war, fand aber nichts.

»Ihr seht euch wirklich sehr ähnlich, also die Kinnpartie und eure Körperhaltung«, sagte Milla, die sich neben Ronja gestellt hatte und sich das Bild anschaute.

Aber plötzlich wurde sie still.

»Ronja, siehst du das dahinten?«, fragte Milla und zeigte auf etwas.

Ronja verstand nichts. Verwirrt schaute sie es sich genauer an. Man sah den fröhlichen Papa, seine Gestalt füllte das ganze Bild, aber nicht komplett.

Hinter ihm saß jemand. Das Foto war auf Papas Gestalt fokussiert, sodass die im Hintergrund sitzende Person nicht ganz deutlich zu sehen war. Sie hatten vorher bestimmt nebeneinandergesessen, aber der Fotograf hatte sich wohl dazu entschieden, das Foto von der Seite zu machen, sodass die im Hintergrund sitzende Person bedeutend kleiner aussah. Das Gesicht konnte man trotzdem gut erkennen, weil beide direkt in die Kamera schauten.

»Keine Ahnung, mit wem Papa auf dem Foto ist«, murmelte Ronja und reichte Milla das Bild.

Diese schaute es sich genau an.

»Oh, hier ist noch eins!«, rief Ansku plötzlich.

Ronja schnappte sich schnell das andere Bild aus Anskus Hand, es war ebenfalls ein altes Polaroidfoto. Allerdings war nicht Harri darauf zu sehen, sondern eine lächelnde blonde Frau mit einem Sonnenhut.

Sie kam Ronja bekannt vor.

»Das ist ja Sara!«, keuchte Milla.

»Genau, du hast recht!«, rief Ronja. »Sie kam mir so wahnsinnig bekannt vor, aber ich habe sie nicht sofort erkannt.«

Doch anders als in dem Porträt, das sie bei Milla gesehen hatte, trug Sara auf diesem Bild weniger Kleidung – nur einen Badeanzug und einen Rock. Ihre Locken schauten unter ihrem Hut hervor, und sie strahlte übers ganze Gesicht. Ganz offensichtlich kannte sie den Fotografen gut.

»Sie sieht glücklich aus«, sagte Milla lächelnd und schaute fasziniert auf das Foto.

»Wer dieses Bild wohl geschossen hat? Und warum steckte es in einem von Papas Büchern?«, wunderte sich Ronja.

Schweigend starrten sie das Foto an. Darauf stand kein Datum und auch nicht, wo es gemacht worden war. Ronja legte beide Bilder nebeneinander und verglich sie miteinander. Der Strand musste der gleiche sein.

»Schaut mal, die Gestalt dort im Hintergrund. Das muss Sara sein, das sind die gleichen Klamotten, und auch die Haare sehen gleich aus«, sagte Milla und zeigte auf das zweite Foto.

Ansku und Ronja nickten. Was hatte das zu bedeuten? Warum waren Sara und Harri auf den gleichen Fotos zu sehen, woher kannten sie sich?

Plötzlich verstummte Ronja. Ihr entfuhr ein kurzer Schrei, sodass die neben ihr sitzende Milla zusammenzuckte.

»Das kann kein Zufall sein!«, rief sie und eilte in den Flur. Nachdem sie kurz in ihren Sachen herumgewühlt hatte, fand sie das Gesuchte und kehrte ins Wohnzimmer zurück.

»Ich hatte das schon ganz vergessen, aber als Milla eben Sara erwähnte, fiel es mir wieder ein!«, sagte Ronja mit leuchtenden Augen und legte einen alten Schlüssel auf den Tisch.

»An unserem Sportabend habe ich doch Sara getroffen. Bei dem ganzen Stress hatte ich schon ganz vergessen, dass sie mir den hier gegeben hat. Sie hat gesagt, dass er für mich bestimmt wäre.«

»Was um alles in der Welt ...?«, entfuhr es Milla, die Ronja mit großen Augen anschaute, dann sah sie sich den Schlüssel genauer an.

Bei Tageslicht betrachtet sah er sogar noch älter aus. Das Metall war an einigen Stellen abgeblättert, und er war etwas verbogen. Der Schlüsselanhänger aus Stoff war ausgefranst und die Farben verblichen.

»Warum sollte Sara dir einen Schlüssel geben? Sie kennt dich doch gar nicht. Hat sie dich vielleicht mit jemandem verwechselt? Oder ist sie jetzt schon an dem Punkt angelangt, an dem sie gar nicht mehr klarkommt«, murmelte Milla.

»Sie schien sich ganz sicher zu sein, dass ich den Schlüssel kriegen sollte. Sie kam mir auch gar nicht durcheinander vor, als sie ihn mir gab. Im Gegenteil. Sie schien bei klarem Verstand zu sein. Sie wusste ganz bestimmt, was sie tat«, überlegte Ronja laut.

»Zwischendurch kann's schon mal passieren, dass man das Gefühl hat, mit einer gesunden Person zu reden, aber Sara ist in einer schlechteren Verfassung, als es nach außen hin scheint«, betonte Milla.

Es fiel Ronja schwer, das zu glauben. Die Sara, die sie getroffen hatte, war vielleicht exzentrisch, aber ihre Augen waren klar gewesen. Ronja war sich absolut sicher, dass Sara vollkommen bei Vernunft gewesen war, als sie Ronja den Schlüssel gab.

»Sie sagte sofort, dass sie etwas für mich hat. Als ob sie gewusst hätte, dass wir uns begegnen würden«, sagte Ronja mit Nachdruck, auch wenn sie es nicht logisch erklären konnte.

Sie hatte Sara noch nie zuvor getroffen, sie kannten sich gar nicht. Trotzdem war bei Ronja das Gefühl zurückgeblieben, dass Sara genau wusste, mit wem sie es zu tun hatte. Aber wie war das möglich?

Neben den Schlüssel legte Ansku ein altes Foto, auf dem Ronjas Vater in die Kamera blickte – irgendwo aus der fernen Vergangenheit.

»Ich habe das Gefühl, dass Harris Tod und diese Bilder etwas miteinander zu tun haben. Aber inwiefern?«

LOGBUCH

Die Holzscheite lagen im nassen Gras. Man musste sie unbedingt noch reinbringen, bevor es Winter wurde und es anfing zu schneien. Stundenlang stapelte ich sie zu einem Haufen an der Seitenwand der Hütte auf, obwohl es so kalt war. Bitterkalt. Das Licht am Horizont war schwefelgelb, und darüber hingen dunkle schwere Wolken. Bald würde es anfangen zu stürmen. Das Rascheln der Bäume machte mich nervös. Trotzdem musste alles sorgfältig vorbereitet werden. Ich konnte den nahenden Winter bereits spüren. Bald wäre er hier, und davor musste alles fertig werden.

Die Holzscheite waren ungleichmäßig und schwer. Ich hatte meine Arbeit nicht ordentlich erledigt, hatte nur in aller Eile Holz gehackt. Die Arbeit war für mich und meine Hände viel zu schwer. Sie sind nicht für solche Arbeiten gemacht. Die Mauer aus Holzscheiten war hoch und wackelig, aber ich stapelte sie trotzdem alle am selben Platz auf. Zum Schluss war der Berg so hoch wie ich. Ich kam ins Schwitzen und spürte, wie die Rückseite meines Hemdes unter der Jacke nass wurde. Die Bewegung gab mir ein Gefühl der Sicherheit: in die Hocke, Holzscheit, strecken, in die Reihe, in die Hocke, Holzscheit, strecken, in die Reihe. Es war wie eine Tanzaufführung.

Die Holzscheite erinnerten mich an ihn, an seinen Blick.

Ich habe ihn schon lange beobachtet. Seit Wochen, Monaten.

In meinem Kopf verschwimmt die Zeit, zwischendurch entzieht sie sich meiner Kontrolle. Die Tage sind so schnell verstrichen, sind an mir vorbeigerauscht wie ein Schnellzug. Wie lange ist es eigentlich schon her, seitdem ich dich das letzte Mal gesehen habe? Es ist schon Jahrhunderte her, scheint es mir.

Jetzt habe ich nur noch diese besonderen Momente, in denen ich ihn sehen werde. Er sieht mich natürlich nicht. Er sieht nicht mein wahres Ich. Das letzte Mal konnte ich seine Angst spüren. Es fühlte sich gut an, das zu sehen. Bald wird es ihn zerbrechen, ich kann es fühlen. Dann habe ich die ultimative Macht.

Angst ist dem Hass sehr ähnlich. Wenn man von beidem genug hat, kann man an nichts anderes mehr denken. Die Angst nistet sich auf dieselbe Weise in den Nischen des Geistes und der Gedanken ein wie Hass, der dort sitzt und sich selbst ernährt. Zum Schluss wächst das Gefühl zu einem riesigen Monster, das den Körper unter seine Kontrolle nimmt. An diesem Punkt kann man nichts mehr tun. Menschen sind letzten Endes wie Tiere, sie werden auf die gleiche Weise von ihren Trieben gelenkt.

Ich habe nicht deine Autorität, nicht deine brennenden Augen oder deine raumerfüllende Stimme. Aber ich weiß, dass du bis in alle Ewigkeit in mir leben wirst, und ich schöpfe aus dir Kraft. Ich weiß, dass eines Tages alles herauskommen wird, und dann wird mich nichts mehr aufhalten. Nach Gedanken folgen Taten. Nur auf diese Weise reinigt man sein Inneres und ist bereit für die nächste Phase.

Mein Kern ist anders, aber trotzdem sind wir gleich.

Während ich das hier schreibe, ist es schon spät. Mein Wecker klingelt in vier Stunden. Zwischendurch bin ich müde, unendlich müde. Bin ich auf dem richtigen Weg? Was ist, wenn ich einen Fehler mache?

Wenn mich die Unsicherheit überkommt, dann fokussiere ich meine Gedanken auf den anderen Frontallappen. Weil du mir beigebracht hast, dass man niemals an seinen eigenen Gedanken zweifeln darf. Deshalb muss man sie sich ganz tief unter die Haut, tief in das Gewebe des Körpers einimpfen.

Alles ist vergänglich. Auch das Leiden hat irgendwann ein Ende.

KAPITEL 23

Anton war genervt. Er hatte sich vor den Computer gehockt und starrte die Postkarten-Bilder an, die er einzeln anklickte und dann vergrößerte. Er war nicht weitergekommen, die Spurensicherung hatte nichts Neues herausbekommen. Auch bei den letzten gesichteten Überwachungskamerabändern hatten sie nichts gefunden. Aus irgendeinem Grund hatte Anton mit etwas anderem gerechnet, jetzt war er enttäuscht. Von Harri war darauf nichts zu sehen. Nachdem er morgens seinen Hund zum Nachbarn gebracht hatte, war er spurlos verschwunden.

Anton hatte, als er aufs Revier gekommen war, sofort bei der Bank angerufen. Die Beraterin war sehr hilfsbereit gewesen und hatte das Testament gescannt und ihnen zugeschickt. Harri Vaara hatte Ellen Rinne 10 000 Euro vermacht, seine Besitztümer bekäme seine Tochter Ronja. Etwas anderes stand nicht in dem Testament. Aber wer war diese Ellen Rinne, und warum vererbte Harri ihr so viel Geld? Anton beauftragte seine Leute, die Polizeidatenbank zu durchsuchen. Es wäre allerdings schon ziemlich großes Glück, wenn sie die Frau dort finden würden. Aber man konnte nie wissen.

»Ich wette, dass dir das hier gefallen wird«, sagte Oona, die den Raum betrat und dadurch Anton aus seinen Gedanken riss. Sie sah aus, als ob sie gleich vor Begeisterung platzen würde.

Vielleicht würden sie ja doch noch einen wichtigen Hinweis bekommen oder zumindest einen kleinen Tipp, welche Richtung sie als Nächstes einschlagen müssten. Selbst ein klitzekleines Info-Krümelchen wäre schon gut.

»Ja, erzähl mir was Positives, bitte!«, sagte Anton lachend.

Oona lächelte.

»Uns rief gerade ein junger Mann namens Oliver an. Anscheinend wohnt er genau gegenüber von Harris Wohnung. Oliver und seine Familie wurden auch schon von uns befragt. Anscheinend ist er selbst ein großer Krimifan. Er war total begeistert, als ihm klar wurde, dass er mit einer richtigen Ermittlerin spricht.«

»Das hier führt doch bestimmt noch irgendwohin?« Anton lächelte und streckte die Arme, was seine Knochen knacken ließ. Er musste unbedingt mal wieder ins Fitnessstudio.

»Harris Fall ließ Oliver keine Ruhe. Er hat deswegen sogar selbst Nachforschungen angestellt.«

»Ja?«

»Oliver war etwas aufgefallen, als er Fotos von seinem Handy auf den Computer lud. Seine Aufmerksamkeit fiel dabei besonders auf ein Selfie. Er sagte, dass wir es uns unbedingt mal ansehen sollten«, erzählte Oona mit leuchtenden Augen und reichte Anton das Handy.

Das Display zeigte einen breit lächelnden Teenager. Anton nahm das Telefon, auf dem Oona den Hintergrund herangezoomt hatte.

Bingo!

»Das gibt's doch nicht, das ist ja Harri!«, entfuhr es Anton.

»Ja, Oliver hatte beim Bearbeiten des unscharfen Hintergrundes gemerkt, dass da ja bekannte Leute zu sehen sind, und hat sich gedacht, dass wir daran interessiert sein könnten«, erzählte Oona.

Der Hintergrund war verschwommen und die Konturen verzerrt. Trotzdem konnte man die gebeugte Haltung, die herumfuchtelnden Hände und den besorgten Gesichtsausdruck eines alten Mannes erkennen. Oder war es gar kein besorgter, sondern ein wütender Gesichtsausdruck?

Und Harri war auch nicht alleine auf dem Bild.

»Mit wem spricht er da?«

Anton kam mit seinem Gesicht noch näher, klebte zum Schluss fast auf dem Display.

»Kann ich nicht erkennen. Die Person steht mit dem Rücken zur Kamera.«

Der Mann war ungefähr so groß wie Harri. Die Jacke war blau, und auf dem Rücken war ein weißes Logo zu sehen.

Eine blaue Jacke.

Konnte es sein, dass sie hier ein Foto des Mörders hatten?

Oona lächelte so breit, dass man ihre Zähne sehen konnte.

Aber warum hätte Harri freiwillig seinen Mörder bei sich zu Hause treffen sollen?

»Wann wurde das Foto aufgenommen?«

»Du wirst es nicht glauben, aber es wurde tatsächlich an Harris Todestag gemacht – um 17.05 Uhr, nur wenige Stunden vor seinem Tod.«

Überrascht schnappte Anton nach Luft.

»Das ist also das letzte Foto von Harri, als er noch lebte.«

Oona grinste.

»Harri brachte seinen Hund zu seinem Nachbarn gegen zehn, halb elf. Danach ging er irgendwohin. Wohin, wird noch überprüft. Aber offensichtlich kehrte er zwischendurch noch mal nach Hause zurück – nicht, um seinen Hund abzuholen, sondern um diesen geheimnisvollen Typen zu treffen. Danach hat ihn niemand mehr lebendig gesehen.«

Oona nickte.

»Genau. Zeitlich würde es passen.«

Nachdenklich betrachtete Anton das Bild. Endlich machten sie Fortschritte. Es könnte sein, dass sie ein Foto von dem Mörder hatten!

»Du hast bestimmt veranlasst, dass das analysiert wird?«

Oona nickte lächelnd. Sie wusste natürlich, wie wichtig das Bild war.

»Hatte Harri das Treffen mit dem Mann vereinbart oder war es Zufall? Was, wenn Harri nie das Gebäude verlassen hat, sondern wieder zurück in seine Wohnung ging, nachdem er seinem Nachbarn den Hund gebracht hatte? Aber warum hätte er das tun sollen? Hat das Tier ihn gestört?«

»Genau. Und er hat diesen Typen getroffen, aber worüber haben sie gesprochen? Und vor allem: Wohin führte ihre Unterhaltung?«

Anton schaute Oona aufmerksam an. Er bemerkte, wie er von einer gewissen Aufregung erfasst wurde, als plötzlich Ville seinen flachsblonden Kopf zur Tür hereinsteckte.

»Hier bist du ja! Mir wurde gesagt, ich soll hier in dieses Büro kommen. Störe ich?«

Anton zuckte zusammen und schloss die Seite mit dem Foto.

»Natürlich nicht. Ich habe dich ja herbestellt. Komm rein. Das ist übrigens meine Partnerin Oona Laine.« Anton wies mit der Hand in Oonas Richtung.

»Hallo!«

Ville näherte sich lächelnd, nickte und setzte sich auf den Stuhl vor dem Schreibtisch.

»Unglaublich, dass du heute ein richtiger Ermittler bist. Es ist echt schon lange her, dass wir das letzte Mal zusammen abgehangen haben. War das nicht der Sommer, als wir zusammen im Sommerhaus deiner Eltern waren?«, fragte Ville lachend, aber verstummte dann.

»Ja, ich denke schon.« Anton räusperte sich und versuchte, sich nichts anmerken zu lassen.

Anton hatte das Gefühl, als ob ihm jemand in die Eier getreten hätte. Ville zu treffen, rief viel mehr in ihm hervor als bloße Wiedersehensfreude. Ville war dabei gewesen, als es passierte. Als sich Antons Leben von einem Moment auf den anderen veränderte. Er hatte schon lange nicht mehr daran gedacht. Aber jetzt überkamen ihn Emotionen, schnürten ihm die Kehle zu.

Aurora.

Villes Worte lösten eine Flutwelle von Erinnerungen aus. Trotzdem zwang sich Anton, sich zu konzentrieren, damit Oona nichts von seiner Verwirrung mitbekam. Und davon mal abgesehen, hatten sie ja auch noch Fragen an Ville. Anton durfte sich nicht von seinen Gefühlen mitreißen lassen.

»Lass uns später noch etwas plaudern, aber erst mal hätten wir noch ein paar Fragen an dich. Passt das?«, fragte Anton und versuchte seinen schnellen Puls wieder unter Kontrolle zu bekommen.

Ville nickte, er sah unbekümmert aus. An seiner Miene konnte man ablesen, dass es ihn amüsierte, seinen Freund aus Kindheitstagen bei der Arbeit zu sehen.

»Woher kanntest du Harri Vaara?«

»Wer kennt Harri denn nicht? Ich lernte ihn kennen, als ich mit Ronja zusammen war, aber eigentlich hatte ich damals recht wenig mit ihm zu tun. Er hat sich meistens im Hintergrund gehalten, und Ronja und ich haben gemacht, was wir wollten.«

»Wie lange wart ihr zusammen?«

»Drei Jahre. Bei unserem ersten Date war ich im zweiten Jahr der Oberschule und Ronja im ersten. Topi, der mit der gleichen Clique abhing, bandelte damals mit Ronjas Freundin Milla an. Aber am Ende verließ mich Ronja«, schloss Ville grimmig.

»Verließ dich? Wieso?«

»Wir passten nicht zusammen. Und dann ist sie ins Ausland abgehauen, ließ mich einfach sitzen«, erzählte Ville und lachte, aber es klang verbittert.

»Als wir uns das letzte Mal gesehen haben, sah's so aus, als ob ihr euch ganz gut verstehen würdet.«

Ville lief rot an.

»Na ja. Ich habe Ronja schon lange nicht mehr gesehen – genau wie dich, Anton. Aber irgendwie hat das Schicksal uns dann wieder zusammengeführt. Komisch, wie das Leben manchmal so spielt. Wir waren Kaffee trinken und haben uns noch ein paarmal gesehen. Mehr war da aber nicht, wir haben nur ein bisschen gequatscht«, erklärte Ville stockend.

Anton schaute Oona an, die nachdenklich auf ihrem Bleistift kaute. Er müsste jetzt mal zur Sache kommen, auch wenn sich das seltsam anfühlte.

»Ville, ich muss dich das jetzt fragen. Wir haben einen Hinweis bekommen, dass du vor einem Monat Kontakt mit Ronjas Mutter hattest. Stimmt das?«

Ville errötete noch mehr.

»Warum hast du Anita angerufen und sie über Harri und Ronja ausgefragt?«, fragte Oona scharf.

»Ich ... Ich habe nicht ...«

»Wir haben die Telefonaufzeichnung und Anitas Bestätigung«, fuhr Oona trocken fort.

Ville seufzte, rieb sich über die Oberschenkel.

»Ich habe sie wegen eines Projekts angerufen, das ist so etwas Geschichtliches über Lauttasaari. Ich bin Geschichtslehrer und wollte die Vergangenheit der Region dokumentieren, im Besonderen die 1980er-Jahre. Mich interessiert dieser Zeitraum besonders, weil ich damals auch geboren wurde. Und die Wahl fiel auf Anita, weil es eine meiner Forschungsfragen ist, zu untersuchen, welche Gründe Finnen zur Auswanderung bewegen«, erklärte Ville, während er eingehend seine Hände betrachtete.

»Der Zeitraum? Laut Anita schien es dich mehr zu interessieren, was Harri so treibt. Und Ronja. Wieso?«

Ville starrte Oona an.

»Ich ... Mit Sicherheit wollte ich nicht, dass mein Verhalten so interpretiert wird. Ich kenne Anita überhaupt nicht und sie mich auch nicht. Sie war schon lange weg aus Ronjas Leben, als ich damals auf der Bildfläche erschien. Meiner Meinung nach habe ich aber nur ganz allgemeine Fragen gestellt. Aber vielleicht stimmt etwas mit meinem Fragenkatalog nicht«, sagte Ville und wirkte nachdenklich.

Anton schaute seinen alten Freund an. Einerseits sah er so vertraut aus, gleichzeitig wirkte er wie ein Fremder. Und Villes Lügen stanken bis zum Himmel.

Aber das sagte Anton nicht, stattdessen fuhr er mit den Fragen fort:

»Für wen machst du dieses Projekt?«

»Es gibt noch keinen Geldgeber. Ich dachte mir, dass ich es erst beende und danach schau ich mal weiter«, erklärte Ville.

Anton nickte.

Der Mann in Harris Wohnung. In der Mordnacht.

Könnte das sein?

»Ville, was hast du am Sonntag, den 24. Oktober, gemacht? An dem Tag, an dem Harri starb?«

Ville sah jetzt etwas entspannter aus.

»Ich war praktisch den ganzen Tag bei meinen Eltern. Sie können das bestätigen. Ich bin ja erst vor Kurzem wieder nach Lauttasaari zurückgezogen, und sie wollen mich jetzt so oft wie möglich sehen.« Er geriet für einen Moment ins Stocken. »Ich bin dann zu Fuß nach Hause gegangen, von meinen Eltern ist es nicht weit bis zu meiner Wohnung. Das müsste am frühen Abend gewesen sein. Der Weg dauert zu Fuß ungefähr fünf Minuten. Danach habe ich mich mit einem Freund getroffen, und wir sind joggen gegangen. Ich kann euch natürlich auch seine Kontaktdaten geben. Den Rest des Abends habe ich zu Hause verbracht und Aufsätze korrigiert. Es war fast Mitternacht, als ich damit fertig wurde.«

Hätte Ville während des kurzen Nachhausewegs noch Zeit gehabt, um Harri aufzusuchen, bevor er joggen ging? Die Wohnung von Villes Eltern schien allerdings in einer ganz anderen Richtung zu liegen als die von Harri, also war das wohl eher unwahrscheinlich. Oder war Ville vielleicht später zu Harri gegangen, um ihn zu erwürgen? Aber wieso sollte er das tun? Oder was wäre, wenn Anita und Ville beide logen und in Wirklichkeit gemeinsame Sache gemacht hatten – um sich jetzt gegenseitig die Schuld in die Schuhe zu schieben?

»Besitzt du zufälligerweise eine blaue Windjacke?«

Ville sah verblüfft aus.

»Eine blaue Jacke? Nicht dass ich wüsste. Die Jacke, die ich zurzeit trage, ist grau. Und in meinem Kleiderschrank gibt's auch keine Windjacken«, antwortete Ville und lächelte wieder.

Anton erwiderte das Lächeln. Das ließe sich problemlos überprüfen.

Aber warum log Ville wegen diesem Projekt und wegen Anita? Anton war sich sicher, dass Villes Gründe, warum er in Harris und Ronjas Leben herumschnüffelte, ganz andere waren als ein angebliches Projekt über die Geschichte von Lauttasaari.

KAPITEL 24

»Ich habe dich doch nicht geweckt, oder?« Millas Stimme klang munter.

»Eigentlich bin ich schon länger wach. Ich war eben beim Arzt wegen meinem Bein. Es heilt gut«, gähnte Ronja ins Telefon, während sie das Gesundheitszentrum verließ.

Es war erst neun Uhr früh. In der kühlen Morgenluft sah der Atem aus wie Dampf. In Ruoholahti ging eine cremegelbe Sonne auf und schaute dann langsam über die Hügel von Lauttasaari.

»Gut. Vor der Arbeit habe ich noch mit Topi geredet und ihn gefragt, ob er etwas zu der Frau auf dem Foto sagen kann. Von uns allen kennt er Sara schließlich am besten. Seine Mutter hat sich das Bild auch angeschaut, sie kam schon morgens, um auf Isla aufzupassen. Später muss ich noch mit Milo zum Kinderarzt wegen der Vorsorgeuntersuchung.«

Ronja wartete geduldig, Milla erzählte meistens von ihren Kindern.

»Topi denkt auch, dass die Frau auf dem Bild Sara ist, aber er hat mich darauf hingewiesen, dass sie 1940 geboren wurde, also viel älter ist als dein Vater. Wurde er nicht in den 1950er-Jahren geboren?«, fragte Milla.

»Papa wurde 1952 geboren. Sie hatten also nichts mit den gleichen Leuten zu tun, sofern sie nicht miteinander verwandt waren oder so … Das sind sie doch nicht, oder?«, fragte Ronja.

Zwischen ihrem Vater und Sara gab es eine Verbindung. Es konnte sein, dass es überhaupt nichts mit seinem Tod zu tun hatte, aber Ronja musste das trotzdem herausfinden. Es war auch eine willkommene Ablenkung zu den Gedanken über den sinnlosen Mord an ihrem Vater.

»Was ist, wenn wir uns irren und die Frau auf dem Foto Sara nur ähnlich sieht? Damals hatten doch alle einen ähnlichen Stil. Und Fotos waren ziemlich körnig«, überlegte sie laut.

»Durchaus möglich, aber ich habe das Foto, das ich mit meinem Handy gemacht habe, mit dem Porträtbild verglichen, das ich zu Hause habe, und das Gesicht ist identisch. Es muss einfach die gleiche Person sein!«, sagte Milla nachdrücklich.

Ronja nickte und überquerte den Zebrastreifen auf der Lauttasaarentie. Frühmorgens gab es noch nicht viel Verkehr.

»Topi wusste gar nichts über diesen Schlüssel, den Sara dir gegeben hat, aber er war ziemlich besorgt, ob man wohl so langsam einen Heimplatz für Sara suchen sollte. Topi will noch mit seiner Mutter darüber sprechen, die auch besorgt zu sein schien.«

Ronja nickte und lief in Richtung des Pajalahti-Parks und der Bibliothek. Dann hatte sie plötzlich eine Idee.

»Du, ich bin übrigens gerade in der Nähe der Bücherei und könnte mal nachschauen, ob ich dort irgendwas über Sara und ihre verschwundenen Kinder finde. Vielleicht wurde Papa oder jemand anderes, den ich vom Namen her kenne, zu dem Vorfall interviewt. Vielleicht wird ja dadurch eine mögliche Verbindung klar«, sagte Ronja.

»Darüber wurde damals mit Sicherheit viel in den Zeitungen berichtet. Es wurde ja auch viel nach den Kindern gesucht. Wir haben zu Hause aber trotzdem nichts darüber und Topis Verwandte auch nicht. Es war wie ein Geheimnis, über das man nicht sprach. Du hast bestimmt gemerkt, dass es Topi unangenehm war, als er dir davon erzählt hat«, sagte Milla.

Ronja nickte. Topis Verwandtschaft hatte sich für Saras Probleme geschämt.

»Ich muss jetzt los. Ruf mich an, wenn du etwas herausfindest. Und denk daran, dass morgen Islas Geburtstagsfeier ist. Du und Ansku, ihr seid auch eingeladen. Es wäre toll, wenn ihr kommen würdet, schließlich bist du so selten in Finnland.«

Ronja seufzte. Ein Kindergeburtstag …

Ihr fielen tausend andere Orte ein, wo sie lieber wäre. Aber sie wusste auch, dass Milla nicht lockerlassen würde, bis sie einwilligte zu kommen.

»Das ist wohl eher ein Befehl als eine Bitte, oder?«, fragte Ronja halb im Scherz.

»Natürlich!«, erwiderte Milla lachend und legte auf.

Der bekannte Geruch nach altem Papier, Holz und Achselschweiß stieg Ronja in die Nase, als sie in das Bibliotheksgebäude ging. Sie war schon seit Jahren nicht mehr hier gewesen, zuletzt wahrscheinlich als Schülerin, als sie für das Abi lernten. Sie konnte sich noch lebhaft daran erinnern, wie mühsam es gewesen war, die schwedische Grammatik in den Kopf zu bekommen, während Ansku auf dem Stuhl neben ihr hockte und las. Milla flüsterte und kicherte in der hinteren Reihe des Lesesaals, und durch das Fenster sah man bereits das erste Grün des Frühlings.

Hinter der Theke saß eine ältere Frau in einer alten grünen Strickjacke und sah genauso beschäftigt aus, wie eine Angestellte einer verschlafenen Bibliothek aussehen konnte.

»Findet man bei Ihnen alte Ausgaben der *Lauttasaari-Zeitung*?«, fragte Ronja die Frau.

»Ich kann mal nachsehen, die Bibliothek verfügt über digitalisierte Archive von den wichtigsten Publikationen des Landes. Lokalzeitungen wurden, soweit ich weiß, nicht digitalisiert, aber ich frage mal meine Kollegin, ob ältere Ausgaben aufbewahrt wurden«, sagte sie.

Ronja nickte.

»Suchen Sie etwas Bestimmtes?«, erkundigte sich die Angestellte.

»Ich suche nach Informationen, die schon etwas älter sind. Wahrscheinlich aus den 1970er-Jahren. Ehrlich gesagt bin ich nicht ganz sicher, was ich genau suche«, erwiderte Ronja lachend.

Die Frau lächelte und ging dann. Während Ronja wartete, machte sie sich auf die Suche nach dem ersten freien Computer. Der PC-Raum war klein – nichts für Klaustrophobiker – und befand sich im hinteren Teil der Bibliothek.

Vielleicht sollte sie während der Wartezeit schon einmal ihr Glück mit dem nationalen Zeitungsarchiv versuchen? Sie klickte sich in das Archiv, allerdings kannte sie weder ein genaues Jahr noch den Monat. Verdammt! Es gab zu viel Material, wenn sie jedes Jahr einzeln durchgehen müsste.

Ronja überlegte. Topi und Milla hatten erzählt, dass Sara ungefähr dreißig Jahre in der Psychiatrie verbracht hatte. Wann war sie dort eingeliefert worden? Hatte Topi nicht etwas vom Ende der 1970er-Jahre gesagt? Verschwunden waren die Kinder im Sommer, sodass man die ersten Monate des Jahres ausklammern konnte.

Ronja loggte sich bei Google ein, tippte in das Suchfeld Lauttasaari+Kinder+verschwunden und klickte dann auf die Eingabetaste. Auf der Seite erschienen mehrere Treffer, und Ronja begann sie eifrig durchzusehen. Doch die Links bezogen sich alle auf aktuellere Vorfälle, die überhaupt nichts mit Lauttasaari zu tun hatten.

Ronja probierte es mit einer anderen Suchwort-Kombination. Sie schrieb in das Suchfeld Sara Lumme+Lauttasaari+Kinder und klickte auf Enter. Die ersten fünf Ergebnisse hatten wieder nichts mit der Sache zu tun. Ronja scrollte herunter und klickte auf die nächste Seite.

Da!

Ronja öffnete den Link, der sich als PDF-Datei entpuppte. Es handelte sich um eine unscharfe Kopie einer alten *Helsingin Sanomat*-Zeitungsseite, auf der Tauf- und Todesanzeigen sowie Bilder von Geburtstagskindern zu sehen waren, die auf Schwarz-Weiß-Fotos breit in die Kamera lächelten. Einige der Verstorbenen in den

Todesanzeigen waren bereits im 19. Jahrhundert geboren, stellte Ronja fest. In einer Zeit, die für sie unvorstellbar weit weg war.

Ronja ließ ihren Blick über die Seite schweifen. Rechts oben stand die Nummer der Ausgabe und das Datum: 9.10.1975.

Der Druck war teilweise verschmiert und verwackelt, es war nicht alles zu erkennen. Ihr Blick fiel auf das Seitenende.

Unserem geliebten Sohn Toivo Antero Lumme,
geb. am 3.4.1969.
Vermisst, aber nicht vergessen, 13.8.1975.
So bist du gegangen, du goldener Engel,
gen Himmel zu den himmlischen Engeln,
nimm, O Herr, nun unser Kind zu dir.
In tiefer Sehnsucht,
Mama
Papa
Deine Schwester Annikki
Oma und Opa
Toivos Gedenkgottesdienst fand am 5.10.1975 in der Lauttasaari-Kirche statt. Wir danken allen, die teilgenommen haben, für ihre Anteilnahme.

Ronja las die Anzeige noch einmal, flüsterte die Worte.

Das musste Toivo sein, Saras Toivo. Der kleine Junge, der verschwand und nie wieder zurückkehrte.

Ronja sah sich die Anzeige noch mal an. Vermisst. Nicht tot oder von uns gegangen.

Sara hatte die Hoffnung nie aufgegeben. Sie weigerte sich, ihr Kind offiziell für tot zu erklären. Der Tag seines Verschwindens bedeutete für Sara nicht automatisch den Tag seines Todes.

Ronja ging zurück zur ersten Seite. Sie durchkämmte den Zeitraum vom 1.8.1975 bis 30.8.1975, klickte auf die Eingabetaste und wartete.

Auf dem Bildschirm erschienen viele Seiten mit Ergebnissen. Alle August-Ausgaben der *Helsingin Sanomat*. Zerstreut klickte Ronja einzelne Nachrichten an und scrollte langsam vorwärts, bis die Nachricht von Toivos Verschwinden am 13.8.1975 erschien.

Da! Das Datum des Artikels war der 14.8.1975.

Ronja vergrößerte den Text. Sie wusste zwar nicht, was sie eigentlich erwartet hatte, dennoch wurde sie herb enttäuscht. Es war nur eine kurze Lokalnachricht mit wenigen Informationen:

Geschwisterpaar aus Lauttasaari verschwunden – die Polizei bittet Augenzeugen um ihre Mithilfe.

Lauttasaari. Im Stadtteil Lauttasaari verschwand am 13.8. ein Geschwisterpaar. Laut der Polizei spielten Liisa Annikki (geb. 1966) und Toivo Antero Lumme (geb. 1969) am Kasinoranta. Nachdem die Kinder nicht wie verabredet zum Mittagessen nach Hause kamen und nicht aufzufinden waren, benachrichtigte die Mutter die Polizei. Diese hat die Ermittlungen aufgenommen und bittet mögliche Augenzeugen, sich so schnell wie möglich persönlich oder telefonisch zu melden.

Die Kinder verschwanden am helllichten Tag. Man sollte meinen, dass am Badestrand zu dem Zeitpunkt viele Leute gewesen wären, da es ein Sommertag im August war. Alles in allem ein seltsamer Vorfall.

Ronja ging ein paar Tage zurück. Nichts.

Milla hatte erzählt, dass Annikki drei Tage später wieder aufgetaucht war. Das musste also der 16.8. oder der 17.8. gewesen sein. Ronja grenzte die Suche bis zum 20.8.1975 ein.

Die bekannte Auflistung erschien wieder auf dem Bildschirm. Ronja wusste bereits, wie man nach kleineren Lokalnachrichten suchen musste. Vermutlich war die Nachricht einen Tag nach dem Vorfall in der Zeitung erschienen. Damals gab es noch kein Internet, sodass man eine Nachricht nicht sofort verbreiten konnte.

Ronja vergrößerte den Text.

Eins der verschwundenen Kinder wieder aufgetaucht – vom kleinen Bruder fehlt nach wie vor jede Spur!

Lauttasaari. Das Mädchen, das am 13.8. vom Kasinoranta verschwand und drei Tage lang vermisst wurde, tauchte am Samstagmorgen gegen neun Uhr wieder auf. Laut der Behörden geht es ihr gut. Die Polizei kann noch nichts über die Gründe ihres Verschwindens sagen.

»Wir wissen zu diesem Zeitpunkt noch nicht, wohin das Mädchen verschwand oder wo es die Nacht verbrachte. Die Ermittlungen dauern an«, sagt der Polizist Lahdenkulma, der die Suche leitet.

Von dem sechsjährigen Jungen, der zur gleichen Zeit wie seine Schwester verschwand, fehlt immer noch jede Spur. Laut Polizei wird die Suche fortgesetzt.

»Wir sind voller Hoffnung, dass er noch gefunden wird. Momentan deutet nichts auf ein Verbrechen hin«, so Lahdenkulma.

Schweigend starrte Ronja auf den kurzen Artikel, der mit einem Foto vom Kasinoranta illustriert war. Wenn man es nicht gewusst hätte, dann hätte man die Abbildung für das Foto eines Ferienorts halten können. Daneben waren passbildähnliche Fotos von beiden Kindern zu sehen. Zwei kleine Menschen mit ernsten Gesichtern schauten Ronja geradewegs in die Augen. Das Mädchen hatte Zöpfe, der kleine Junge Pausbacken.

Ronja erinnerte sich daran, wie sie, als sie im gleichen Alter gewesen war, am selben Strand gespielt hatte. Genauso unschuldig und klein.

Im Sommer konnte man meilenweit in die Ferne blicken. Als Kind starrte sie oft und lange auf die Schiffe aus Schweden, bis diese als kleine Punkte am Horizont verschwanden. Sie wäre gerne auf eins der Schiffe gesprungen, um zu neuen Kontinenten und unbekannten Abenteuern aufzubrechen.

Noch blassere Erinnerungen kamen an die Oberfläche. Die Jahre, bevor sich ihre Mutter aus dem Staub machte. Tage voller Glück und flüchtiger Freuden. Sie dachte daran, wie sie mit unsicheren Schritten zwischen ihren Eltern gelaufen war, mit Schaufel und Eimer in der Hand. Sie hatten Muscheln gesucht. Mama lachte in der Sonne, und Papa grub mit ihr Löcher in den Sand. Manchmal wurden ihre Hosenbeine nass, weil plötzlich überraschend eine Welle den Strand traf. Und auch das war zum Lachen. Die Beute war immer anders, aber oft brachte sie schöne perlmutterfarbene Muscheln mit nach Hause.

Wohin waren die wohl verschwunden?

Ronja seufzte.

»Hier sind Sammelordner der *Lauttasaari-Zeitung*.« Die unerwartete Rückkehr der Bibliothekarin ließ Ronja aufschrecken. »Sie hatten Glück. Die *Lauttasaari-Zeitung* wurde im Jahr 1968 gegründet, und Sie suchen ja Informationen ab den 1970er-Jahren. Sicherheitshalber habe ich Ihnen alle Zeitungen von 1970 bis 1999 gebracht. Wenn Sie noch neuere Exemplare brauchen sollten, dann finden Sie sie dort drüben in unseren Regalen. Und rufen Sie mich ruhig, wenn Sie Hilfe brauchen sollten, dann hole ich sie. Die Ordner können Sie mir später zurück an meinen Tisch bringen, wenn Sie fertig sind. Wenn Sie wollen, können Sie von den Ausschnitten auch Kopien machen«, sagte sie und legte die dicken Ordner auf den Tisch.

Ronja lächelte sie an und schnappte sich einen schweren, abgenutzten Ordner. Wenn man ihn öffnete, wehte daraus ein Geruch nach altem Zeitungspapier und Druckerschwärze.

Die Lokalzeitung hatte auf ihren Seiten die ganze Vielfalt des Lebens in der engen Gemeinschaft dokumentiert. Authentisch, ein bisschen einfach, aber sympathisch. Die Eröffnung des neuen Cafés, Feiern, Unfälle, Diebstähle und Interviews zum Jubiläum erzählten Geschichten von gelebten Leben, von der Entwicklung und Vielfalt der Region. Wie gebannt stöberte Ronja in den Geschichten ihres Geburtsorts. Die Bewohner von Lauttasaari bezeichneten ihren Heimatort gerne als die Insel der Glücklichen. Ein Heimatort, der Geborgenheit bot, eine Oase der Sicherheit. Man zog sich hierhin zurück, um eine Familie zu gründen, um Wurzeln zu schlagen, und schließlich lebte die nächste Generation dort weiter. Aber Ronja kannte auch die Kehrseite einer so engen Gemeinschaft. Das, was für den einen die Insel der Glückseligen war, konnte für einen anderen bedeuten, ausgeschlossen zu sein, dass hinter dem Rücken getratscht wurde und dass der Druck groß war, genauso wie alle anderen sein zu müssen. Zumindest hatte Ronja dieses Gefühl gehabt, als sie in ihren Zwanzigern gewesen war. Sie hatte aus dieser Blase nur noch ausbrechen wollen.

Dann fiel Ronja eine kurze Notiz aus dem Jahr 1998 auf. Sie konnte sich noch gut daran erinnern: Sie, Milla und Ansku, erschöpft auf einer Bank, nachdem sie sich stundenlang auf dem Jahrmarkt herumgetrieben und sich zum Schluss noch ein Eis geholt hatten. Sie ließen ihre braun gebrannten, schmalen Beine baumeln und versuchten, ihr Eis zu schlecken, ohne sich die Finger klebrig zu machen, als plötzlich ein Reporter der Lokalzeitung mit einem Fotografen im Schlepptau erschienen war und sie fragte, ob er sie für einen Artikel befragen dürfe, wie sie ihre Ferien verbrachten.

Die 13-jährigen Schülerinnen Ronja Vaara, Anna-Mari Saarenrinne und Milla Marjaranta (von links) genießen ihre letzten Ferientage im Pajalahti-Park.

Da waren sie, die drei Unzertrennlichen. Dieser Sommer war der letzte Sommer ihrer Kindheit gewesen. Vor den Ferien hatten sie die Grundschule abgeschlossen, sie fühlten sich schon groß. In ihrem Blick sah man die Aufregung, weil mit der Mittelschule schon bald etwas Neues beginnen würde. Als sie dort auf der Parkbank saßen, konnten sie trotzdem noch nicht ahnen, was das Erwachsensein in der Praxis bedeutete.

Ronjas Augen klebten förmlich an dem Bild. Sie betrachtete die junge trotzig dreinblickende Milla und die hübsche Ansku, deren Haar seidig und glatt herabfiel. In Lauttasaari waren sie zu Schulkindern geworden, im Schatten des Wohnblocks. Hier hatten sie zusammen Laufen gelernt, gespielt, gestritten und sich wieder vertragen.

Sie hatten sich Geheimnisse zugeflüstert, über dämliche Geschichten gekichert und miteinander Glanzbilder und Sticker getauscht.

Später steckten sie voller unruhiger Energie, sie wollten neue Dinge ausprobieren und sehen. Ronja kam es vor, als sei es erst gestern gewesen: die endlosen warmen Abende und die lauen Nächte am Kasinoranta. Wie sie stundenlang mit Ansku und Milla in dem heißen glitzernden Sand gesessen und getratscht hatte. Mit dabei war immer eine bunt zusammengewürfelte Truppe aus Freunden, Kumpels und völlig Unbekannten, und stets wurden aus dem elterlichen Barschrank gemischte Getränke herumgereicht. Der die Sinne betäubende Rausch, der in den Ohren summte und sich mit den Gerüchen der Sommernacht vermischte, die in der Dämmerung leuchtenden Augen und das schallende Gelächter.

Sie waren zusammen erwachsen geworden, hatten vieles miteinander erlebt und durchgemacht. So etwas schaffte eine lebenslange Verbindung, auch wenn diese später auf die Probe gestellt wurde oder zu zerreißen drohte. Aber während in der Jugend alles vergleichsweise einfach gewesen war, gestaltete sich das Erwachsenenleben um ein Vielfaches komplizierter und chaotischer.

Die Sehnsucht nach dem Lebenshunger der Jugend drückte stark in der Brust.

Dann erinnerte sich Ronja wieder daran, wonach sie suchte, und sie begann die Seiten zurückzublättern. Sie entdeckte einen Artikel über ihre alte Schule: August 1974.

In Lauttasaari hat das Schuljahr begonnen – Rekordzahl von Schülern an der Gesamtschule Lauttasaari

> An der Gesamtschule in Lauttasaari ging es am ersten Schultag des Schuljahres hektisch zu. Die Gesamtschule ist die größte Schule in Helsinki und erfreut sich jedes Jahr wachsender Beliebtheit. In diesem Jahr wurde die Rekordzahl von 853 Schülern erreicht. Laut Schuldirektor Esko Ranta legt die traditionsreiche Einrichtung allerhöchsten Wert auf profunde Bildung.
> »Wir glauben, dass das Wissen und die Fähigkeiten, die man bei uns erwirbt, zur Entwicklung einer Zivilisation beitragen, die weit in die Zukunft reicht«, sagt Ranta.

Die Nachricht war eine typische Lokalnachricht über den Schulbeginn und war nicht weiter interessant. Aber das Bild zu dem Artikel ließ Ronja noch ein zweites Mal hinschauen.

> Die Abiturienten Pertti Kuusikallio und Oskari Laine sowie die Schulassistentin Sara Lumme lassen sich in der Schulkantine Würstchensuppe schmecken.

Ronja betrachtete das Foto genauer. Sara sah etwas müde und ernst aus, ihr Lächeln wirkte nicht echt. Die Ärmel ihres Wollpullovers hatte sie hochgekrempelt, und eine Brille, die an Katzenaugen erinnerte, zierte ihr Gesicht. Ihre Schönheit schimmerte trotz allem durch, auch wenn sie hinter den Anforderungen eines hektischen Alltags versteckt war.

Ronja kramte ihr Handy hervor und machte ein Foto von der Seite, das sie Milla schickte.

Sie suchte weiter, aber fand keine bekannten Gesichter mehr, stattdessen stieß sie auf eine Nachricht über das Verschwinden der Kinder. Der Artikel war auf den 14.8.1975 datiert und hatte den gleichen Inhalt wie derjenige in der *Helsingin Sanomat*:

> Entsetzen bei den Bewohnern von Lauttasaari über verschwundene Kinder – Freiwillige starten Suchaktion

Annikki (9) und Toivo Lumme (6) verschwanden am Mittwochvormittag, während sie am Badestrand spielten. Die Polizei geht nicht von einem Verbrechen aus, aber hofft auf Hinweise von möglichen Augenzeugen.

Das Verschwinden der Kinder hat die Bewohner tief bewegt. Neben der Polizei wird am heutigen Donnerstag eine Truppe von über 50 Freiwilligen mit der Suche beginnen.

Die Gruppe trifft sich um neun Uhr morgens am Kasinoranta vor dem Café und wird dann in kleinere Gruppen aufgeteilt. Das Ziel ist es, die Suche bis zur Spitze von Vattuniemi auszudehnen.

»Dieser Vorfall schockiert die gesamte Gemeinde. Wir sind eine eingeschworene Gemeinschaft, viele von uns kennen die verschwundenen Kinder sogar persönlich. So etwas dürfte hier überhaupt nicht passieren. Wir wollen die Kinder so schnell wie möglich finden«, sagt Hertta Koivuranta, die an der Suche beteiligt ist.

Das Telefon unterbrach mit einem Piepton Ronjas Lesefluss. Doch sie schaute nicht nach, wer sie erreichen wollte. Die Gedanken wirbelten wild in ihrem Kopf herum. Die verschwundenen Kinder. Papa. Sara Lumme. Die Schule.

Was hatte das alles miteinander zu tun?

KAPITEL 25

»Hast du gehört?«, fragte Milla ihren Mann, der ihr den Rücken zugewandt hatte und vor dem Computer hockte. Er trug Kopfhörer. Mit der linken Hand tippte er wie verrückt, mit der rechten bediente er die Maus. Auf dem Bildschirm knallte und blinkte es.

»Hast du gehört, Topi?«, wiederholte Milla.

»Was?«, rief er zurück, ohne sich umzudrehen.

»Sara war offensichtlich Schulassistentin an der Gesamtschule. Ronja hat heute Morgen ein Bild geschickt, auf dem Sara zu sehen ist«, wiederholte Milla, ihre Stimme klang bereits etwas genervt.

»Schau mal, dieses Foto hier. Ist das nicht Sara?«

Keine Antwort.

Da sah Milla rot.

Es war immer das Gleiche – dieser verdammte Computer verschlang Topis gesamte Aufmerksamkeit. Komisch, dass der PC noch nicht den ganzen Mann verschluckt hatte! Wenn Topi spielte, verschwand alles andere um ihn herum.

Mit einer schnellen Bewegung riss Milla ihm die Kopfhörer von den Ohren.

»Was zum Teufel tust du da?«, schrie Topi und drehte sich blitzschnell um.

»Jetzt hörst du mal auf zu zocken. Ich rede mit dir, und du hörst mir nicht mal zu. Dich interessiert ja überhaupt nichts, außer dieses verdammte Spiel!«, explodierte Milla und schleuderte Topis Kopfhörer zu Boden.

»Ich kann jetzt ja wohl mal spielen, schließlich gehe ich arbeiten und stehe jeden Tag um halb sieben auf. Ich habe auch ein Recht, mal zu entspannen. Oder darf das nur derjenige, der jeden Tag zu Hause rumhängt?«, knurrte Topi und tippte auf die Pausetaste.

Milla glaubte, sich verhört zu haben. Das Betreuen von drei Kindern im Vorschulalter war alles andere als Rumhängen. Sie war die ganze Zeit in Alarmbereitschaft, sie war eine rund um die Uhr arbeitende Dienstmagd, Köchin, Putzfrau, Nasenputzerin, Windelwechslerin und Zur-Musikschule-Fahrerin.

»Obwohl ich nachts andauernd mit Milo aufwache, darf ich trotzdem nie lange schlafen«, fauchte Milla zurück.

Sie hatte immer alles in sich hineingefressen, all die unzähligen Tage, die nur mit Windeln und vollgespuckten Lätzchen gefüllt zu sein schienen.

»Du musst ja nicht zu Hause bleiben, du kannst auch wieder arbeiten gehen«, entgegnete Topi.

Sie hatten zusammen vereinbart, dass Milo zu Hause betreut werden sollte, bis er zwei Jahre alt war. So wie sie es auch bei seinen älteren Geschwistern gemacht hatten. Glaubte Topi etwa, dass sie nur aus Spaß zu Hause blieb und ihre besten Karrierejahre verstreichen ließ?

»Kapierst du denn nicht, wie anstrengend es ist, jeden Tag mit den Kindern zu Hause zu sein?«, fuhr Milla fort.

Topi seufzte und schaltete den Computer aus. Milla hatte das Gefühl, dass ihr Leben nur noch aus Streitereien, bissigen Bemerkungen und Gekeife bestand, aus Einkaufen, Kochen und der Organisation von Kinderbetreuung. Sie hatten sich so weit voneinander entfernt. Sie selbst war nur noch eine ferne Erinnerung an eine gut gelaunte Ehefrau.

Topis Handy piepte. Er schnappte es sich.

»Wer schreibt dir so spät noch?«, fragte Milla und starrte auf sein Telefon.

»Kennst du nicht. Ein Arbeitskollege fragt, ob wir noch ein Bier trinken gehen«, murmelte Topi und tippte eine Antwort, den Rücken hatte er dabei wieder Milla zugewandt.

Sie wusste nicht, was sie sagen sollte. Topi hatte komplett dichtgemacht. Wer zum Teufel schickte ihm Textnachrichten? Er hatte doch keine Affäre? Könnte Topi wirklich so geschmacklos sein? Überhaupt, wie hatten sie nur in diese klischeehaften Rollen abrutschen können? Seit die Kinder da waren, hatten sie im Grunde keine Augen mehr füreinander, dachte Milla seufzend. Sie hätte heulen können.

»Du musst heute um sechs den Kuchen abholen. Ich gehe zum Sport, weißt du noch?«, fragte sie schwach.

Keine Reaktion.

»Morgen ist Islas Feier. Du erinnerst dich doch noch, oder? Es ist wirklich wichtig, den Kuchen rechtzeitig abzuholen«, sagte Milla nachdrücklich.

Topi nickte nur. Offenbar war kuchentechnisch alles unter Kontrolle.

»Ich habe Ronja und Ansku auch eingeladen. Ronja ist ja so selten in Finnland«, fügte Milla noch hinzu.

Topi brummte, um zu zeigen, dass er verstanden hatte.

»Mama kommt, um die Kinder zu betreuen. Ich habe das eben mit ihr abgemacht.«

Topis Mutter. Helena. Sofort schnellte Millas Puls in die Höhe. Wie konnte es sein, dass dieser Mann dermaßen an seiner Mutter klebte? Natürlich war Helena eine riesengroße Hilfe für sie gewesen in diesen nebulösen Kleinkindjahren, sie hatte immer geholfen, wenn sie konnte. Aber sollte sich Topi nicht auch mal selbst um seine Kinder kümmern, anstatt ständig seine Mutter ins Haus zu holen?

»Schön, dass Helena heute Zeit hat. Morgen kommt sie ja auch zu Islas Feier. Hoffentlich wird es ihr nicht zu viel, sich zwei Tage hintereinander um die Kinder zu kümmern«, sagte Milla. Dann ging sie, ohne sich mit einem Wort zu verabschieden.

KAPITEL 26

»Wir sollten noch mal den Autopsiebericht durchgehen, nur um sicherzugehen, dass wir nichts übersehen haben«, sagte Anton zu Oona, die ihm gegenübersaß.

Oona nickte leicht und tippte weiter.

Ville hatte bereits vor Stunden mit beunruhigtem Gesichtsausdruck das Revier verlassen. Sie mussten ihn genauer unter die Lupe nehmen, auch wenn das für Anton äußerst unangenehm war.

Das Flipchart war noch recht leer. Darauf stand nur der Mann in der Hauseinfahrt, wovon ein Pfeil auf Villes Namen zeigte. Daneben stand in Oonas Handschrift Anita Vaara, versehen mit einem Fragezeichen. Ville erzählte nicht alles. Anton war sich sicher, dass Villes Behauptung, an einem Projekt über Lokalgeschichte zu arbeiten, totaler Blödsinn war.

Oona beendete schließlich ihr Tippen und kam zu Anton herüber, der gerade Mäkinens ausführlichen Autopsiebericht geöffnet hatte. Der Gerichtsmediziner hatte Harris Leichnam genauestens untersucht und alles minutiös dokumentiert.

»Laut des Berichts starb Harri durch Sauerstoffmangel. Am Hals findet man Würgemale. Er hatte auch schwere Wunden am Kopf und im Gesicht, aber laut Autopsiebericht bekam er diese erst nach seinem Tod«, las Anton laut vor.

»Bis hier nichts Neues.«

Anton nickte.

»Außer das hier. Das hat uns Mäkinen nicht am Telefon erzählt«, sagte er aufgeregt.

Anton hatte richtig gelegen, dass noch Geheimnisse ans Tageslicht kommen würden.

»Was denn?«

»Laut der Würgemale handelt es sich bei dem Täter anscheinend um einen Linkshänder. Die Spurensicherung hat bereits bestätigt, dass es sich auch beim Kartenschreiber um einen Linkshänder handelt. Und das bekräftigt unseren Verdacht, dass die Karten etwas mit dem Mord zu tun haben!«

»Was steht da noch?«

»Dann kann man hier noch von anderen Verletzungen lesen, die durch die Strangulation entstanden sind. Das hatte Mäkinen auch bereits am Telefon erzählt. Blutergüsse, eine schwarz verfärbte Zunge und Augen …« Antons Stimme verstummte.

»Der Täter war kräftig, wahrscheinlich war es ein Mann. Das geht in die Richtung unserer Ermittlungen«, murmelte Oona.

Anton konnte sie kaum verstehen. Er fuhr damit fort, durch die Infos zu scrollen.

»Genauere Angaben gibt es nicht«, murmelte er frustriert.

Das Klicken der Maus hallte in dem stillen Raum wider.

»Moment, hier gibt's doch noch was. Mäkinen hat in seinem Bericht vermerkt, dass Harri eine Narbe am Bauch hat. Anscheinend eine wirklich große …«

»Aber er wurde doch erwürgt, was soll die Narbe damit zu tun haben?«, fragte Oona.

»Die Narbe ist schon älter, deshalb hat Mäkinen sie wohl auch nicht schon früher erwähnt. Hier hat er geschrieben, dass sie zehn Zentimeter lang ist. Das klingt nach einem richtig schweren Unfall«, sagte Anton verwundert.

»Hat Harri eine Operation gehabt? Bei Blinddarmoperationen hatte man früher immer so eine große Narbe«, sagte Oona.

Anton überlegte.

Ronja hatte erwähnt, dass ihr Vater unbedingt gewollt hatte, dass sie zu ihm nach Finnland käme, und sie deshalb den Verdacht bekommen hatte, dass ihr Vater vielleicht krank gewesen war. Könnte das der Grund gewesen sein? Hatte Harri eine Operation gehabt, weil er krank war?

Zielstrebig bewegte er die Maus und klickte.

»Hier sind auch Harris Krankenhaus- und Krankenakten. Mäkinen hat sie angehängt. Dann wollen wir doch mal sehen, ob wir etwas finden ...«

Anton ging die Dokumente durch, bis er plötzlich wie erstarrt innehielt.

»Was hast du gefunden?«, flüsterte Oona.

»Hier ist ein Eintrag über einen Krankenhausaufenthalt im Jahr 2009. Der behandelnde Arzt hat geschrieben, dass man Harri um 00.08 Uhr in die Notaufnahme brachte. Er hatte ...«

»Was hatte er?«, flüsterte Oona.

»Harri war nicht krank. Man brachte ihn in die Notaufnahme, weil er eine Schusswunde im Bauchbereich hatte. Sein Zustand war kritisch«, las Anton vor.

»Was? Eine Schussverletzung?«

»Anscheinend wurde Harri umgehend operiert. Die OP hat er gut überstanden, mehr ist dem Bericht nicht zu entnehmen«, sagte Anton und starrte konzentriert auf den Bildschirm.

»Eine Schusswunde? Harri? Der Typ wird ja immer interessanter.« Oona ließ einen Pfiff ertönen.

»Ohne Zweifel! Wissen Harris Angehörige eigentlich etwas davon? Wir müssen Ronja fragen.«

»Glaubst du, dass die Schusswunde irgendwas mit dem Mord zu tun hat?«

Anton reagierte nicht auf Oonas Frage, sondern starrte wie versteinert auf den Computerbildschirm.

»Hier ist noch was.«

»Was denn?«

»Als Harri in die Notaufnahme gebracht wurde, war eine Person bei ihm, die sich als Angehörige ausgab. Und schon wieder taucht dieser Name auf.«

»Welcher denn? Ronja Vaara?«

Anton drehte sich zu Oona um.

»Helena Saari.«

KAPITEL 27

Helena Saari schien nervös zu sein. Die schlanken, gepflegten Hände strichen mit zittrigen Bewegungen über den Saum ihres Rockes. Mit hängenden Schultern saß sie auf einem harten Stuhl, ihre elegante Jacke und Handtasche hatte sie ordentlich auf dem Stuhl neben sich abgelegt.

Anton betrachtete ihr Gesicht. Ihre Augen waren sorgfältig geschminkt, aber ihre Wangen waren gerötet.

»Schön, dass Sie es geschafft haben. Wir wollten Sie so schnell wie möglich treffen«, sagte Anton.

Sie hatten schon früher versucht, Helena wegen der Hundesache zu erreichen, aber sie hatte sich nie zurückgemeldet. Doch nach den neuesten Entdeckungen hatten sie sich so hartnäckig bemüht, die Frau zu fassen zu bekommen, bis es schließlich klappte. Es gab viele Fragen und die Situation erforderte eine sofortige Aufklärung.

»Helena Eliisa Saari, nicht wahr?«, fragte Oona und notierte etwas. Helena nickte schweigend, aber setzte sich dann aufrecht hin, in ihrem Blick war ein Funke Stolz zu erkennen.

»Entschuldigen Sie bitte, mir war nicht klar, dass es so dringend ist. Ich weiß beim besten Willen nicht, wie ich Ihnen behilflich sein könnte. Davon abgesehen habe ich mich viel um meine Enkel gekümmert, das mache ich oft. Die Frau meines Sohnes ist sehr beschäftigt. Ich habe es nicht früher geschafft, mich zu melden«, erklärte Helena.

»Verstehe. Und der Name Ihres Sohnes ist Topi Saari?«

Helena sah Anton an, ihr Blick war kühl.

»Ja. Hat er etwas angestellt? Haben Sie mich etwa deshalb herbestellt, um über meinen Sohn zu reden?« Ihre Stimme klang scharf, aber es lag auch Besorgnis darin.

»Nein, wir haben Sie wegen Harri Vaara herbestellt, so wie ich Ihnen bereits am Telefon gesagt habe«, erklärte Oona.

Helenas Augen funkelten.

»Harri. Ja, natürlich. Entschuldigen Sie, ich war in letzter Zeit etwas gestresst. Man hört so viele schlimme Dinge in den Nachrichten, und jetzt passiert so etwas auch noch hier – auf unserer Heimatinsel! Es ist einfach furchtbar!«

»Kannten Sie Harri Vaara? Anscheinend ist Ihre Schwiegertochter eine gute Freundin der Tochter des Verstorbenen, oder nicht?«

»Hmm, Millas Freundin ... Ronja? Ja, stimmt. Harri war insofern ein alter Bekannter von mir, weil wir früher in dieselbe Klasse gingen. Aber wir hatten nicht besonders viel miteinander zu tun, wir hatten nicht den gleichen Freundeskreis. Aber der Tod eines alten Mitschülers nimmt einen natürlich trotzdem mit. Wenn man solche Kindheitserinnerungen an jemanden hat, wissen Sie«, erklärte Helena und machte eine Handbewegung, bei der ihre Armreifen klirrten.

»Sie hatten nach Ihrer Schulzeit also nichts miteinander zu tun, obwohl Sie in derselben Gegend wohnten? Passiert das nicht zwangsläufig, dass man sich hin und wieder zufällig über den Weg läuft?«, fragte Anton.

»Als Topi noch klein war, zogen wir nach Südeuropa, weil mein Mann versetzt wurde. Wir sind erst wieder nach Lauttasaari zurückgekehrt, als Topi in die Oberschule ging, war das im Jahr 2000? Topi kam dann schnell mit Milla zusammen, die einen Jahrgang unter ihm war. Milla war und ist eine gute Freundin von Harris Tochter, aber meine Familie hatte nichts mit ihm zu tun. Warum auch? Außerdem sah Topi Harris Tochter auch nicht oft«, erwiderte Helena.

Anton warf Oona einen Blick zu.

»Sie hatten also auch nach Ihrer Rückkehr nach Lauttasaari nichts mit Harri zu tun?«

Einen Moment lang war Helena still und schien ihre Gedanken zu ordnen.

»Ja, natürlich bin ich ihm mal im Laden begegnet oder auf der Straße ... Aber wir hatten nicht wirklich etwas miteinander zu tun, nicht so, dass man es als Freundschaft bezeichnen könnte.«

Helena war anzusehen, dass ihr die Stille unangenehm war, sie strich sich ständig über den Rocksaum. Nach oben, nach unten, hinauf, hinunter. Was verschwieg sie und warum? Das wollte Anton noch aus ihr herausbekommen.

»Harri Vaaras Nachbar hat uns erzählt, dass Sie Harri vor ungefähr zehn Jahren einen Hundewelpen geschenkt haben. Sie verstehen bestimmt, warum uns das verwirrt«, sagte Anton.

Helena sah aus, als würde sie in sich zusammensinken. Sie zupfte am Kragen ihrer Bluse, kratzte sich am Hals.

»Einen Hund? Ach ja, stimmt. Den hatte ich schon ganz vergessen, entschuldigen Sie. Topi ist auch schon aufgefallen, dass mein Erinnerungsvermögen nachlässt. Ich sollte deswegen bestimmt mal zum Arzt gehen. Wissen Sie, das Älterwerden macht wirklich keinen Spaß«, sagte Helena und lachte nervös.

»Sie haben vergessen, dass Sie jemandem einen Hund geschenkt haben?«

»Das klingt wirklich verrückt. Aber wahrscheinlich habe ich nicht mehr daran gedacht, weil ich den Hund nicht beim Züchter gekauft habe. Mein Sohn fand in Vaskiniemi einen herumstreunenden Hundewelpen und brachte ihn mit zu uns nach Hause, aber weil ich allergisch bin, konnten wir das Tier nicht behalten.«

»Und wie ist der Welpe dann bei Harri gelandet?«

»Das ist eine komische Geschichte. Milla und Harris Tochter waren mit Topi gerade bei uns, und Ronja verguckte sich in den Hund. Sie lebte zwar schon damals im Ausland, aber sagte, dass sich vielleicht ihr Vater über einen Hund freuen würde. Eins führte zum anderen, und plötzlich war der Hund bei Harri«, erzählte Helena mit monoton klingender Stimme.

Anton schaute die Frau an und dann Oona. Helena log, und zwar schlecht, wirklich schlecht. Aber sie hatte bestimmt einen Grund dafür, und er wollte herausbekommen, welche Geheimnisse sich hinter ihrem perfekten Äußeren verbargen.

»Schön, dass sich für den Hund ein Zuhause fand«, sagte Oona nickend und kritzelte etwas auf einen Zettel.

Dezent warf Anton einen Blick darauf.

Sie lügt.

Anton nickte und fuhr fort: »Sie sagten, dass Sie lange in Südeuropa gelebt haben. Wo genau?«

»Ja. Wir wohnten in Spanien, weil mein Mann dorthin versetzt wurde. Dort verbrachten wir viele Jahre, fast zehn. Wir wohnten in verschiedenen Städten. Ich war Hausfrau und habe mich um Topi gekümmert. Das waren gute Jahre.«

Helena entspannte sich für einen Moment, ließ ihre Schultern sinken.

Oona nickte. »Und dort hatten Sie auch keinen Kontakt mit jemandem in Lauttasaari, zum Beispiel mit Harri? Sie haben auch keine Weihnachtskarten oder so verschickt?«

Helena sah Oona scharf an.

»Wie ich bereits sagte, hatte ich nichts mit ihm zu tun. Wir kannten einander nur aus der Schule, hatten nicht den gleichen Freundeskreis. Warum sollte ich so jemandem eine Weihnachtskarte schicken?«, erwiderte Helena.

»Wir haben uns nur gewundert, weil wir in Harris Tasche eine Postkarte gefunden haben, die aus Spanien verschickt wurde«, antwortete Oona bewusst unbeschwert.

»Es war eine seltsame Karte. Kein Absender. Und wir fanden auch noch mehr davon in Harris Wohnung«, sagte Anton und nickte seiner Arbeitskollegin zu.

Helena war blass, ihr Blick wanderte zwischen ihnen beiden hin und her.

»Ich habe die nicht geschickt ... Ich habe Harri nichts getan. Beschuldigen Sie etwa mich?«

Anton schüttelte den Kopf.

»Natürlich beschuldigen wir Sie nicht. Unsere Aufgabe ist es, die Leute in Harris Umfeld zu befragen. Und wir wollten Sie auch treffen, weil Ihr Name bei früheren Befragungen fiel. Hier gibt es ein paar Zufälle, die wir aufklären wollen.«

Helena nickte.

»Ich habe wirklich keine Karten verschickt, das müssen Sie mir glauben.«

»Frau Saari, sind Sie Rechts- oder Linkshänderin?«

»Was? Ich schreibe mit Rechts. Was hat das denn jetzt damit zu tun?«, fragte Helena.

Anton nickte.

»Wir gehen noch ein bisschen weiter in die Vergangenheit zurück. Frau Saari, Ihr Name steht auf einem bestimmten Formular, laut dem Sie vor Jahren zusammen mit Harri Vaara im Krankenhaus waren. Sie haben sich damals als Angehörige ausgegeben. Aber eben haben Sie gesagt, dass Sie ihn nicht näher kannten. Würden Sie uns das bitte erklären?«, fragte Anton und schaute ihr direkt in die Augen.

Helenas Gesicht versteinerte, sodass es unmöglich war, darin abzulesen, was gerade in ihr vorging.

»Frau Saari?«, hakte Oona nach, als sie schon eine ganze Weile still gewesen war.

Helena schüttelte den Kopf.

»Da muss ein Irrtum vorliegen. Ich kannte Harri nicht und bin nicht mit ihm im Krankenhaus gewesen. Und in Krankenhäusern können schließlich auch mal Fehler passieren.«

Helena verstummte.

Anton sah Oona an, die so aussah, als ob sie der Frau mal ordentlich auf den Zahn fühlen wollte. Anton räusperte sich.

»Okay. Vielleicht liegt hier ja wirklich ein Irrtum vor, so etwas kann passieren.«

Anton sah, dass Oona ihm verstohlen einen Blick zuwarf.

»Was haben Sie am Sonntagabend, dem 24. Oktober, gemacht?«, fuhr Anton mit sanfter Stimme fort.

Helena schreckte auf und nickte. Es sah aus, als wäre sie bei einem Vorstellungsgespräch.

»Das kann ich Ihnen ganz genau sagen. Ich war zu Hause. An den Wochenendabenden bin ich fast immer zu Hause, wenn ich nicht gerade auf meine Enkel aufpasse. Ich habe mir Wiederholungen von Miss Marple angesehen. Ich mag Krimis«, lachte Helena angespannt.

»Kann jemand bestätigen, dass Sie zu Hause waren? Haben Sie mit jemandem gesprochen oder hat Sie jemand gesehen?«

»Leider müssen Sie mir auch bei dieser Sache glauben. Mein Mann, Topis Vater, starb vor fünf Jahren. Ich wohne allein. An jenem Abend bin ich nicht mal im Treppenhaus gewesen. Draußen war schlechtes Wetter, weshalb ich beschloss, erst am nächsten Tag einkaufen zu gehen. Nur mein Sohn rief mich nachmittags an, um zu fragen, wie es mir geht. Er ruft mich jeden Tag an, das ist eine nette Gewohnheit«, erklärte sie.

»Stimmt, das Wetter war wirklich schlecht. Vielleicht reden wir noch mit Ihrem Sohn, um diese Angelegenheit abzuklären«, unterbrach Oona sie mit einem kühlen Lächeln.

Helena lächelte nicht zurück.

»Wenn es sein muss. Aber meiner Meinung nach sollten Sie sich lieber auf die Suche nach dem Mörder machen, anstatt Ihre Zeit zu verschwenden, indem Sie mit Topi plaudern. Er weiß gar nichts«, sagte Helena, schnappte sich ihre Sachen und ging.

»Warum hast du Helena nicht noch ausführlicher zu der Sache mit der Schussverletzung befragt? Sie hat uns schließlich ganz dreist ins Gesicht gelogen, dass sie Harri angeblich nicht kennt«, stellte Oona ihren Kollegen zur Rede, nachdem Helena gegangen war.

Anton schaute Oona an. Er hatte schon damit gerechnet, dass sie die Sache ansprechen würde. Seine Partnerin hatte einen scharfen Verstand, aber zwischendurch fehlte es ihr an Zurückhaltung. Bei diesem Job brauchte man aber auch Selbstdisziplin, und man musste Situationen richtig einschätzen können. Manchmal war es besser, nicht alle Karten sofort auf den Tisch zu legen.

»Sie verbirgt ganz bestimmt etwas«, sagte Oona.

Anton lächelte.

»Ich wollte sehen, wie sie reagiert. Das hat mich nur in meinem Gefühl bestärkt, dass wir noch tiefer graben müssen. Helena hat einen Grund, warum sie nicht zugibt, Harri zu kennen, aber sie kam mir wie jemand vor, der nichts unter Zwang erzählt. Wir müssen schlauer sein. Das Formular aus dem Krankenhaus lügt ja trotzdem nicht.«

»Glaubst du, dass Helena irgendwas mit Harris Tod zu tun hat? Es spricht einiges dafür, dass die Frau nicht diejenige ist, für die sie sich ausgibt. Sie hat ja wirklich bei allem gelogen, auch was den Hund angeht. Wir hätten sie einsperren sollen, damit sie mal etwas Zeit zum Nachdenken hat«, bemerkte Oona trocken.

Anton grinste.

»Ich glaube nicht, dass es etwas genützt hätte.«

Oona schnaubte hörbar.

»Natürlich ist es keine ernste Straftat, wenn man sich im Krankenhaus als Angehörige ausgibt, und auch nicht, wenn man einen Hundewelpen verschenkt. Also warum hat sie gelogen? Warum will sie nicht, dass wir wissen, dass sie und Harri etwas miteinander zu tun hatten? Oder könnte es etwa sein, dass den Leuten im Krankenhaus tatsächlich ein Fehler unterlaufen ist? So was kann ja schon mal passieren«, sagte Oona zögernd.

»Keine Ahnung, aber das wäre schon ein ziemlich großer Fehler.«

»Nun, das ist es ja. Soweit wir wissen, war Helena mit Harri im Krankenhaus, als er eingeliefert wurde. Aufgrund der Verletzung war Harri kaum bei Bewusstsein, sodass die Information, sie sei eine Angehörige, von Helena selbst stammen muss.«

»Und wenn es nicht so war, dann hat sich jemand für sie ausgegeben. Aber warum?«

Es wurde kurz still, sie dachten nach.

»Helena schien sehr behütend zu sein, wenn es um ihren Sohn geht. Wenn man bedenkt, dass er schon weit über dreißig ist, war das schon irgendwie merkwürdig«, überlegte Anton laut.

Oona schaute auf.

»Glaubst du, dass Helena jemanden schützt und deshalb lügt? Vielleicht ihren Sohn? Inwiefern könnten Topi und Harri etwas miteinander zu tun gehabt haben?«

»Ich weiß es nicht. Jedenfalls noch nicht. Aber ich werde es herausfinden.«

Oona seufzte.

»Helena kann nicht die ominöse Person vom Foto sein, dafür ist sie nicht groß genug. Harri hat an dem Abend jemand anderen getroffen. Aber ich bin trotzdem sicher, dass Helena irgendwas mit der Sache zu tun hat.«

Anton streckte seinen steifen Hals. Seine Arbeitstage hatten sich in letzter Zeit immer unheimlich in die Länge gezogen. Und nachts wurde er von Ansku wachgehalten.

»Was wäre denn, wenn Harri einfach aus Versehen zur falschen Zeit am falschen Ort war und dafür bezahlen musste? Was, wenn es doch die Tat eines Fremden war? Wenn es ein Einbrecher war und die Situation eskaliert ist? Was, wenn wir falschen Spuren folgen?«

Anton dachte einen Moment über die verschiedenen Möglichkeiten nach, dann schüttelte er den Kopf.

»Nein. Etwas an der Vorgehensweise deutet darauf hin, dass die Tat persönliche Hintergründe hatte. Dafür wurde Zeit und Energie verwendet. Und ein ziemlicher Aufwand betrieben. Die Karten. Der Einbruch in Harris Wohnung. Der Versuch, die Tochter zu überfahren. Das Testament. Die rätselhafte Ellen Rinne.«

Oona seufzte.

»Ellen Rinne wurde auf keinen Vermissten- oder Fahndungslisten gefunden. In diesem Moment überprüft das Team mögliche Personen namens Ellen Rinne. Aber es ist schwierig, weil es viele Personen mit dem Namen gibt. Wo ist sie? Und warum hinterließ Harri keine persönlichen Angaben im Testament?«

»Laut den Rechtsexperten hatte Harri keine Zeit, um Ellen Rinnes Sozialversicherungsnummer in seinem Testament anzugeben. Es ist auch fraglich, ob das Testament mit fehlenden Angaben überhaupt gültig ist. Auf jeden Fall müssen wir die Frau finden, ob sie letztendlich nun einen Anspruch auf das Erbe hat oder nicht.«

Oona nickte.

»Und was wäre, wenn Harri in irgendwelche dubiosen Geschichten verwickelt war? Zum Beispiel Drogen? Oder vielleicht hatte er Spielschulden?«

»Wir haben nichts gefunden, was darauf schließen lässt. Harri war höchstens ein Sonntagsspieler. Der Einsatz war nie höher als ein paar Zehner. So hat ihn zumindest sein Nachbar beschrieben.«

Oona lächelte, Anton hatte recht. Der Mörder musste jemand sein, den Harri persönlich gekannt hatte.

»Und dass Harri seinen Hund beim Nachbarn ließ, deutet darauf hin, dass er wusste, dass er für eine längere Zeit weg sein würde. Aber warum hat er dann keine besseren Klamotten mitgenommen oder andere Sachen?«, fragte Oona seufzend.

Sie schaute auf das Flipchart. Sie hatten versucht, alles zu rekonstruieren, was sie bis jetzt wussten. Es war schwer vorstellbar, dass eine Frau wie Helena Saari jemandem etwas mit ihren eigenen Händen antun könnte.

»Vielleicht hat sie Angst bekommen und wollte deshalb nicht erzählen, dass sie Harri durchaus gut kennt. Oder vielleicht war der Grund auch völlig harmlos. Manchmal geraten Leute während der Vernehmung in Panik und denken sich Dinge aus, verändern sie aus Versehen oder überinterpretieren Fragen und vertuschen deshalb etwas, was sie gemacht haben«, fuhr Oona fort.

So etwas kam tatsächlich hin und wieder vor.

»Hast du schon die restlichen Anruflisten überprüft?«, fragte Anton.

Oona nickte.

»Das Team ist Harris Telefonverbindungen durchgegangen, sechs Tage vor seinem Tod hat er Ronja angerufen. Seinen letzten Anruf bekam er einen Tag vor seinem Tod, diesen Anruf hat Harri allerdings nicht mal entgegengenommen, es war auch bloß ein Verkäufer. Danach gab es keine Telefonate mehr.«

»Harri nahm also eine Postkarte mit, zog nur leichte Sommerklamotten an und brachte seinen Hund zum Nachbarn. Er ging irgendwohin, kam dann zurück und traf sich mit einer mysteriösen Person. Und danach verschwand er. Und starb. Und wurde schließlich im Meer gefunden.«

Anton schaute stirnrunzelnd auf den Tisch. Eine Idee nahm ganz allmählich Konturen an.

»Helenas Sohn.«

»Was ist mit ihm?«

»Was, wenn ihr Sohn mit dem Ganzen doch mehr zu tun hat? Helena war, wie gesagt, sehr beschützend, was ihn betrifft. Was, wenn Ville gar nichts mit dem Ganzen zu tun hat? Was, wenn ...«, überlegte Anton laut.

»Sohn. Mann. So groß wie Harri? Besitzt der Sohn eine blaue Jacke?«

»Mag sein, dass wir auf dem Holzweg sind. Aber vielleicht sollten wir Topi Saari einmal herbestellen, um ihm noch ein paar Fragen zu stellen?«

1975

Der Röhrenfernseher knisterte und knackte auf dem niedrigen Tisch. Es war ein altes, aber liebevoll gepflegtes Gerät. Kein einziges Staubkorn lag darauf, und die Metallteile glänzten im Morgenlicht.

Der Mann hatte sich über den Fernseher gebeugt, die Hemdsärmel hochgekrempelt. Sein Gesichtsausdruck war konzentriert. Die Antenne ragte in die Luft, und er richtete sie erst nach rechts, dann nach links. Plötzlich war die Stimme des Moderators ganz deutlich zu hören. Der Mann drehte die Lautstärke auf.

»So, jetzt!«, rief er und bedeutete den anderen, still zu sein. Die Kinder streckten ihre Hälse, um besser sehen zu können. Die Frau, die hinter ihnen stand, musste lachen, nahm aber brav an der Vorstellung teil und setzte sich mit raschelndem Rock.

Alle vier verstummten und starrten auf den Bildschirm. Dann fing es an. Der Moderator blickte direkt in die Kamera.

»Sechs Jahre sind bereits vergangen, seitdem der erste Mensch seinen Fuß auf den Mond gesetzt hat, was die Welt in helle Aufregung versetzte. Dieser erste Mondspaziergang wird für immer ein Meilenstein in der Geschichte bleiben. Hier im Studio wurde live mitverfolgt, wie der Astronaut Neil Armstrong am 21. Juli 1969 seine ersten Schritte auf dem Mond machte. In dieser Jubiläumssendung werden wir noch einmal die Mondlandung Revue passieren lassen und einzigartige Interviews mit den Astronauten hören. Schauen wir uns zuallererst noch einmal an, wie der Mensch den Mond eroberte.«

Anstelle des Moderators erschien nun ein Archivfoto, auf dem Männer in Raumanzügen zu sehen waren, die auf ihr Raumschiff zugingen. Männer in weißen Anzügen auf dem Mond, die eine gefährliche Mission durchführten. Daneben war die Flagge der Vereinigten Staaten zu sehen.

Im Hintergrund hörte man die knisternde Stimme des Kommentators.

»In den frühen Morgenstunden haben wir einen historischen Moment erlebt, etwas noch nie Dagewesenes. Heute hat der erste Mensch die Mondoberfläche betreten. Letzte Nacht landete um 2.56 Uhr der amerikanische Astronaut Neil Armstrong mit seiner Crew auf dem Mond.«

Der Mann hob den Kopf und schaute zu der Frau hinüber, die am Tisch saß. Sie stützte sich auf ihre Ellenbogen und drehte nachdenklich eine Haarlocke zwischen ihren Fingern. Ihr Blick blieb aufmerksam auf den Moderator gerichtet. Sie sah übernatürlich schön aus, wie eine Madonna.

»Die Fernsehzuschauer konnten eine Live-Videoübertragung von der Mondoberfläche sehen. Die ersten Worte von Armstrong auf dem Mond wurden live übertragen und die ganze Welt konnte es hören.«

»Wie ist es möglich, bis zum Mond zu fliegen? Wie kann ein Raumschiff überhaupt so weit fliegen? Gibt's da keine Weltraummonster?«

»Ist es nicht so, dass es im Weltraum so wenig von dieser ... ähm ... Luftkraft gibt, dass man da zu Pfannkuchen zusammengedrückt wird? Weltraumpfannkuchen!«

Die Blicke der Kinder bohrten sich in den Mann. Fast hätte er laut gelacht, aber er hielt sich zurück. Er schaltete den Fernseher etwas leiser und schaute die kleinen Kinder liebevoll an.

»Du meinst bestimmt die Schwerkraft, oder? Ja, genau. Auf dem Mond gibt es viel weniger davon. Wenn ich zum Beispiel zum Mond fliegen würde, dann würde ich nur ein Zehntel von dem wiegen, was ich jetzt wiege. Wahrscheinlich wäre ich dann so leicht wie ihr. Stellt euch das mal vor! Aber das bedeutet auch, dass man da oben viel besser und weiter rumhüpfen kann als auf der Erde. Das ist bestimmt wahnsinnig lustig.«

»Da kann man riesige Sprünge machen?! Kann man da zehn Meter weit hüpfen? Oder vielleicht sogar fünfzehn?«

»Aber was passiert, wenn man zu viel hüpft? Was, wenn man so weit springt, dass man ins All fällt?«

Zwei Kinder mit leuchtenden Augen warteten begierig auf seine Antwort.

»Die Astronauten wurden trainiert, wie man sich auf dem Mond bewegen muss. Sie hüpften nach vorne wie Kängurus. Das größte Risiko war zu stolpern, weil die Mondoberfläche sehr staubig und rutschig ist«, erklärte der Mann lachend.

»Ja, dann können sie ja nicht in das schwarze Loch fallen, sondern nur wie auf einem Trampolin herumhüpfen.«

»Komm, lass uns Weltraum spielen!« Ein Holzstuhl knallte auf den Boden, als die Kinder ins Wohnzimmer stürmten und dabei riesige Weltraumsprünge machten.

Die Frau sah den Mann von der anderen Tischseite aus an, auf ihrem Gesicht breitete sich ein Lächeln aus. Wen interessierten denn schon Mondspaziergänge, Astronauten und Weltraummonster, wenn sie diesen Moment hatten? Diese sonnigen Stunden.

Bevor alles wieder so werden würde wie vorher. Bevor der Zauber erlöschen und das Ungeheuer in seine heimische Höhle zurückkehren würde.

So fühlte es sich an. Das Ungeheuer. Der andere Mann.

Ihr Ehemann.

Sie hatten nur das hier, diesen flüchtigen, schönen Moment. Schon bald wäre auch dieser Augenblick nichts weiter als Sternenstaub und eine verblassende Erinnerung. Und es war noch nicht sicher, ob es überhaupt ein nächstes Mal geben würde.

KAPITEL 28

In dem grellen Licht konnte man jede Pore sehen.
Anton stützte sich mit den Händen am Waschbecken ab und betrachtete sein Spiegelbild. Er ließ seinen Blick von den Augen zur Nase wandern, über die Lippen und zum Kinn. Er begutachtete die Wölbung seiner Wangenknochen und die grüne Iris seiner Augen, die an den Rändern bräunlich war. Schließlich inspizierte er die leichten Krähenfüße, die sich seit einiger Zeit abzuzeichnen begannen.

Das erste graue Haar hatte er bereits an seinem letzten Geburtstag entdeckt. Auffällig hatte es abgestanden. Das war ein kleiner Schock gewesen, weil es ihn konkret daran erinnerte, dass er jedes Jahr älter wurde.

Jedes Jahr sah sein Gesicht müder aus, die Regeneration dauerte länger, und wenn er mal eine Nacht schlecht geschlafen hatte, dann machte das aus ihm einen mürrischen Zombie. Jetzt ging das alles vielleicht noch irgendwie, aber was wäre in zehn Jahren? Würde das Leben aus ihm einen echten Zyniker machen? Viele Jahre war er wie eine Dampflokomotive immer schnell nach vorne geprescht. Das zeigte sich an seinem Erfolg, aber hatte er darüber hinaus alles andere vergessen? Gab es im Leben nicht auch noch etwas anderes? Ein unangenehmer Gedanke. Viele Jahre hatte er es geschafft, ihn zu verdrängen.

Aber jetzt ließ ihn der Gedanke nicht mehr in Ruhe.

Das Klopfen an der Tür unterbrach seine Gedanken. Der Spiegel und das Selbstmitleid blieben. Anton zog sich ein T-Shirt über seinen nackten Oberkörper und öffnete die Tür.

»Ist alles in Ordnung? Du warst echt lange da drin.«

Ansku sah besorgt aus. Mit ernstem Gesichtsausdruck hatte sie am späten Nachmittag vor seiner Wohnungstür gestanden. Er war in den Autopsiebericht vertieft gewesen, den er mit nach Hause genommen hatte, um ihn sich noch mal in Ruhe anzusehen. Dem Treffen mit Ansku hatte er zugestimmt, obwohl er wusste, dass er nicht viel Zeit haben würde. Ärgerlicherweise war er für heute noch nicht fertig mit der Arbeit und müsste später noch einmal aufs Revier. Außerdem würde Topi Saari noch vorbeikommen, und Anton hatte sich fest vorgenommen, dem Mann ordentlich auf den Zahn zu fühlen. Helena Saari hatte mehr Fragen als Antworten hinterlassen. Die Ermittlungen konzentrierten sich jetzt hauptsächlich auf Ville und Topi.

»Hast du es eilig? Wir müssten mal reden ... Es gibt da eine Sache ...«, sagte Ansku und drehte sich ihm zu auf die Seite.

Anton unterbrach sie.

»Ich muss noch mal aufs Revier.«

In ihm regte sich sofort ein schlechtes Gewissen.

»Ich habe gerade wirklich viel Arbeit und muss mich darauf konzentrieren. Versteh das jetzt bitte nicht falsch, aber wir stehen kurz vor der Auflösung des Falls«, murmelte er und setzte sich im Bett wieder auf.

In den letzten Wochen hatten sie sich abends getroffen oder nachts, zu seltsamen Uhrzeiten. Ihre Tinder-Dates waren zu etwas anderem geworden, auch wenn er noch nicht begriff, was sich da gerade zwischen ihnen entwickelte.

Er sah Ansku prüfend an, streichelte ihr leicht übers Haar.

»Um ehrlich zu sein, glaube ich nicht, dass das mit uns eine gute Idee ist. Zumindest nicht auf lange Sicht«, sagte Anton.

»Was?«

Anton spürte, wie sein Gesicht rot anlief. Zwischen ihnen standen so viele unausgesprochene Worte. Er durfte sich dem nicht hingeben. Es war viel zu kompliziert.

»Wir ... haben doch nur Zeit miteinander verbracht. Trotz unserer Berufe. Ich ... Ich fand das mit uns schön«, sagte Ansku.

Antons Gesicht war heiß. Er hatte es auch so empfunden. Aber war er wirklich bereit für mehr? Anskus unruhige Energie versetzte auch ihn in Unruhe.

»Ich mag dich, aber wir haben nicht ausgemacht, exklusiv zu sein« fuhr Anton fort. »Ich bin kein Typ, der sich bindet, mein Leben ist sehr hektisch. Dazu kommt, dass du auch irgendwie in diesen Fall involviert bist. Das ist ja nicht mal ethisch vertretbar, dass ...«

»Ethisch vertretbar? Ist das jetzt dein Ernst? Ethik hat dich bisher doch auch nicht groß interessiert.«

Anton konnte sehen, wie sich Ansku bemühte, sich zusammenzureißen, aber es gelang ihr nicht ganz.

»Sollte das denn nicht auch von dir aus nur eine lockere Sache sein? Zumindest hast du das behauptet.« Anton klang herausfordernd, er war etwas verärgert und angespannt. Der Knoten um seine Brust schien sich die ganze Zeit immer mehr zuzuziehen. Er musste irgendwie aus dieser Situation herauskommen und mal Luft holen.

»Wir können doch Freunde sein ... oder so«, fuhr er fort.

Voller Verachtung schaute Ansku ihn an. Er wusste, dass sie ihn für ein Arschloch hielt. Für einen Spieler. Gerne hätte er das richtiggestellt, aber er konnte einfach nicht.

»Egal. Wir sehen uns dann irgendwann ... oder so.« Ansku zuckte mit den Achseln und machte eine wegwerfende Handbewegung, damit er merkte, dass das Gespräch für sie beendet war. Dann begann sie, ihre Klamotten zusammenzusuchen.

Früher hatte sich Anton immer über Frauen gewundert, die nach dem Sex einfach im Bett liegen blieben und schlimmstenfalls noch gefühlsduselig wurden. Für ihn waren solche Geschichten immer nur rein körperlich gewesen, aber jetzt war er selbst derjenige, der in die Falle getappt war. Am liebsten hätte er Ansku fest in seine Arme geschlossen, aber er musste Abstand wahren. Auf lange Sicht gesehen würde es nicht funktionieren.

»Hey, du brauchst jetzt nicht wegzulaufen, aber du weißt doch, wenn du mal vernünftig darüber nachdenkst … Ich bin nicht derjenige, für den du mich hältst. Sollten wir unsere Gefühle nicht aus der Sache raushalten?«, stammelte er.

Er berührte Anskus Schulter, ganz flüchtig. Dann schloss er die Augen, zog sie zu sich heran und nahm sie in die Arme. Warum schaffte er es nicht, sich von ihr zu lösen?

Ansku schubste ihn weg.

»Ich dachte, es läuft gut zwischen uns und dass du auch dieses Gefühl hast. Na ja, falsch gedacht. Bist du vielleicht verheiratet? Hat deine Frau etwas mitgekriegt und deshalb willst du es jetzt so plötzlich beenden?« Anskus Stimme war frostig.

»Verheiratet? Wie kommst du denn darauf?«, fragte Anton erstaunt.

»Ich habe das Bild auf dem Tisch dort gesehen. Das Schwarz-Weiß-Foto. Die Frau ist wirklich schön. Warum machst du mit anderen rum, wenn du so eine tolle Frau hast?«, rief Ansku.

Anton, der ganz blass geworden war, sah sie an. Dann drehte er sich weg.

Aurora.

Ansku hatte das Foto gesehen, und er wusste nicht, was er sagen sollte.

»Ich bin nicht der, den du brauchst. Ich bin kein Mann, den eine Frau wie du braucht«, presste Anton hervor.

»Woher willst du wissen, was eine Frau wie ich braucht? Anton, wir kennen uns nicht mal wirklich. Weiß sie, dass du bei Tinder bist?«

Anton setzte sich an den Bettrand. Das hier war anstrengend. Warum war die Situation plötzlich eskaliert? War nicht der Sinn von Tinder, zwanglosen Sex ohne diese ganzen Probleme zu haben? Ohne die Belastung durch Gefühle, Liebe und Verantwortung? Anton spürte einen Stich in seinem Herzen. Er selbst hatte auch Gefühle mit ins Spiel gebracht, ohne sich dessen bewusst zu sein.

»Ich bin nicht verheiratet«, sagte er schließlich erschöpft.

Ansku blickte auf und hob die Augenbrauen.

»Die Frau auf dem Foto ist meine Schwester.«

Ansku hörte auf, sich anzuziehen.

»Sie ist gestorben«, sagte Anton und fuhr sich durchs Haar.

Ansku sah ihn fragend an. Es waren Fragen, auf die er jetzt nicht antworten wollte. Er wusste, dass er irgendwann jemanden durch die Mauern lassen müsste, die er um sich herum errichtet hatte. Aber nicht jetzt. Er musste sich auf die Ermittlungen konzentrieren, er durfte keine Fehler mehr machen.

Vorsichtig näherte er sich Ansku, schlang seine Arme um sie. Diesmal protestierte sie nicht.

»Lass uns jetzt nicht mehr darüber reden. Es gibt keinen Grund, dass wir uns streiten«, flüsterte er ihr ins Ohr.

Er drückte sie ein bisschen fester.

Ansku seufzte und kuschelte sich an ihn.

»Ich hätte keine Fragen stellen sollen, das geht mich ja auch gar nichts an. Das mit deiner Schwester tut mir leid«, flüsterte sie.

Anton nahm ihr Gesicht in seine Hände.

»Schon gut. Irgendwann erzähl ich dir mehr. Ich kann noch zwanzig Minuten oder so hierbleiben, aber dann muss ich wirklich los. Willst du vielleicht etwas trinken? Und da gab es doch noch etwas, über das du reden wolltest, oder?«

Ansku nickte und lächelte. Sanft streichelte sie über seinen Rücken.

»Behalte das im Hinterkopf«, sagte Anton, zog seine Hose an und ging in die Küche.

Aber in Wirklichkeit brauchte er eine kleine Pause. Eine Pause um nachzudenken. Die Kühle der stillen Küche war wie eine Rettung, der kalte Marmorboden unter seinen nackten Füßen wirkte beruhigend.

Innerhalb weniger Sekunden hatte sich die Situation völlig verändert. Ansku war ehrlich gewesen und hatte ihm Fragen gestellt, die völlig legitim waren. Aber er hatte keine Antworten darauf. Ansku rief in ihm Eigenschaften hervor, von denen er nicht gewusst hatte, dass er sie besaß.

Er öffnete den Kühlschrank, blieb lange davor stehen und inspizierte den Inhalt. Er brauchte einige Minuten für sich, um sich zu sammeln, bevor er wieder zu Ansku zurückgehen würde.

»Willst du Cola oder was Alkoholisches?«, rief Anton.

Keine Antwort.

»Ansku?«

Stille.

Anton ging zurück ins Schlafzimmer.

Sie war nicht mehr da, der Raum war leer. Ihre Klamotten waren verschwunden, sie hatte auch keine Nachricht hinterlassen. Die Wohnungstür war nicht laut ins Schloss gefallen, Ansku war ganz leise rausgeschlichen.

Hatte sie sich über etwas geärgert?

Anton war müde. Noch mehr Spielchen …

Dann sah er auf dem Schreibtisch den Autopsiebericht liegen.

Aber dort hatte er ihn nicht hingelegt. Anton hatte die Plastikmappe ganz bestimmt auf die rechte Tischseite geworfen. Jetzt lag sie links.

Anton ging zum Tisch. Die Seiten hatten ordentlich in Kunststoffhüllen gesteckt. Er nahm die Mappe in die Hand. Es sah aus, als ob jemand die Papiere in aller Eile wieder zurückgestopft hätte.

Anton gab einen lautstarken Fluch von sich.

KAPITEL 29

»Ich kann's nicht glauben«, zischte Ronja Ansku zu und öffnete die Tür des gelb verputzten Hochhauses in Isokaari.

»Ich auch nicht«, zischte Ansku zurück und folgte Ronja durch den schummrigen Korridor.

Es war zehn Uhr am Samstagmorgen, aber die Geburtstagsfeier war so gelegt worden, dass sie in den Zeitplan der Familien passte. Es sollte ein anderthalbstündiges Geburtstagsprogramm geben und danach einen Mittagsschlaf für die Kinder. Ansku hatte unter ihrem Arm ein hübsch verpacktes Geschenk. Selbst wenn der Weltuntergang bevorstünde, würde Ansku nie vergessen, an solche Dinge zu denken. Und jetzt stand die Welt tatsächlich kopf.

Ronja war beinahe vom Stuhl gekippt, als sie am gestrigen Abend Anskus Nachricht erhalten hatte. Anscheinend war sie bei Mr. Tinder gewesen und hatte dabei zufällig den Autopsiebericht über Harri in die Finger bekommen, der bei Koivu offen zu Hause herumlag.

»Ich fass es nicht, dass du dich getraut hast, Fotos davon zu machen«, sagte Ronja aufgeregt.

»Ich weiß, dass es falsch war. Aber ich war sauer auf Anton – also Koivu – und habe in dem Moment gar nicht nachgedacht. Ob ich dafür wohl noch Ärger kriege ... Na ja, was passiert ist, ist passiert. Ich hoffe nur, dass er nicht gemerkt hat, dass ich die Mappe angefasst habe«, flüsterte Ansku, die besorgt klang.

Ronja wusste nicht, was sie dazu sagen sollte. Ihre Freundin war ein Risiko eingegangen und hatte dabei Ungeheuerliches herausgefunden!

»Also eine Schusswunde. Und dann auch noch Helena – Topis Mutter! Von allen Leuten auf dieser Welt ausgerechnet die. Total verrückt«, flüsterte Ronja.

Ansku nickte.

»Was hat das zu bedeuten? Kann dieser Vorfall etwas mit Papas Tod zu tun haben? Und warum hat er nie was davon erzählt? Ich war doch nur wenige Wochen später in den Weihnachtsferien in Finnland, und er hat kein Wort gesagt«, fuhr Ronja fort.

Beide überlegten, wie sie sich auf der Feier den anderen gegenüber verhalten sollten. Helena hatte damals den angeschossenen Harri ins Krankenhaus gebracht und behauptet, seine Angehörige zu sein. Das ergab doch alles keinen Sinn.

»Was zum Teufel sagen wir bloß zu Topis Mutter, wenn wir sie sehen? Oder zu Milla? Die sind gerade alle hinter dieser Tür«, fragte Ansku in gedämpftem Tonfall.

»Keine Ahnung«, erwiderte Ronja. »Am liebsten würde ich einfach reinmarschieren und sie zur Rede stellen. Aber wie sollen wir sie fragen? Warum war Helena bei Papa? Wer hat auf ihn geschossen? War es der gleiche Typ, dem es dann dieses Mal – zehn Jahre später – geglückt ist, ihn zu töten?«

Sie schauten sich an.

Ronja zuckte mit den Schultern. Sie suchte nach einer klaren Strategie, aber fühlte sich, als stünde sie im Nebel.

»Am besten verhalten wir uns erst mal ganz normal und versuchen, das hier irgendwie zu überstehen. Nach der Feier werden wir dann herausfinden, was hier los ist«, sagte Ansku schließlich und klingelte an der Wohnungstür.

»Hallo, wie schön, dass ihr gekommen seid! Kommt rein«, rief Milla fröhlich und schob ihre Freundinnen in die Wohnung. Sie trug ein Partykleid und hatte sich Locken gemacht. Keine Spur mehr von ihrem üblichen Hausfrau-und-Mutter-Stil, sie sah um Jahre jünger aus.

Hinter der Tür herrschte das absolute Chaos.

In der Wohnung hüpften und rannten Kinder herum. Der Lärm war ohrenbetäubend. Ein paar erschöpft aussehende Eltern standen im Wohnzimmer. Anscheinend kannten sie sich kaum, wurden aber aufgrund ihrer Kinder dazu genötigt, sich miteinander über belanglose Dinge zu unterhalten.

»Die Kinder packen noch Geschenke aus ... Isla, komm mal her und sag Hallo zu Ansku und Ronja. Isla, komm jetzt her!«, befahl Milla ihrer Tochter, allerdings ohne Erfolg.

Ansku und Ronja wechselten einen Blick.

»Wir legen das Geschenk einfach hier hin, und Isla packt es aus, wenn sie Zeit hat«, sagte Ansku diplomatisch und legte das hübsch verpackte Geschenk auf die Kommode im Flur.

»Und alles Liebe von den Patentanten«, sagte Ronja lächelnd.

»Isla wird's bestimmt gefallen«, sagte Milla und winkte sie herein. Dann stellte jemand Milla eine Frage, und sie verließ den Raum, aber nicht ohne sich vorher dafür zu entschuldigen. Sie präsentierte sich als perfekte Gastgeberin.

Ronja, die sich nicht wohl in ihrer Haut fühlte, blickte sich um.

Sie und Ansku waren auf dem Kindergeburtstag die einzigen Erwachsenen ohne Kind. Die beiden Freundinnen gingen in die Küche, wo sie in Sicherheit waren – vor neugierigen Blicken und dem ohrenbetäubenden Lärm. In der Küche standen auf dem Esstisch unter anderem selbst gemachte Brownies, salzige Piroggen und eine dreistöckige Torte. Der gedeckte Tisch war noch unberührt.

»Ich hatte noch gar keine Zeit, etwas zu essen«, sagte Ronja verlegen, schnappte sich heimlich eins der Hefeteilchen und steckte es sich in den Mund. Ansku folgte ihrem Beispiel und seufzte glücklich. Dieses Gebäck hatten sie schon als Kinder geliebt. Viele Stunden hatten sie in der Küche von Millas Familie verbracht und diese köstlichen, weichen Butterteilchen verputzt. Nichts war schöner, als nach einem Schultag diese wunderbare Mischung aus Kardamom, fettigem Teig und Zucker zu genießen.

»Die sind immer noch saugut!«, lachte Ansku mit vollem Mund, und Ronja nickte.

Sie wollte sich gerade leise über den langweiligen Kindergeburtstag beschweren, als jemand die Küche betrat.

Topis Mutter!

»Hallo! Schön, dass ihr es auch geschafft habt. Und das mit deinem Vater tut mir sehr leid, Ronja. Er war ein guter Mann«, sagte Helena und nickte Ronja zu.

Die Frau war Rentnerin, sah aber trotzdem jung aus. Sie war leicht geschminkt, und ihre Haare waren kurz und modisch geschnitten. Ein Wickelkleid betonte ihre tadellose Figur. In ihren Zwanzigern war sie bestimmt atemberaubend hübsch gewesen. Ein Wunder, dass sie nicht noch mal geheiratet hatte, obwohl sie bestimmt viele Verehrer hatte. Wahrscheinlich war die Beziehung zwischen Mutter und Sohn deshalb so eng. Ronja kannte Helena zwar nicht wirklich, doch sie verließ sich, was das betraf, auf Millas Erzählungen.

»Hallo …« Ronja verschluckte sich an ihrem Gebäckstück und musste husten.

In ihrem Kopf fuhren die Gedanken Achterbahn.

Papa. Die Schusswunde. Der Notdienst. Der Mord.

Verwirrt schaute Ronja Helena an.

»Kanntest du meinen Vater eigentlich?«, platzte es schließlich aus ihr heraus, bevor sie sich zurückhalten konnte.

Helena, die gerade eine Blumenvase aus dem Schrank holte, hielt inne. Sie sah Ronja prüfend an. Ihre blauen Augen schienen sich zu verdunkeln.

Es war, als ob sich Helena an etwas erinnern würde, das gerade an die Oberfläche drängte.

»Wir kannten Harri doch alle, das weißt du doch«, entgegnete Helena, auf deren Wangen eine leichte Röte zu erkennen war.

»Ich meine, persönlich. Schließlich wart ihr im gleichen Alter und so ... Hattet ihr in letzter Zeit etwas miteinander zu tun?«, fragte Ronja, die nicht wusste, was als Nächstes aus ihrem Mund herauskommen würde.

»Ronja ist schon so lange nicht mehr in Finnland, sie will einfach mehr über ihren Vater wissen«, warf Ansku schnell ein.

Helena sah sie mit einem merkwürdigen Gesichtsausdruck an.

»Das mit deinem Vater tut mir wirklich sehr leid. Er war wichtig für uns alle. Für die Gemeinde. Es war eine schreckliche Art zu gehen. Aber ich bin mir nicht sicher, was du gerade genau wissen willst. Wir kannten uns aus der Schule, waren Klassenkameraden. Natürlich kannte ich ihn.« Helena starrte auf ihre Hände, in denen sie noch die Blumenvase hielt. Dann schaute sie wieder Ronja an.

»Ich weiß, dass ihr auch später etwas miteinander zu tun hattet«, sagte Ronja.

Ansku zog Ronja am Ärmel, aber vergebens.

»Papa wurde ermordet, und ich suche nach Antworten. Was genau hattest du mit ihm zu tun? Kommt dir dabei vielleicht eine gewisse Schießerei in den Sinn, die sich vor zehn Jahren ereignet hat?« Ronja sah die Frau an.

Helena erstarrte. Ronja wusste nicht, ob die andere gleich in Tränen ausbrechen oder losschreien würde.

»Schießerei? Mord? Ich habe bereits mit der Polizei geredet. Ich habe keine Geheimnisse und habe schon alles erzählt, was ich weiß. Also praktisch nichts. Tut mir wirklich leid, Ronja. Du stehst bestimmt unter Schock, aber gib nicht mir die Schuld für etwas, mit dem ich nichts zu tun habe.«

Ronja starrte sie weiterhin an.

»Ich glaube, ich werde drüben gebraucht. Schließlich bin ich Islas Oma, und das hier ist ihre Feier«, sagte Helena dann und ging schnell zurück ins Wohnzimmer.

Wie benommen schaute Ronja ihr hinterher. Was hatte sie getan? Warum war sie so aggressiv gewesen? Sie kannte Helena ja noch nicht mal wirklich, aber griff sie trotzdem auf der Geburtstagsfeier ihrer Enkelin an. War sie eigentlich nicht mehr ganz richtig im Kopf? Topis Mutter war wohl kaum jemand, der andere Leute anschoss oder erwürgte.

»Das lief jetzt ja nicht so toll, vielleicht hätte man die Fragen etwas ... hm ... dezenter stellen sollen. Ob sie wohl gekränkt ist?«, zischte Ansku, sodass Ronja die Keksbrümel ins Gesicht flogen.

Ronja schüttelte den Kopf. Sie war frustriert und verärgert. Und müde.

»Wir müssen mehr herausbekommen. Papa wurde ermordet, und dann taucht da der Name von Topis Mutter auf – im Zusammenhang mit einer Schießerei, verdammt noch mal! Papa war in irgendwas verwickelt, und ich hab nicht die leiseste Ahnung, in was. Eigentlich weiß ich auch nicht, ob ich es überhaupt wissen will. Aber jetzt gibt es zumindest einen Menschen, der nachweislich involviert war. Das war eben die beste Möglichkeit, um sie zu überraschen. Man sollte doch meinen, dass sie, wenn sie ganz unschuldig ist, auch kein Problem damit haben sollte, darüber zu reden«, fauchte Ronja aufgeregt.

Ansku seufzte geduldig.

»Ich weiß ja nicht, ob das die beste Art war. Wenn sie sowieso schon mit der Polizei geredet hat? Ich schätze, dass sie dir nach dieser Aktion gar nichts mehr freiwillig erzählen wird. Und zudem wissen wir auch nur das, was in Koivus Papieren steht, und nicht, was wirklich passiert ist«, sagte Ansku schulterzuckend und schnappte sich dann noch einen Keks.

Ronja wollte gerade etwas Gepfeffertes erwidern, als Milla mit knallrotem Gesicht in die Küche gestürmt kam.

»Was zum Teufel habt ihr beiden mit Helena gemacht?! Sie war völlig außer sich, als sie aus der Küche kam. Und als ich sie fragte, was los ist, ist sie in Tränen ausgebrochen und aus der Wohnung gestürmt. Topi ist ihr sofort hinterhergerannt. Meine Güte, das hier ist Islas Geburtstagsfeier! Und was macht ihr?« Mit in die Seite gestützten Armen stand Milla mitten in der Küche und starrte Ronja und Ansku wütend an.

»Wir haben sie doch nur gefragt, woher sie Papa kannte«, begann Ronja vorsichtig, aber wurde von Milla unterbrochen, bei der offenbar eine Grenze überschritten worden war.

»Ich verstehe ja, dein Vater ist gestorben und das alles. Aber das hier ist immer noch ein Kindergeburtstag!«

Ronja schaute zu Ansku. Diese zuckte mit den Achseln, ihr Gesichtsausdruck war vielsagend. Ansku hatte Ronja gewarnt und gesagt, sie solle sich zurückhalten, aber es war umsonst gewesen.

»Die Polizei erzählt mir ja nichts. Da habe ich mir gedacht …«

»Warum sollten sie dir etwas erzählen? Sie sind nicht dazu verpflichtet. Und was um Himmels willen wolltest du von Helena? Sie hatte überhaupt nichts mit deinem Vater zu tun.«

Über Millas Gesicht schien eine riesige Gewitterwolke zu ziehen, aber Ronja war nun ihrerseits zornig.

Milla war sich in ihren Entscheidungen und Ansichten immer so verdammt sicher. Milla machte nie etwas Dummes, in ihrem Leben war immer alles perfekt – bis ins kleinste Detail.

»Als Tochter habe ich ja wohl das Recht, mehr zu erfahren! Und außerdem habe ich herausbekommen, dass Helena irgendwie in das Ganze verwickelt ist«, schimpfte Ronja wütend.

»Verwickelt? Und das hast du herausbekommen? Was tust du eigentlich? Helena ist in überhaupt nichts verwickelt! Hörst du dir eigentlich selbst mal zu? Du hast doch völlig den Verstand verloren, und jetzt beschuldigst du auch noch anständige Leute. Du vertraust weder der Polizei noch irgendjemand anderem«, zischte Milla zurück.

Ronja merkte, wie ihr Tränen in die Augen traten, aber sie hielt sie zurück.

»Ronja hat niemanden wirklich beschuldigt …«, ging Ansku jetzt dazwischen, aber als sie den Ausdruck auf Millas und Ronjas Gesichtern sah, zog sie sich wieder etwas zurück.

»Sag ruhig, was du denkst. Deiner Meinung nach bin ich also nicht ganz richtig im Kopf. Ich wusste es!«, schrie Ronja.

»Ich sage nicht, dass du verrückt bist. Du musst nur damit aufhören, unschuldige Leute zu beschuldigen, und du musst die Polizei in Ruhe ihre Arbeit machen lassen. Und jetzt mal im Ernst, du solltest mal diese Traumata aus deiner Jugend in Angriff nehmen. Ich habe das Gefühl, dass du nie verarbeitet hast, dass deine Mutter euch verlassen hat«, schimpfte Milla.

Ronja verlor die Nerven. Was redete Milla da eigentlich? Hatte sie in all den Jahren schon immer so gedacht? Offensichtlich kam jetzt alles ans Tageslicht.

»So denkst du also in Wahrheit über mich? Dass ich überhaupt nicht nachdenke, sondern immer nur mit dem Kopf durch die Wand will?« Jetzt kam sie erst richtig in Fahrt. »Und überhaupt, was ist eigentlich mit dir los? Du hast dich und dein eigenes Leben doch komplett vergessen. Ich verstehe nicht, wie du das aushältst. Du bist immer nur zu Hause und verhätschelst deinen Mann, du hast dich total in deiner Mutterrolle verrannt!«, schrie Ronja unüberlegt und wies auf die perfekt zubereiteten Speisen.

Sie wusste, dass sie Milla an einem wunden Punkt getroffen hatte. Familie war das, was sich Milla immer gewünscht hatte, aber die Verwirklichung dieses Traums hatte auch bedeutet, dass sie ihr vorheriges Leben komplett aufgeben musste. Doch was sollte man machen, wenn man wegen der Kinder immer im Stress war? In den vergangenen Jahren bestand Ronjas und Millas Kontakt meistens aus kurzen Telefonaten, schnell getippten WhatsApp-Nachrichten und chaotischen Treffen, bei denen Milla mit ihren Gedanken meistens woanders war. Ihr Leben war zu einem Durcheinander aus stinkenden Windeln, durchwachten Nächten und grauen Tagen geworden.

Jetzt funkelte es in Millas Augen.

»Ich wusste es! Ich wusste, dass du so über mich denkst. Gerade in letzter Zeit hat man dir angemerkt, dass du keinerlei Verständnis dafür hast, was es bedeutet, eine Mutter zu sein. Du bist total egoistisch, und deshalb wirst du auch immer alleine bleiben. Du kapierst ja noch nicht mal, wie frei dein Leben ist. Aber du vergeudest dein Leben mit so einem albernen Bullshit.« Milla schrie fast.

»Egoistisch?«

»Das sieht man doch auch bei der Sache mit deinem Vater. Wann hast du dir denn mal die Mühe gemacht, nach Finnland zu kommen, um ihn zu sehen? Du treibst dich lieber in London herum, und jetzt suhlst du dich in Selbstmitleid. Du warst eine beschissene Tochter. Und jetzt, da er tot ist, veranstaltest du bloß Chaos und lässt die anderen für dich arbeiten. Versuchst, irgendwas aus ihnen herauszupressen, und suchst nach Enthüllungen, die es gar nicht gibt!«, setzte Milla ihre Tirade fort.

»Ausgerechnet du sagst das! In deinem Leben dreht sich doch alles nur noch um Babys, Babys, Babys. Kinder hier und Kinder da. Ich frage mich wirklich, wo die alte Milla geblieben ist. Die hat man schon seit Jahren nicht mehr gesehen.«

Die Luft zwischen ihnen hätte man zerschneiden können.

»Mama, können wir Kuchen haben?«

In die Küche kamen ein paar kleine Mädchen, die mit großen Augen in der Tür stehen blieben und das Drama beobachteten, das sich gerade vor ihren Augen abspielte.

Milla schreckte auf und wischte sich schnell über die Augen. Sie schien sich wieder zusammenzureißen, zupfte ihren Rocksaum gerade.

»Natürlich, mein Schatz«, erwiderte Milla und setzte ein Lächeln auf.

Wortlos starrte Ansku ihre Freundinnen an, die sich jetzt wie Salzsäulen gegenüberstanden.

»Ich glaube, dass Ronja jetzt die Feier verlassen sollte«, sagte Milla mit eisiger Stimme und folgte dann den tobenden Kindern ins Wohnzimmer.

Ronja, die sich ihre Jacke unter den Arm geklemmt hatte, rannte auf die Straße und ließ ihren Tränen freien Lauf. Der Nieselregen verschmierte auch den letzten Rest ihrer Mascara und hinterließ schwarze Streifen auf ihrem Gesicht. Sie zitterte wegen der dünnen Kleidung und weil sie so geschockt war. Sie wusste nicht, was sie jetzt tun sollte, aber ihre Füße trugen sie automatisch immer weiter. Ronja merkte es noch nicht mal, als der Weg endete und in einen schmaleren, sich schlängelnden Sandweg überging.

Ihr Gesicht glühte. Vielleicht war sie ja wirklich eine Egoistin. Und eine beschissene Tochter. War sie ein Unglücksrabe, der nur Kummer mit sich brachte, ganz egal, wohin sie ging? Kümmerte sie sich wirklich nicht um andere Menschen, sondern nur um sich selbst? Das Band zwischen ihr und Milla, das im Laufe der Jahre langsam immer dünner geworden war, war nun endgültig zerrissen. Sie führten beide so unterschiedliche Leben. Unglaublich, dass noch vor wenigen Wochen die Arbeitslosigkeit Ronjas größtes Problem gewesen war.

Sie seufzte, ihr wurde bewusst, wie sehr sie in ihrem Kleid fror. Sie zog sich ihren Wintermantel an und nieste. Mit dem Jackenärmel wischte sie sich über ihre laufende Nase.

Der Sand unter ihren Füßen knirschte. Der Pfad war jetzt schmaler, die niedrigen Büsche, die den Weg gesäumt hatten, waren durch hohe Laubbäume abgelöst worden. Das schimmernde Meer glitzerte hinter dem Blattwerk.

Ronja sah auf. Gedankenverloren war sie am Ufer in Richtung Vaskiniemi gelaufen. Das Gebäude des Saunavereins war nicht mehr weit. Auch dieser schöne gemeinsame Moment mit ihren Freundinnen schien bereits eine Ewigkeit her zu sein.

Aus dem Augenwinkel sah sie etwas vorbeihuschen.

Sie erwachte aus ihrem Selbstmitleid und warf einen Blick hinter sich. Der sich schlängelnde Sandweg war leer. Ronja überkam ein merkwürdiges, bekanntes Gefühl. Die Bäume und Büsche wirkten seltsam regungslos, und auch von den Vögeln war nichts zu hören.

Gleiches galt für den Wind, stattdessen herrschte schwerelose Stille. So als ob man über den Mond spazieren würde.

Ronja spürte, wie ihr Herz klopfte. Jemand beobachtete sie. Es war das gleiche alte Gefühl, es war die gleiche Gestalt. Sie war wieder da.

Auf dem Sandweg drehte sich Ronja noch einmal um und spähte beunruhigt in die Büsche, in die Bäume, auf den Weg. Niemand zu sehen. Aber das Gefühl blieb. Jemand war hier.

Ronja wurde schneller, zum Schluss rannte sie. Sie wusste, dass sie nicht stehen bleiben durfte. Die Angst kroch ihr unter die Haut, ließ sie frösteln. Der holprige Boden brachte sie in ihren hohen Stiefeletten zum Stolpern. Trotzdem lief sie immer weiter, auch wenn sie nicht wusste, wohin. Der einzige Gedanke war, dass sie unbedingt von diesem schmalen Weg runter musste. Irgendwohin, wo sie ihren Verfolger besser sehen konnte.

Schnell wurde das Grün von einem flachen Parkplatz abgelöst, und das dunkle brausende Meer kam in Sicht. Vor ihr auf der rechten Seite erschien in der Nähe des Ufers ein bekanntes, doppelstöckiges weiß gestrichenes Gebäude: der Saunaverein. Ronja war bis zur nordwestlichen Inselspitze gelaufen. Sie blieb stehen, keuchte und blickte sich unruhig um.

Kein Mensch zu sehen.

Um das Gebäude herum war es friedlich, der Saunaverein war noch geschlossen und würde wohl erst in ein paar Stunden öffnen. Auf dem Parkplatz standen nur wenige Autos.

Das Gefühl legte sich trotzdem nicht. Ronja wusste, dass hier irgendetwas oder irgendjemand war. Es gab einen Grund, warum sie unbewusst hergekommen war. Genau hierher. Sie konnte den umherirrenden Gedanken nicht lokalisieren, bekam ihn nicht zu fassen.

Ronja ging zur Eingangstür des Gebäudes. Eine aus Brettern gefertigte Rampe führte zu einer unter dem Vordach versteckten Tür. Ronja zog an der Klinke. Abgeschlossen. Natürlich. Sie spähte durchs Fenster, das neben der Tür war. Drinnen war es dunkel. Sie brach in Gelächter aus und merkte selbst, wie hysterisch es klang.

Es hatte keinen Zweck. Sie müsste umkehren, zurück in die Wohnung ihres Vaters gehen und sich mal richtig ausruhen.

Ronja ging die Rampe hinunter und zurück zum Parkplatz. Sie entschied sich dazu, über die gut beleuchtete und viel befahrene Lauttasaarentie-Straße zurück nach Hause zu gehen. Aber aus irgendeinem Grund war das unangenehme Gefühl zurückgeblieben. Der schmale, durch den Wald führende Sandweg war für ihre angespannten Nerven nicht gerade verlockend. Ihre Sinne waren aufmerksam, sie hatte das Gefühl, als ob jede Zelle in ihrem Körper in Alarmbereitschaft wäre.

Panisch drehte sie sich zu einem separat stehenden Saunagebäude hinter dem Haupthaus um.

Die Gestalt schaute sie von der Saunatür aus an. Starrte sie geradezu an.

Dann rannte sie los.

Wie von der Tarantel gestochen lief Ronja ihr hinterher.

»He, warte!«, rief sie und versuchte auf der leichten Steigung die Balance zu halten.

Die Gestalt rannte zur Hintertür des Hauptgebäudes, riss sie auf und schlüpfte hinein.

Ronja war nur wenige Meter hinter ihr und machte einen Sprung, um sie noch zu erwischen. Aber die Tür knallte vor ihrer Nase zu. Verdammt! Sie zerrte an der schweren Holztür. Sie musste einfach aufgehen. Ronja musste unbedingt herausfinden, wer sie verfolgte und ständig beobachtete.

»Ich will mich doch nur unterhalten, ich will dir nichts Böses«, rief sie mit leiser Hoffnung in der Stimme.

Stille.

Nervös trat sie gegen die schwere Holztür, aber diese bewegte sich keinen Zentimeter.

Ronja setzte sich auf einen großen kühlen Stein neben der Hintertür und atmete aus. Sie konnte nicht mehr. Sie brauchte Ruhe und Frieden und vermutlich auch einen Psychotherapeuten. Sie jagte Phantome und imaginäre Wesen.

Die Tür knarrte.

Ronja sprang auf, das Herz klopfte ihr bis zum Hals.

Sie hatte nichts dabei, womit sie sich hätte verteidigen können.

Eine blasse Frau spähte durch den Türspalt.

Ronja erkannte das Gesicht. Es war die Frau, die sie vor einigen Wochen im Oktober am Empfang des Saunavereins angesprochen hatte. Diese Frau wusste, wer sie war.

»Beruhige dich und komm rein!«

KAPITEL 30

Im Korridor des Polizeireviers war es leer und ruhig. Anton und Oona warteten geduldig.

»Da kommt er.«

Ein müde aussehender Familienvater näherte sich ihnen mit einem Handy in der Hand. Beim Gehen schaute er auf das Telefon und tippte hektisch irgendetwas. Erst als er den Raum betrat, blickte er auf.

»Topi Saari?« Anton hielt ihm die Hand hin und stellte sich dann kurz vor.

Topi sah verwirrt aus, dann ließ er sich auf einen der Plastikstühle plumpsen.

»Ich verstehe nicht, warum ich kommen sollte«, murmelte er und kratzte sich am Kopf. Er sah beunruhigt aus.

Anton nickte und setzte sich neben ihn. Das sagten sie immer, und oft waren es genau diese Typen, die etwas zu verbergen hatten.

»Wir wollten mit Ihnen sprechen. Es war etwas schwierig, Sie zu erreichen.«

Topis Gesicht verfinsterte sich.

»Ich habe keine Zeit, um auf Anrufe mit unbekannter Nummer zu reagieren. Meine Tochter hatte erst vor Kurzem ihre Geburtstagsfeier, die verlief nicht so reibungslos. Und mit Frauen gibt es ja immer irgendein Drama«, knurrte Topi.

»Wie dem auch sei, wir wollen Ihnen jedenfalls gern ein paar Fragen stellen, die etwas mit Harri Vaaras Tod zu tun haben«, sagte Oona und setzte sich.

»Harri? Der Vater von Ronja? Darüber weiß ich nichts. Über Ronjas Leben kann ich Ihnen sowieso nichts sagen«, erwiderte Topi verärgert und steckte das Telefon in die Tasche.

Neugierig beobachtete Anton den Gefühlsausbruch des Mannes. Über irgendetwas ärgerte er sich. Oder war er nervös?

»Wo waren Sie am Sonntag, dem 24. Oktober?«

Topi kratzte sich am Kopf.

»Äh, weiß ich nicht mehr. Nein, Moment mal, abends war ich mit Janne und Peksi Bier trinken. Wir waren ziemlich lange in der Kneipe, bestimmt bis Mitternacht, bis die zugemacht haben. Dann kam ich nach Hause. Janne und Peksi können bestätigen, wo ich war, rufen Sie doch die mal an. Ich geb Ihnen die Nummern.«

Anton nickte.

»Wir haben bereits mit Ihrer Mutter gesprochen. Sie hat auch gesagt, dass sie Harri kaum kannte …«

»Also meine Mutter hat nun wirklich nichts mit der Sache zu tun!«, unterbrach ihn Topi.

Anton bemerkte Oonas nachdenklichen Gesichtsausdruck. Topi schien nervös zu sein. Als seine Mutter erwähnt wurde, ging er sofort in die Defensive.

»Warum sagen Sie das? Oder woher wollen Sie das wissen, sollte ich wohl lieber fragen?«

»Meine Mutter ist Rentnerin. Sie ist mit Sicherheit keine Mörderin und hat sonst auch nichts falsch gemacht. Sie hat ein hartes Leben gehabt, aber das verstehen Sie sowieso nicht … Meine Mutter ist eine gute Mutter gewesen, sie hat alles für mich getan.«

»Wir haben überhaupt nicht über Mord geredet«, sagte Anton scharf.

Daraufhin wurde Topi rot und verstummte.

»Hat Ihre Mutter Harri Vaara gekannt?«, fragte Oona noch mal.

Die Luft schien dicker zu werden.

»Ich weiß ja nicht, was Sie meiner Mutter vorwerfen, aber sie ist mit Sicherheit in nichts Dubioses verwickelt. Sie ist selbst ein Opfer. Ein Opfer der Umstände. Und Harri war bestimmt nicht ohne Fehler. Und seine Tochter auch nicht«, antwortete Topi barsch.

»Was meinen Sie damit?«

Topi starrte vor sich hin.

»Na ja, was ich so von meiner Frau Milla gehört habe … Harris Frau hat ihn verlassen, und sie hatte bestimmt ihre Gründe.«

»Inwiefern?«

»Na ja, warum verlassen Frauen ihre Männer … Normalerweise nicht völlig ohne Grund.«

Topi schaute Anton an, der matt lächelte.

Der Typ war unangenehm und versuchte sich vor der Befragung zu drücken, indem er jetzt auf Kumpel machte. Aber Anton kaufte ihm seine Vorstellung nicht ab. Topi Saari wusste mit Sicherheit mehr über seine Mutter, als er zugab.

»Hatten Sie etwas mit Harri Vaara zu tun?«, fragte Oona.

Topi schaute sie an.

»Nein, ich hatte mit Ronjas Vater überhaupt nichts zu tun.«

»Sie sind ihm nicht mal zufällig in seiner Hauseinfahrt begegnet?«, fragte Anton.

Topi schien die Frage nicht zu verstehen. Eine leichte Röte breitete sich von seinen Wangenknochen bis zu seinen Ohren aus.

»In seiner Hauseinfahrt?«

»Ja.«

»Ich habe Harri schon seit Jahren nicht mehr gesehen. Zuletzt wahrscheinlich bei Ronjas Abschlussfeier oder so. Ich kannte den Mann gar nicht wirklich«, sagte Topi, auf dessen Gesicht jetzt Flecken zu sehen waren.

»Besitzen Sie zufälligerweise eine dunkelblaue Windjacke, auf deren Rücken ein weißes Logo abgebildet ist?«

Topi sah Anton erstaunt an, die Frage schien ihn zu überraschen.

»Windjacke? Was soll das denn jetzt?« Topi verhaspelte sich und zupfte nervös an seinem schwarzen Hemd.

»Genau, eine Windjacke. Blau. Fällt Ihnen dazu etwas ein?« Anton schaute den Mann ruhig an. Topi schien sportlich zu sein, ein Eishockeyspieler-Typ. Windjacken dürfte er vermutlich haufenweise haben. Sollten sie vielleicht eine Hausdurchsuchung bei ihm machen?

Topi wurde knallrot.

»Ich habe ... beziehungsweise hatte tatsächlich eine blaue Windjacke, aber ich habe mit diesem Fall nichts zu tun, das schwöre ich!«, stammelte Topi.

Topi sah plötzlich wirklich verängstigt aus – welch eine Veränderung! Anton nickte ihm aufmunternd zu, er solle fortfahren.

»Vor über einem Monat habe ich sie verloren. Ja. Ende September. Meine Frau Milla hat mich zu diesem Saunaverein mitgeschleppt, sie ist da Mitglied und liebt diesen schmuddeligen Ort aus unerfindlichen Gründen. Aus Versehen habe ich die Jacke in der Umkleidekabine hängen lassen und hab's erst zu Hause gemerkt. Vor ein paar Tagen haben sie mich deswegen angerufen, ich hatte bis jetzt aber keine Zeit, sie abzuholen«, erzählte Topi und wand sich auf seinem Stuhl.

Anton konnte nicht glauben, was er da hörte. Der Typ gab tatsächlich zu, dass er eine blaue Windjacke besaß! Das bedeutete, dass er gerade unheimlich verdächtig geworden war. Aber sie konnten ihn trotzdem nicht verhaften. Zuerst müssten sie die Jacke bekommen und diese genauer untersuchen.

»Ach so, wie schön, dass die Jacke wieder aufgetaucht ist. Sie haben sicher nichts dagegen, wenn wir Ihre Geschichte überprüfen und die Jacke holen, um sie zu untersuchen«, sagte Anton mit ruhiger Stimme.

»Verdächtigen Sie etwa mich? Ich schwöre, dass ich die Jacke schon seit Langem nicht mehr benutzt habe. Ich habe nichts getan ...«, stammelte Anton und verstummte dann.

»Zu diesem Zeitpunkt überprüfen wir nur die Fakten, das gehört zu unserem Job«, sagte Anton.

Dann blickte er aufmunternd Oona an, damit sie weitermachte.

»Was ist mit Ronja Vaara? Sie kennen sich ja schon lange«, fuhr Oona lächelnd fort.

»Hat Milla Ihnen etwa irgendwas erzählt?«, zischte Topi und stand auf. Er ging auf und ab und raufte sich die Haare.

Mit ausdrucksloser Miene beobachteten Anton und Oona den schimpfenden Mann.

»Ich muss jetzt wirklich los. Ich muss mich um meine Kinder kümmern, das verstehen Sie bestimmt. War das dann alles?«, fragte Topi, holte das Handy aus der Tasche und zog den Reißverschluss seiner Jacke zu.

Anton nickte. Sie könnten ihn ruhig gehen lassen. Wenn nötig, würden sie ihn einfach wieder herbestellen. Jetzt war es erst mal das Wichtigste, so schnell wie möglich diese Windjacke aus dem Saunaverein zu holen. Sie müssten sie mit dem Foto vergleichen, das Oliver aufgenommen hatte. Im besten Fall würden sie vielleicht sogar Harris DNA-Spuren darauf finden.

»Von uns aus können Sie gehen. Falls es nötig sein sollte, melden wir uns bei Ihnen. Bleiben Sie also erreichbar, und machen Sie sich keine Sorgen wegen der Jacke, Sie bekommen sie zurück, sobald die Untersuchungen abgeschlossen sind«, sagte Anton.

Topis Wangen färbten sich bordeauxrot, dann eilte er aus dem Raum.

Anton schaute Oona an.

»Was hatte diese letzte Bemerkung wohl zu bedeuten? Gibt es etwa Probleme in seiner Ehe?«

Oona nickte.

»Das bedeutet natürlich nicht, dass er ein Mörder sein muss. Und er ist auch nicht automatisch einer, weil er zufällig eine blaue Windjacke besitzt. Was hat er wohl angestellt, von dem seine Frau nichts wusste?«, überlegte Oona.

Anton nickte. Etwas an dem, was er gesagt hatte, war seltsam gewesen.

»Er schien mehr Angst davor zu haben, dass wir ihn mit Ronja in Verbindung bringen, als dass er sich Sorgen wegen der Jacke machte. Warum wollte er unbedingt den Eindruck erwecken, dass er Ronja nur flüchtig kennt? Das kann ja auch nicht ganz stimmen. Ronja ist schließlich eine gute Freundin seiner Frau, und die kennen sich schon ewig«, fuhr Anton fort.

»Stimmt. Vielleicht versucht sich Topi von der ganzen Sache zu distanzieren, indem er behauptet, Ronja kaum zu kennen. An sich verständlich, weil er bei seiner Mutter ja auch sehr behütet zu sein schien. Keine Ahnung, warum das so ist. Ich hatte jedenfalls das Gefühl, als ob er letztendlich fast mehr verraten hat, als er wollte«, überlegte Oona.

Anton nickte. Seine Gedanken kehrten zu Ronja zurück.

»Es kommt mir so vor, als ob die Geschichten von allen, die wir vernehmen, immer zu der Tochter des Verstorbenen zurückkehren«, überlegte Anton.

Oona schaute ihn an.

»Ja, es ist seltsam, dass sie bei allen merkwürdigen Ereignissen im Mittelpunkt steht. Und zwar immer. Und sie gab zu, dass sie nur wenige Tage vor Harris Tod einen Streit hatten. Natürlich bedeuten Meinungsverschiedenheiten nicht automatisch, dass jemand gewalttätig wird, aber Ronja schien beunruhigt zu sein, als ich den Streit ansprach«, fuhr Anton fort.

Oona nickte. Unbestreitbar war Ronja immer überall dabei, wo etwas passierte, und das von Anfang an.

Anton stand auf und begann, fieberhaft hin und her zu laufen.

»Warum hatte ich bei Topi das Gefühl, dass er Harri verabscheute? Und dann sagte er über seine Mutter, dass sie ein Opfer der Umstände war. Was hat er damit gemeint?«

»Der Vorfall mit dem Schuss? Willst du damit sagen, dass Helena – oder Topi – Harri vor Jahren angeschossen hat?«

»Ich sage noch gar nichts, aber ohne Zweifel schien dieser Topi mehr zu wissen, als er zugegeben hat. Viel mehr. Und auch zeitlich würde es passen. Topi und seine Mutter waren schon nach Finnland zurückgekehrt, als sich der Schießvorfall ereignete. Aus irgendeinem Grund überlebte Harri trotzdem. Aber zehn Jahre später – Bam! – liegt er tot am Kasinoranta.«

»Sie wohnten in Spanien, von wo auch die Karten verschickt wurden. Dann kehrten sie nach Finnland zurück. So wie sich auch der Versandort der Karten änderte. Aber der Zeitpunkt des Umzugs passt zeitlich nicht zu den Karten«, sagte Oona.

Anton überlegte einen Moment.

»Das kann auch ein Ablenkungsmanöver sein. Ansonsten passt alles zusammen. Zu gut sogar. Vielleicht haben sie Hilfe bekommen. Von jemandem, der im Ausland lebte. Jemand, den keiner verdächtigen würde.«

Oona lächelte.

»Stimmt. Und jetzt behaupten sowohl Helena als auch Topi schamlos, dass sie Harri und Ronja kaum kannten.«

»Das stinkt zum Himmel«, sagte Anton und nickte.

Sie sahen sich noch einmal die Unterlagen an.

Sie waren durch die Dinge, die Ronja passiert waren, abgelenkt gewesen und hatten sich deshalb ihren Hintergrund gar nicht näher angeschaut.

Oona runzelte die Stirn. »Es stellt sich dann nur noch die Frage, warum Ronja, Topi oder Helena Harri aus dem Weg räumen wollten.«

KAPITEL 31

»Möchtest du Kaffee? Du siehst aus, als ob du gleich erfrierst«, sagte die Frau mit sanfter Stimme.

Ronja nickte. In ihrer Aufregung hatte sie nicht mal gemerkt, wie kalt ihr wirklich war.

Sie saß an einem schlichten Tisch im Restaurant des Saunavereins. Die Frau hatte den Ofen in der Mitte des Raums angemacht, obwohl es nicht mal Abend war. Die Wärme ließ Ronjas Glieder langsam auftauen.

Die andere holte eine Tasse Kaffee, reichte sie Ronja und setzte sich. Ronja nippte an dem warmen Getränk und spürte, wie die Flüssigkeit den Eisklumpen in ihrem Inneren zum Schmelzen brachte.

Schweigend blickten sie sich an. Erst jetzt konnte Ronja die Frau richtig erkennen. Früher war sie bestimmt einmal schön gewesen, aber das Leben hatte Spuren in ihrem Gesicht hinterlassen. An jenem Abend, als sie sich zum ersten Mal begegnet waren, hatte ihr Gesicht geradezu geleuchtet, meinte sich Ronja zu erinnern. Aber vielleicht war es damals ja auch nur das Abendlicht gewesen. Jetzt sah sie blass und erschöpft aus. Ihre Augen lagen tief in den Höhlen, die Haut wirkte ledrig. Ihre Lippen waren aufgesprungen, und ihr Haar hatte sie nachlässig zu einem Pferdeschwanz zusammengebunden. Ihre Kleidung war verschlissen und ausgeblichen. Das Alter der Frau konnte Ronja nicht schätzen.

»Wer bist du?«, fragte Ronja.

Die andere lächelte Ronja an.

»Ich wollte dich nicht erschrecken, ich habe keine bösen Absichten. Ich wollte dich nur sehen.«

»Warum? Wer bist du?«, fragte Ronja noch einmal.

Die Frau lächelte weiter. Ronja hatte das Gefühl, als ob sie geistig abwesend wäre.

»Ich bin Ellen Rinne. Wir haben uns schon mal getroffen. Entschuldige, dass ich mich damals nicht vorgestellt habe. Ich hatte Angst.«

Ronja starrte sie mit offenem Mund an.

Ellen Rinne.

Sie stand vor ihr, es gab sie wirklich! Der mysteriöse Name im Testament ihres Vaters. Was für ein Zufall!

Oder war das gar kein Zufall?

Ihr Vater hatte dieser Person 10 000 Euro hinterlassen. Ronja wusste nicht, was sie davon halten sollte, das musste doch ein Fehler sein. Warum sollte Papa dieser Frau Geld geben wollen?

»Kennen wir uns irgendwoher?«, fragte Ronja mit gepresster Stimme. Sie musste auf der Hut sein und würde Ellen noch nicht verraten, dass sie eine beachtliche Geldsumme erben würde.

»Deine Freundinnen sahen nett aus. Ich habe euch beobachtet, als ihr damals draußen schwimmen wart. Ich hatte nie solche Freunde«, erklärte die andere, noch immer lächelnd.

»Woher kanntest du meinen Vater? Und woher weißt du, wer ich bin?«

Hatte diese Ellen sie schon seit Längerem verfolgt, sie beobachtet und Informationen über sie gesammelt? Aber wieso und für wen? Ronja lief es kalt den Rücken herunter.

»Dein Vater kam regelmäßig hierher, um in die Sauna zu gehen. Er hat sich oft mit mir unterhalten. Anfangs wusste ich nicht, wie ich mich verhalten sollte, weil ich hier ja arbeite und wir Vertraulichkeiten mit den Gästen vermeiden sollen. Ich hatte Angst, dass ich deshalb Probleme kriegen könnte, aber dein Vater war sehr freundlich. Er fragte mich immer, wie es mir geht. Er schien einsam zu sein. Zwischendurch trank ich mal einen Kaffee mit ihm, wenn ich gerade Pause hatte«, erzählte Ellen.

Ronja hörte erstaunt zu. Hatte ihr Vater weibliche Gesellschaft gesucht oder warum hatte er sich dieser Frau so aktiv genähert? War er wirklich so einsam gewesen? Ronja spürte einen Stich in ihrem Herzen. Sie hätte in Finnland, sein sollen – bei ihrem Vater!

»Harri hat mir Bilder von dir gezeigt. Kinderfotos und solche, auf denen du schon etwas älter bist, deshalb habe ich dich auch erkannt. Du siehst immer noch so aus wie früher«, fuhr Ellen fort und trank dann den Rest ihres Kaffees.

»Mein Vater ist tot. Das weißt du, oder?«, fragte Ronja.

Sie wollte sehen, wie die andere darauf reagieren würde.

Ellen schaute Ronja traurig an. Ein Gedanke schien in ihren Augen aufzublitzen.

»Ich hab es in der Zeitung gelesen. Eine schreckliche Geschichte. Mein herzliches Beileid. Er war immer so nett zu mir. Manchmal gab er mir sogar ein Extratrinkgeld.«

»Wer bist du eigentlich?« Ronja konnte dieses Spielchen nicht mehr länger ertragen, sie wollte endlich Fakten.

Ihr Vater musste ein Verhältnis mit Ellen gehabt haben, warum hätte er ihr sonst etwas vererben sollen? Ronja fragte sich, was er wohl sonst noch für Leichen im Keller gehabt hatte. Das Ganze war ihr ziemlich unangenehm, auch weil sie ihren Vater immer irgendwie als geschlechtsloses Wesen wahrgenommen hatte. Ronja war zwar klar, dass Harri während ihrer Abwesenheit wohl kaum immer alleine gewesen war, aber es kam ihr schon sehr seltsam vor, wenn er ein so enges Verhältnis mit dieser Frau gehabt haben sollte, dass er ihr sogar eine große Geldsumme hinterlassen wollte. Und warum hatte er Ellen nie seiner Tochter vorgestellt?

»Hattest du ein Verhältnis mit meinem Vater?«, fragte Ronja und schaute Ellen dabei direkt in die Augen.

Diese sah entsetzt aus.

»Natürlich nicht! Es ist nicht angebracht, etwas mit Saunagästen anzufangen«, stammelte Ellen, die plötzlich aussah wie ein kleines Mädchen. Irgendwas stimmte nicht mit ihr, aber Ronja konnte nicht ausmachen, was es war. Ellen war einfach anders. Sie war zwar eine erwachsene Person, aber irgendwas war nicht ganz in Ordnung.

»Ich erinnere mich nicht immer an alles, weißt du?«, fuhr Ellen plötzlich mit großen Augen fort.

Ronja nickte, sie musste vorsichtig sein.

»Ich … zwischendurch vergesse ich Dinge. Kleine Dinge, manchmal auch größere. Aber das macht nichts. Die wichtigen weiß ich. An die erinnere ich mich.«

»Was meinst du damit?«

»Das war schon immer so. Es kann passieren, dass ich etwas vergesse. Ich erinnere mich einfach nicht mehr, sosehr ich es auch versuche. Mein Leben war zwischendurch etwas anders als das Leben anderer Leute«, erzählte Ellen.

»Anders?«

»Ich hatte Glück, dass ich diesen Job bekam, ich kann mich wirklich glücklich schätzen. Das ist mir bewusst«, fuhr Ellen fort und kratzte sich am Handrücken.

Verwirrt schaute Ronja die Frau an.

»Wie meinst du das?«

»Viele können gar nicht arbeiten und richtig leben. Ich habe Glück, ich muss einfach dankbar sein. Ich bin dem Universum wirklich dankbar.« Ellen zuckte mit den Schultern und schlang dann ihre Arme um den Oberkörper, sie sah verletzlich aus.

Ronja starrte sie an.

Ihr Vater konnte doch nicht ernsthaft etwas mit dieser Irren gehabt haben?! Aber wahrscheinlich war sie nur eine harmlose Verrückte, die von ihrem Vater besessen war. Oder Papa hatte Mitleid mit ihr gehabt und hinterließ ihr deshalb Geld. Vielleicht erinnerte ihn Ellen ja auch an seine eigene Tochter, die sich aus dem Staub gemacht hatte, und er wollte zumindest einer Person etwas Gutes tun.

Oder spielte ihr Ellen gerade nur etwas vor? Hatte sie gewusst, dass Papa Geld haben könnte, und hatte ihn deshalb manipuliert, damit er sie mochte – und letztendlich hatte sie ihn dann ermordet?

»Warum hast du mich in den letzten Wochen verfolgt? Du bist mir hinterhergeschlichen.« Ronja versuchte, auch weiterhin ruhig zu sprechen.

Ellen sah verlegen aus.

»Dein Vater hat so viel von dir erzählt, und ich ... ich habe mir Sorgen um dich gemacht. Eigentlich hätte ich deinen Vater noch treffen sollen. Es ist erst wenige Wochen her, als er sagte, dass er mit mir über eine bestimmte Sache reden möchte. Wir verabredeten uns für einen bestimmten Tag hier im Saunaverein, aber dann tauchte er nie auf. Ich dachte, dass er es vergessen hätte«, seufzte Ellen.

Ronja gab ihr Zeit, um fortzufahren.

»Aber dann erfuhr ich aus den Nachrichten von seinem Tod und bekam es mit der Angst zu tun. Ich wollte mich vergewissern, dass bei dir alles in Ordnung ist, ich wollte dir bestimmt keine Angst machen. Ich habe nichts Schlimmes getan«, sagte Ellen nervös.

Ronja starrte auf die Kaffeetasse.

»Weißt du noch, was du zu mir gesagt hast, als wir uns das letzte Mal gesehen haben?«, fragte Ronja.

Ellen schaute sie fragend an.

»Du hast gesagt, dass Papa dachte, dass ihn jemand bedroht. Erinnerst du dich noch?«

»Ja, ich weiß, dass es sich total verrückt anhört. Aber dein Vater hatte große Angst, er tat mir richtig leid. An dem Abend, als du hier in der Sauna warst, wollte ich dich eigentlich warnen. Deshalb suchte ich das Gespräch mit dir«, erzählte Ellen. Dann verstummte sie plötzlich, um nachdenklich aus dem Fenster und auf die offene See zu schauen.

»Dein Vater starrte hier oft aufs Meer und sah dabei so aus, als ob alle Sorgen der Welt auf seinen Schultern lasten würden. Nur das Meer schien ihn zu beruhigen. Er ging oft zu Fuß nach Hause, am Ufer entlang«, fuhr Ellen fort.

Ellens Worte hallten in Ronjas Kopf nach. Ihr Vater, der an der Inselspitze stand und aufs Meer hinausblickte.

Ronja sah Ellen plötzlich mit ganz anderen Augen, sie hatte jetzt etwas Vertrautes an sich.

»Wie... Wieso hat dir Papa so viel Geld hinterlassen?«, stammelte Ronja. Ein seltsamer neuer Gedanke nahm allmählich Gestalt an, aber sie schaffte es nicht, die einzelnen Teile zusammenzusetzen.

Ellen sah Ronja lange mit einem schwer zu deutenden Gesichtsausdruck an und schüttelte dann den Kopf.

»Geld? Ich will kein Geld. Dein Vater wollte mir etwas erzählen, und ich bin mir sicher, dass er herausgefunden hatte, wer ihn bedrohte. Aber er war zu spät, der Mörder war schneller.«

LOGBUCH

Früher war ich voller Hass auf dich. Lange Zeit war ich unsicher, obwohl ich dir gegenüber etwas anderes behauptet habe. Ich wollte meine Unsicherheit verstecken. Lange Zeit habe ich an meiner wahren Bestimmung gezweifelt. Ich überlegte, ob ich es überhaupt tun sollte. Aber du und alles, was du mir beigebracht hast, bewegten mich dazu, meine Meinung zu ändern. Ich wusste, dass dies die Richtung ist, die ich einschlagen muss. Spätestens jetzt weiß ich, dass dies mein Schicksal ist. Die Teile haben sich zusammengefügt.

Ich werde es genauer erklären.

Seit Monaten habe ich dieses Fenster auf meinem Heimweg beobachtet.

Anfangs, als ich die gewohnte Strecke auf dem Sandweg nach Hause lief, war nichts anders als sonst. Aber dann schaute ich eines Abends aus irgendeinem Grund über meine Schulter und instinktiv zu diesem Haus. Ich weiß nicht, warum ich das tat. Vielleicht war es das Universum, vielleicht war es eine innere Stimme, die mir zuflüsterte, dass ich mich in genau jenem Moment umdrehen sollte. Also tat ich es, blieb stehen und starrte das verputzte Hochhaus an. Aber im Fenster war niemand zu sehen. Die Zimmer sahen leer aus, wie ausgestorben.

Wochen vergingen und wurden zu Monaten. Jedes Mal warf ich auf meinem Nachhauseweg an derselben Stelle einen Blick über meine Schulter, in die Richtung des Hochhauses. Und dabei schaute ich immer auf ein bestimmtes Fenster. Manchmal nur ganz flüchtig im Vorbeigehen, manchmal blieb ich länger stehen. Die Wohnung war immer dunkel. Ich verstand selbst nicht, warum mich ausgerechnet dieses Fenster so interessierte. Es war, als ob mein Unterbewusstsein versucht hätte, mir etwas mitzuteilen, doch die Information erreichte mein Gehirn nicht. Irgendetwas an dem Haus, an dem Stockwerk, an dem Fenster weckte in mir eine Sehnsucht. Ein merkwürdiges Gefühl, das ich schon lange nicht mehr verspürt hatte. Es weitete meine Brust, aber gleichzeitig war dieses Gefühl auch kalt und dunkel. Ich wusste es, ich erkannte die Kälte. Sie hinterließ ein Gefühl der Leere.

Bis eines Abends das Licht anging. Ganz plötzlich. Ganz zufällig und zur gleichen Zeit, als ich gerade auf dem Sandweg war und mich zu dem Fenster umdrehte. Es war wie eine Fügung des Schicksals. Plötzlich wurde die schwarze Fensterscheibe in warmem Gelb erleuchtet. Einfach so, ganz unerwartet. Es war wie Magie. Im selben Moment spürte ich, wie sich auch etwas in meinem Inneren entzündete. Dieses Mal blieb ich stehen und starrte lange Zeit zu dem Fenster hoch. Mein Zeitgefühl verschwand, am liebsten wäre ich für immer unter dem gelb leuchtenden Auge stehen geblieben.

An einem anderen Abend war in dem Fenster ein Gesicht zu sehen.

Ich erschreckte mich zu Tode, weil ich nicht darauf vorbereitet war, dass aus dem warmen gelben Fenster tatsächlich jemand zurückblicken würde. Aber dann wurde mir klar, dass mich diese Person gar nicht sehen konnte. Schließlich war das Fenster weit weg, und ich stand im Schatten der Bäume. Wenn ich jetzt über die Sache nachdenke, dann sah man das Gesicht der Person wahrscheinlich auch nur ganz flüchtig. Nur eine Sekunde lang. Vielleicht sogar noch kürzer. Aber das war das Einzige, was ich brauchte. In meinem Inneren blitzte ein Gedanke auf, schlang sich um meine Lunge und drückte mein Herz zusammen. Ich hatte das Gefühl, dass es platzen würde.

Ich hatte mich seit Jahrzehnten nicht mehr so gefühlt, aber ich riss mich zusammen und verdrängte das Gefühl, so wie du es mir beigebracht hast. Es verschwand, und das bekannte Gleichgewicht stellte sich wieder ein. Ich setzte meine Beobachtungen fort. Das war einfach, weil ich nicht auffiel. Ich bin ein Mensch, den man nicht sieht. Natürlich habe ich das auch von dir gelernt: Man darf weder gesehen noch gehört werden.

Die Vorhänge bewegen sich immer zu einer bestimmten Uhrzeit, eine zarte Hand zieht sie weiter zur Seite. Am frühen Abend taucht ein blasses Gesicht auf und schaut fünfundzwanzig Minuten und dreißig Sekunden lang aufs Ufer. Dann verschwindet es. Das Gleiche wiederholt sich Abend für Abend. Das Licht erlischt immer neun Minuten nach acht. Neun nach acht.

Die Routine der Gestalt im Fenster wurde auch zu meiner Routine. Das Gesicht erschien immer zur gleichen Zeit im Fenster, und ich war immer da, verfolgte die Gestalt aus dem Schatten. Bis die Routine jäh erschüttert wurde. In dem Moment hätte ich mich fast selbst verloren.

Einmal kam sie nämlich raus, zur gleichen Zeit, als ich gerade an dem Gebäude vorbeiging. Die Gestalt war grau, gebeugt. Sie hatte sich bei jemandem untergehakt und schlich langsam dahin. Der Anblick berührte mich.

In dem Moment begann in mir ein Plan zu reifen.

Ich verstand jetzt alles.

Diese Klarheit ließ mich ruhiger werden.

KAPITEL 32

»Hat hier jemand eine vegetarische Pizza bestellt?« Mit einem albernen Grinsen im Gesicht stand Ville in der Tür und reichte Ronja die Pizzakartons. Seine Jacke war geöffnet, und unter der feuchten Wollmütze schauten helle Haarsträhnen hervor.

Ronja lachte. Villes harmlose Nachricht, die sie am Nachmittag bekommen hatte, war schnell zu Pizza und Bier am Abend geworden.

»Entschuldige meinen Look, aber ich musste mir unbedingt etwas Bequemes anziehen«, sagte Ronja und zeigte auf ihre schäbige Jogginghose und den uralten Kapuzenpulli für Männer. Das Outfit wurde von verblichenen Wollsocken vervollständigt.

Ronja schnappte sich die Pizzakartons und brachte sie zum Esstisch, auf dem bereits zwei Biergläser standen. Teller brauchten sie nicht.

»Wie geht's dir?«, fragte Ville mit sanfter Stimme, als er sich setzte. Gleichzeitig riss er ein großes Stück von seiner Pizza ab.

Ronja seufzte laut. Der Streit mit Milla und die Begegnung mit Ellen Rinne waren anstrengend gewesen.

»Ich weiß nicht mal, wo ich anfangen soll«, platzte es aus ihr heraus. Sie nahm einen großen Bissen von ihrer Pizza, und dann erzählte sie von der Begegnung im Saunaverein.

Die Worte sprudelten nur so aus ihr hervor. Sie erzählte von Sara, von den alten Fotos, die zwischen den Seiten der Bücher ihres

Vaters gesteckt hatten, sie erzählte ihm einfach alles. Es war gut, einmal alles rauszulassen. Nichts davon schien einen Sinn zu ergeben.

»Unglaublich! Das war ja eine Menge, was bei dir in den letzten Tagen passiert ist«, wunderte sich Ville.

Ronja nickte.

»Ich weiß nicht, inwiefern das alles etwas mit meinem Vater zu tun hat oder ob es überhaupt etwas mit ihm zu tun hat, aber ohne jeden Zweifel ist es schon sehr merkwürdig, dass Papa dieser Ellen Rinne Geld vererbt hat, nur weil sie ein paarmal im Saunaverein miteinander geplaudert haben. War Papa wirklich so einsam?«, überlegte Ronja.

»Na ja, Leute haben auch schon wegen weniger anderen Leuten Geld vererbt. Vielleicht hatte dein Vater Mitleid mit ihr. Es klingt ja ein bisschen so, als ob sie kein einfaches Leben gehabt hätte. Es ist schlimm, dass sie so ein trauriges Schicksal hatte.«

Ronja nickte. Aber ein ungutes Gefühl machte sich in ihr breit.

»Gibt's schon irgendwas Neues? Ich wurde ja auch auf dem Revier befragt, Anton ist wirklich ein harter Knochen. Als er jünger war, war er viel herzlicher.« Ville wechselte das Thema, nachdem er Ronjas finsteres Gesicht gesehen hatte.

»Was haben sie dich denn gefragt? Man sollte doch meinen, dass sie etwas Besseres zu tun hätten, als sich mit allen möglichen Leuten zu unterhalten. Ich habe das Gefühl, dass dieser Koivu nicht wirklich weiß, was er tut«, schnaubte Ronja.

Ville zuckte mit den Schultern.

»Ach, wir haben über dies und das geredet. Ich habe erzählt, dass ich den ganzen Sonntag bei meinen Eltern war. Meine Mutter hatte noch ein paar Renovierungswünsche, bei denen ich ihr geholfen habe. Und Anton hat mir nicht mal Kaffee angeboten, offensichtlich hatte er es eilig«, lächelte Ville und nahm einen Schluck von seinem Bier.

Ronja nickte nachdenklich.

»Koivu hat mir nichts Neues erzählt, und ich wollte ihm auch nicht hinterhertelefonieren. Ich habe das Gefühl, als ob der nichts auf die Reihe kriegen würde.«

Ville sah Ronja fragend an. »Aber warum sollte man einen pensionierten Lehrer umbringen wollen? Das ergibt doch keinen Sinn«, überlegte er laut.

Ronja wurde für einen Moment still. Dann entschied sie sich, Ville zu vertrauen.

Sie erzählte ihm, wie ihr Vater vor Jahren wegen einer Schussverletzung im Krankenhaus gelandet war und dass sich Helena Saari als seine Angehörige ausgegeben hatte. Sie wollte sehen, wie Ville darauf reagierte, aber sie erzählte nicht, wie Ansku an die Informationen gekommen war.

»Topis Mutter? Du glaubst doch nicht ernsthaft, dass sie etwas mit dem Mord zu tun hat?« Ville ließ einen Pfiff ertönen. »Jemanden zu erwürgen, erfordert eine Menge Kraft. Ich glaube nicht, dass so eine zierliche Frau wie Helena körperlich überhaupt dazu in der Lage wäre.«

Ronja schaute ihn aufmerksam an.

»Aber ein Mann von Topis Größe schon …«, sagte sie.

Topi. Topis Mutter. War das der Grund, warum Topi auf Islas Geburtstagsfeier so nervös geworden war und weshalb er seiner Mutter sofort hinterhergerannt war? Vielleicht hatte er begriffen, dass Ronja und Ansku ihm und seiner Mutter auf der Spur waren. Aber könnte die Erklärung wirklich so einfach sein?

»Aber warum hätten Topi und seine Mutter Harri umbringen sollen?«, fragte Ville und nahm sich noch ein Stück Pizza. Er sah nachdenklich aus.

»Ich weiß es nicht. Noch nicht«, entgegnete Ronja.

Jetzt, da sie in Sicherheit war und über die Sache nachdachte, kam ihr alles logisch vor. Topi hatte Ronja schon immer verabscheut, aus tiefstem Herzen. Als ob er sie als Bedrohung empfunden hätte. Aber wieso?

»Betrachten wir es doch mal aus einem anderen Blickwinkel: Was ist, wenn Topi und Helena völlig unschuldig sind und Ellen Rinne diejenige ist, die für Harris Tod verantwortlich ist? Es kommt mir schon wie ein sehr seltsamer Zufall vor, dass du ihr ausgerechnet jetzt begegnest. Und auch sehr beängstigend, dass dich eine völlig fremde Person wochenlang verfolgt hat. Das macht doch irgendwie einen ziemlich kranken Eindruck«, fuhr Ville fort.

Ronja nickte nachdenklich.

»Was ist, wenn sie dachte, dass dein Vater Geld besitzt, und dann beschloss zu handeln? Und dann hat sie sich für dich eine merkwürdige Geschichte ausgedacht, als sie mitbekam, dass du Harris Tochter bist.«

Das klang einleuchtend. Wegen dem Streit mit Milla lagen Ronjas Nerven sowieso blank, die Kälte und Papas Tod hatten sie zusätzlich unter enormen Stress gesetzt – eine scharfsinnige Person könnte das sicher erkennen und Ronjas Lage ausnutzen, indem sie ihr Märchen auftische.

»Sollten wir nicht die Polizei wegen Ellen Rinne verständigen?«, fuhr Ville vorsichtig fort.

»Koivu weiß bereits von dem Testament. Er sagte, dass er über Ellen Nachforschungen anstellen wird, aber wir wissen natürlich nicht, ob sie überhaupt etwas mit der Sache zu tun hat. Es kann ja auch sein, dass sie einfach nur ein kranker Mensch ist, der sich das alles nur einbildet. Vielleicht hat sie sich die Gespräche mit Papa nur vorgestellt. Oder vielleicht war sie eins von seinen Wohltätigkeitsprojekten. Das wäre durchaus möglich.«

Ville nickte.

»Willst du darüber reden? Wir müssen das nicht tun, wenn du nicht willst«, sagte er sanft.

»Natürlich können wir reden. Ich will reden. Ich will wissen, was passiert ist.«

Und Ronja meinte das, was sie sagte, auch wirklich ehrlich. Sie war vielleicht nicht die perfekte Tochter gewesen und Harri nicht der weltbeste Vater, aber sie hatten niemanden gehabt außer einander. Ronja musste herausfinden, wer ihren Vater getötet hatte. Das war das Letzte, das sie für ihn tun konnte. Auch wenn es zu spät käme, so war es doch immerhin etwas.

Ville nickte und biss in seine Pizza.

»Die Polizisten tun bestimmt alles, was in ihrer Macht steht. Und es kann ja durchaus sein, dass es eine ganz einfache Erklärung gibt. Es ist zwar tragisch, aber manchmal passieren die Dinge einfach so – aus Zufall.«

Ronja nickte zögernd und nahm einen Schluck von ihrem Getränk. Ville hatte recht, aber sie wollte trotzdem noch nicht aufgeben.

Sie spürte mit jeder Faser ihres Körpers, dass die Geschichte ihres Vaters noch nicht bis zum Ende erzählt worden war.

»Meine Güte, wie kann es denn schon halb zwei sein?« Ville warf einen Blick auf sein Handy. Irgendwann hatten sie festgestellt, dass sie nicht weiterkommen würden. Mord war einfach ein zu düsteres Thema. Sie hatten eine Weinflasche geöffnet und den harten Esstisch gegen das Sofa getauscht. Dort saßen sie jetzt, unterhielten sich und alberten herum, so wie es ganz normale Leute an einem ganz normalen Freitagabend eben machten. Zuerst saß jeder noch in seiner eigenen Ecke, aber nach und nach kamen sie sich näher, und während die Stunden verstrichen, kamen immer wieder alte Erinnerungen hoch.

Ville sah Ronja nachdenklich an.

»Hättest du mich eigentlich geheiratet? Ich habe dir ja damals einen Antrag gemacht. Oder hast du das schon vergessen?« Aus seinen Worten war Nostalgie herauszuhören, Sehnsucht nach der Vergangenheit, aber auch noch etwas anderes. Etwas Herausforderndes.

Ronjas Gesicht wurde ganz warm, sie sah Ville an. Sie hatte schon vermutet, dass es noch zur Sprache kommen würde. Jetzt war es also so weit. Sie hatten nie richtig darüber geredet. Jedenfalls nicht in dieser Offenheit. Ronja fühlte sich nicht wohl dabei. Es war eine alte Wunde, die jedoch unwiderruflich einen Einfluss auf den weiteren Verlauf ihres Lebens genommen hatte.

Ronja beantwortete die Frage mit einer Gegenfrage.

»Warum fragst du? Wenn du willst, dass ich um Entschuldigung bitte, weil ich dich damals verlassen habe, dann ...«

Ville schüttelte den Kopf.

»Das habe ich nicht gemeint. Ich habe dir schon vor langer Zeit verziehen. Du hast getan, was du tun musstest. Ich sage nicht, dass sich das gut angefühlt hat, ich war damals total fertig. Aber es lief ja auch nicht immer alles glatt bei uns, vielleicht hast du nur versucht, dem zu entkommen ...«, sagte Ville.

Ronja nickte. Sie hatte schon damals gewusst, dass Villes Vorschlag eine Paniklösung in einer beängstigenden Situation gewesen war. Ein Versuch, sich an eine Veränderung anzupassen, die aber keiner von beiden wirklich wollte. Mehrere Wochen lang war sie davon ausgegangen, dass ihre Jugend jetzt offiziell vorbei wäre, nach diesem fatalen Unfall, als Folge einer stürmischen Nacht. Dass ihnen nichts anderes übrig blieb, als die Situation zu akzeptieren. Ville war so ein anständiger Freund gewesen, der alles richtig sagte und machte. Viel zu anständig für Ronja. Und sie hatte das belohnt, indem sie ihn betrog. Als sie Wochen nach diesem Fehltritt endlich ihre Regel bekommen hatte, verspürte sie nichts als Erleichterung.

»Und wenn wir wirklich geheiratet hätten, glaubst du, dass wir dann immer noch zusammen wären? Wärst du sesshaft geworden, wenn du einen Ehemann gehabt hättest? Eine Familie?«, fragte Ville.

»Eine Familie mit achtzehn? Keiner von uns beiden wäre dazu in der Lage gewesen. Ich weiß ja noch nicht mal, ob ich es jetzt bin. Ich wäre wahrscheinlich verbittert«, sagte sie so leise, dass sie nicht sicher war, ob er sie überhaupt gehört hatte.

Ville gegenüber so aufrichtig zu sein, fühlte sich seltsam an. Zwischen ihnen herrschte eine neue Offenheit und Reife.

Vielleicht vergab sich Ronja zum ersten Mal selbst, dass sie damals nicht in der Lage gewesen war, mutiger zu sein. Dass sie nichts anderes tun konnte als wegzulaufen, ins Ausland abzuhauen. Gern hätte sie ihr jüngeres Ich in den Arm genommen. Sie wollte der schmerzgepeinigten Achtzehnjährigen sagen, dass alles in Ordnung kommen würde. In dem Moment gab sie sich selbst die Erlaubnis, glücklich zu sein. Zumindest für einen Augenblick.

An Villes Gesichtsausdruck konnte sie nicht ablesen, was er gerade dachte. Ronja fasste Mut.

»Du hast mich auf dem Kotkavuori-Berg etwas gefragt. Und jetzt frage ich dich: Willst du mal Kinder haben?« Ronja grinste und stupste Ville an der Schulter an.

»Ja, das will ich. Ich hätte gerne das ganze Programm, Familie, diese anstrengenden Jahre, in denen man Familie und Karriere unter einen Hut bringen muss – das alles. Aber dafür bräuchte ich erst mal die richtige Partnerin …«

Sie spürte, wie Ville sie ansah, und errötete.

»Ehrlich gesagt, ich glaube nicht, dass ich ein Familienmensch bin. Meine Mutter war ja auch kein gutes Vorbild, sie hat sich sofort aus dem Staub gemacht, sobald es anfing, langweilig zu werden. Wahrscheinlich wäre ich genauso. Ich glaube nicht, dass das gut wäre«, sagte Ronja und nahm einen großen Schluck von ihrem Wein.

»Ich glaube nicht, dass wir automatisch die Kopien unserer Eltern sind. Wir müssen ihre Fehler nicht wiederholen. Es ist ja immer noch unsere eigene Entscheidung, wie wir unser Leben führen«, sinnierte Ville.

Ronja betrachtete den Mann, der da neben ihr saß, seine starken Hände und seine lässig verwuschelten Haare, die glänzenden Augen.

Ville hatte recht. Sie konnten selbst Entscheidungen treffen und die Richtung ihres Lebens verändern. Sie mussten sich nicht an der Vergangenheit festklammern, sondern konnten sie loslassen. Ronja konnte ihre Angst loslassen, ihre Enttäuschung, alles. Sie könnte versuchen, ein besserer Mensch zu sein. Der Gedanke war tröstend.

Ville erschien sowohl vertraut als auch fremd, wie ein neuer Mensch. Er erwiderte ihren Blick. Sie sahen sich in die Augen, keiner von ihnen vermochte etwas zu sagen. Das Sofa war wie eine einsame Insel, auf der sie gemeinsam saßen, alles um sie herum schien zu verblassen, es gab nur noch sie zwei. Mit einem Mal wusste Ronja nicht mehr, warum sie sich damals getrennt hatten.

»Ich sollte jetzt gehen …«, sagte Ville langsam, aber er blickte Ronja dabei weiter tief in die Augen.

Irgendetwas zwischen ihnen war zum Leben erwacht, und jetzt zog es sie zusammen wie ein Magnet. Es fühlte sich vertraut an, aber zur gleichen Zeit auch neu und verwirrend. Sie waren jetzt erwachsen. Das, was passieren würde, schien vorherbestimmt zu sein, schicksalhaft. Sie konnten nichts dagegen tun.

Ronja wusste, dass sie es später bereuen würde, aber sie konnte nicht anders. Sie wollte wissen, ob Ville immer noch der Gleiche war wie früher. Würden sich seine Berührungen genauso anfühlen wie damals?

Sie beugte sich vor, ganz sachte, bis ihre Lippen die seinen trafen. Sie waren warm und weich. Ronja schaute Ville fragend an. Er erwiderte den Kuss. Zuerst behutsam, dann fordernder. Sie erlaubte es sich weiterzumachen, fühlte, wie seine Hände in ihre Haare wanderten, zu ihrem Gesicht, ihren Schultern und unter ihr Shirt. Seine Hände fühlten sich warm und vertraut auf ihrer Haut an, er streichelte jede Rundung ihres Körpers.

Alle Gedanken waren verschwunden, es gab nur noch diesen Moment und dieses Gefühl – sie und Ville.

Hier und jetzt.

KAPITEL 33

Anton und Oona klopften an die Tür des Saunavereins. Es war noch früh am Morgen, der Verein hatte offiziell noch nicht geöffnet. Aber mit ihrem Anliegen konnten sie nicht länger warten.

Durch die Glastür sah man eine Gestalt, die sich ihnen näherte. Eine Frau öffnete die Tür und lächelte.

»Herzlich willkommen. Sie sind bestimmt die Polizisten, von denen unser Koch erzählt hat. Er hat mit Ihnen telefoniert. Kommen Sie doch herein.«

»Wir sind gekommen, um die blaue Windjacke abzuholen«, erklärte Anton.

Die Frau nickte.

Sie ging durch den schmalen Flur ins Foyer und trat hinter den Empfangstresen. Dann bückte sie sich, schien in einem Regal herumzukramen. Anton wechselte einen Blick mit Oona.

»Hier, bitte! Einer unserer Gäste hat sie vor ungefähr einem Monat in der Garderobe hängen gelassen. Oder ist es vielleicht sogar noch länger her? Es könnte auch Mitte September gewesen sein. Aber zum Glück wurde sie gefunden«, erklärte die Frau und reichte Anton die glänzende blaue Windjacke aus Nylon. Sie hatte den gleichen Farbton wie die Jacke der Person auf Olivers Foto. Das reichte. Topi würde noch Probleme kriegen, so viel stand schon mal fest. Seine Lügen stanken zum Himmel.

»Hoffentlich steckt der Besitzer jetzt nicht in Schwierigkeiten. Er schien sehr nett zu sein«, fuhr die Frau lächelnd fort.

Anton betrachtete sie. Es war unmöglich, ihr Alter zu schätzen, sie sah verbraucht aus, und in ihren Augen lag ein sonderbarer Glanz.

»Nun, das wird sich noch zeigen. Sie waren uns eine große Hilfe, vielen Dank«, entgegnete Anton und gab ihr die Hand.

»Gern geschehen. Wenn ich Ihnen noch irgendwie behilflich sein kann, dann finden Sie mich hier. Fragen Sie einfach nach Ellen Rinne«, fuhr sie fort.

Anton blieb stehen. Es fühlte sich an, als ob alles Blut seinen Körper verlassen hätte.

Der Name der Frau. Ellen Rinne. Konnte das möglich sein?

Er schaute auf die blaue Jacke in seinen Händen, dann zu Oona, die neben ihm stand und genauso erstaunt aussah wie er.

»Entschuldigen Sie bitte, wie war noch mal Ihr Name?«

»Anton, sollten wir sie nicht langsam mal gehen lassen? Das hier ist schließlich keine offizielle Vernehmung. Sie wurde doch nur als Zeugin einbestellt.«

Oona sah müde und frustriert aus. Anton wusste, warum sie Schluss machen wollte, sie würden heute sowieso nicht mehr weiterkommen.

Sie hatten unglaubliches Glück gehabt, als sich beim Abholen von Topis Windjacke die Dame vom Empfang als keine Geringere als Ellen Rinne entpuppt hatte. Die im Testament erwähnte Frau war einfach so vor ihnen aufgetaucht, als sie am wenigsten damit gerechnet hatten.

Sie hatten die verwirrte und verängstigte Ellen sofort mit aufs Revier genommen. Jetzt saß sie schon seit drei Stunden im Befragungsraum. Bald müssten sie sie allerdings gehen lassen, sie hatten schließlich keine handfesten Beweise und auch keine Fragen mehr.

»Ich versuch's noch mal alleine«, sagte Anton und marschierte in den Raum.

Ellen Rinne hockte auf einem harten Stuhl und sah bedauernswert aus. Anton fiel es schwer, sich vorzustellen, dass sie etwas mit dem Mord zu tun haben könnte, aber andererseits täuschte der äußere Eindruck fast immer.

»Ja, Frau Rinne. Es tut mir leid, dass sich das etwas in die Länge gezogen hat. Sie können bestimmt bald gehen. Ich habe nur noch ein paar Fragen. Sie sind eine der genannten Erbinnen in Harri Vaaras Testament. Er hat Ihnen 10 000 Euro vermacht. Das ist viel Geld. Seltsam, dass ein entfernter Bekannter Ihnen so viel Geld hinterlässt«, begann Anton und setzte sich.

Mit verweinten Augen sah Ellen ihn an.

»Ich weiß überhaupt nichts von einem Erbe, das habe ich doch auch schon Ihrer Kollegin gesagt. Und ich habe überhaupt nichts getan. Harri war ein Gast bei uns im Saunaverein, und ich habe ihn dadurch kennengelernt. Ich wollte gar nichts von ihm haben. Ich hab wirklich keine Ahnung, warum er mir in seinem Testament Geld hinterlassen hat«, sagte Ellen, die kurz davor stand, wieder in Tränen auszubrechen.

»Sie verstehen bestimmt, dass uns das etwas schwerfällt zu glauben, nach allem, was passiert ist. Harri wurde ermordet, und Ihr Name taucht im Testament auf. Nicht mal die Tochter des Verstorbenen wusste etwas von Ihnen.«

Anton sah, wie ein kleiner Funke der Erkenntnis in Ellens Augen aufleuchtete.

»Oder kannten Sie die Tochter des Verstorbenen? Ronja Vaara?« Ellen schüttelte kraftlos den Kopf.

»Nein, ich kenne sie nicht wirklich. Aber ich passe manchmal auf sie auf. Das klingt vielleicht etwas verrückt, aber auf Harris Tochter muss man aufpassen. Er machte sich solche Sorgen um sie. Ich versuchte es so zu machen, dass sie nichts merkt. Ich will schließlich niemanden stören«, stammelte Ellen.

»Auf sie aufpassen – oder sie beobachten?« Anton war sich nicht sicher, was genau sie meinte. »Hat Harri Sie darum gebeten?«

Ellen schaute ihm direkt in die Augen und schüttelte langsam den Kopf. Offenbar wurde ihr selbst gerade bewusst, wie es sich anhörte, was sie eben gesagt hatte.

»Ich habe nichts Schlimmes getan, das schwöre ich!«

Ein Gedanke kam Anton in den Sinn.

»Besitzen Sie zufällig einen roten Ford?«, fragte er.

»Ich besitze noch nicht mal einen Führerschein, ich kann gar nicht Auto fahren«, antwortete sie erstaunt.

Anton sah sie an, das ließe sich schnell überprüfen, aber etwas an ihrem Tonfall verriet ihm, dass sie die Wahrheit sagte.

»Und wie gut kennen Sie Topi Saari? Den Gast, der seine blaue Windjacke im Saunaverein vergessen hat?« Anton wechselte das Thema, stellte weitere Fragen. Vielleicht würde sie das verwirren, sodass sie sich verplapperte.

»Topi Saari? Ich kenne ihn überhaupt nicht. Er kam einmal mit seiner Frau zu uns. Sie kommt häufiger, vielleicht einmal im Monat. Wir notieren uns immer alle Besucher im Kalender, da kann man die Namen und Daten ganz leicht überprüfen«, erklärte Ellen.

Anton nickte, trotzdem glaubte er der vor ihm sitzenden Frau nicht so ganz. Topi. Topis Mutter. Ellen und eine große Geldsumme. Was wäre, wenn sie Harri manipuliert hatte, damit er sie in seinem Testament nannte, und dann hatte sie Topi gebeten, Harri aus dem Weg zu räumen? Was, wenn die beiden einander kannten? Was, wenn Topi und Ellen eine heimliche Affäre hatten? Das wäre zumindest eine Erklärung für Topis seltsame Reaktion, als es um seine Frau ging.

Anton seufzte. Ellen schien allerdings überhaupt nicht Topis Typ zu entsprechen. Topi war der unkomplizierte Bier- und Eishockey-Typ, der auf vollbusige Blondinen stand. Ellen war das komplette Gegenteil. Man konnte sich die beiden beim besten Willen nicht zusammen vorstellen.

Ein anderer Gedanke tauchte in Antons Kopf auf. Was wäre, wenn Ellen die Wahrheit sagte und Topi nicht wirklich kannte? Was wäre, wenn sie ihm die Sache angehängt hatte, indem sie seine Jacke benutzt hatte? Immerhin lag diese einen ganzen Monat lang im Saunaverein herum.

Jeder hätte sie sich nehmen können.

Anton warf einen Blick auf Ellens Hände, die auf dem Tisch lagen und denen man die körperliche Arbeit ansehen konnte. Ellen wirkte jedenfalls kräftig genug, um einen Mann im Rentenalter zu erwürgen und ins Meer zu stoßen.

»Meine Kollegin hat Sie das bereits gefragt, aber erzählen Sie es mir doch auch noch mal, was haben Sie am Abend des 24. Oktober gemacht? Und kann das jemand bestätigen?«

Ellen seufzte.

»Ich war im Saunaverein.«

»Sie haben gearbeitet? An einem Sonntag?«

Ellen lief bis zu den Ohrläppchen rot an.

»Nein, ich habe nicht gearbeitet. Manchmal verbringe ich dort einfach nur meine Zeit. Ich fühle mich dort sicher. Der Rest der Welt macht mir manchmal Angst. An dem Tag erledigte ich Arbeiten, die noch nicht gemacht worden waren, ich räumte vor allem auf.«

Anton sah sie scharf an. Das hörte sich ziemlich vage an. Für ihn klang Ellen immer verdächtiger und verwirrter, sie würden ihr Alibi gründlich überprüfen müssen.

Anton holte tief Luft.

»Ich frage Sie jetzt noch etwas über Harri Vaara. Machte er auf Sie einen ängstlichen Eindruck? Schien er sich vor etwas zu fürchten?«

»Ängstlich?«

»Ja. Wie ein Mann, der Angst vor dem Tod hatte.«

Ellen nickte.

»Ja, er erzählte mir tatsächlich, dass er bedroht wurde. Damals wusste ich nicht, wie ich darauf reagieren sollte. Es kam wie aus heiterem Himmel. Er machte sich auch Sorgen um mich. Und dann ... Und dann gab er mir aus irgendeinem Grund seine Wohnungsschlüssel.«

Anton schaute sie verblüfft an. Diese Frau hatte die Schlüssel von Harris Wohnung?

Ronjas Worte hallten in Antons Kopf wider. Wenn Harri nie jemandem seinen Schlüssel gegeben hatte, so wie seine Tochter felsenfest behauptet hatte, warum hätte er dann bei Ellen eine Ausnahme machen sollen?

»Warum hat er sie Ihnen gegeben? Fanden Sie das nicht merkwürdig, wenn Sie einander doch gar nicht so gut kannten? Mir würde das jedenfalls so gehen«, sagte Anton.

Ellen wand sich auf ihrem Stuhl.

»Ich weiß es doch auch nicht! Ich habe die Schlüssel nie benutzt, das schwöre ich! Ich habe mich ja selbst gewundert, warum er sie mir gegeben hat. Er sagte, dass die Schlüssel für den Notfall wären, falls ich mal einen Zufluchtsort brauchen sollte. Genau das sagte er. Und ich habe dann keine weiteren Fragen gestellt, das klang alles so beklemmend.«

Die Wohnungsschlüssel.

Harris Wohnung, die verwüstet worden war. In der jemand ohne Erlaubnis gewesen war und nach etwas gesucht hatte.

»Ich schwöre, dass ich die Schlüssel nie benutzt habe. Sie liegen bei mir zu Hause, in einer abgeschlossenen Schublade. Mir würde es nicht im Traum einfallen, jemals etwas mit denen zu machen. Sie müssen mir einfach glauben«, fuhr Ellen in flehendem Tonfall fort.

Anton beschloss, das Risiko einzugehen. Er holte aus seiner Tasche das Foto von der Postkarte, die sie in Harris Tasche gefunden hatten.

»Hat er jemals über das hier gesprochen? Dass ihm jahrelang jemand solche Karten aus dem Ausland geschickt hat?«

Ellen hob die Augenbrauen. Verwirrt sah sie zuerst das Foto an, dann Anton. Und dann wieder das Foto.

»Ich weiß nicht, was das ist«, sagte sie schließlich, ihr Mund verzog sich zu einem dünnen Strich, ihr Gesicht war fast wie versteinert.

Anton versuchte ihre Reaktion zu deuten. Irgendetwas an ihrer Körpersprache war seltsam. Einerseits war Ellen so verdächtig, andererseits fehlten ihnen handfeste Beweise.

»Hören Sie mal, Frau Rinne. Haben Sie jemals im Ausland gelebt? Möglicherweise in Spanien?«

Jetzt wurden Ellens Augen so groß wie Untertassen.

»Was ...? Haben Sie irgendwelche schmutzigen Geschichten über mich ausgegraben? Ich schwöre, dass ich nichts Böses getan habe. Und ich bin auch nicht mehr derselbe Mensch, der ich mal war. Ich schwöre es! Ich bin schon so lange nicht mehr vom rechten Weg abgekommen. Ich bitte Sie, ich will meinen Arbeitsplatz nicht verlieren.« Ellen brach in Tränen aus.

Plötzlich sah sie zart und zerbrechlich aus.

Aber warum fürchtete sie sich so sehr, dass ihre Vergangenheit ans Tageslicht kam?

»Wenn Sie keine weiteren Fragen mehr haben, würde ich jetzt gerne gehen«, sagte sie mit tonloser Stimme.

Anton blieb nichts anderes übrig, als zu nicken.

KAPITEL 34

Ronja wachte davon auf, dass ihr die Sonne direkt in die Augen schien. Das Licht war abscheulich, und die Flasche Wein, die sie gestern geleert hatten, machte sich immer noch bemerkbar, der Restalkohol hämmerte in ihrem Schädel. Es dauerte einen Moment, bis sie begriff, wo sie gerade war. Jetzt erschien ein zotteliger Hundekopf in ihrem Blickfeld, Minni hechelte und schnaubte, vermutlich musste sie mal pinkeln.

»Hallo, Minni ... Braves Mädchen, wir gehen gleich raus«, murmelte Ronja und kraulte den Hund hinterm Ohr. Sie warf einen Blick auf ihr Handy, es war fast zwölf.

Sie spürte immer noch Villes Hände auf ihrem Körper. Danach hatten sie auf dem Wohnzimmerboden gelegen, verlegen und ein bisschen verwirrt, hatten der Atmung des anderen gelauscht.

Beim Gedanken an die vergangene Nacht wurde Ronja ganz mulmig. Was zum Teufel hatten sie nur getan? Und was würde als Nächstes passieren? Aber in diesem Moment konnte sie nicht über die Folgen nachdenken, weil sich ihr Kopf so anfühlte, als drohte er jeden Moment zu platzen.

Ville schien jedenfalls verschwunden zu sein. Sie schnappte sich ihr Telefon, das auf dem Nachttisch lag.

Ich hole Frühstück. Beweg dich nicht vom Fleck und zieh dich nicht an.

Ihr Gesicht wurde ganz heiß. Das hier würde noch ein schlechtes Ende nehmen.

Das plötzliche Geräusch der Türklingel unterbrach ihre Gedanken.

Wer zum Teufel war das denn schon wieder? Als Papa noch lebte, waren bestimmt nie so viele Leute an seiner Tür aufgetaucht.

Aber das Geklingel hörte nicht auf, und Ronja sammelte aus dem Kleiderhaufen, der auf dem Fußboden lag, ihre Klamotten heraus und zog sie an. Dann ging sie zur Tür.

Es war Helena.

Was wollte Topis Mutter jetzt hier? Panik machte sich in Ronja breit. Das letzte Mal, als sie Helena gesehen hatte, hatte es einen äußerst unangenehmen Zwischenfall gegeben. Milla … Sie versuchte den Gedanken an ihren Streit auszublenden. Sie würde später darüber nachdenken, jetzt aber müsste sie sich erst mal auf das hier konzentrieren. Warum stand Helena vor der Tür? Sie hatte die Frau praktisch des Mordes bezichtigt und war sie wegen der Schusswunde angegangen. Ihr kam das gestrige Gespräch mit Ville in den Sinn. Was wäre, wenn Helena und Topi gemeinsam den Mord an ihrem Vater geplant hatten?

»Ronja, ich höre doch, dass du hinter der Tür stehst. Würdest du bitte aufmachen? Wir müssen reden«, sagte Helena mit ruhiger Stimme.

Ronja spähte durch den Spion. Helena schien allein gekommen zu sein. Ohne Topi. Der Typ wäre jetzt auch der letzte Mensch, den sie sehen wollte.

Mit klopfendem Herzen öffnete sie die Tür.

»Komm rein, Helena. Ich erwarte allerdings noch jemanden, bin also ein bisschen in Eile …«, murmelte Ronja, aber dann fiel ihr ein, dass sie gerade eine alte Jogginghose trug, also war ihre Ausrede wahrscheinlich nicht besonders glaubhaft.

Doch Helena nickte nur und betrat den Flur. Prompt kam Minni angelaufen und verlangte nach Streicheleinheiten, indem sie mit der Schnauze Helenas Knie anstupste.

Helena sah zuerst den Hund an und danach Ronja. Ihre Augen glänzten feucht.

»Ich musste unbedingt kommen. Entschuldige, dass ich hier einfach so reinplatze. Wir kennen uns ja nicht mal wirklich. Gestern ... lief es nicht ganz so, wie es hätte laufen sollen.«

Helena rannen jetzt Tränen übers Gesicht.

Ronja sah sie verwirrt an. Konnte diese Frau wirklich eine Mörderin sein? Oder ein Mensch, der einen Mord begehen würde? Helena kramte umständlich ein Taschentuch aus ihrer Tasche und wischte sich damit vorsichtig über die Augen.

»Brauchst du etwas?«, fragte Ronja. Vermutlich war es am besten, erst einmal geduldig abzuwarten.

Helena schüttelte den Kopf.

»Entschuldige. Hierherzukommen hat Erinnerungen in mir geweckt. Mir war nicht klar, wie stark das sein würde. Aber erst als ich den Flur betrat, waren alle alten Gefühle wieder da. Alles, was damals passiert ist«, erklärte sie mit erstickter Stimme.

Plötzlich schien Helena eine fast unmerkliche Veränderung durchzumachen: Der bürgerliche, ruhige, mütterliche Typ trat in den Hintergrund, und an dessen Stelle erschien eine attraktive, ja selbstbewusste Frau. Helena stand gerader als sonst, und ihre Augen schienen auf eigentümliche Art zu leuchten.

»Du warst schon mal hier?«

»Ich ... ja, ich war hier. Oft sogar. Entschuldige, dass ich es dir nicht schon auf Islas Geburtstagsfeier erzählt habe. Ich habe Panik bekommen, weil ich noch nie mit jemandem darüber geredet habe, auch wenn in Lauttasaari schon seit Jahren darüber getuschelt wird. Über Harri und mich.«

»Ich habe noch nie Gerüchte über dich und meinen Vater gehört«, erwiderte Ronja verwirrt.

Helena nickte verlegen.

»Vielleicht war's ein öffentliches Geheimnis. Ich weiß es nicht. Aber es war schwer, mit den ständigen Andeutungen und Blicken zu leben. Glücklicherweise bist du davon verschont geblieben. Und ich kann es nicht länger für mich behalten, vor allem nicht jetzt, da die Polizei meinen Sohn verhört hat. Ich habe Angst, dass er wegen etwas beschuldigt wird, das er nicht getan hat.«

Ronja wurde aufmerksam. Waren sie und Ville auf der richtigen Spur gewesen? Was wäre, wenn Helena doch etwas mit dem Mord zu tun hatte? Sie musste vorsichtig sein.

»Entschuldige, dass ich dich auf der Feier angegriffen habe. Ich weiß nicht, was da in mich gefahren ist«, sagte Ronja.

Helena nickte.

»Du hattest ja recht. Ich hätte es schon damals erzählen sollen und hätte es auch der Polizei sagen sollen, als ich befragt wurde. Aber ich konnte einfach nicht. Ich habe Harri damals versprochen, nichts zu erzählen.« Sie schluchzte und rang verzweifelt die Hände.

»Du hast es Papa versprochen? Was genau hast du ihm versprochen?«

Ronja versuchte, ruhig zu bleiben.

Helena schaute Ronja an. Ronja konnte sehen, dass sie die Wahrheit sagte.

»Ich habe ihn geliebt, Ronja. Ich habe deinen Vater geliebt. Schon immer«, sagte Helena, so als ob sie gerade selbst über ihre Offenbarung erstaunt wäre. Ihre Stimme war zum ersten Mal vollkommen ruhig.

Ronja starrte die vor ihr stehende Frau an. Sie hatte Papa geliebt? Was hatte das zu bedeuten? Hatte Mama davon gewusst? Wussten es die anderen Leute in Lauttasaari auch? Und dann machte etwas bei ihr klick. Diese seltsamen, langen Blicke, wenn sie Papa besucht hatte. Die Nachbarn, die sie immer angestarrt, aber nichts gesagt hatten.

»Hattet ihr ein Verhältnis?«, fragte Ronja.

Sie hatte noch tausend weitere Fragen an Helena. Hatte Papa sie auch geliebt? Was, wenn er das Verhältnis beendet hatte, Helena dies aber nicht akzeptiert, sondern stattdessen zur Waffe gegriffen hatte und … Ronja wagte nicht, den Gedanken zu Ende zu denken.

Helena war derweil in ihren Erinnerungen versunken, sie lächelte und schaute Ronja nicht an.

»Ich habe ihn schon in der Oberschule geliebt. Ich wusste, dass Harri der Mann war, mit dem ich zusammen sein musste. Aber er hat mich früher nicht mal bemerkt. Ich war nur das graue Mäuschen mit der Brille, und er … Er war einfach umwerfend. Unerreichbar.«

Ronja starrte sie mit offenem Mund an.

»Ich wusste, dass wir eines Tages zusammenkommen würden. Tief in meinem Herzen wusste ich es. Und dann kam der Tag. Ganz überraschend.«

»Wie kam es denn dazu?«

»Ich zog mit meiner Familie wieder zurück nach Finnland, und dann entschied das Schicksal. Es war wirklich Schicksal.«

»Schicksal?«, echote Ronja. Helenas Geschichte hörte sich total verrückt an. Der wortkarge und verschlossene Papa, der den ganzen Tag in seinem Arbeitszimmer gehockt hatte, entpuppte sich plötzlich als begehrenswerter Liebhaber?

Im Ernst?

»Wir begegneten uns zufällig im Laden. Er sah so traurig aus. So anders als der Harri, den ich aus der Schule kannte. Damals war er voller Leben, aber jetzt war er nur noch ein Schatten seiner selbst. Und mir ging es genauso. Ich war so unglücklich, aber dann bekamen Harri und ich plötzlich eine Chance«, erklärte Helena hektisch.

Ronja sah die Frau aufmerksam an. Wohin führte das hier? Wie konnte es sein, dass sie nie mitbekommen hatte, dass zwischen ihrem Vater und Helena etwas lief?

»Wir trafen uns immer, wenn es möglich war. Meistens hier, weil Harri ja alleine wohnte. Das war unser sicherer Hafen, hier waren wir glücklich«, fuhr Helena fort und berührte sanft die Tischoberfläche, strich darüber, so als ob sie einen lange vermissten Liebhaber streicheln würde.

Ein Verhältnis mit Helena. Natürlich hatte Papa auch etwas anderes gemacht, als nur auf Ronja zu warten. Wie hatte sie denn nur denken können, dass er – tagein, tagaus – immer nur alleine in der Wohnung hockte? War ihr denn nie in den Sinn gekommen, dass er ein erwachsener Mann war, der auch Bedürfnisse hatte?

Ronja schämte sich für ihre Naivität und Egozentrik.

»Wir nahmen uns die Zeit. Immer, wenn wir sie bekamen. Und gingen das Risiko ein, dass über uns geredet wurde.«

Ronja fühlte sich wie erstarrt.

»Wir waren so glücklich, redeten sogar über Heirat. Das war natürlich total absurd, eine Fantasie. Schließlich war es ein Geheimnis. Aber irgendwas sickerte dann doch durch. Als Topi es spitzkriegte, änderte das alles.«

»Topi?«

»Wir waren übermütig geworden, dachten, dass es sowieso keiner mitkriegen würde. Aber irgendwie erfuhr Topi davon. Er war so sauer. Ich betete, dass er seinem Vater nichts erzählen würde«, erklärte Helena.

»Aber ...«

Ronja konnte den Satz nicht beenden, weil Helena aufgeregt fortfuhr: »Seiner Meinung nach hatte ich seinem Vater etwas Schreckliches angetan. Er verteidigte ihn vehement. Ich begriff, dass er recht hatte, und wusste sofort, dass eine Scheidung nicht möglich wäre«, sagte Helena.

»Wieso nicht?«

»Ich wollte unsere Familie nicht zerstören. Ich wollte meinen Mann nicht verletzen, er war schließlich völlig unschuldig.«

»Was ging es denn Topi an, mit wem du zusammen warst? Ich kann ja verstehen, dass ihn der Gedanke an die Trennung seiner Eltern wütend machte, aber damals ließen sich viele Eltern scheiden, und davon einmal abgesehen war er zu dem Zeitpunkt doch auch schon ein erwachsener Mann. Warum hast du nicht einfach dein eigenes Glück an erste Stelle gesetzt?«, fragte Ronja.

Helena lächelte traurig.

»Es ist schwer, es zu verstehen, aber ich liebte ja auch meinen Mann. Ich liebte Harri und meinen Mann. Er war immerhin der Vater meines Sohnes. Und Harri ... Harri war zwischendurch so schwermütig. Unberechenbar. Er vermisste etwas, das es nicht gab. Seine Melancholie färbte schließlich auch auf mich ab, und ich musste eine Entscheidung treffen. Es war die schwerste Entscheidung meines Lebens.« Helena schluchzte und wandte sich ab.

In Ronjas Kopf setzten sich die Teile neu zusammen. Papa und Helena hatten eine Affäre gehabt. Helena hatte ihn verlassen. Er hatte das nie erwähnt, aber andererseits ... warum hätte er das seiner Tochter erzählen sollen? Und weiter: Was, wenn Helena sich das Ganze nur ausgedacht hatte? Wenn sie versuchte, für Verwirrung zu sorgen, indem sie sich eine große Liebesgeschichte zusammenfantasierte? Eine Beziehung, für die es keine Beweise gab ...

Mit einer Ausnahme: die Schusswunde.

Was, wenn Helena gar nicht diejenige gewesen war, die ihren Vater verlassen hatte?

»Helena, warum wurde Papa vor zehn Jahren ins Krankenhaus eingeliefert?«, fragte Ronja ganz direkt. Keine Spielchen mehr, sie musste es jetzt wissen.

Helena drehte sich um. Sie wusste es. An ihren Augen konnte Ronja ablesen, dass sie genau wusste, was Ronja meinte.

»Ronja ... Es ist schwer, dir das zu sagen. Ich wollte dir das nie erzählen. Ich hab's auch nicht der Polizei gesagt, trotz des Risikos, dass ich deshalb Schwierigkeiten bekommen könnte. Aber ich habe Harri damals versprochen, dass ich es nie jemandem erzählen würde, und notfalls werde ich auch die Konsequenzen dafür tragen. Aber du hast es verdient, Bescheid zu wissen. Harri drohte damals damit, sich umzubringen, nachdem ich ihn verließ. Er hatte sich eine Waffe besorgt.«

»Was?« Ronja geriet ins Taumeln.

»Wie ich bereits sagte, neigte er zu Melancholie, aber er wollte mir nie erzählen, was mit ihm los war. Was die dunkle Wolke verursacht hatte, die immer über ihm zu schweben schien. Aber die Trennung schien ihn dann endgültig aus der Bahn zu werfen. Er rief mich an und drohte, sich umzubringen, er habe die Waffe bereits in der Hand. Ich kam sofort zu seiner Wohnung, und wir stritten. Ich versuchte, ihm die Waffe abzunehmen, aber er wollte sie mir nicht geben. Dann löste sich ein Schuss. Ich glaubte, dass er sterben würde und es dann meine Schuld gewesen wäre.« Helena brach in Tränen aus.

Fassungslos starrte Ronja die Frau an. Wie konnte es sein, dass sie nichts davon gewusst hatte? Oder dass sie ihrem Vater nichts angemerkt hatte? In jenem Jahr zu Weihnachten, als sie nach Finnland kam, war Papa so gewesen wie immer. Ganz normal. Schwermütig.

»Und du hast ihn ins Krankenhaus gebracht, deshalb steht dein Name in den Formularen«, sagte Ronja, hauptsächlich zu sich selbst. Helena zuckte zusammen, trotzdem fragte sie nicht, woher Ronja das wusste.

»Überall war Blut. Ich rief den Krankenwagen und fuhr mit ihm in die Klinik. Harri hatte ja sonst niemanden. Und ich musste ihm versprechen, dass ich es niemandem erzählen würde, nicht mal dir«, stammelte Helena verschämt.

»Wieso nicht?« Ronja war fassungslos. Ihr Vater hatte das all die Jahre vor ihr verheimlicht.

»Er wollte nicht, dass du dir Sorgen machst. Er hätte alles für dich getan.«

Papa ... Ronjas Augen füllten sich mit heißen Tränen. Sie wandte sich ab, damit Helena nicht sah, wie sehr sie das soeben Gehörte aufwühlte. Die Gefühle tobten in ihrem Inneren, und sie wusste nicht, ob sie wütend oder doch eher traurig war. Sie war wohl beides.

»Dein Vater wurde wieder gesund, aber er wurde sogar noch schwermütiger als zuvor. Ich versuchte mich wie eine gute Freundin um ihn zu kümmern, aber das war praktisch unmöglich. Dein Vater machte komplett dicht, deshalb besorgte ich ihm den Hund.

Minni. Ich dachte, dass sie ihn zumindest ein bisschen trösten, ihm Gesellschaft leisten und wenigstens etwas Wärme bringen könnte«, sagte Helena und kraulte den Hund, der seinen Namen gehört und sie verstanden hatte.

Nach ihrer Enthüllung ging Helena schnell, entschuldigte sich vorher noch und verschwand dann, gebrochen und verstohlen um sich blickend. Hatte sie vor etwas Angst? Vielmehr: vor jemandem? Topi womöglich?

Ronja trat ans Fenster.

Das grelle Licht des frostigen Novembertages schmerzte in ihren Augen. Gleich würde sie Kopfschmerzen bekommen.

Warum war Topi so wütend über die Affäre seiner Mutter gewesen? Einen erwachsenen Mann sollte so etwas doch nicht weiter kümmern, mit wem sich die Mutter traf. Aber Helena und Topi hatten schon immer wie Pech und Schwefel zusammengehalten – das Einzelkind und die hingebungsvolle Mutter. Vielleicht konnte Ronja die Verbindung zwischen den beiden auch deshalb nicht verstehen, weil sie selbst nie so etwas mit ihren Eltern gehabt hatte.

Aber was wäre, wenn ihr Vater derjenige gewesen war, der Helena verlassen hatte, und sie das nicht ertragen konnte – und deshalb eine Waffe besorgt hatte? Ronja wusste nicht, wer die Wahrheit sagte und wer log. Sie hing in einem Netz aus Lügen, Halbwahrheiten und Gerüchten. Jeder hatte seinen eigenen Blickwinkel, und alle waren nur auf ihren eigenen Vorteil bedacht.

Helenas Wort war das Einzige, was sie hatte. Papa war nicht mehr da, um alles aus seiner Perspektive zu erzählen.

Mit ungeschickten Fingern suchte Ronja nach der Schnur der Jalousie, machte aber aus Versehen einen Knoten hinein, woraufhin sie die Jalousie nicht mehr herunterlassen konnte. Sie fluchte und zog frustriert an der Schnur.

Aus dem Zimmer konnte man in fast jede Himmelsrichtung blicken. Sie schaute auf das gegenüberliegende Haus, aber in den Fenstern war nichts zu sehen. Im Innenhof war es ruhig. Die altmodische Gartenschaukel stand friedlich am Rande des Rasens, in der Sandkiste lagen Spielsachen verstreut, und ein verirrtes Eichhörnchen hüpfte in einem Baum herum.

Vielleicht war sie ja gerade im Begriff, verrückt zu werden. Warum sollte sie sonst an den Worten aller zweifeln und jedem misstrauen? Es konnte doch durchaus sein, dass Helena die Wahrheit sagte. So musste es einfach sein.

Da zog ein Auto Ronjas Aufmerksamkeit auf sich, das mit quietschenden Reifen um die Ecke des Hochhauses bog und zum Gästeparkplatz fuhr. Es war so schnell, dass sich Ronja erschreckte und instinktiv vom Fenster zurücktrat.

Irgendwas war seltsam und vertraut zugleich. Irgendwas hatte in ihrem trüben Gehirn eine Erinnerung hervorgerufen. Irgendetwas, das sie erst vor Kurzem gesehen hatte. Sie blickte noch einmal aus dem Fenster.

Das Auto!

Es sah genauso aus wie der Wagen, der sie fast überfahren hätte. Das gleiche Auto. Ein roter Ford Fiesta.

Ronjas einsetzender Kater verschwand schlagartig, alle ihre Sinne waren alarmiert. Instinktiv zog sie sich noch weiter vom Fenster zurück und starrte auf den Hof. Das Auto sah ganz normal aus, es war ein Fünftürer und rot. Daran war nichts Ungewöhnliches, außer dass es genauso aussah wie das Fahrzeug, vor dem Ronja weggesprungen war und sich dabei den Fuß verstaucht hatte.

Von solchen Autos gab es unzählige, flüsterte eine Stimme in Ronjas verkaterten Körper. Vor allem rote Autos. Sie hatte das Nummernschild aus der Nähe gesehen, aber erinnerte sich nicht mehr genau an die Ziffern- oder Buchstabenkombination. Allerdings war sie sich fast sicher, dass darin der Buchstabe R gewesen war. Sie versuchte fieberhaft, sich das Kennzeichen in Erinnerung zu rufen. R oder P.

Das Nummernschild des Wagens, der gerade auf den Hof gefahren war, wies sowohl ein R als auch ein P auf.

Das Auto kam schließlich auf dem Besucherparkplatz zum Stehen, der Motor ging aus. Die Tür öffnete sich.

Ein entspannt aussehender Ville stieg aus dem Auto, in der Hand zwei Pappbecher mit Kaffee.

Ronja spürte, wie ihr das Herz bis zum Hals schlug.

KAPITEL 35

»Ich habe dir einen Milchkaffee mitgebracht«, sagte ein munter aussehender Ville und stellte die Kaffeebecher auf den Tisch im Flur. Kaum zu glauben, dass er bis in die frühen Morgenstunden wach gewesen war.

Ville nahm Ronja in den Arm. Seine Lippen berührten ihren Nacken, seine Klamotten fühlten sich kalt an ihrer Haut an.

»Ich kann an nichts anderes mehr denken als an gestern«, sagte er mit rauer Stimme.

Ronjas Gedanken überschlugen sich. Das Auto. Fahrerflucht. Ville. Ein roter Ford Fiesta. Die mysteriöse Person in der Hauseinfahrt. Mord.

»Ich brauche unbedingt einen Kaffee«, sagte sie, löste sich vorsichtig aus seiner Umarmung und schnappte sich dann einen Kaffeebecher. Das Getränk war viel zu heiß und brannte in ihrer Kehle. Ihre Hände zitterten leicht.

»Ich habe mir gedacht, dass wir später vielleicht noch in ein Café gehen und zusammen frühstücken könnten«, sagte Ville vorsichtig zu Ronja, die ihm den Rücken zugewandt hatte.

Sie stellte den Kaffee auf den Tisch und hob nervös die Klamotten vom Boden auf. Plötzlich war ihr kalt.

»Mir fiel gerade ein, dass ich Ansku versprochen hatte, dass wir uns heute treffen. Wir wollen spazieren gehen, solange es tagsüber draußen noch einigermaßen hell ist. Sie hat mir eben eine Nachricht geschickt, ich bin schon spät dran.« Ronja dachte sich die Geschichte aus, während sie sprach.

Ville schaute sie einen Moment lang prüfend an, dann zuckte er mit den Schultern. Was ihm auch immer gerade durch den Kopf gehen mochte, so ließ er sich nichts anmerken.

»Okay. Aber was hältst du davon, wenn ich dich später mal anrufe?«, fragte er.

Ronja nickte und zog sich ihren Wollpullover über den Kopf.

»Du brauchst mich nicht rauszuwerfen, Ronja. Das gestern ...«, begann Ville, aber verstummte dann.

Sie lächelte schwach und nickte.

Einen Moment lang musterte er sie von Kopf bis Fuß, dann drehte er sich um und ging. Ronja hörte, wie die Tür hinter ihm ins Schloss fiel.

Sie spürte einen Stich in ihrem Herzen, weil sie ein schlechtes Gewissen hatte. War sie zu grob zu ihm gewesen? Aber was, wenn er derjenige war, der sie fast überfahren hatte? Zumindest fuhr er genau so ein Auto. Oder hätte sie lieber noch etwas abwarten und versuchen sollen, noch mehr Informationen aus ihm herauszubekommen? Sie zuckte zusammen, als sie sich an das Gefühl erinnerte, das sie beim Anblick des Wagens bekommen hatte.

Die Wohnung war in kühles Licht getaucht, das lange Schatten in die Ecken warf und die Wände mit dunklen Mustern schmückte. Es war still.

Mit einem Mal wusste sie, was zu tun war.

Zunächst jedoch bräuchte sie mehr Kaffee, und Minni bräuchte ihre morgendliche Gassirunde. Der Hund schaute sie aus dem Wohnzimmer mit einem Blick an, der ihr verriet, dass es bereits dringend war. Aber zuvor befüllte Ronja noch die alte Kaffeemaschine ihres Vaters und schaltete sie an. Bald war das vertraute, beruhigende Blubbern zu hören, und die schwarze Flüssigkeit begann gleichmäßig in die Kanne zu laufen. Dann zog sich Ronja ihre Outdoorbekleidung an und schnappte sich Minnis Leine. Der

Hund sprang sofort schwanzwedelnd auf, und dann liefen sie auch schon zur Tür hinaus.

Eine Runde um den Block erfrischte und brachte das Gehirn wieder in Schwung. Als sie wieder zurückkamen, duftete es bereits nach frischem Kaffee in der Küche. Mit einem großen Kaffeebecher in der Hand ging Ronja in das Arbeitszimmer ihres Vaters.

»Hier muss doch irgendwo ein Hinweis sein«, murmelte sie vor sich hin.

Papas Kammer war die letzte Festung, an die sich Ronja noch nicht herangetraut hatte. Die Polizisten waren dort gewesen, doch soweit Ronja wusste, hatten sie nichts gefunden. Aber sie hatte das Gefühl, dass dort noch irgendetwas Wichtiges verborgen war – und das würde sie auf jeden Fall ans Licht bringen.

Es war feierlich und beängstigend zugleich, das Zimmer zu betreten, in das sie als Kind nicht gehen durfte. Das hier war immer das Reich ihres Vaters gewesen, niemand anders hatte darin etwas zu suchen gehabt.

Der Raum war klein, es gab nur wenige Möbel. An der langen Wand stand das gleiche Lundia-Regal wie im Wohnzimmer. Es war voll mit Kisten, Papieren und Büchern. Das unterste Regalfach war voll mit schweren, großen Ordnern. Im obersten Fach stand eine Reihe von *Was?-Wo?-Wann?*-Sachbüchern, die Papa gesammelt hatte, seitdem er ein junger Mann gewesen war. Die Reihe begann im Jahr 1951 mit einem alten Buch, das er in einem Antiquariat gefunden hatte, und endete mit einer glänzenden Neuauflage aus dem letzten Jahr. Die neuen Exemplare waren etwas breiter und flacher als die Originale – eine Veränderung, die Papa immens gestört hatte.

Ein dunkelbrauner schwerer Schreibtisch stand unter dem Fenster, davor ein schlichter roter Stuhl, mehr Möbel gab es nicht. Keine Vorhänge, keine Zimmerpflanzen. Es war eine karge Kammer, die nur fürs Arbeiten bestimmt war.

Ronja holte tief Luft, stellte den Kaffeebecher auf den Tisch und schaute sich um. Sie wusste nicht, was sie suchte, aber eine innere

Stimme verriet ihr, dass sie hier die Lösung finden würde. Oder zumindest einen Hinweis, der sie voranbringen könnte. Ville war aus einem roten Ford gestiegen, der aussah wie das Auto, mit dem sie fast überfahren worden wäre. Ein Wagen, mit dem auch der mysteriöse Typ gekommen war, um sich regelmäßig mit ihrem Vater in der Hauseinfahrt zu treffen. Das konnte doch kein Zufall sein. Andererseits war Ville bei ihr gewesen, als in Papas Wohnung eingebrochen wurde. Ville konnte also nicht der Einbrecher sein, weil er den ganzen Abend mit ihr verbracht hatte. Und er hatte gestern auch den Eindruck erweckt, wirklich überrascht und auch besorgt zu sein, als Ronja ihm alles erzählt hatte, was sie herausgefunden hatte. Aber sie war selbst noch so erschüttert, dass sie ihren Erinnerungen nicht ganz trauen konnte.

Was, wenn Ville nur versuchte abzulenken und den Mord Ellen, Topi oder Helena in die Schuhe schieben wollte? Was, wenn Ville einfach nur ein guter Schauspieler war?

Nachdenklich blickte Ronja auf den Schreibtisch. Die Tischplatte war rau und abgenutzt, aber ansonsten war sie komplett aufgeräumt und sauber. Nur die kleine, alte Arbeitslampe stand darauf. Der Tisch wirkte so, als ob er keine Geheimnisse offenbaren würde.

Ronja entschied sich, beim Bücherregal anzufangen.

Systematisch ging sie Papierstapel, jahrzehntealte Bestellformulare und Fachzeitschriften, Quittungen und ordentlich abgeheftete und in Plastikfolie gesteckte Papiere durch sowie Kisten mit unterschiedlichstem Zeug. Es hatte sich viel Kram angesammelt, doch eigentlich schien nichts davon wirklich wichtig zu sein. Papa hatte jede Rechnung, die er je bezahlt hatte, Belege und Quittungen, Steuererklärungen und Mitteilungen aufbewahrt und dokumentiert – die Bürokratie eines ganzen Lebens.

Ronja suchte weiter. Die Minuten verstrichen und wurden, ohne dass sie es merkte, zu Stunden.

Ihr Magen knurrte, und allmählich stellten sich bei Ronja Zweifel ein: Warum dachte sie überhaupt, dass sie hier etwas finden würde? Viele Geheimnisse wurden nie gelüftet, sondern die Toten nahmen sie mit ins Grab. Und Papa nahm viele Dinge mit, von denen sie nie etwas erfahren würde. Der Gedanke war frustrierend und traurig. Letztendlich hatten sie nur sehr wenig voneinander gewusst.

Das unterste Regalfach war vollgestopft mit dicken Ordnern. Sie waren weiß, breit, stabil und voll mit Papieren. Sie nahm den vorletzten Ordner und begann zerstreut, darin zu blättern. Ihr Vater hatte offensichtlich ihre ganzen alten Klausuren und andere Unterlagen aus der Schulzeit aufbewahrt. Ein Gefühl der Rührung erfasste sie. Papa, der nie großes Interesse daran gezeigt hatte, was sie tat. Papa, der sich lieber in seiner Kammer und in seiner Arbeit verkroch, hatte sich hiermit so viel Mühe gemacht. Ronja betrachtete verwirrt die ungeschickte Kinderhandschrift.

Manche Dinge änderten sich nie. Sie war bereits in der Grundschule schlecht in Mathe gewesen, in den Prüfungen hatte sie immer nur eine Vier bekommen, und die ganze Arbeit strotzte nur so vor Rotstifteinträgen. Im Fach Finnisch hatte sie deutlich besser abgeschnitten. In einer Arbeit, die den hochtrabenden Titel »Was denken Nutztiere über die Welt?« trug, hatte sie eine Eins bekommen.

Ronja seufzte und blätterte den Ordner bis zum Ende durch. Danach stellte sie ihn wieder zurück ins Regal und erhob sich. Sie fühlte sich ein bisschen wackelig auf den Beinen und etwas benommen. Ihr war ganz warm ums Herz geworden. Auch wenn sie vielleicht nie erfahren würde, wer ihren Vater umgebracht hatte, so wusste sie jetzt doch, dass sie ihm wichtig gewesen war.

Sie nahm einen Schluck aus dem Becher, der auf dem Tisch stand, und verzog das Gesicht.

Der Kaffee war schon kalt.

Sie ließ ihren Blick durch den Raum schweifen, dabei blieb er an den zwei Schreibtischschubladen hängen. Sie zog die erste auf, aber darin lagen nur Stifte, Radiergummis, Lineale und andere Schreibutensilien. Die untere Schublade war abgeschlossen. Ronja zog und rüttelte daran, aber sie ließ sich nicht öffnen. Ronja fluchte. Was, wenn ausgerechnet dort wichtige Informationen verborgen waren, die alles aufklären würden?

Ronja starrte die Schublade an. Das Schloss war aus Messing und schon abgenutzt. Der Tisch war ein altes Modell, sie hatten ihn damals von einer entfernten Verwandten geerbt. Ronja erinnerte sich dunkel daran, dass sie als Kind von dem dazu gehörenden, altmodisch aussehenden Schlüssel ganz fasziniert gewesen war. Wohin war der eigentlich verschwunden, nachdem die Polizisten hier gewesen waren?

Und plötzlich fiel es ihr wie Schuppen von den Augen: der Schlüssel!

Sie sprang auf und rannte ins Wohnzimmer, wo der Schlüssel, den sie von Sara bekommen hatte, auf dem Tisch lag. Ronja schnappte ihn sich und lief mit klopfendem Herzen wieder zurück ins Arbeitszimmer. Mit zitternden Fingern ging sie vor der Schublade in die Hocke. Der Schlüssel schien genau zu dem Tisch zu passen, das Messing hatte den gleichen Farbton wie das Schloss. Mit zitternden Fingern steckte sie ihn hinein und drehte.

Nichts passierte.

Ronja drehte noch einmal, fast schon mit Gewalt. Aber der Schlüssel passte trotzdem nicht, er quietschte nur. Ronja fluchte, dann musste sie lachen. Kraftlos ließ sie sich auf den Boden sinken. Was hatte sie eigentlich erwartet? Warum um alles in der Welt sollte ein Schlüssel, den sie von einer unbekannten Oma bekommen hatte, in das Schloss der Schreibtischschublade ihres Vaters passen? Lächerlich! Sie warf den Schlüssel auf den Boden.

Trotzdem konnte sie an nichts anderes als an den Inhalt der mysteriösen Schublade denken. Für einen Moment starrte sie die Lade an. Solche altmodischen Schlösser sollte man doch eigentlich durch einen Trick öffnen können, alte Schließsysteme waren normalerweise relativ simpel. Zumindest war das in Filmen so, da bekamen die Leute auch immer alte Türen auf.

Sie musste es zumindest versuchen.

Also stand sie wieder auf und holte aus der Werkzeugkiste in der Küche Draht, verbog ihn und machte sich an die Arbeit. Sie hatte keine Ahnung, wie man Schlösser knackte. Sie drehte den aus Draht fabrizierten Schlüssel im Schloss und wiederholte das immer wieder, bis sie plötzlich ein lautes Klicken hörte und das Schloss nachgab.

»Oh!«, rief sie laut, sie war wirklich überrascht.

Das Schloss öffnete sich, es funktionierte!

Ronja riss die Schublade auf, aber der Inhalt hinterließ dann doch keinen großen Eindruck – die Schublade war leer.

Einen Moment lang starrte Ronja einfach nur darauf.

Dann zog sie sie komplett heraus und drehte sie um. Der lose Boden der Schublade fiel auf den Fußboden. Direkt dahinter war ein Stapel länglicher Tischkalender.

Papa hatte die versteckt! Wieso?

Mit klopfendem Herzen legte Ronja sie auf den Tisch und sah sie sich an. Ganz unten war der Kalender des laufenden Jahres. Ronja schnappte ihn sich und blätterte hektisch zum Herbstanfang. Vielleicht hatte ihr Vater sein Leben hier genauso systematisch dokumentiert, dachte sie voller Hoffnung.

Juni, Juli, August. Die Sommermonate waren völlig leer. Erst ab September gab es Einträge. Vielleicht hatte Papa den Kalender erst Anfang des Herbstes besorgt oder hatte erst da angefangen, ihn zu benutzen. Er hatte ein paar Notizen gemacht, so wie es seinem Stil entsprach: Uhrzeit und Treffpunkt, aber nicht, wen er treffen würde.

Ronja blätterte weiter.

Der Nachbar hatte recht gehabt. An jedem Sonntag gab es den gleichen Eintrag zwischen 17 und 19 Uhr. X, Särkiniementie. Die Einträge wiederholten sich jede Woche und reichten bis in den Dezember. Papa starb im Oktober. Offensichtlich hatte er vorgehabt, seine Treffen fortzusetzen, aber dann war etwas dazwischengekommen.

Nirgends stand etwas über Ville. Kein Vor- oder Nachname oder eine Abkürzung. Nichts über ein rotes Auto. Keine Bemerkung darüber, worum es bei den Treffen ging. Ronja schnaufte und setzte sich auf einen Stuhl. Vielleicht stand sie mittlerweile ja selbst kurz davor, verrückt zu werden. Die Welt war schließlich voller roter Autos. Warum sollte Ville einem anderen Menschen etwas Böses antun wollen?

Ronja schaute sich die Einträge noch mal an, ging sie mehrmals durch. Sie sah sich die Notizen für das ganze Jahr durch, aber bekam nichts Neues heraus. Die Särkiniementie-Straße war der Treffpunkt, aber wofür stand X? Ronja ließ ihren Blick durchs Zimmer schweifen und dachte nach. Plötzlich stutzte sie.

Sie sah sich die Ordner in dem unteren Regalfach genauer an. Sie war sie alle eben erst durchgegangen, aber hatte dabei nicht gemerkt, dass auf jedem Ordner ein Buchstabe stand. Diese schienen in einer logischen Reihenfolge zu sein: A war ganz links, daneben stand B, dann C. Papa war in seiner Systematik unfehlbar gewesen. Auf den ersten Blick sah die Reihe vollständig aus, aber wenn man genauer hinsah, merkte man, dass die Ordner etwas schräg standen. Offensichtlich fehlte einer. Der Ordner X!

Das war es also, wonach der Einbrecher gesucht hatte!

1975

»Verdammt, was hat er getan?!« Besorgt berührte er ihr Gesicht.

Sie zuckte zusammen.

Ihr Gesicht war wund und malträtiert, das linke Auge beinahe zugeschwollen. Das Blumenmuster ihres Trägerrocks hatte sich mit getrockneten Blutflecken vermischt. Ihr Rocksaum war eingerissen.

»Ich war gerade in der Küche und stand vorm Spülbecken. Ich habe wohl nicht sofort geantwortet. Jedenfalls riss er mich plötzlich an den Haaren und schlug zu ... immer wieder«, stammelte sie leise und schmiegte sich noch enger an ihn, sie brach fast zusammen.

Die Geräusche des Sommerabends drangen leise durch das geöffnete Fenster, sie klangen wie aus einer anderen Welt.

»Ich weiß nicht, wie lange ich auf dem Boden lag. Er ging dann irgendwann, keine Ahnung, wohin. Ich lag ziemlich lange dort«, fuhr sie fort, sie flüsterte fast. Sie legte ihren Kopf auf seine Schulter.

Eine schreckliche Wut erfasste ihn. Er drückte sie fester an sich, ihren zarten Körper.

»Zum Glück waren die Kinder bei meiner Mutter. Sie haben nichts mitbekommen«, fuhr sie fort und wischte sich über das weniger angeschwollene Auge.

Er hätte den anderen Mann am liebsten umgebracht, er wollte dessen Gesicht blutig schlagen, bis zur Unkenntlichkeit. Er wollte die Visage von diesem Mistkerl einfach auslöschen. Er spürte, wie sich sein Körper vor lauter Hass anspannte. Er drückte sie noch fester an sich.

»Nächste Woche fährt er wieder weg. Diese paar Tage halte ich noch durch. Er ist bestimmt trinken gegangen und wird vor dem Wochenende nicht nach Hause kommen. Und dann ist er wieder drei Wochen auf See.«

Er wurde nervös, ihm war zum Heulen zumute.

»Was ist, wenn er beim nächsten Mal etwas Schlimmeres macht? Warum können wir nicht einfach abhauen? Wir könnten so glücklich sein. Weg von all dem. Ich würde alles dafür tun.«

Sie sah auf und strich dann zärtlich über seine Wange, sie sah nachdenklich aus. Trotz ihres verletzten Gesichts versuchte sie zu lächeln.

»Ja, das würdest du. Und dafür liebe ich dich.«

»Ich kann mich um euch kümmern. Um euch drei. Ich liebe euch. Ihr bedeutet alles für mich. Ihr bedeutet mir die Welt.«

Sie lächelte schief, die Bewegung schien sie zu schmerzen.

»Das ist eine große Veränderung. Wegzugehen ist eine große Sache. Wir müssen uns ganz sicher sein und alles richtig machen, damit er nicht noch wütender wird. Er weiß, dass etwas im Busch ist. Deshalb ist er ja auch so wütend geworden.«

Es verschlug ihm den Atem. »Das kann doch nicht ... Wie kann das sein? Wie hätte er es denn herauskriegen können?«

Sie schaute ihn mit ihrem verletzten Gesicht an. Trotz der blauen Flecken und Wunden war sie wunderschön. Ihre Augen funkelten wie Diamanten, selbst unter den ganzen Schwellungen.

Hass. Hass hatte sich in ihm angesammelt, war zu einem unförmigen Klumpen angeschwollen. Der Hass auf ihren Ehemann hatte alles übernommen und dann zugeschlagen.

Er nahm sie in seine Arme, küsste sanft ihr goldenes Haar. Sie duftete nach Rosen. Er spürte, wie ihm heiße Tränen in die Augen stiegen. Gleich würden sie in ihr Haar tropfen.

Er würde alles in Ordnung bringen, er würde sie alle retten.

Er musste es zumindest versuchen. Er würde es nicht zulassen, dass ihnen die Verzweiflung alles nahm.

»Ich werde uns eine Wohnung besorgen. Einen Ort, wo es niemanden außer uns gibt. Einen Ort, an dem wir glücklich sein können. Heimlich. Du und ich. Und dann bringe ich dich in Sicherheit. Das verspreche ich dir«, flüsterte er und strich ihr übers Haar.

KAPITEL 36

Ronja berief ein Krisentreffen mit Ansku ein. Sie musste das alles unbedingt mit jemandem besprechen, dem sie vertraute. Milla konnte sie nicht anrufen, jedenfalls jetzt noch nicht. Ronja wusste, dass sie ihrer Freundin etwas Zeit geben musste, bevor sie wieder vernünftig miteinander reden konnten.

Ronja wollte nach draußen, um wieder einen klaren Kopf zu bekommen. Die Luft in der Wohnung schien komplett verbraucht zu sein, und ihr Körper schrie nach Sauerstoff. Außerdem musste sie auch wieder mit Minni Gassi gehen. Ansku erschien unten vor der Eingangstür, sie hatte sich für den Spaziergang wettergerecht angezogen.

Die Luft war beißend kalt und ließ die Augen tränen. Aber man musste die letzte Helligkeit des Tages ausnutzen, bevor die winterliche Dunkelheit sich wieder über Lauttasaari senken würde. Die Freundinnen gingen langsam am Ufer entlang, hin und wieder blieben sie stehen, blickten gen Horizont, wo die Polarnacht sich bereits ankündigte.

Der Weg führte sie bis zur Spitze des Vattuniemi-Naturpfads. Durch die kahlen Bäume schimmerte das dunkle Meer, aber sie beschlossen trotzdem, sich vorsichtig dem Wasser und den rutschigen Steinen am Ufer zu nähern. Die ruhige Wasseroberfläche ließ den nahenden Sturm erahnen, der bereits seit einer Woche erwartet wurde. Der kalte Wind färbte Wangen und Nasen rot.

»Ich kann das nicht glauben«, sagte Ansku.

Ronja hatte ihr von Ellen Rinne erzählt, von Helena und Ville, dessen Auto so aussah wie das des mysteriösen Typen, von ihrem Verdacht, dass er versucht hatte, sie zu überfahren, und vielleicht sogar etwas mit dem Mord an ihrem Vater zu tun hatte. Und dass sie Helena lange verdächtigt hatte. Sie erzählte Ansku auch, dass sie gemerkt hatte, dass in Harris Arbeitszimmer ein Ordner mit der Aufschrift X fehlte.

»Was da wohl drin ist? Also wenn der Einbrecher wirklich den Ordner mitgenommen hat.«

»Sonst fehlt nichts. Aber wer hat ihn gestohlen? Und warum? Und steckt in dem Ordner die Erklärung dafür, warum Papa sterben musste?«, entgegnete Ronja.

Ansku sah sie an und nickte nachdenklich.

»Ville kommt mir nicht wie jemand vor, der eine Erpressung oder einen Mord planen würde. Andererseits ist unter diesen Umständen wohl alles möglich.«

Was wusste Ville? Hatte er etwas mit dem Tod ihres Vaters zu tun?

»An dem Tag, als du fast überfahren wurdest, habe ich dich sofort nach unserem Telefonat abgeholt und auch niemandem davon erzählt. Ich hätte ja nicht mal Zeit dafür gehabt.«

»Aber Ville tauchte trotzdem fast sofort bei mir auf«, sagte Ronja.

Sie versuchte, sich daran zu erinnern, was Ville zu ihr gesagt hatte. Er hatte besorgt ausgesehen, sich neben sie gesetzt und sich nach ihrem Befinden erkundigt. Aber hatte er jemals erzählt, woher er von dem Unglück wusste? Ronja konnte sich nicht daran erinnern.

»Warum taucht Ville immer und überall auf? Warum ist er so interessiert an dir? Er ist dir ja nicht mehr von der Seite gewichen, seitdem du wieder in Finnland bist«, fuhr Ansku fort und sah Ronja bedeutungsvoll an.

»Ich bin mir fast sicher, dass in dem Kennzeichen des Wagens, der mich fast überfahren hat, der Buchstabe R war, und der ist auch in dem Nummernschild von Villes Auto«, sagte Ronja und nickte.

Einige Puzzleteile schienen an ihren Platz zu fallen.

»Könnte dir Ville denn wirklich etwas antun, könnte er dir wehtun?«

Stirnrunzelnd blickte Ronja ihre Freundin an.

»Es kann ja auch nur ein Zufall sein, dass Villes Auto an das erinnert, mit dem ich fast überfahren wurde. Aber das ist schon ein sehr großer Zufall, dass auch die geheimnisvolle Person, die etwas mit dem Ordner X zu tun hat und die sich regelmäßig mit Papa traf, auch so ein Auto fährt.«

Ansku starrte Ronja an.

»Ein viel zu großer Zufall. Aber wirklich: Was zum Teufel hat Ville getan?! Warum rufst du nicht die Polizei?«, fragte Ansku wütend.

»Aber Ville war da, als wir nach dem Einbruch in Papas Wohnung kamen. Und er war auch derjenige, der die Polizei rief. Davor waren wir beide mehrere Stunden zusammen auf dem Kotkavuori gewesen, sodass er auf keinen Fall der Einbrecher gewesen sein kann. Irgendwas stimmt hier nicht.« Ronja hielt inne, einige Sekunden lang waren nur das leise Rauschen des Meeres und das Geraschel ihrer Outdoorbekleidung zu hören.

»Wo sollen wir nach dem Ordner suchen? Ich wette, dass wir mit der Auflösung des Falls weiterkommen werden, wenn wir nur diesen verdammten X-Ordner finden«, fuhr Ronja schließlich fort.

Ansku nickte.

»Falls Ville nun deinen Vater mit irgendwas erpresst hat und dann merkte, dass das nicht reichte ...«

Ronja drehte sich zu ihr um und schaute sie an. Ansku sah blass und müde aus. Irgendwas schien sie zu quälen, aber Ronja wusste nicht, was es war.

Irgendwas fehlte. Etwas Entscheidendes.

Ronja blieb stehen, um Minni Zeit zum Schnüffeln zu geben. Das Tier umrundete eine Bank am Wegesrand und schnaubte dabei wie eine Dampflokomotive.

Ronja schaute Ansku an, dann lächelte sie listig.

»Ich weiß, wie wir herausbekommen, was Ville mit der Sache zu tun hat. Aber ich brauche deine Hilfe.«

»Ich mach, was du willst. Aber verrätst du mir dann auch, was du vorhast?«

KAPITEL 37

Ronja und Ansku erreichten die Weggabelung. Der Pfad schlängelte sich in Richtung Ufer und machte dann eine scharfe Kurve in Richtung der Hochhäuser.

Die beiden blieben stehen und gingen noch ein letztes Mal ihren Plan durch.

»Wir hören voneinander!«, rief Ansku schließlich und winkte zum Abschied.

Ronja winkte zurück und machte sich dann auf den Rückweg zur Wohnung ihres Vaters.

Aber sie kam nicht weit, weil sie ein bekanntes Gesicht sah.

Milla.

Ronja wurde blass, Nervosität ergriff von ihr Besitz, aber sie konnte sich nicht verstecken, sie musste sich Milla stellen.

Milla bemerkte Ronja ebenfalls. Zuerst schien es, als ob sie sich umdrehen und die Flucht ergreifen wollte, aber dann blieb sie doch stehen. Ronja gab sich einen Ruck und ging auf die Freundin zu, die blass und verheult aussah.

»Milla ...«, begann Ronja, aber dann wusste sie nicht mehr, was sie sagen sollte.

Milla starrte sie an. »Ich bin rausgegangen, um wenigstens einmal meine Ruhe zu haben und um nachdenken zu können. Und von allen Menschen auf dieser Welt begegne ich natürlich ausgerechnet dir«, seufzte Milla.

»Milla ... Es tut mir so leid. Einfach alles«, stammelte Ronja.
Milla schaute den Hund an, der herumschnüffelte und an der Leine zog.

»Wir sind wirklich sehr unterschiedlich, du hast eine ganz andere Richtung in deinem Leben eingeschlagen als ich«, murmelte Milla und starrte weiterhin Minni an.

»Bitte entschuldige, dass ich so schlimme Dinge gesagt habe. Du weißt schon, was ich meine«, stammelte Ronja und berührte Milla leicht an der Schulter.

Diese erstarrte.

»Du glaubst, dass du dich schon irgendwie immer rausreden kannst. Dass du was Besonderes bist, etwas Besseres als wir anderen. Du denkst, dass unsere Gefühle keine Rolle spielen, weil wir ja sowieso nur ganz normale Leute sind. Du kommst in unser Leben und verschwindest dann wieder, so wie es dir gerade in den Kram passt.«

Ganz offensichtlich war Milla immer noch sauer, und das war ja auch kein Wunder. Ronja hatte wirklich ein paar schlimme Dinge gesagt.

»Das denke ich doch gar nicht. Entschuldige, dass ich dich nicht genug unterstützt habe. Ich verstehe nur nicht, warum du dich selbst so herabsetzt. Du hast so viel. Mein ›Besonderssein‹ liegt darin, dass ich selbstsüchtig von einer Beziehung in die nächste irre.«

Milla sagte daraufhin nichts, sondern ging einfach weiter. Ronja schnaubte und versuchte mit ihr Schritt zu halten.

»Na klar, du jagst irgendwo einem Traum und dem großen Erfolg hinterher. Du bist ja schon dein ganzes Leben vor deinem wahren Ich davongelaufen«, entgegnete Milla.

In Ronja stieg Wut hoch.

Sie war vielleicht eine naive Visionärin, aber sie war bestimmt kein schlechter Mensch. Milla war ihr schließlich super wichtig und Ansku auch. Sie hatte gerade erst ihren Vater verloren, sie hatte das Recht, wütend zu sein. Milla war dermaßen auf sich selbst konzentriert, dass sie das gar nicht mitbekam.

»Milla, jetzt mal im Ernst. Du weißt doch, dass es mir wirklich leidtut. Ich würde alles tun, um es wiedergutzumachen. Wirklich, jetzt warte doch mal!«

Unbewusst waren sie wieder zum Kasinoranta zurückgelaufen. Die Sonne war hinter dem Horizont versunken, es war dunkel, und ein eisiger Wind wehte.

Plötzlich drehte sich Milla zu Ronja um, sodass diese fast in ihre Freundin hineingerannt wäre.

»Du kapierst es nicht, oder? Ich wollte nie die Welt erobern oder verbessern. Ich wollte nur einen Mann und eine Familie. Warum ist das so schwer zu verstehen? Das setzt mich nicht herab oder macht mich zu einem schlechteren Menschen«, schimpfte Milla.

Ein schriller Klingelton durchschnitt die Luft. Ungeschickt kramte Ronja in ihrer Tasche nach dem Handy. Zur gleichen Zeit schnappte Minni einen Geruch vom Strand auf, und weil Ronja abgelenkt war, hielt sie Minnis Leine nicht so fest wie sonst. Blitzschnell riss sich der Hund los und verschwand in der Dunkelheit.

»Minni, nein! Verdammt!«, brüllte Ronja und rannte in die Dunkelheit. Zunächst blieb Milla stehen, aber dann kapierte sie, was passiert war, und lief ihrer Freundin hinterher.

»Warte!«

So schnell sie konnte, rannte Ronja den dunklen Sandweg entlang, der zum Strand führte. Von dem Hund war nur noch ein schwarzer Schatten zu erkennen.

Dann endete der Weg, und vor ihr öffnete sich der Strand. Keuchend blieb Ronja stehen, der Hund war nirgends zu sehen. Sie hörte hinter sich Milla nach Minni rufen, im Hintergrund rauschte das Meer.

Ronja musste Minni unbedingt wiederfinden. Der Hund war das Einzige, was ihr noch von ihrem Vater geblieben war.

Das Meer ...

Labradore liebten Wasser, Minni musste zum Ufer gelaufen sein!

Ronja wandte sich zum Ufer. Sie ging um die feuchten und metallisch glänzenden Fitnessgeräte herum und lief dann in dem nassen Sand weiter. Der Strand war stockdunkel, nur am Sandweg gab es Straßenlaternen. Der kalte Wind peitschte ihr ins Gesicht, ließ ihren Schal flattern und kribbelte auf der Haut.

Ronjas Nackenhaare stellten sich auf, am Strand war keine Menschenseele zu sehen. Nicht zu dieser Uhrzeit, und nicht bei diesem Wetter.

»Minni, komm her!«, rief sie, während sie zum Ufer rannte. Es kam ihr so vor, als ob ihre Stimme vom Meer verschluckt würde.

Plötzlich konnte Ronja in der Dunkelheit einen Schatten ausmachen – war das ein Hund?

Ronja rief wieder nach Minni und näherte sich halb laufend der Gestalt, die am Ufer entlangschwankte.

Nein, es war ein Mensch.

Ronja blieb stehen. Milla war nirgends zu sehen und Minni auch nicht. Ronja blickte zum Sandweg, in Richtung der Straßenlaternen, aber dort war niemand zu sehen.

Stattdessen bemerkte die Person jetzt Ronja.

»Entschuldigung, haben Sie hier vielleicht einen großen Hund gesehen, er ist weggelaufen ...«, fragte Ronja mit rauer Stimme. Sie wusste nicht, was sie sonst sagen sollte.

Sie hatte Angst, weil sie in letzter Zeit zu viele Geschichten über diese sexuellen Belästigungen gelesen hatte. Wenn die Person versuchen würde, sie anzugreifen, dann würde sie um Hilfe rufen, mit dem Telefon zuschlagen, was auch immer.

Die Gestalt kam langsam auf Ronja zu. Als sie wenige Meter von ihr entfernt war, bemerkte Ronja, dass sie gebeugt war und nur mühsam gehen konnte – wie ein alter Mensch.

Die Person sah auf, sodass das Licht aus der Ferne auf ihr Gesicht fiel.

Sara?

Ronja schnappte nach Luft.

Ja, es war Sara. Sie trug ein Nachthemd, sonst nichts. In der Dunkelheit flatterte der dünne weiße, nein: fleckige Stoff im Wind.

Da begriff Ronja: Das Nachthemd war voller Blut.

Instinktiv machte sie einen Schritt zurück.

»Ich habe auf dich gewartet«, krächzte die Frau. Seltsamerweise schien sie nicht zu frieren.

Der dünne von Blut triefende Stoff entblößte knöchrige, alte Beine. Ihr weißes lockiges Haar fiel ihr in das runzlige Gesicht. Sie war barfuß, obwohl die Temperaturen unter null Grad lagen.

Wessen Blut war das?

Ronja erwachte aus ihrem Schockzustand. Sara sah eigentlich nicht schwer verletzt aus, aber Ronja musste sie so schnell wie möglich ins Warme bringen, damit sie nicht erfror. Topi hatte recht gehabt, die alte Frau brauchte wirklich eine angemessene Betreuung. Zum Glück war Ronja rechtzeitig gekommen. Sara wäre nicht die erste in der Kälte umherirrende alte Frau, die erfroren war.

»Hör mal, dir ist doch nichts passiert, oder? Auf deinem Kleid ist Blut, und es ist auch ziemlich kalt. Du wohnst ja ganz in der Nähe, da bringe ich dich am besten nach Hause, ins Warme, ja?«, schlug Ronja vor und versuchte Sara in Richtung Sandweg zu führen.

Aber Sara riss sich los.

»Ich habe auf dich gewartet«, wiederholte sie ruhig.

Ronja versuchte noch einmal, die alte Frau am Arm zu fassen, aber diese redete mit krächzender Stimme weiter.

»Du bist in Gefahr. Hier sind schreckliche Dinge passiert. Noch viel schlimmere Dinge, als man sich vorstellen kann. Du bist hier nicht sicher. Er kommt und wird dich als Nächste holen. Ich hab's dir doch gesagt! Warum hast du nicht auf mich gehört?«, fuhr Sara fort und zeigte mit ihrer knochigen Hand auf Ronja.

Ronjas Herz klopfte ihr bis zum Hals.

»Er hat schon einmal getötet, er ist schon hier gewesen. Dort, dort hat er getötet.« Sara wankte und zeigte mit zittriger Hand in die Dunkelheit.

Ronja musste sie unbedingt ins Haus bringen, damit sie nicht erfror. Aber gleichzeitig erschreckten sie auch Saras Worte. Ihr Blick war scharf, den Kopf hielt sie hoch erhoben.

Aber das blutbefleckte Nachthemd …

»Wirklich, wir sollten mal lieber ins Haus gehen«, sagte Ronja und begann in ihrer Tasche nach dem Telefon zu suchen.

»Ich bin nicht verrückt, auch wenn sie das behaupten. Keiner glaubt mir. Aber ich sage dir, Ronja …«

Sara hielt kurz inne und holte tief Luft.

»Du bist hier in Gefahr. Er holt alle Menschen, die man liebt. Dort ist er auch schon gewesen. Schau, was er getan hat«, fuhr sie fort, breitete ihr blutiges Nachthemd aus und wankte. Sie klammerte sich an Ronja. Klare Augen sahen Ronja an, in denen etwas glänzte.

Tränen?

»Ist da etwas? Ist das Blut von … dort?«, stammelte Ronja.

Sara stolperte.

»Und woher weißt du, dass es mir schlecht ergehen wird? Woher kennst du mich?«, entfuhr es Ronja.

Sie hatte wieder dieses dringende Bedürfnis, alles zu klären und von Sara endlich alles zu hören, was diese wusste.

»Ich kenne dich. Du hast die gleiche Seele wie dein Vater.«

Die Frau wirbelte herum und fiel auf den kalten Sand. Ronja reagierte sofort, schließlich war der Boden eiskalt und nass. Sie zog die wimmernde Sara hoch.

»Ich habe ihn gesehen, mit eigenen Augen. Ich sah ihn damals und auch später. Er wird niemanden mehr in Ruhe lassen. Er bringt den Tod. Wenn du mir nicht glaubst, dann sieh doch selbst«, fuhr Sara mit zittriger Stimme fort.

»Was? Wer? Und hör mal, der Schlüssel hat nicht gepasst. Ich habe ihn ausprobiert. Wozu gehört der?«, fragte Ronja. Sie ergriff Saras Arme, doch da begann die Frau, durchdringend zu schreien.

Ronja erschrak und ließ Sara los.

Dann schöpfte die alte Frau wie aus dem Nichts mehr Kraft, rannte los und verschwand in der Dunkelheit. Ronja fluchte und lief ihr hinterher. Sara war völlig durcheinander, und Ronja hatte auch keine Zeit gehabt nachzuschauen, wo die Wunde war, die so stark blutete. Wenn Sara schwerer verletzt sein sollte, müsste man sie sofort ins Krankenhaus bringen, bevor es ihr noch schlechter ginge.

Ronja blieb am Wasser stehen. Das Meer und der Himmel verschmolzen zu einer dunklen brausenden Masse. Auf dem Sand lag etwas.

»Mein Goldschatz, meine Liebe«, Sara schwankte und fuchtelte mit den Händen in der Luft, in Ronjas Richtung, in die Richtung des Meeres.

»Dieser Strand wird dich töten! Dieser Strand tötet!«

Ronja rang nach Luft. Die Person, die dort auf dem Sand auf der Seite lag, rührte sich nicht. Vorsichtig schlich Ronja näher, hielt dabei die Luft an.

»Was um alles in der Welt«, keuchte Ronja und drehte den leblosen Körper um, überprüfte den Puls. Aber die Person reagierte nicht mehr. Ihr Gesicht war völlig weiß, die Augen waren geschlossen.

Dann sah Ronja es.

Von Ohr zu Ohr verlief eine breite, blutige, tiefe Schnittwunde.

Ellen Rinne war tot.

Entsetzt schaute Ronja die alte Frau an.

»Wer hat das getan? Hast du den Täter gesehen?«, rief sie über das Meeresrauschen hinweg der Alten zu, die sich mit ausdruckslosem Gesicht neben der Leiche wiegte.

Sara jammerte.

In Ronjas Kopf dröhnte es, lange starrte sie die Leiche an.

Dann schaute sie auf und sah, wie die halb angezogene Sara bereits am Ufer entlanglief. Sie musste die Frau aufhalten, bevor sie sich noch selbst verletzte. Ronja ließ die am Strand liegende Leiche zurück und rannte Sara hinterher.

Die alte Frau redete wirres Zeug, schwankte und taumelte vorwärts. Es sah so aus, als ob sie jeden Moment ins Wasser fallen würde. Das blutbefleckte Nachthemd flatterte im Wind.

Eilig zog Ronja ihr Telefon aus der Tasche. Sie war bereits dabei, die Notrufnummer zu wählen, als sie jemanden rufen hörte, der näher kam.

»Ich habe Minni gefunden! Ronja, bist du da?«, rief Milla.

»Gott sei Dank!«, seufzte Ronja erleichtert, als ihre Freundin mit Minni näher kam.

»Was ist hier los …«

Nur mit Mühe konnte Milla einen Schrei des Entsetzens unterdrücken.

KAPITEL 38

Ellen Rinne. Tot.

Verwirrt starrte Anton auf die am Strand liegende Leiche. Erst wenige Stunden zuvor hatten sie noch auf dem Polizeirevier mit der Frau geredet. Ungern hatten sie sie gehen lassen, aber ihnen war nichts anderes übrig geblieben, weil es nicht genug Beweise gab, um sie zu verhaften.

»Ich kann's nicht glauben, dass sie jetzt hier liegt. Ich war mir sicher, dass sie hinter dem Ganzen steckt«, sagte Oona mit erstickter Stimme.

»Es kann ja trotzdem sein, dass sie dahintersteckte. Aber jetzt ist sie tot. Es gibt noch einiges zu tun, um das aufzuklären«, entgegnete Anton und zog seinen Kragen höher. Vom dunklen Meer blies ein kalter Wind. »Irgendetwas sehen wir nicht, aber was? Ich habe das Gefühl, als ob wir die ganze Zeit einen Schritt hinterher wären.«

Mit sanftem Blick sah Oona ihren Kollegen an.

»Wir konnten sie nicht länger auf dem Revier behalten, es gab nicht genug Beweise.«

Anton nickte. Er ärgerte sich. Sie waren so nah dran gewesen, hatten fast schon Ellens Geheimnisse aufgedeckt, und jetzt standen sie schon wieder vor einer neuen schweren Aufgabe. Ein neuer Mord. Noch mehr Möglichkeiten, über die man nachdenken musste, und dabei waren die Untersuchungen zu dem Mord an Harri Vaara noch nicht mal abgeschlossen. Zwei Leichen. Würde es womöglich noch eine dritte geben? Er wollte nicht darüber nachdenken.

»Über Ellen Rinnes Background muss eine neue gründliche Untersuchung gemacht werden. Selbst die kleinsten Dinge interessieren mich. Zusätzlich muss die Identität von Sara Lumme, die die Leiche gefunden hat, überprüft werden. Und sie muss befragt werden, sobald vom Krankenhaus die Erlaubnis dafür erteilt wird«, wies Anton seine Kollegin an.

»Könnte Topi dahinterstecken? Was wäre, wenn sie das Ganze gemeinsam geplant hatten und Topi herausbekam, dass Ellen auf dem Revier war? Vielleicht bekam er es daraufhin mit der Angst zu tun, dass sie reden würde?«

»Das könnte durchaus sein. Wir müssen ihm mehr Druck machen. Ich bin mir sicher, dass er dann einknickt.«

Anton trat vorsichtig neben die Leiche. Er wollte der Spurensicherung nicht noch mehr Arbeit machen, indem er unnötige Fußspuren hinterließ.

»Wir müssen Topi noch mal aufs Revier kommen lassen.«

Oona nickte.

Antons Telefon begann in seiner Tasche zu klingeln, sein Gedanke wurde unterbrochen. Hastig warf er einen Blick aufs Display.

Ansku.

Er ärgerte sich. Jetzt hatte sie also beschlossen, doch wieder Kontakt aufzunehmen? Sie hatte ungefragt in seinen Unterlagen rumgeschnüffelt und war danach einfach abgehauen. Das war richtig übel, aber er musste es für sich behalten, schließlich war das nur passiert, weil er Privates mit Beruflichem vermischt hatte.

Aber er musste mit Ansku deswegen noch ein ernstes Wort reden. Mit dem Handy in der Hand ging er etwas weiter vom Strand weg.

Hartnäckig klingelte das Telefon immer weiter.

»Hallo«, sagte er kurz angebunden und warf einen Blick hinter sich, um sicherzugehen, dass ihn keiner seiner Kollegen hören konnte. Bei diesem Gespräch konnte er keine Zuhörer gebrauchen.

»Hallo. Rufe ich zu spät an?«

Anton schnaubte.

Er erinnerte sich an ihr letztes Treffen. Wie sie sich in einem Knoten von Emotionen verstrickt hatten. Er wusste nicht mehr, wer er war. Über Aurora zu sprechen, hatte sich gut angefühlt, aber jetzt schien die Mauer um ihn herum wieder zu wachsen.

»Ich bin auf der Arbeit, gibt's was Wichtiges?«

»Ich will reden.«

»Ich auch. Ganz toll übrigens, dass du letztens einfach abgehauen bist. Und ich mag es auch nicht, dass du einfach an meine Unterlagen gehst. Das sind streng vertrauliche Dokumente. Was tust du eigentlich, Ansku? Du verstehst schon, dass das Durcheinanderbringen von Beweismitteln strafbar ist, oder?« Anton ließ seiner Wut und seinem Frust freien Lauf.

Ansku antwortete nicht, aber Anton konnte sie atmen hören.

»Hast du etwas dazu zu sagen? Hier geht's immerhin um meine Karriere, kapierst du das eigentlich?«

»Ich wollte nichts durcheinanderbringen, Anton. Ich weiß auch nicht, was ich mir dabei gedacht habe. Ich war sauer. Und ich habe nur ein bisschen geguckt.« Anskus Stimme vibrierte in der Leitung.

Anton wartete. Die Wut war schon ein wenig verraucht, trotzdem musste er ihr ein für alle Mal klarmachen, dass sich so etwas nicht wiederholen durfte. Ansonsten konnten sie sich nicht mehr treffen.

»Bist du noch da?«

»Ich muss gleich aufhören, ich stecke mitten in einer Mordermittlung.«

Stille. Dann hörte er leises Schluchzen.

»Anton … Ich bin schwanger. Keine Ahnung, wie das passieren konnte.«

Anton fiel fast das Telefon aus der Hand.

Schwanger? Ein Wirbelsturm der Gefühle überrollte ihn, er war wie gelähmt.

»Was?«

»Ich habe es zuerst auch nicht geglaubt. Es ist noch ganz am Anfang. Ich wollte es dir schon beim letzten Mal erzählen, als wir uns gesehen haben, aber dann kam etwas dazwischen ...« Anskus Stimme verebbte.

»Ansku, ich will keine Kinder. Bist du sicher, dass es von mir ist?«

Anton bedauerte seine Worte, sobald er sie ausgesprochen hatte. Er war unverschämt, das wusste er selbst.

»Was sagst du da?«

Ansku war anzuhören, dass sie zutiefst verletzt war. Kein Wunder.

»Findest du das etwa lustig?«

Anton kratzte sich am Kopf. Nein, das war nicht lustig. Das war furchtbar. Er hätte von Anfang an seine Gefühle rauslassen sollen, aber jetzt war es zu spät.

»Was hast du jetzt vor zu tun?«, fragte er.

»Was ich jetzt vorhabe zu tun? Das ist das Einzige, was dir dazu einfällt?«

Anton hasste sich selbst dafür, aber er konnte kein Vater werden. Er konnte es nicht und hatte auch keine Zeit für so etwas. Und er wollte es auch nicht. Bilder von lächelnden Babys, Kinderwagen und von Ansku als Mutter schossen ihm durch den Kopf. Unscharfe Bilder von Eltern, die mit ihren Kindern in Babysprache redeten ... Nein: Er würde nicht innerhalb eines Tages zu einem Vater-Typ werden. Und auch nicht in einem Jahr. Er war ja selbst als Mensch noch ganz unfertig.

»Ich glaube, es wäre für alle das Beste, wenn du es wegmachen lassen würdest«, sagte Anton vorsichtig.

Wie konnte er nur so dumm sein, dass er bei der Verhütung nicht besser aufgepasst hatte? Er war ein Vollidiot.

»Ich dachte, ich sag dir Bescheid. Du brauchst dich zu nichts verpflichtet zu fühlen, wenn du das nicht willst.« Anskus Stimme war eiskalt.

Anton wurde munter.

»Man muss ja nicht gleich dramatisch werden, wir müssen doch gar keine große Sache daraus machen. Shit happens. Das war ein Unfall. Deshalb gibt es Alternativen für Leute wie uns, die keine Kinder haben wollen«, sagte er und merkte selbst, wie er alles nur noch schlimmer machte.

»Ich will dich nie wiedersehen!«

Anton seufzte.

»Sag mir, wie ich helfen kann. Ich will hier nicht das Arschloch sein, aber du bist immerhin freiwillig mit mir ins Bett gegangen. Ich bin kein Familientyp. Das hast du von Anfang an gewusst. Ich kann nicht solche Verpflichtungen und so ein Risiko eingehen. Du weißt auch, warum, ich hab's dir gesagt«, murmelte er.

Anton konnte sich nicht auf so etwas einlassen. Nicht nach dem, was mit Aurora passiert war.

Ansku blieb stumm.

Am liebsten hätte Anton das Telefon auf den Boden geschmissen. Stattdessen holte er tief Luft. Wie konnte es sein, dass sein Leben in einer einzigen Woche zu so einem Chaos geworden war?

Frustriert blickte er zum Strand.

Oona winkte heftig in seine Richtung. Offenbar gab es etwas Wichtiges. Anton ging zurück zu seiner Kollegin, er atmete tief durch.

»Alles okay bei dir?«, erkundigte sich Oona.

Anton nickte.

»Gut. Das Krankenhaus hat gerade angerufen. Unsere Untersuchungen werden noch schwieriger. Sara ist ins Koma gefallen.«

Logbuch

Ich überlegte und überlegte, zerbrach mir den Kopf. Endlich hatte ich das Gefühl, meinen Seelenfrieden gefunden zu haben.

Aber eine leise Stimme in meinem Kopf meldete sich zu Wort. Von irgendwoher war ein Samen des Zweifels eingedrungen und schien mit beunruhigender Geschwindigkeit zu wachsen. Ich war verärgert. Entscheidungen, die bereits getroffen wurden, sind schwer wieder rückgängig zu machen oder zu ändern. Wenn etwas beschlossen wird, dann wird es auch gemacht. So wie du es auch getan hast.

Die Gestalt im Fenster hatte mich bemerkt. Das schockierte mich. Sie sollte mich nicht sehen. Ich versuchte doch, so unsichtbar wie möglich zu sein. Mich beunruhigte der Gedanke, was sie wohl dachte, als sie mich sah. An ihrem Verhalten änderte sich jedoch nichts. Ihre Routine war immer noch pünktlich, sie kam, um durchs Fenster zu schauen, und verschwand immer zur gleichen Zeit. Aber etwas an ihr hatte sich verändert. Etwas war klarer. Ihre Konturen zeichneten sich klarer ab. Schärfer. Der Ausdruck in ihren Augen war entschlossener. Das erschütterte mich, brachte mich zum Zweifeln. Es brachte mich dazu, mich an Dinge zu erinnern, an die ich lange Zeit nicht gedacht hatte, sehr lange Zeit nicht.

Dann war da Harri. Harri, der bereits tot war. Aber das Leben ging trotzdem weiter wie bisher. Tagein, tagaus. Ich wundere mich, wie wenig der Tod letztendlich ändert.

Routinen fressen Erinnerungen. Über Harris Tod steht nichts mehr in der Lokalzeitung. Ich habe mich bei zuverlässigen Quellen erkundigt. Die Polizisten scheinen keine Verdächtigen zu haben. Ich weiß, dass es manchmal vollkommen unmöglich ist, solche Fälle zu lösen.

Aber ich ärgere mich trotzdem.

In letzter Zeit ist er ständig um sie herumscharwenzelt. Das stört mich. Das passt nicht ins Bild. Ich weiß auch, dass das, was jemals zwischen ihr und ihm passieren wird, nicht gut ausgehen wird. Zwischendurch verspüre ich sogar Mitleid mit ihr, was alles noch passieren wird. Aber nur für einen flüchtigen Moment.

Dann erinnere ich mich an dich, und alles Mitleid löst sich in Luft auf.

KAPITEL 39

»Toll, dass du angerufen hast, und schön, dich wiederzusehen!«
Ville umarmte kurz die in der Tür stehende Ronja und ließ sie dann eintreten. Er wirkte nervös, fuhr sich mit der Hand durchs Haar und schaute sie lange an, als sie ihre Jacke aufhängte.

»Ich hätte nicht gedacht, noch mal von dir zu hören. Auch wenn ich das natürlich gehofft habe. Aber beim letzten Mal wolltest du plötzlich so schnell weg«, stammelte er und wurde etwas rot.

Ronja wand sich, versuchte aber zu lächeln. Sie war nervös. Es machte sie nervös, zu Ville zu kommen, und der Gedanke, was er gleich tun würde, machte sie ebenfalls nervös. Sie hatte alles sorgfältig mit Ansku geplant, aber was, wenn es schiefginge?

»Ist alles okay?«

Sie sah ihn aufmerksam an.

Ronja war die halbe Nacht wach gewesen und hatte versucht, alles zu begreifen, was in den letzten Tagen passiert war. Papas Wohnung hatte sich trostlos und beängstigend angefühlt. Erst in der frühen Morgendämmerung war sie eingenickt.

»Ich dachte, wir könnten mal reden«, sagte sie und ging voraus in Villes Wohnzimmer.

Ihr Plan musste einfach funktionieren. Sie holte tief Luft und schaute sich um. Überall waren Bücher – auf dem Tisch, auf dem Stuhl, im Regal und sogar auf dem Fußboden türmten sich hohe Stapel. Astronomie, Geschichte, Politik. Auf dem Esstisch lagen Papiere herum, denen man aufgrund der schnörkeligen, teils etwas ungelenken Handschrift ansehen konnte, dass sie von Schülern geschrieben worden waren. Offenbar war Ville gerade dabei gewesen, Prüfungen zu korrigieren, als Ronja anrief und fragte, ob sie vorbeikommen könnte.

»Entschuldige, hier ist es etwas unordentlich. Ich hatte noch keine Zeit aufzuräumen ...«, murmelte Ville und sammelte hinter Ronja einzelne Gegenstände vom Boden auf. Danach legte er die Sachen auf den Sessel.

Ronja setzte sich in die Ecke des kleinen Sofas. Widersprüchliche Gedanken schossen ihr durch den Kopf. Ville sah einfach richtig gut aus, sogar in Jogginghose und mit strubbeligen Haaren war er attraktiv. Wenn die Situation eine andere gewesen wäre, dann hätte Ronja wahrscheinlich nicht mal versucht, sich zurückzuhalten, sondern hätte sofort heftig mit ihm geflirtet. Aber jetzt musste sie sich an ihren Plan halten. Jetzt musste sie herausfinden, ob Ville etwas mit dem Mord an ihrem Vater zu tun hatte.

»Ville, wie denkst du darüber?«

»Darüber? Was meinst du? Über dich und mich?«, fragte er und setzte sich neben sie aufs Sofa.

»Nun ja, über alles«, stammelte sie.

Es wurde schwierig, sich an den Plan zu halten.

»Ich habe über ein paar Dinge nachgedacht, nachdem ich das letzte Mal so schnell aus Harris Wohnung raus bin«, fuhr Ville fort und kam näher.

»Ich hatte gedacht, dass ich über dich hinweg wäre. Und bestimmt war ich das auch, viele Jahre habe ich jedenfalls zufrieden woanders gelebt, und ich hatte auch andere Beziehungen. Aber es gibt da so eine Anziehungskraft zwischen uns. Ich würde gerne herausfinden, was das ist. Auch wenn es ja immer heißt, dass es sich nicht lohnt, alte Beziehungen wieder aufzuwärmen.«

Ronja nickte verwirrt. Villes Gefühlsausbruch beunruhigte sie. Es war an der Zeit, den Plan ins Rollen zu bringen.

»Ich habe das Gefühl, dass das mit uns diesmal anders laufen könnte als beim letzten Mal«, fuhr Ville fort und schaute Ronja an. Sie spürte, wie ihre Wangen heiß wurden. Villes Körpersprache war ihr vertraut, sie sah ihm an, dass er sie gerne berührt hätte, aber sich nicht traute. Noch nicht.

»Ville, ich weiß nicht … Ich denke, wir sollten es etwas ruhiger angehen lassen. Wir kennen uns doch gar nicht mehr richtig.«

Die Situation war viel zu kompliziert. Und selbst wenn die Situation eine andere gewesen wäre und sie Ville nicht verdächtigen würde, so hatten sie doch trotzdem schon einmal ihr Glück miteinander versucht. Und es hatte nicht funktioniert. Warum sollte es diesmal anders sein?

»Ich würde dich gerne neu kennenlernen«, begann Ville, aber er wurde vom Klingeln seines Telefons unterbrochen. Zuerst reagierte er nicht darauf, aber der Anrufer war hartnäckig.

»Rühr dich nicht vom Fleck«, sagte er, dann verschwand er im Flur.

Ronja blieb auf dem Sofa sitzen und wartete. Sie war nervös.

Der Anruf kam genau in dem Moment, den sie und Ansku vereinbart hatten. Jetzt hieß es Daumen drücken, dass Ville den Köder schluckte.

Kurz darauf kehrte er ins Wohnzimmer zurück, er sah verwirrt aus.

»Das war eine Nachbarin, die ich gar nicht kenne. Sie meinte, dass etwas mit meinem Wagen nicht stimmt. Irgendjemand soll da etwas kaputt gemacht haben, die Polizei ist auch schon da«, erklärte Ville und starrte auf das Telefon.

»O nein, das klingt ja schlimm!«, sagte Ronja in mitfühlendem Tonfall.

»Keine Ahnung, ich muss das jetzt jedenfalls klären. Warte hier, ich glaube nicht, dass das lange dauern wird. Ich könnte uns auf dem Rückweg etwas zum Mittagessen mitbringen«, schlug er vor.

Ronja spürte einen kleinen Stich in der Herzgegend.

»Natürlich warte ich. Geh ruhig und schau nach, was da los ist. Ich hab's nicht eilig, ich kann mir ja einen Kaffee machen, während ich warte«, sagte sie und lächelte.

Nachdem die Wohnungstür ins Schloss gefallen war, sprang Ronja vom Sofa auf. Ville hatte den Köder geschluckt.

Ansku war schon immer gut darin gewesen, ihre Stimme zu verstellen. Ihre Gruselgeschichten waren genau aus dem Grund auch immer so unheimlich gewesen. Und dieses Mal hatte sie wirklich überzeugende Arbeit geleistet, indem sie so getan hatte, als ob sie eine besorgte Nachbarin wäre.

Ronja hatte nur wenig Zeit, um in Villes Wohnung nach Spuren zu suchen, die etwas mit dem Mord an ihrem Vater zu tun haben könnten. Ville bräuchte nicht lange, um zu seinem Auto zu kommen und zu merken, dass es gar nicht kaputt, sondern nur verdreckt war. Ansku hatte Schmutz auf den Wagen geworfen, der sich aber problemlos wieder abwaschen ließe. Also machte sich Ronja an die Arbeit.

Sie hob Bücherstapel hoch, drehte sie um. Sie wusste nicht mal, wonach sie suchte, aber war sich sicher, dass sie es erkennen würde, sobald sie darauf stieße. Ungeduldig schaute sie sich um. Ville würde bald zurückkehren, und sie müsste sich dann entweder seinen Gefühlen stellen oder schnell verschwinden und wieder bei null anfangen. Im schlimmsten Fall würde sie Ville direkt darauf ansprechen – was allerdings zu einer Katastrophe führen könnte, wenn er wirklich in die Sache verwickelt wäre.

Ronja ging in die Hocke und durchsuchte das kleine Regal im Wohnzimmer. Fast riss sie die Sachen heraus, aber fand nichts. Nur Quittungen, Kabel, Computerteile. Verdammt!

Und dann sah sie ihn.

Er war eilig unter das Sofa geschoben worden. Wenn man stand, konnte man ihn gar nicht sehen, weil das Sofa so niedrig war, aber vom Boden aus war er deutlich zu sehen.

Ein Aktenordner.

Ronja schrie fast auf und zog ihn dann unter dem Sofa hervor. Auf den Rücken des Ordners war mit einem dicken Stift ein X geschrieben worden, er war voller Papiere und war schwer.

Der Ordner X!

Hier war er also. Aber warum hatte er unter Villes Sofa gelegen? Ronja setzte sich aufs Sofa und schlug hektisch den Ordner auf. Die erste Seite zeigte einen Stammbaum – von Hand gezeichnet, die Namen der Familienmitglieder waren unordentlich in Kästchen eingetragen worden. Der Baum füllte die gesamte Seite aus und hatte viele Verzweigungen. Neben jedem Namen stand das Geburtsdatum. Oder das Datum des Todes? Ronja wusste es nicht.

Sie las die Namen, aber kannte sie nicht. Backberg, Bergroth, Dahlgren ... Die danebenstehenden Daten waren aus dem 19. Jahrhundert oder sogar noch älter. Ronja blätterte weiter. Die Namen sagten ihr immer noch nichts, aber sie waren Finnisch: Visapää, Kalliala, Ylänne ... Die Papiere enthielten auch Tabellen, unheimlich viele Tabellen und Kopien aus Kirchenbüchern. Ein Teil der Zettel war alt und abgenutzt, und der Druck war nicht besonders deutlich, ein Teil war neuer.

Ronja brauchte keine Detektivin zu sein, um zu erkennen, dass dies hier eine Genealogie war. Seitdem sie denken konnte, hatte sich ihr Vater mit Ahnenforschung beschäftigt. Er kannte die Geburts- und Sterbedaten und -orte von entfernten Verwandten, die schon lange tot waren. Er wusste, wer in welcher Region gelebt hatte und wie viele Kinder in dem Haus geboren und gestorben waren. Hektisch blätterte sie weiter. Sie erinnerte sich daran, dass es Papas Methode gewesen war, die älteren Daten an den Anfang zu stellen, wie die Wurzeln eines Stammbaums, und dass, je weiter man ging, desto jüngere Personen auftauchten. Ronja blätterte bis zum Ende, weil ihr nicht mehr viel Zeit bleiben würde. Ville könnte jeden Moment zurückkommen.

Sie stieß auf einen neuen Stammbaum, aber dieses Mal gab es deutlich weniger Namen. Und sie kannte jeden einzelnen davon.

Ihre Großeltern standen ganz unten, und von ihnen verzweigte sich der Baum zu ihrer Mutter. Auf der anderen Seite stand der Name ihres Vaters, ihre Mutter und ihr Vater wurden durch Ronja miteinander verbunden. Die Symmetrie wurde jedoch durch einen per Hand hinzugefügten Namen zerstört, der an den Rand des Zettels geschrieben worden war und von dem ein Strich zu Ronjas Vater führte. Dahinter stand ein Fragezeichen.

Erämaa, Ville Juhani (geb. 1984)

Ronja starrte auf den Zettel. Sie kapierte es nicht. Warum stand da Villes Name in ihrem Stammbaum? Die Handschrift war die von Papa, da war sie sich ganz sicher. Der Strich war direkt zu ihrem Vater gezogen worden, aber als er das Fragezeichen geschrieben hatte, hatte seine Hand offensichtlich gewackelt oder gezittert.

War das möglich …?

Ronja blätterte schnell ganz bis zum Ende des Ordners, aber die letzten Seiten waren leer. Sie ließ ihre Hände auf den Ordner sinken. Warum hatte ihr Vater nichts davon erzählt? War das der Grund, warum ihre Mutter gegangen war? Hatte sie alles herausbekommen und wollte nichts mehr damit zu tun haben? Papa hatte sich mit Ville in der Hauseinfahrt wegen diesem Ordner getroffen. So musste es gewesen sein. Offensichtlich hatten sich die beiden deswegen unterhalten. Oder hatte Ville selbst etwas über die Verbindung herausgefunden und hatte Papa gedroht, es zu erzählen?

Ihr schwirrte der Kopf.

Plötzlich flackerte das Licht im Treppenhaus auf und drang durch den Spalt unter der Wohnungstür in den Flur. Aus dem Treppenhaus war ein Poltern zu hören. In Ronja kam Leben, schnell nahm sie den Zettel mit dem Stammbaum, steckte ihn in ihre Tasche und schob den Ordner dann wieder unter das Sofa, damit Ville nichts merken würde.

Dann sprang sie auf und versuchte sich zu beruhigen. Im selben Moment öffnete sich die Tür.

»Komische Geschichte, da gab es gar keine Nachbarin«, schnaufte Ville.

»Ach, sie war gar nicht da?« Ronja versuchte, ruhig zu klingen, auch wenn ihre Hände zitterten.

»Auf dem Auto lag irgendein Dreck, aber alles funktionierte einwandfrei. Um auf Nummer sicher zu gehen, bin ich einmal um den Block gefahren«, erzählte er mit geröteten Wangen. »Ich habe dann noch versucht, die Nachbarin anzurufen, aber da ist keiner drangegangen. Merkwürdige Geschichte. Ich glaube, die hatte am Telefon nicht mal ihren Namen genannt. Na ja, egal. Soll ich uns jetzt Mittagessen holen? Ich habe meine Jacke ja noch an.«

Ronja wusste nicht, was sie tun sollte. Im Grunde könnte sie Ville auch einfach direkt darauf ansprechen, jetzt sofort. Sie könnte nach einer Antwort verlangen, was hier eigentlich los war. Ihn fragen, wer er wirklich war und wie viel er mit ihrem Vater zu tun gehabt hatte. Aber gleichzeitig hatte sie Angst. Eigentlich kannte sie ihn überhaupt nicht mehr. Als Ronja nach Helsinki zurückgekehrt war, war er ganz schnell in ihrem Leben aufgetaucht. Viel zu schnell. Verdächtig schnell.

Sie hatte gefunden, wonach sie gesucht hatte. Jetzt müsste sie hier weg. Und zwar sofort.

»Milla hat mir eben eine Nachricht geschickt, dass sie ganz dringend Hilfe braucht, es ist ein Notfall. Topi hat anscheinend irgendwie Mist gebaut, aber ist zum Training gegangen, und jetzt steckt Milla in Schwierigkeiten ... Tut mir total leid, aber ich muss jetzt los«, haspelte Ronja ihre vorher ausgedachte Notlüge herunter. Schnell zog sie sich die Jacke an.

Verwirrt starrte Ville sie an.

»Aber du bist doch eben erst gekommen. Ronja, wir müssen unbedingt mal reden«, sagte er eindringlich und griff eilig nach ihrer Hand.

Einen Moment lang sahen sie sich an. In Villes Augen loderte ein Feuer. Etwas, woraus Ronja nicht schlau wurde.

»Ich muss jetzt los«, murmelte sie, riss sich los und flüchtete ins Treppenhaus.

KAPITEL 40

»Ronja, warte!«

Sie rannte auf die Straße und wurde dabei fast von einem Auto überfahren. Im letzten Moment blieb sie stehen, und der Fahrer hupte. Dabei ließ sie ihre Tasche fallen, und der Inhalt kullerte über die Straße. Sie fluchte und begann, ihre Sachen einzusammeln.

Sie hätte nicht damit gerechnet, dass Ville hinter ihr herlaufen würde. Verdammt! Sie sammelte schnell die restlichen Sachen in die Tasche, warf sich den Riemen über die Schulter und wollte gehen, aber Ville hielt sie fest. Seine Schnürsenkel waren noch offen, und auch die Jacke hatte er nicht zugemacht.

»Jetzt warte doch mal! Was zum Teufel ist denn in dich gefahren?«, schrie er fast und hielt sie am Arm fest. Ronja drehte sich um. Sie wusste nicht, wie sie hier rauskommen sollte, aber sie musste unbedingt ganz schnell weg, zurück in die Wohnung ihres Vaters.

»Ville ...«, fing sie an, aber er unterbrach sie.

»Nein, jetzt hörst du mir mal zu. Ich hab schon zigmal versucht, dieses Gespräch mit dir zu führen, aber jedes Mal haust du ab oder jemand unterbricht uns. Es ist genauso wie damals – du haust ab und erzählst nicht, warum. Ich muss das jetzt aber unbedingt mal sagen!«

Ronja nickte, sie musste auf Zeit spielen.

»Seit der Oberschule habe ich dich geliebt. So! Jetzt ist es raus. Selbst als du mich verlassen hast, habe ich dich geliebt. Kein Wunder, dass aus den anderen Beziehungen nichts wurde. Ich habe das erst jetzt kapiert, nach unserer gemeinsamen Nacht. Ich meine es ernst!«

Ville starrte Ronja aufmerksam an und wartete auf eine Antwort, aber sie wusste nicht, was sie sagen sollte.

»Ville, müssen wir dieses Gespräch unbedingt jetzt führen? Ich hab's eilig und …«, begann sie, aber bekam den Satz nicht zu Ende, weil sie von Ville unterbrochen wurde.

»Ja, wir müssen dieses Gespräch jetzt und hier führen! Ich brauche Klarheit. Ich bin zu alt für irgendwelche Spielchen. Du kannst jetzt nicht schon wieder weglaufen.«

Ronja schnaubte. Ville könnte gefährlich sein, und sie musste sich unbedingt Klarheit verschaffen, bevor sie überhaupt über etwas anderes nachdenken konnte. Sie konnte das nicht hier und jetzt mit ihm besprechen.

»Ville, ich kann jetzt nicht …«

Er kam näher, legte seinen Arm um ihre Taille. Sie schubste ihn weg. Plötzlich konnte sie es nicht mehr länger für sich behalten.

»Hast du versucht, mich zu überfahren?«

Zum Glück waren sie gerade an einem öffentlichen Ort. Falls die Situation eskalieren sollte, würde sie schnell Hilfe bekommen.

»Warum hätte ich das tun sollen? Ich habe dir eben meine Liebe gestanden, und du beschuldigst mich, dass ich dich umbringen wollte? Was ist nur mit dir los, Ronja?« Man konnte die Empörung in seiner Stimme hören.

»Dein Auto sieht genauso aus wie das, mit dem ich fast überfahren worden wäre.«

Geschockt starrte er sie an.

»Und genau so ein Auto hat Papas Nachbar auch bei dem mysteriösen Typen gesehen, der sich regelmäßig mit Papa getroffen hat«, schrie sie.

Ville sah völlig überrascht aus, und in diesem Moment konnte sie sich sogar fast vorstellen, dass er unschuldig war.

»Ich habe keine Ahnung, wovon du redest. Die Welt ist voller roter Autos. Ich habe nie versucht, dich zu überfahren. Warum sollte ich so etwas tun?«

»Warum hast du dich heimlich mit Papa getroffen? Und sag jetzt nicht, dass du das nicht getan hast, es gibt nämlich Beweise!«

Ville holte tief Luft.

»Außerdem habe ich Papas Ordner in deinem Wohnzimmer gefunden. Wie ist der bei dir gelandet? Hast du den geklaut?«, schrie Ronja.

Sie offenbarte schon zu viel, die Situation war gefährlich. Sie sollte sich jetzt lieber sofort aus dem Staub machen. Wenn sie jetzt loslaufen würde, dann würde Ville sie vielleicht nicht kriegen – seine Schnürsenkel waren offen, und das würde ihn bestimmt langsamer machen.

Ville antwortete nicht, starrte Ronja nur mir gerötetem Gesicht an. Hektisch fuhr er sich durchs Haar.

Dann griff er wieder nach ihrer Hand.

»Ich habe niemanden umgebracht. Ja, okay, ich gebe zu, dass ich deinen Vater zwischendurch getroffen habe, aber es ist nicht so, wie du denkst ...«, stammelte er und versuchte die richtigen Worte zu finden.

Im gleichen Moment war hinter ihnen ein wütendes Gehupe zu hören. Ein Nachbar versuchte, an ihnen vorbeizukommen, und der Fahrer gestikulierte wild, dass sie von der Straße verschwinden sollten. Ville drehte sich nach dem Wagen um, und Ronja nutzte die Chance. Sie rannte los, bevor Ville überhaupt reagieren konnte. Sie lief, so schnell sie konnte, sprintete über die Straße, obwohl die Ampel Rot zeigte. Schwer keuchend bog sie um die Ecke und blieb stehen.

Ville war ihr nicht gefolgt.

Ronja ging weiter. Sie wollte in die sichere Wohnung ihres Vaters. Zur gleichen Zeit kramte sie ihr Handy aus der Tasche und wählte Anskus Nummer.

Keine Antwort.
Sie versuchte es noch einmal.
Immer noch keine Antwort.
Dann versuchte sie, Milla anzurufen. Nicht erreichbar.

1975

Er drehte sie herum und nahm behutsam seine Hände von ihren Augen. Er lächelte.

Erstaunt blickte sie um sich, machte ein paar Schritte in dem kleinen Raum, schaute aus dem Fenster und dann wieder zu dem Mann. Auf ihrem Gesicht breitete sich ein Lächeln aus.

»Es ist perfekt, absolut perfekt«, sagte sie und schlang ihre Arme um seinen Hals. Ihr Gesicht war ganz nah an seinem, sie schaute ihm in die Augen. Er küsste sie zärtlich. Sie wusste, dass das hier ihr glücklicher Ort sein würde.

Ein Ort, an dem sie gestohlene Momente des Glücks miteinander verbringen könnten. Im Sommer, in der Wärme, zusammen.

»Aber woher hattest du das Geld?« Sie wich ein bisschen zurück, aber nahm nicht ihre Arme von seinem Hals.

»Mach dir deswegen mal keine Sorgen. Im Moment gibt's genug Arbeit. Das hier war billig, ich kenne die Tochter des Besitzers und hab's etwas günstiger bekommen. Hier können wir uns ungestört treffen, ohne Angst haben zu müssen, dass uns jemand sieht.«

Aufgeregt zeigte er ihr dann das kleine Häuschen. Ihr Lächeln kehrte zurück – strahlender als je zuvor. Er wollte nie wieder etwas anderes sehen. Er fasste sie um die Taille und warf sie in die Luft. Ihr Lachen klirrte im Zimmer wie die Kristalle eines Kronleuchters.

»Er ist perfekt. Unser Zufluchtsort. Unser Versteck. Unser geheimes Liebesnest«, lachte sie.

Er ließ sie wieder runter und hielt sie an den Händen fest.

»Ich habe mir gedacht, dass wir so einen Ort brauchen. Nur für uns beide.«

Sie nickte und streichelte ihm übers Haar.

»Wann gehst du endgültig?«, fragte er sie dann und sah ihr dabei direkt in die Augen. Vielleicht etwas fordernd, aber er wollte eine Bestätigung, dass es wirklich wahr werden würde.

Dass sich ihr gemeinsamer Traum erfüllen würde. Sie wollten von vorn beginnen, sich ihr eigenes Leben aufbauen.

Sie hatten es einander versprochen.

Sie lächelte ihn immer noch an, aber ihre hellen Augen hatten sich verdunkelt wie die Sonne an einem bewölkten Tag.

»Bald. Ich verspreche es dir. Ich werde ihm bald sagen, dass es vorbei ist«, erwiderte sie, aber aus ihrer Stimme war Unsicherheit herauszuhören.

»Dann nehme ich die Kinder und gehe. Für immer.«

»Wenn du willst, kann ich mitkommen, wenn du es ihm sagst. Dieser Mistkerl darf dich nie wieder anrühren!«, sagte er nachdrücklich.

»Das brauchst du nicht. Er weiß schon, dass es bald vorbei ist. Es muss nicht so dramatisch sein. Er weiß, dass ich nicht glücklich bin, und er ist es auch nicht. Keiner ist glücklich.« Sie versuchte zu lächeln.

Er drückte ihre Hand. Sie hingen an dünnen Fäden des Glücks. Von ihrer Entscheidung hing alles ab, einfach alles. Sein ganzes Leben, seine Zukunft. Er war dafür bereit.

Dann erinnerte er sich.

»Fast hätte ich es vergessen. Ich habe etwas für dich.«

Er kramte in seiner Tasche und holte dann einen Schlüssel heraus. Er war verschnörkelt und groß, das Messing glänzte im Tageslicht.

»Für dich. Du brauchst ja auch einen Schlüssel zum Glück. Für dieses Versteck«, sagte er und reichte ihr den Schlüssel.

Sie sagte nichts, lächelte nur und strich mit ihren Fingern über den Schlüssel.

»Und den hier bekommst du, damit du nie vergisst, von wem du ihn bekommen hast«, fuhr er fort und reichte ihr einen bunten Schlüsselanhänger aus Stoff, der an einer Schnur hing.

»Ein Raumschiff«, lachte sie. Sie verstand es. Zärtlich berührte sie seine Wange.

»Mein Raumfahrer.«

Er hätte zerspringen können vor lauter Glück. Mit gerötetem Gesicht befestigte er den Anhänger an dem Schlüssel. Er würde alles für sie tun.

»Das hier ist jetzt unser Versteck. Unser gemeinsames Nest, in das kein anderer kommt. Wir haben den ganzen Spätsommer Zeit und danach den Rest unseres Lebens. Zusammen.«

Die Frau strahlte, ihr Lächeln erhellte den ganzen Raum.

KAPITEL 41

Vorsichtig öffnete Milla die Tür und zog sie dann möglichst leise hinter sich zu. Man hörte nur ein leichtes Klicken, als die Holztür sich schloss. Die Schuhe ihrer Schwiegermutter, die zuvor an der Wand in dem engen Flur gestanden hatten, waren verschwunden. Helenas Babysitter-Einsatz war also vorbei, und Topi war aus dem Krankenhaus zurückgekehrt, aber aus dem Wohnzimmer war nichts zu hören.

Milla zog ihre Schuhe aus und holte ihr Telefon aus der Tasche. Ronja hatte versucht, sie zu erreichen. Milla versuchte, sie zurückzurufen, aber der Anruf ging sofort an die Mailbox.

Merkwürdig.

Sie versuchte es noch einmal. Wieder nur der Anrufbeantworter.

Milla schrieb hastig eine Textnachricht und drückte auf die Sendetaste.

Gedankenverloren ging sie dann ins Wohnzimmer, wo Topi vor dem Computer hockte und auf den Bildschirm starrte. Normalerweise bewegte er sich dann überhaupt nicht, nicht mal, wenn neben ihm ein Feuerwerk explodiert wäre. Die Kopfhörer lagen auf dem Tisch.

»Warst du schon da? War Sara wach?«

»Ja«, murmelte Topi.

Nur das leise Rauschen des Bildschirms war zu hören.

»Wir wollten gerade los, als Tante Sara plötzlich aufwachte«, fuhr er fort.

»Was? Lag sie nicht im Koma?«

»Meine Mutter ging ins Zimmer, und ich saß im Warteraum, ungefähr eine halbe Stunde lang. Plötzlich kam Mama wie von der Tarantel gestochen rausgestürzt und rief, dass Tante Sara aufgewacht ist.« Topi schüttelte den Kopf und lachte ein bisschen.

»Was meinst du mit aufgewacht? War sie richtig wach?«

»Tante Sara öffnete plötzlich ihre Augen, und Mama erschreckte sich zu Tode, als sie auf einmal von einer fast toten Frau angestarrt wurde. Dann gab es Probleme mit dem Beatmungsgerät, und Mama holte Hilfe«, beschrieb Topi seinen Besuch im Krankenhaus.

Mit offenem Mund hörte Milla zu.

»Der Schlauch wurde entfernt, und Tante Sara saß schon im Bett, als ich reinkam. Es ist wie ein Wunder, was anderes fällt mir dazu nicht ein«, sagte Topi und stand auf, um sich aus der Küche etwas zu trinken zu holen.

»Hat sie etwas zu euch gesagt? War sie erschrocken, dass sie plötzlich im Krankenhaus zu sich kam?«

»Sie hat zwar gesprochen, aber hat uns nicht erkannt. Ich weiß nicht, was sie dachte, wo sie ist.«

Milla wartete darauf, dass er weitererzählte.

»Sie hat von ihrem Sohn Toivo halluziniert. Hat gesagt, dass er noch lebt und kommen wird. Völlig absurdes Zeug. Schließlich hat man ihr ein Beruhigungsmittel verabreicht, und dann ist sie eingeschlafen. Mama war deswegen ziemlich durch den Wind«, erzählte Topi.

Milla nickte. Saras Schicksal berührte sie jedes Mal. Das Leben war manchmal so unberechenbar und für manche Menschen einfach nur grausam.

»Können wir irgendwie helfen? Braucht Helena Hilfe? Das ist bestimmt gerade alles sehr schwer für sie.«

Topi nickte.

»Mama hat uns darum gebeten, in Tante Saras Wohnung zu gehen und ein paar Sachen und Klamotten für sie zu holen. Ich habe ihr gesagt, dass wir das natürlich gerne tun, aber einer von uns muss bei den Kindern bleiben. Das kann ich machen, ich schätze, dass du sowieso besser weißt, was eine alte Dame im Krankenhaus braucht«, sagte Topi.

Eine halbe Stunde später stand Milla mit dem Schlüssel in der Hand vor dem dunklen Hochhaus, in dem Sara wohnte. Milla fand es hier entsetzlich. Es war ganz still, die Straßenlaterne warf einen schwachen Lichtschein auf das verputzte Hochhaus, die Ecken blieben im Dunkeln. Milla zitterte, als sie die Eingangstür öffnete. Sie lief die Treppenstufen bis zum ersten Stock hoch.

Lumme.

Milla schloss die schwere Tür auf. Sie betrat den schummrigen engen Wohnungsflur, es roch abgestanden, nach Staub und Zeitungspapier. Ihre Finger suchten an der Wand nach dem Lichtschalter.

Klick, klick.

Hektisch drückte Milla immer wieder auf den Schalter, aber nichts passierte. Das Licht funktionierte nicht. War der Schalter kaputt, oder gab es in der ganzen Wohnung keinen Strom?

Es war mucksmäuschenstill, aber trotzdem fühlte es sich so an, als ob sie jemand in der Dunkelheit beobachten würde, sie verstohlen aus einer schummrigen Ecke anschaute und leise zischte, während sie langsam durch den dunklen Flur ging. Milla hielt die Luft an. Irgendwas in dieser Wohnung war unheimlich, irgendwas stimmte nicht.

Sie betrat das Wohnzimmer. Durch die großen Fenster mit den breiten Fensterbänken aus den 1950er-Jahren sah man das schwarzblaue Meer und die Autobahn in der Ferne. Die Straßenlaternen warfen Lichtstreifen auf die im Halbdunkeln ruhenden Möbel: eine altmodische Sofagarnitur, ein glänzend lackierter dekorativer Beistelltisch aus Nussbaumholz. Dahinter standen ein kleiner Esstisch und ein paar Holzstühle. An der Wand hing ein Bild im Goldrahmen: ein Meeresmotiv, Fischer.

Milla fühlte sich verfolgt, sie wollte hier so schnell wie möglich wieder weg. In dieser Wohnung war eine Tragödie passiert, sie klebte an den Wänden und Gegenständen, die Traurigkeit und Angst sickerten aus der alten Tapete, in aller Stille beweinten sie etwas, das bis in alle Ewigkeit verloren war. Hier hatte Sara erfahren, dass ihre Kinder verschwunden waren. Hierher war sie zurückgekehrt, ganz allein. Hatte sie am Meer gesessen und auf den Strand gestarrt – den Ort, wo ihre Kinder verschwunden waren? Oder war sie nervös im Wohnzimmer auf und ab gelaufen, bis der Teppich abgewetzt war? Wo hatte sich Saras Geist von ihr verabschiedet, wohin waren die Worte, Tage und Menschen aus ihrem Kopf verschwunden, so wie Rauch in der Luft? An deren Stelle war eine wirre Collage von Dingen getreten, die keinen Anfang und kein Ende hatte.

Aber Milla musste sich jetzt wieder konzentrieren. Die Sachen …

Ihr Blick irrte umher, etwas Weißes fiel ihr im Halbdunkeln auf. Auf der Fensterbank lag ein Brief.

Milla ging hin und zog ihn, ohne lang darüber nachzudenken, aus dem Kuvert. Sie lehnte sich gegen das Fenster, sodass sie den handgeschriebenen Brief im schummrigen Licht besser lesen konnte.

Er war nicht lang.

Ich weiß, was passiert ist. Ich weiß, was an jenem Tag am Strand passiert ist. Ich werde dir alles erzählen, wenn wir uns endlich treffen. Das wird schon bald sein. Aber die Geschichte ist nicht einfach. Ich weiß nämlich auch, dass du daran schuld bist, was passiert ist. Und ich weiß auch, wer sonst noch dafür verantwortlich ist. Du weißt, wen ich damit meine. Ich werde alle suchen, die dafür verantwortlich sind, dass mein Leben zu einer Hölle wurde. Und ich werde mich rächen. Bei jedem einzelnen. Ich habe mich bereits gerächt. Wusstest du das eigentlich? Und ich werde mich wieder rächen. Schon bald. Du weißt, was passieren wird.
Toivo

Milla schnappte nach Luft. Konnte das sein?

Wurde Toivo nicht für tot erklärt? Der Brief musste eine Fälschung sein. Wahrscheinlich hatte sich irgendein selbst ernannter Detektiv überlegt, den Fall zu untersuchen, hatte sich zu sehr begeistert und dann den Streich auf die Spitze getrieben. Menschen konnten so egoistisch und rücksichtslos sein.

Einen alten Menschen so zu quälen, für den es ohnehin schon eine Herausforderung war, sich an die Ereignisse in seinem Leben in der richtigen Reihenfolge zu erinnern. Milla schnaubte.

Nur: Was, wenn der Brief echt war? Was, wenn Sara etwas wusste, das kein anderer außer ihr wusste? Was, wenn Sara in Wirklichkeit viel besser über alles Bescheid wusste als Milla, Ronja und Ansku, die immer noch im Dunkeln tappten?

Dann erinnerte sich Milla daran, weshalb sie hergekommen war. Sie steckte den Brief in ihre Jackentasche und faltete die mitgebrachte Stofftasche auseinander. Dann öffnete sie eine Kommode in der Nähe des Alkovens, die so aussah, als ob die gesuchten Sachen drin sein könnten. Milla griff tief in die Schublade, holte eine Strickjacke, ein Unterhemd und eine Hose zum Wechseln heraus. Dann kam ihre Hand mit einer kalten scharfen Kante in Berührung.

Sie zog aus der Schublade einen altmodischen Bilderrahmen hervor. Er war schwer und wirkte solide. Milla drehte ihn, um die Bildseite zu sehen.

Ihr entfuhr ein Schrei der Überraschung.

Auf dem Bild waren zwei bekannte Personen in einer jüngeren Version ihrer selbst zu sehen. Ein Mann und eine Frau. Sie saßen auf einem Felsen, offensichtlich war es ein schöner Sommertag gewesen, als das Foto geschossen wurde. Den Salzgeruch des Meeres und das Gekreische der Möwen konnte man förmlich wahrnehmen, wenn man das Schwarz-Weiß-Bild betrachtete.

Sie saßen nebeneinander, die Hand des Mannes lag auf der Schulter der Frau, und er gab ihr gerade einen Kuss auf die Wange.

Auf der ausgebreiteten Decke standen Weingläser und ein Teller mit Leckereien.

Die Frau blickte in die Kamera und lächelte glücklich.

Milla betrachtete das Bild.

Die Frau war Sara, und der junge Mann war Harri Vaara, Ronjas Vater.

Zwei Liebende.

Sara sah auf dem Foto wie eine erwachsene Frau aus, viel älter als der jungenhafte Harri. Sara musste zum Zeitpunkt der Aufnahme bereits verheiratet gewesen sein. Wahrscheinlich war das Foto geschossen worden, kurz bevor die Kinder verschwanden.

Ihre Beziehung war wahrscheinlich geheim gewesen, aber für Sara musste sie eine große Bedeutung gehabt haben, wenn sie das Bild eingerahmt und in der Schublade aufbewahrt hatte. Was für Gedanken mochten ihr beim Betrachten des Bildes wohl durch den Kopf gegangen sein? Mitleid und Kummer erfassten Milla. Sara sah auf dem Foto so glücklich aus. Wie viel Zeit war nach der Aufnahme vergangen, bis die Kinder verschwunden waren? Und was passierte danach mit Harri und Sara? Führten sie ihre Beziehung fort? Dachte Harri auch später noch an Sara, als er mit seinem Leben weitermachte, heiratete, seine Tochter Ronja bekam …

Ronja. Milla holte ihr Telefon hervor und versuchte noch einmal, ihre Freundin zu erreichen. Keine Antwort.

Milla sah sich um. Sie zog die Schublade jetzt so weit heraus wie möglich und durchsuchte hektisch den Inhalt. Sie fand eine Pappschachtel. Milla holte sie heraus, ging damit zur Fensterbank und hob den Deckel. Ganz oben lagen zwei Fotos. Eins davon war das gleiche wie das im Rahmen, aber kleiner. Auf dem anderen war ein kleines Holzhäuschen zu sehen, umgeben von idyllischer Natur. Im Hintergrund konnte man durch die Bäume das Meer erblicken. An der Tür des Sommerhäuschens stand Sara, die einen engen Rock und einen Hut trug. Sie hielt etwas in der Hand, sah fröhlich aus. Milla schaute sich das Schwarz-Weiß-Foto genauer an. Saras Gesicht war auf dem Bild nicht besonders scharf, aber ihre Hand schon. Zwischen ihren Fingern hielt sie den Schlüssel für die Hütte.

Milla schaute in die Schachtel. Darin lag ein Bündel von weißen Briefen in Kuverts, auf denen keine Adresse stand. Milla holte sie heraus und bemerkte darunter ein vergilbtes gefaltetes Blatt Papier. Sie faltete es auseinander. Es war ein Kaufvertrag, der auf Ende Juli 1975 datiert war.

Der Kaufvertrag bezog sich auf das Sommerhaus Nummer 31 in Lauttasaari.

Der Besitzer des im Särkiniemenpark, Lauttasaari, gelegenen Sommerhauses hat das Recht, sein Eigentum unter den in der Verordnung festgelegten Bedingungen …

Verwirrt las Milla das Kleingedruckte.

Saras Namen fand man jedoch nirgends, stattdessen stand über der gestrichelten Linie der Name Harri Juhani Vaara.

Das Telefon in Millas Tasche fing so überraschend an zu klingeln, dass sie aufschrak und die Schachtel versehentlich auf den Boden stieß.

Milla kannte die Nummer nicht.

»Milla? Entschuldige, dass ich dich so spät noch anrufe. Ich stehe gerade vor Harris Wohnung. Ich habe geklingelt, und Minni hat hinter der Tür gebellt, aber keiner kam, um zu öffnen. Danach habe ich bei Ronja angerufen, aber ihr Telefon hat in der Wohnung geklingelt, und die Mailbox ging an«, hörte sie Ville am anderen Ende der Leitung sagen.

Milla brauchte einen Moment, um zu begreifen, was sie gerade gehört hatte.

»Du meinst die Wohnung von Ronjas Vater?«

»Ja. Wir hatten heute einen kleinen Streit … Oder na ja, eigentlich sogar einen ziemlich großen. Ronja ist dann abgehauen, und ich dachte mir, ich gehe mal zu ihr, weil ich sie telefonisch nicht erreichen konnte. Und jetzt höre ich das Telefon in der Wohnung klingeln, aber Ronja ist nirgends zu sehen. Ich habe schon bei der Polizei angerufen. Koivu will so schnell wie möglich kommen. Ich warte so lange hier im Hausflur.«

Millas Hirn arbeitete auf Hochtouren. Sie hatte auch versucht, Ronja zu erreichen, aber jedes Mal war nur die Mailbox angesprungen.

»Ronja hat mir vorgeworfen, dass ich versucht hätte, sie zu überfahren. Ich schwöre, dass ich so etwas niemals tun würde! Ich habe versucht, ihr das klarzumachen, aber sie hat nicht mal zugehört.« Ville klang atemlos.

Milla wusste nicht, was sie dazu sagen sollte. Ronja hatte Ville konfrontiert. Hatte sie etwas herausgefunden? War die Situation deshalb eskaliert? Millas Gedanken hüpften wild hin und her.

»Warte! Was, wenn Harris Mörder in der Wohnung ist?«

Ville antwortete nicht, und Milla beendete daraufhin das Telefonat.

Sie hob die Schachtel vom Boden auf, legte die Fotos und den Kaufvertrag hinein und warf noch einen letzten Blick um sich. Dann rannte sie aus der Wohnung.

KAPITEL 42

Der einsetzende Frost führte dazu, dass Anton der Atem stockte, eine einzelne Schneeflocke flog ihm ins Gesicht. Ein Schneesturm war im Anmarsch.

Schwanger. Ein Baby. Sein Fleisch und Blut.

Das Gespräch mit Ansku war schrecklich gewesen. Er hatte es vermasselt, auf vielerlei Art. Ansku hatte aufgelegt. Kein Wunder. Anton wusste nicht, was er jetzt tun sollte.

Er konnte nicht Vater werden und eine Familie gründen.

Aber gerade jetzt war auch keine Zeit, darüber nachzudenken, er musste sich zusammenreißen. Er riss die Eingangstür des Hochhauses auf und lief nach oben. Er betrat die Wohnung mit dem Schlüssel vom Hausmeister, schaute sich wachsam um.

Plötzlich sprang Ville in den Flur. In der Hand hielt er sein Telefon, das er an sich drückte. Seine Haare standen wild vom Kopf ab.

Aus dem Augenwinkel sah er kurz darauf auch Ansku kommen, die ihre Arme wie zum Schutz um ihren Körper geschlungen hatte. In seinem Herzen verspürte er ein seltsames Gefühl. Anton hätte sie gerne in die Arme genommen, aber er konnte es nicht. Ansku sah Anton an, ihre Blicke trafen sich.

Schnell wandte sie sich ab.

Anton räusperte sich und versuchte, sich zu beruhigen. Er richtete seinen Blick auf Ville, der ebenfalls einen aufgewühlten Eindruck machte.

»Gut, dass du so schnell gekommen bist«, rief er. »Milla hatte früher schon versucht, Ronja anzurufen, konnte sie aber auch nicht erreichen. Ich habe es auch probiert, ohne Erfolg. Da bin ich hergekommen und hab durch die Tür Ronjas klingelndes Telefon gehört. Und da liegt es ja auch auf dem Tisch. Und ihre Schuhe und Jacke sind im Flur. Ich könnte schwören, dass sie heute Mittag die gleichen Klamotten anhatte. Wohin könnte sie wohl ohne Schuhe und Jacke gegangen sein? Und ohne Telefon?«

»Nun komm mal ein bisschen runter. Das Wichtigste ist jetzt, Ruhe zu bewahren. Wir sind ja schon hier, und ich glaube nicht, dass sie besonders weit gekommen ist«, sagte Anton und klopfte Ville auf die Schulter.

Auch Milla war mittlerweile aufgetaucht und trat jetzt neben Ville. »Aber Ronja könnte verletzt sein, oder vielleicht wurde sie in irgendeinem dreckigen Lieferwagen verschleppt, und wer weiß, was die Entführer mit ihr machen«, sagte sie aufgebracht.

Anton nickte. Er verstand natürlich, warum sich Ronjas Freunde Sorgen machten und sofort hergekommen waren, als sie sie nicht erreichen konnten. Milla sah aus, als ob sie den ganzen Weg gerannt wäre.

Auch Anton war besorgt. Es gab zu viele merkwürdige Dinge, die etwas mit dem Tod an Ronjas Vater zu tun hatten. Womöglich schwebte sie ebenfalls in Lebensgefahr, und es war seine Aufgabe, dafür zu sorgen, dass ihr nichts passierte.

»In Lauttasaari wird bereits nach ihr gesucht, und wir werden wenn nötig die Suche noch ausweiten. Zusätzlich werden unsere Leute Harris Wohnung nach möglichen Hinweisen durchsuchen«, erklärte Anton und sah sich um.

Alles war so, wie es sein sollte. In der Wohnung war es ruhig und ordentlich. Es gab keine Anzeichen, dass hier ein Streit stattgefunden hätte. Auf dem Tisch standen zwei Kaffeetassen. Hatte Ronja ihren Entführer etwa gekannt? War sie freiwillig mitgegangen?

»Ich habe auf dem Fußboden das hier gefunden«, sagte Ville und hielt Anton einen verschnörkelten Schlüssel aus Messing vor die Nase, an dem ein Raumschiff-Anhänger baumelte.

»Der Schlüssel!« Milla schnappte nach Luft.

Verwundert sah Anton den Schlüssel an und dann abwechselnd Ville und Milla. Anton betrachtete den abgenutzten Schlüsselanhänger.

»Der gehörte Harri!«, rief Ville, so als ob er des Rätsels Lösung gefunden hätte.

»Was?«

»Das ist mir jetzt ein bisschen unangenehm, dass ich es jetzt erst erzähle, aber ihr müsst mir glauben ... Diesen Herbst habe ich mich regelmäßig mit Harri wegen einem Projekt getroffen. Ich bat ihn um Hilfe, als ich wegen einer bestimmten Sache Zweifel bekam ...« Ville errötete und strich sich die Haare aus dem Gesicht.

Anton sah Ville plötzlich mit ganz anderen Augen. Jetzt wurde ihm so einiges klar. Der ominöse Mann in der Hauseinfahrt war gar nicht Topi Saari gewesen, sondern Ville!

Nachdem sie ihre Aufmerksamkeit auf Topi und Helena gerichtet hatten, war Ville etwas aus dem Fokus ihrer Ermittlungen geraten. Doch sie sollten jetzt auch nicht alles glauben, was Ville sagte, zumindest nicht, bevor Ronja nicht gefunden worden war. Es könnte schließlich sein, dass er log, um seine eigene Haut zu retten. Es könnte sein, dass er die ganze Zeit der Schuldige gewesen war.

»Projekt?« Anton sah Ville fragend an.

Dem stieg die Röte ins Gesicht.

»Ich schwöre, daran war nichts Dubioses. Harri war Geschichtslehrer, genauso wie ich auch, und wir hatten so ein gemeinsames Projekt. Glaub mir, Anton, nur dieses eine Mal. Ich schwöre, dass ich alles erzählen werde, sobald wir Ronja gefunden haben. Ich habe mir schon gedacht, dass ihr mir die Sache mit dem Geschichtsprojekt nicht abnehmen würdet, aber es gibt dafür eine vernünftige Erklärung. Die gibt es für alles!«

»Wir haben ein Foto von Harri, das nur wenige Stunden vor seinem Tod gemacht wurde. Darauf sieht man einen Mann, der ungefähr deine Größe hat und eine blaue Jacke trägt. Ist dir klar, dass du in ziemlich großen Schwierigkeiten stecken könntest?«

Ville schaute Anton an und nickte.

»Die Jacke ... Ich habe Angst bekommen. Keine Ahnung, warum ich es nicht sofort auf dem Revier erzählt habe. An jenem Abend habe ich mich kurz mit Harri getroffen, habe mir die Windjacke meines Vaters ausgeliehen und bin dann später noch mit dem Hund meiner Eltern Gassi gegangen. Aber ich habe Harri nichts getan, das schwöre ich!«

Anton überlegte, ob sie Ville gleich mitnehmen sollten.

»Anton, bitte! Vertrau mir. Wir müssen Ronja so schnell wie möglich finden, und es könnte sein, dass ich weiß, wo sie ist.«

Anton überlegte, ob er Ville vertrauen konnte.

Aber Ville hatte recht, Ronja zu finden hatte jetzt alleroberste Priorität. Sie durften keine Zeit verlieren. Im Notfall hatten sie Verstärkung dabei, falls etwas schiefgehen sollte und Ville aufs Revier gebracht werden musste. Und dann könnte er sich auch nicht mehr herausreden. Anton beschloss, Ville noch eine Chance zu geben.

»Normalerweise kam ich immer her, um mich mit Harri für unsere Recherchen zu treffen, aber einmal gingen wir zu seinem Sommerhäuschen. Das hier muss der Schlüssel dafür sein«, erklärte Ville und ließ den Schlüssel zwischen seinen Fingern runterbaumeln.

»Aber Harri hatte doch gar kein Sommerhäuschen, oder? Zumindest hat Ronja nie etwas davon erzählt«, sagte Ansku.

»Na ja, ich war jedenfalls dort. Aus irgendeinem Grund wollte er dahin. Es sagte, dass die Hütte in einem schlechten Zustand sei, weil er schon seit vielen Jahren nicht mehr dort gewesen war. Ich bin mir fast sicher, dass das der Schlüssel dafür ist.«

Millas Gesichtsausdruck hellte sich auf.

»Das ist die gleiche Hütte wie auf dem Foto! Das muss sie einfach sein«, rief sie.

»Hütte?«, wiederholte Anton überrascht.

»Ich habe für Sara Lumme ein paar Klamotten und Sachen aus ihrer Wohnung geholt. Als ich danach suchte, stieß ich zufällig auf alte Fotos und einen Kaufvertrag von dem Sommerhäuschen. Harri hatte es gekauft, nicht Sara. Aber trotzdem war der Vertrag bei ihr zu Hause in einer Schublade. Ich habe auch ein Foto von der Hütte gefunden«, erklärte Milla und holte etwas aus ihrer Tasche.

Anton schaute sich das Bild an, auf dem zwei glücklich lächelnde Menschen zu sehen waren. Und auf dem Kaufvertrag sprang Harris schiefe Unterschrift sofort ins Auge.

»Dieses Sommerhäuschen … Wusste Ronja etwas davon?«

Milla und Ville sahen verwirrt aus.

»Ich habe noch nie etwas von einem Sommerhäuschen gehört. Weder von Ronja noch von Harri«, sagte Milla und kratzte sich am Kopf.

Anton stöhnte. Die Fragen schienen kein Ende zu nehmen.

Das Klingeln des Telefons unterbrach seine Gedanken, er holte es aus der Tasche. Es war Oona.

»Anton, wir sind einen Riesenschritt weiter!«, rief Oona atemlos ins Telefon.

Antons Muskeln spannten sich an.

»Wir haben uns Ellen Rinnes Vorgeschichte angeschaut. Das war gar nicht ihr richtiger Name. Ihr echter Name lautete Annikki Lumme!«

»Annikki Lumme?« Anton schwirrte der Kopf.

»Sie hat die ganze Zeit einen falschen Namen benutzt. Eine offizielle Namensänderung gab es allerdings nie, deshalb konnten wir sie auch nicht finden.«

»War sie die Tochter von Sara Lumme?«

»Ja, darauf wollte ich gerade kommen. Nachdem wir ihren richtigen Namen herausgefunden hatten, haben wir uns ihren Hintergrund genauer angeschaut. Sie war eins der verschwundenen Kinder. Erinnerst du dich noch an den Fall? Im Jahr 1975 verschwanden

Annikki und ihr Bruder vom Kasinoranta und waren drei Tage lang verschwunden. Bis heute weiß keiner, wo sie waren. Nur Annikki kehrte zurück, aber der Bruder tauchte nie wieder auf.«

Die verschwundenen Kinder. Natürlich erinnerte er sich daran. Es hatte ihn immer an Aurora erinnert, und sie hatten sogar in der Polizeischule darüber gesprochen.

»Die Spurensicherung hat die in dem Gebiet gefundenen Blutspuren untersucht. Es stellte sich heraus, dass nicht alle Spuren von der Toten oder von Sara Lumme stammen. Auf der Kleidung der Toten wurde auch das Blut einer dritten Person gefunden. Momentan geht die Spurensicherung die Datenbanken durch«, sagte Oona.

Der Mörder hatte eine Spur hinterlassen, und sie waren ganz nah dran. Wenn der Mann in der Datenbank gelistet war, dann würden sie seinen Namen schon sehr bald haben. Anton beendete schnell das Telefonat.

Harri und Sara. Anton blickte noch einmal auf das Bild in Millas Hand und sah sich den Kaufvertrag an.

Sara. Annikki. Harri. Harris Sommerhäuschen. Der Mörder.

Das verschwundene Kind.

Oder könnte es sein, dass das Kind überhaupt nicht verschwunden war?

»Haben Sie gehört, Kommissar Koivu?«, wiederholte Milla geduldig ihre Frage.

»Was?« Anton kehrte mit seinen Gedanken wieder in die Gegenwart und in Harris Wohnung zurück.

Seine Gedanken galoppierten wie Wildpferde, durch seinen Kopf schossen Bilder der verschwundenen Kinder und der Leiche am Strand – Harris toter Körper am Ufer.

Das Sommerhäuschen.

Ein kleines Sommerhäuschen mitten im Wald. Er war sich noch nicht sicher, wer hinter dem Ganzen steckte, aber er wusste jetzt, wo sie nach Ronja suchen mussten.

Und zwar schnell. Die Zeit lief ihnen davon.

1975

Der Mann stand am Badestrand und tauchte seine Zehen in den warmen Sand. Er blickte in den strahlend blauen Himmel. Hoch oben flogen kreischende weiße Möwen. Sie schossen aneinander vorbei und genossen ihre Freiheit in vollen Zügen.

Der Sommertag wäre perfekt gewesen, wenn sie mit ihnen an den Strand gekommen wäre. Aber er hatte natürlich Verständnis. Sie hatte Pflichten. Er fühlte sich schuldig, weil sie immer alles alleine organisieren und erledigen musste, während er träumen und genießen durfte. Aber sie wollte es so, rief er sich ins Gedächtnis. Sie war unabhängig und daran gewöhnt, sich alleine um ihre Angelegenheiten zu kümmern. Er respektierte das. Er würde sich um sie kümmern, wenn diese unschöne Phase ihres Lebens vorbei wäre und sie ihr Leben zu zweit und neu bestreiten konnten.

Er wollte ihr behilflich sein und hatte versprochen, mit den beiden Kindern an den Strand zu gehen, damit sie schneller packen konnte. Sie hatte das Angebot gerne angenommen. Es würde nur einen Moment dauern, und dann würde sie nachkommen und den Sommertag mit ihnen genießen, hatte sie versprochen und ihm einen Kuss auf die Wange gegeben.

Also hatten sie die Schwimmsachen und Badetücher, etwas zu lesen, Sandspielzeug und eine Saftflasche in eine große Stofftasche gepackt und sich auf den Weg gemacht. Die Kinder hatten sich gefreut, dass sie mit dem lustigen Mann an den Strand gehen konnten. Er spielte immer lange mit ihnen, verwöhnte sie, und manchmal brachte er sie auch ins Bett, wenn ihr Vater nicht zu Hause war. Zuerst hatte er ein wenig Berührungsängste gehabt, was die Kinder betraf, aber nach und nach hing er immer mehr an ihnen. Tief in seinem Herzen spürte er, dass er die Kinder noch wie seine eigenen lieben würde.

Jetzt beobachtete er von seinem Handtuch aus, wie die zwei kleinen Blondschöpfe fröhlich herumtollten. Sie liefen hin und her und bespritzten sich gegenseitig mit Wasser, ihr glucksendes Lachen schallte über den Strand.

Vielleicht würden er und die Frau ja eines Tages auch ein gemeinsames Kind haben, vielleicht auch viele. Er wusste, dass er ein guter Vater sein würde.

Er warf einen Blick hinter sich. Die Hochhäuser waren ganz in der Nähe des Strandes, direkt hinter dem Sommercafé. Dort wohnte auch die Frau, ihr Balkon war hoch oben, und über dem Geländer hing ein bunter Flickenteppich, der gerade gewaschen worden war. Ein vertrauter Ort, aber mit vielen Geheimnissen. Dort hatten sie sich viele Male heimlich getroffen, oft in Eile und mit der Angst im Nacken, erwischt zu werden. Aber schließlich hatte sie sich dann doch entspannt, weil sie wusste, dass ihr Ehemann nicht plötzlich vom Meer kommen konnte, um einen Kontrollbesuch zu machen. Deshalb hatte er immer mehr Zeit mit ihnen verbringen können. Sie waren zusammengewachsen – er, die Frau und die beiden Kinder. Sie waren zu einer Familie innerhalb der Familie geworden.

Und jetzt würde diese Familie zerreißen und sich von demjenigen verabschieden, der keine Familie verdient hatte.

Er ließ seinen Blick noch einen Moment auf dem Gebäude verweilen und drehte sich dann wieder um. Am Strand waren Familien, die den schönen Tag genossen, und mehrere Leute standen in der Brandung, um sich abzukühlen.

Aber irgendetwas fehlte.

Er blickte zum Wasser.

Er hatte nur wenige Sekunden weggeschaut, aber etwas hatte sich in dieser kurzen Zeit verändert.

Die Kinder waren weg!

Nun kam Leben in ihn. Mit klopfendem Herzen sprang er auf und rannte zum Wasser. Wo waren die Kinder?

Vor wenigen Sekunden waren sie doch noch hier gewesen. Er wusste, dass die Strömung brutal sein konnte und selbst einen Erwachsenen mit sich reißen konnte. Und der Kleine konnte noch nicht schwimmen!

Der Mann lief in die Brandung hinein. Er schaute sich um, suchte nach einem ertrunkenen Kind. Er wusste, dass Ertrinken oft in aller Stille geschah. Er tauchte die Hände ins Wasser, hielt nach kleinen Kindergesichtern Ausschau.

Nichts. Er schaute zum Strand. Vielleicht waren sie ja am Strand ein bisschen weiter gelaufen. Aber es war nichts zu sehen. In kleinen Gruppen liefen die Leute am Strand entlang, aber von einem sechsjährigen oder neunjährigen Blondschopf war weit und breit nichts zu sehen. Verzweifelt schrie er ihre Namen. Er rannte wieder aus dem Wasser, lief auf den Sand, schrie und schrie. Er hielt Leute an, fragte sie, ob sie die Kinder gesehen hätten.

Doch niemand hatte etwas gesehen.

Er schrie.

Die Kinder waren verschwunden.

Zu hören waren nur das endlose Kreischen der Möwen und das Rauschen der Wellen.

KAPITEL 43

Ronja wachte von einem stechenden Kopfschmerz auf. Gleichzeitig fühlte sie sich wie benebelt, es fiel ihr schwer, den Blick zu fokussieren. Sie befahl sich, wieder zu sich zu kommen. Ihr wurde bewusst, dass sie auf dem Boden lag, auf der Seite. Beine, Arme, Kopf – alle Gliedmaßen schienen unverletzt zu sein. Sie bewegte ihren Kopf und sah Sternchen – es fühlte sich an, als ob ihr jemand mit einem Hammer auf den Schädel geschlagen hätte.

Was zum Teufel war mit ihr passiert? Und wo war sie? Lückenhafte Erinnerungen hüpften in ihrem Kopf herum. Sie war vor Ville weggelaufen. Panik. Sie erinnerte sich an dieses erstickende Gefühl.

Kaffeetassen. Sie hatte Kaffee getrunken. Aber mit wem?

Ihr Gehirn weigerte sich, ihr ein klares Bild zu liefern.

Ein Mann. War Ville ihr etwa bis zu Papas Wohnung gefolgt?

Sie erinnerte sich daran, dass die Worte plötzlich einfach weg gewesen waren. Sie hatte den Mund geöffnet, aber nichts war herausgekommen. Worte, Silben, Laute, alles war weg.

Gegenüber von Ronja saß ein Mann und hob die Kaffeetasse an seine Lippen. Schnupperte daran. Lächelte ein bisschen. Und dann war plötzlich alles schwarz geworden.

In Ronjas Kopf stieg ein Gedanke empor. Langsam. Mühsam.

Schwerfällig setzte sie sich hin, ihre Kopfschmerzen ließen etwas nach.

In der Dunkelheit tastete sie nach etwas, das ihr dabei helfen könnte zu erkennen, wo sie sich gerade befand. Links berührten ihre Finger eine Wand. Eine kalte, raue Holzoberfläche. Zuerst war es schwierig, etwas zu sehen, aber allmählich gewöhnten sich ihre Augen an die Dunkelheit, und einige Umrisse wurden deutlicher. Eine Hütte! Sie war in etwas, das nach einem einfachen kleinen Ferienhaus aussah. Aber in wessen? Ronja versuchte möglichst gleichmäßig zu atmen und die aufsteigende Panik unter Kontrolle zu bekommen.

Sie schrie, aber ihre Stimme klang heiser und brüchig. Hörte sie überhaupt irgendjemand? Aus der Dunkelheit kam keine Antwort. Ronja schluchzte.

Das konnte doch nicht wahr sein!

Plötzlich hörte sie, wie sich schlurfende Schritte näherten. Ihr stellten sich die Nackenhaare auf. Instinktiv warf sie sich wieder auf den Boden und schloss die Augen.

Flackernd gingen die Lampen an, gelbes Licht erfüllte den Raum. Die schweren Schritte machten direkt neben ihr halt. Ronja konnte kaum noch atmen.

»Immer noch am Träumen. Das ist ja echt ein wirksames Zeug. Dann kann ich ja noch etwas weitermachen.«

Das Blut wich aus Ronjas Gesicht.

Martti war der letzte Mensch auf Erden, mit dem sie gerechnet hätte!

Nichts ergab einen Sinn. Der Nachbar war doch immer so nett gewesen und so freundlich. Ein harmloser Typ. Aber jetzt klang auch seine Stimme wie die eines anderen. Schwerer, düsterer. Hatte er ihr etwa die ganze Zeit nur etwas vorgemacht? So musste es gewesen sein.

Die Kaffeetassen. Martti hatte den Kaffee mit irgendwas versetzt, es hatte seltsam geschmeckt. Wie konnte es denn sein, dass sie auf ihn reingefallen war? Er hatte sich problemlos unter die anderen alten Nachbarn gemischt. Ein altersschwacher Mann mit Hüftbeschwerden.

Alles nur gespielt.

Martti rüttelte Ronja an der Schulter. Überprüfte, ob die Gefangene noch atmete. Ronja konzentrierte sich darauf, sich nicht zu bewegen.

Martti brummte zufrieden. Ronja hörte, wie sich die schweren Schritte wieder entfernten. Das Licht ging aus, die Tür schlug zu. Sie war wieder allein.

Aber warum wollte er Ronja etwas antun? Hatte Martti auch ihren Vater umgebracht? Diese Gedanken wirbelten wild in ihrem Kopf herum. Was wollte er mit ihr machen? Sie wollte gar nicht darüber nachdenken, aber es wäre wohl kaum etwas Gutes.

Ronja setzte sich auf, sie musste hier weg.

Von draußen hörte man ein leises Gepolter. Was machte er da eigentlich?

Mit wackeligen Beinen erhob sie sich. Vielleicht hatte sie nur kurz Zeit. Gab es in der Hütte nicht noch mehr Ausgänge? Sie konnte schließlich nicht einfach aus der Tür rennen, denn dann hätte sie nicht genug Abstand zu ihrem Entführer. Martti würde sie ganz sicher erwischen – und dann wäre es vorbei mit ihr.

Ronja schaute sich hektisch um. Ein Fenster. Über dem Bett gab es ein Fenster! Panisch stürzte sie dorthin. Unten am Fensterrahmen befand sich ein Griff, das alte Fenster ließ sich von unten nach oben öffnen. Es knarrte und quietschte, und sie musste mit aller Kraft daran rütteln, bis es schließlich offen stand.

Aber die Öffnung war klein. Zu klein?

Sie zögerte, dann entschied sie sich, es zu versuchen. Sie musste aus dieser Hütte raus, und zwar sofort.

Ronja sprang aufs Bett und zog sich zu dem Fenster hoch. Ihr Kopf und ihre Schultern passten mühelos durch. Draußen war es kalt, was Ronja zusammenzucken ließ, aber jetzt gab es kein Zurück mehr. Also machte sie weiter.

Mit der Hüfte blieb sie im Fensterrahmen stecken. Aber jetzt war sie immerhin schon zur Hälfte draußen, sie zog, zerrte und wand sich wie wild. Das durfte hier jetzt nicht zu Ende sein. Sie hatte es doch fast geschafft!

Ronja tastete mit ihren Händen die Holzwand der Hütte ab, versuchte sich an den rauen Brettern festzuklammern. Sie zog mit aller Kraft. Ein stechender Schmerz fuhr ihr in die Glieder, als es ihr Hüfte und Oberschenkel zerkratzte. Und plötzlich war sie frei.

Sie fiel in die Tiefe.

LOGBUCH

Erinnerst du dich noch an den Tag? An den Tag am Strand? An den Tag, der alles veränderte.

Du trafst die Entscheidung, dass es jetzt reichte. Meine Mutter würde für ihren Verrat das bekommen, was sie verdiente. Jetzt verstehe ich, dass es richtig war. Du hast sie bestraft. Du musstest das tun, um selbst damit zurechtzukommen. Ich weiß es. Alles wurde zerstört, weil Mama einen anderen Mann liebte. Sie liebte Harri.

Du wusstest es, und das trieb dich in den Wahnsinn. Ich behaupte nicht, dass ich jemals so eine Liebe verstehen könnte, und ich versuche sie auch nicht zu verteidigen. Im Gegenteil. Aber eine Liebe, die die Leute in den Wahnsinn treibt … Das hat etwas Beängstigendes. Es hat eine stärkere Macht als Hass.

Ich hasse Harri nicht. Ich erinnere mich noch an die Gefühle, die ich vor langer Zeit hatte. Damals, als ich noch ein kleiner Junge war. Damals, als ich noch Toivo hieß.

Toivo liebte Harri. Toivo vertraute Harri.

Aber du zeigtest mir später, dass es eine Illusion gewesen war. Er liebte nur Mama und die Fantasie, die er sich in seinem Kopf über Mama und sich zusammengesponnen hatte. Nicht über uns. Nicht über uns Kinder.

Mama bat Annikki und mich, nichts zu verraten und Harris Besuche geheim zu halten. Wir taten, worum sie uns gebeten hatte, und waren stolz auf unser Geheimnis. Aber irgendwann kommt alles einmal ans Tageslicht. Das hast du mir beigebracht. Dinge, die versteckt werden, kommen immer irgendwann heraus. Du hast es herausgefunden.

Aber du warst schlau. Du hast ihr nichts gesagt. Du erzähltest nicht, welcher Plan in dir heranreifte. Demütigung. Verbitterung. Hass. All diese Gefühle überwältigten dich, und du überlegtest dir eine Intrige – komplizierter, als ich sie mir jemals hätte ausdenken können.

Du wusstest, dass es das Schlimmste für sie sein würde, wenn ihr ihre Kinder weggenommen werden. Sie hatte keine Kinder verdient. Die Bestrafung wäre eine lebenslängliche Qual. Aber dass es dir gleichzeitig gelang, neben Mamas Leben auch das von Harri zu zerstören, war brillant!

Du hast Mama ausgetrickst. Sagtest ihr, dass du wieder zur See fahren müsstest, aber in Wirklichkeit hast du dich versteckt und sie die ganze Zeit beobachtet. Sie beide. Ihr gemeinsames Glück. Das war bestimmt hart für dich.

Du überlegtest dir, im richtigen Moment zuzuschlagen. Das passierte an jenem sonnigen Sommertag, als für uns alle eine neue Zeit anbrach.

Wir waren schon einige Zeit am Strand gewesen. Mit Harri. Wir sammelten Muscheln, dann sah ich dich am Rand des Strandes und freute mich. Mama hatte gesagt, dass du wieder weggefahren wärst.

Wir liefen zu dir.

Du sagtest zu uns, dass wir schnell mitkommen sollten und dass es ein Spiel wäre. Dass dich niemand am Strand sehen dürfte. Und wenn wir ganz schnell mit dir mitkommen würden, dann gäbe es einen Preis. Natürlich glaubten wir dir, schließlich warst du unser Vater.

Wir stiegen zu dir in einen Lieferwagen, und du fuhrst mit uns etwas weiter, du hast den Strand beobachtet, und wir aßen die Leckereien, die du mitgebracht hattest. Wir waren lange dort. Annikki und ich wunderten uns, warum. Aber jetzt verstehe ich, dass du es sehen wolltest, als Harri merkte, dass wir nicht mehr da waren. Du wolltest seine Verzweiflung sehen. Das gab dir Kraft.

Ich kann mich nicht mehr erinnern, was dann geschah. Ich habe es versucht, aber alles ist wie ausgelöscht, ganz egal, wie sehr ich mich auch bemühe. Ich vermute, dass in den Leckereien, die wir von dir bekommen hatten, ein Schlafmittel war. Das wäre die einfachste Erklärung. Obwohl wir deine Kinder waren, hat niemand einen Verdacht geschöpft. Aber das Wichtigste war, dass dich keiner mit uns zusammen sah. Es funktionierte.

Erst Stunden später wachte ich auf. Du warst kurz weggegangen. Annikki lag neben mir, sie war schon eine Zeit lang wach gewesen. Sie war älter als ich und verstand alles besser. Sie verstand, was du getan hattest. Sie verstand, dass sie sich für eine Seite entscheiden musste.

Annikki schaffte es, die Tür zu öffnen, die du unvorsichtigerweise nicht abgeschlossen hattest. Sie ging und ließ mich allein zurück.

Für ihre Illoyalität hat sie später bezahlt. Ich habe mich für ihren Verrat gerächt. Annikki starb ganz schnell unter meinen Händen. Du wärst stolz auf mich gewesen.

Wir zwei. Du und ich. Wir gingen und begannen ein neues Leben in Spanien.

KAPITEL 44

Ronja lag auf dem Boden. Sie brauchte einen Moment, um zu begreifen, wo sie gerade war. Um sie herum war es dunkel, aber irgendetwas Weiches, Nasses und Kaltes hatte sie entgegengenommen.
Schnee.
Ronja war kopfüber aus dem Fenster gefallen, direkt auf das mit Schnee bedeckte Moos. Zum Glück schien sie unversehrt zu sein, sie hatte sich nur den Fußknöchel etwas verdreht. Sie rappelte sich auf und rannte, so schnell sie konnte, in den Wald, sodass der Schnee stob.
Ronjas Socken wurden sofort nass, Schuhe hatte sie nicht mal an. Die Temperatur war auf unter null Grad gesunken, ihr Atem sah in der Kälte aus wie Dampf, und nach ein paar Schritten fing sie an zu zittern. Ihr Fuß schmerzte, und bei jedem Schritt wollte sie am liebsten aufgeben und stehen bleiben. Aber das durfte sie nicht.
Ronja schleppte sich durch die Dunkelheit, stolperte über Baumwurzeln, mehrere Male stürzte sie und landete auf den Knien. Und jedes Mal stand sie wieder auf. Ständig drehte sie sich um und warf einen Blick hinter sich. Sie hörte keine Stimme oder Geräusche hinter sich, aber wusste, dass sie noch nicht in Sicherheit war. Sie musste so schnell wie möglich wieder in die Nähe eines Wohngebiets kommen. In den Hochhäusern könnten Leute sein, die noch wach waren, und auf den Straßen waren hoffentlich noch Autos unterwegs, sodass sie jemanden anhalten und um Hilfe bit-

ten konnte. Sie wusste, dass die Insel nur wenige Quadratkilometer groß war. Sie musste nur durchhalten, dann würde sie früher oder später einen Orientierungspunkt finden. Ihre Zehen waren taub vor Kälte, und jeder Schritt war mühsamer als derjenige zuvor.

Eine winzige Pause würde sie sich doch erlauben können? Nur kurz einmal stehen bleiben und durchatmen. Ronja holte tief Luft und schlang die Arme um den Oberkörper. Sie schaute hoch. Oberhalb der hohen Nadelbäume offenbarte sich der Sternenhimmel. Unzählige Sterne funkelten und schimmerten am Firmament.

Ville.

Wie war sie nur auf die Idee gekommen, dass Ville für das Ganze verantwortlich sein könnte? Ville, dessen einziges Vergehen darin bestand, dass er Papas Ordner unter seinem Sofa versteckt hatte. Wenn Ronja doch nur abgewartet und ihm zugehört hätte!

Sie stapfte weiter, durch einen Wald, der immer dichter zu werden schien. Ohne Schuhe und ohne Licht war das Gehen fast unmöglich. Sie hatte jegliches Zeitgefühl verloren und keine Ahnung, wie lange sie schon draußen war und wo sie sich befand. Es gab nur Dunkelheit und Kälte. Und den scharfen, peitschenden Schnee, der ihr ins Gesicht schlug.

Sie stolperte, taumelte und fiel auf die Seite. Ein stechender Schmerz durchzuckte ihren verletzten Fuß.

Ronja versuchte, sich weiterzuschleppen, aber ihr war so furchtbar kalt. Es fühlte sich an, als ob jegliche Wärme aus ihrem Körper verschwunden wäre.

Ihre Finger begannen blau und steif zu werden. Am liebsten hätte sie sich auf die dünne Schneedecke gelegt und die Augen geschlossen.

Schwerfällig ließ sie sich unter einen großen und dichten Nadelbaum fallen. Der dicke raue Stamm fühlte sich sicher an ihrem Rücken an. Die breiten Äste des Baums schützten sie vor Wind und Schnee. Wie eine große Hand, die den kalten Wind abschirmte. Ronja spürte, wie sich ihre Muskeln entspannten.

Sie schlang die Arme um ihren zitternden Oberkörper, und als sich der Schlaf heranschlich und sie lockte, konnte sie sich nicht mehr dagegen wehren.

Vielleicht würde ja trotzdem noch alles gut gehen.

Papa würde bestimmt auf sie aufpassen.

Irgendwo in der Nähe hörte sie Schritte, aber das kümmerte sie nicht mehr.

Ein kurzer Ruck brachte Ronja in die Realität zurück.

Sie war wieder in der Hütte. Ihre Klamotten waren völlig durchnässt, ihr Körper zitterte unkontrolliert. Sie merkte, dass sie an den Händen und Füßen mit Seilen gefesselt war, die wiederum an ein Tischbein geknotet waren.

»Das war ja mal eine Aktion, die du da abgezogen hast. Dass du ohne Winterkleidung oder irgendwelche Hilfsmittel so weit gekommen bist, das war schon eine Leistung, das muss ich zugeben. Ich habe einen großen Fehler gemacht, als ich dich unbeaufsichtigt alleine gelassen habe. Das wird mir nicht noch mal passieren«, sagte Martti.

Der Mann trug schwere Arbeitsstiefel und eine Jacke. Der Kontrast zu dem älteren Herrn in Pantoffeln und Strickjacke hätte nicht größer sein können. Von dem Hinken war auch nichts mehr zu sehen, plötzlich war seine Körperhaltung vollkommen gerade, und er sah fit und gesund aus.

»Zum Glück kenne ich diesen Wald wie meine Westentasche. Sowieso war es nicht besonders schwer, dich zu finden, ich bin einfach deinen Fußspuren gefolgt«, lachte Martti und machte dann noch einen Doppelknoten in das Seil.

»Und jetzt haben diese Faxen mal ein Ende. Du wirst nirgends mehr hingehen!«

Für einen Moment sah Martti die zitternde Ronja gleichgültig an.

»Schon bald wird dir warm werden, versprochen.«

»Warum hast du das getan? Warum hast du Papa umgebracht? Und warum hast du mich die ganze Zeit angelogen?«, schrie Ronja mit letzter Kraft.

Martti lächelte schief.

»Bist du denn immer noch nicht darauf gekommen? Richte Harri schöne Grüße von mir aus.«

Martti drehte sich um, schaltete das Licht aus und schloss die Tür hinter sich. Ronja hörte, wie von außen ein Riegel vorgeschoben wurde.

Dunkelheit umgab sie, draußen war es still.

Ronja versuchte sich loszumachen, aber sie schaffte es nicht, den Knoten zu fassen zu bekommen. Ihre Finger rutschten immer wieder ab, die Panik wurde größer.

Warum ließ Martti sie hier?

Ronja riss an dem Seil und versuchte aufzustehen, aber sie schaffte es nicht. Sie rief um Hilfe, aber von draußen hörte man nichts als den Wind.

Oder war da noch ein anderes Geräusch?

Ronja konnte das Klopfen ihres Herzens hören und auch noch ein leises Knistern. Das Geräusch wurde lauter. Es kam ihr bekannt vor, sie musste an eine Sauna oder einen Kamin denken.

Unter der Tür drangen dünne Rauchschwaden herein.

Dann wurde ihr mit einem Mal alles klar: Martti wollte sie bei lebendigem Leib verbrennen! In wenigen Minuten würde die ganze Hütte in Flammen stehen.

Sie begann zu schreien, zerrte an den Seilen, bis ihre Handgelenke aufgescheuert waren.

Die kleine Hütte füllte sich mit Rauch. Anfangs war er gelblich und transparent, aber er wurde mit jeder Sekunde dichter und schwärzer. Wie Gewitterwolken, die sich am Himmel türmten. Die Wände knirschten, das Holz knisterte.

Der Rauch brachte Ronja zum Husten und ließ ihre Augen tränen.

Verzweifelt hielt sie die Luft an, versuchte, den Rauch daran zu hindern, in ihre Nasenlöcher und Lunge einzudringen. Bald würde sie das Bewusstsein verlieren, der alles verschlingende Rauch würde sie ersticken. Und das Feuer würde sich dann um den Rest kümmern.

In der Ecke erblickte sie bereits schwelende Flammen – rot, lodernd, lauernd. Und hungrig.

Ronja wurde übel, gleichzeitig wurde sie von Schwindel übermannt.

Da öffnete sich die Tür, jemand kam näher.

»Ronja! Sie ist hier! Ich habe sie gefunden!«

Aber Ronja schaffte es nicht mehr, die Augen offen zu halten.

Logbuch

Dies ist mein letzter Eintrag. Bald ist alles vorbei. Ich weiß selbst, dass ich es nicht überleben werde. Aber das ist auch nie mein Plan gewesen.

Harri war scharfsinnig, das musste man ihm lassen. Er kam mir schneller auf die Schliche, als ich gedacht hätte.

Meine Mutter hätte verstehen müssen, dass man dich nicht verärgern darf. Sie haben dich betrogen. Sie haben einen Fehler gemacht, für den du sie bestraft hast. Und ich bin derjenige, der es zu Ende bringen wird.

Die verschwundenen Kinder vom Strand, von denen nur das eine zurückkehrte und das andere für tot erklärt wurde.

Aber das Kind war nicht tot.

Ich war am Leben. Ich war all die Jahre am Leben. Du erzähltest mir die Wahrheit über meine Mutter. Du hast mir alles erzählt. Du hast mich gelehrt, was das alles bedeutet.

Wir wussten beide, dass du im Sterben lagst. Der Abschied von dir im Krankenhaus war schwer. Aber ich wusste, dass du immer bei mir sein würdest, wenn ich dir schriebe. Nach deinem Tod wohnte ich noch eine Weile bei uns zu Hause. Dein Geist ... An jedem Tag spürte ich, dass du noch da warst. Selbst nach deinem Tod sorgtest du dafür, dass mein Hass nicht weniger wurde. Du sorgtest dafür, dass die Glut schwelte und schließlich in Flammen aufging.

Und ich habe dir geschrieben. An vielen hundert Tagen. Mein Ziel war es, zu genießen. Zu leben. Mich zu rächen. Ich wusste von Anfang an, dass ich es durchziehen würde.

Die Karten.

Lange Zeit habe ich sie Harri geschickt. So lange. Ich wollte wissen, wie sehr er es bereute, was er getan hatte. Das quälte mich viele Jahre. Und als ich irgendwann zufällig mitbekam, dass in dem Gebäude, in dem Harri lebte, eine Wohnung frei geworden war, zögerte ich nicht lange. Ich packte meine Sachen und beschloss, nach Finnland zurückzukehren. Zurück an den Ort, den ich vor vielen Jahren verlassen hatte. Ich habe mir eine neue Identität geschaffen. Von da an war ich Martti Lahdenkangas, ein Frührentner. Ich fügte mich in die Nachbarschaft ein und tat so, als ob ich in ihre Altersklasse gehören würde. Es klappte perfekt. Wie dumm können Menschen eigentlich sein?

Im Laufe der Jahre nahm der Plan in meinem Kopf langsam Gestalt an. Man sah Harri an, dass er noch nie mit echter Angst konfrontiert gewesen war, aber allmählich schien er es zu verstehen. Ich genoss es, das zu beobachten, aber ich wusste, dass es irgendwann zu Ende gebracht werden musste. Die Zeit begann, mich einzuholen. Harri wurde distanzierter, misstrauischer.

Also beschloss ich, das Spiel zu beenden. An jenem Abend ging ich zu Harri. Er war beunruhigt und hatte Angst. Ihm rutschte heraus, dass er zur Polizei gehen würde und Informationen hätte. Er wollte mich nicht in die Wohnung lassen. In dem Moment ahnte ich, dass es ihm gelungen war, meine Identität herauszufinden.

Mir blieb nichts anderes übrig. Ich zwang ihn dazu, mit mir zu kommen. Wir gingen zum Kasinoranta. Ich dachte mir, dass das für ihn der perfekte Ort wäre. Der perfekte Ort, um zu sterben. Es gab eine Symmetrie. An diesem Ort hatte unsere Reise begonnen, dort sollte sie auch enden. Als ich zuschlug, tat ich das mit dem größten Stein, den ich finden konnte. Harri taumelte. Dann würgte ich ihn. Fest. So fest, wie ich konnte. Harri starb schnell. Danach warf ich ihn ins Meer, und innerhalb weniger Sekunden wurde sein lebloser Körper von den Fluten verschluckt. Ich gebe zu, dass ich mir mehr Mühe hätte geben müssen. Die Leiche wäre nicht gefunden worden, wenn ich sorgfältiger gewesen wäre.

Danach kehrte ich zu seiner Wohnung zurück. Ich wollte sichergehen, dass ich keine Spuren hinterlassen hatte. Aber als ich zurückkam, bemerkte ich den Hund. Und mir wurde klar, dass ich Minni nicht alleine in der Wohnung lassen konnte. Ich überlegte mir, dass ich mit Minnis Hilfe Harris Tochter Ronja kennenlernen könnte, die zwangsläufig nach Finnland kommen würde. Für sie hatte ich mir nämlich auch etwas überlegt. Und als Ronja dann wie erwartet kam, schloss sich der Kreis. Harris Kind. Das Kind, das er sich als Ersatz für uns angeschafft hatte. Als ob es mich und meine Schwester nie gegeben hätte. Als ob es meine Mutter nie gegeben hätte. Als ob alles, was er unserer Familie angetan hatte, nur ein Witz gewesen wäre.

Erst nach Ronjas Rückkehr nach Finnland wurde mir klar, dass die von mir verschickten Postkarten noch in Harris Wohnung sein könnten. Ein dummer Anfängerfehler, das gebe ich zu. Deshalb ging ich mit Harris Schlüssel in seine Wohnung, um sie zu durchsuchen, während Ronja gerade weg war. Aber die Karten fand ich trotzdem nicht, die Polizisten hatten sie schon mitgenommen. Das war ärgerlich, obwohl an den Karten eigentlich nichts Verdächtiges zu finden sein sollte. Aber es ärgerte mich trotzdem so sehr, dass ich vor lauter Wut die Wohnung verwüstete. Harris Tochter jagte das natürlich große Angst ein.

Auch den Jungen, der ständig in der Hauseinfahrt herumlungerte, für meine Zwecke auszunutzen, war ein Kinderspiel. Das war wirklich ein glücklicher Zufall. Er ging mir ziemlich auf die Nerven, und es war einfach, ihm die Schuld in die Schuhe zu schieben. Aber ich wusste, dass es nicht genug wäre. Mama und Annikki müssten auch noch ihre Strafe bekommen. Annikki, die Verräterin! Ich arrangierte alles so, dass meine Mutter diejenige war, die Annikkis leblosen Körper fand. Das war die bestmögliche Rache. Ich beobachtete es aus meinem Versteck, als sie Annikkis Leiche fand. Meine Mutter war am Boden zerstört.

Jetzt sitze ich hier und schreibe. Zum letzten Mal, weil es morgen passieren wird.

Ich fühle mich rein.

Auf Wiedersehen, Papa.

KAPITEL 45

Die Dunkelheit verschwand.
An die Stelle von schwarzem Rauch und Feuer war klinische helle Sicherheit getreten. Eine weiche Dämmerung. Die piepsenden Monitore erzeugten helles Licht um sie herum, und die Ecke wurde von einem stummen Fernseher beleuchtet.
Ihr Kopf schmerzte. Alles schmerzte.
Aber sie lebte. Oder? Wo war sie eigentlich?
Ronja versuchte, ihre Augen ein Stück weiter zu öffnen, aber das fühlte sich nach einer unmöglichen Aufgabe an. Sie öffnete ihren Mund, aber heraus kam nichts als ein Krächzen.
»He, du bist ja wach!«
Milla lächelte sie an, ihre Augen waren feucht. Im Hintergrund war ein hellerer Haarschopf zu sehen, es dauerte einen Moment, bis sie das Gesicht erkannte. Ansku. Ronja spürte, wie ein warmes Gefühl sie durchflutete. Sie war nicht gestorben. Sie hatte überlebt. Milla war da, Ansku war da, sie musste also überlebt haben.
»Wo bin ich?«, fragte sie.
»Im Krankenhaus. Du wurdest sofort hergebracht, nachdem wir dich in dem Sommerhäuschen gefunden hatten«, sagte Milla und drückte Ronjas Hand. Millas Gesichtsausdruck war sanft, jegliche Wut war verflogen. Ihr Händedruck fühlte sich warm an.
»Was ist passiert? Ist Martti noch am Leben?« Ronja geriet in Panik und schaute ihre Freundin an.

»Mach dir keine Sorgen. Martti kann dir nichts mehr tun, du bist jetzt in Sicherheit. Das Wichtigste ist, dass du dich ausruhst nach allem, was du durchgemacht hast«, sagte Milla ruhig.

»Er hat mich fast lebendig verbrannt. Wie habt ihr mich gefunden?«

Milla schaute Ronja an und dann Ansku, die neben ihr saß.

»Das ist eine ziemlich lange Geschichte. Nachdem du aus der Wohnung deines Vaters verschwunden warst, haben wir fieberhaft überlegt, wo du sein könntest. Der Schlüssel, den du von Sara bekommen hattest, brachte uns letztendlich auf die richtige Spur.«

»Und Ville. Er ist auf die Idee mit Harris Sommerhäuschen gekommen«, sagte Milla dazwischen.

»Papas Sommerhäuschen? Aber Papa hatte doch kein ...«

»Ja, darüber haben wir uns auch gewundert. Aber es war definitiv die Hütte deines Vaters. Ich habe in Saras Wohnung einen Kaufvertrag gefunden, auf dem Harris Name steht«, erklärte Milla.

Sie waren im allerletzten Moment gekommen, die Hütte hatte bereits in Flammen gestanden.

»Nach Harris Tod übernahm Martti das Sommerhäuschen und nutzte es für seine eigenen Zwecke. Aber wir sind immer noch nicht dahintergekommen, warum er dir und Harri etwas antun wollte.«

»Ich denke, dass wir die Antwort kennen«, hörten sie plötzlich Anton sagen, der seinen Kopf ins Zimmer steckte. Hinter ihm stand Oona.

»Geht's Ihnen gut?«

Ronja nickte. So gut, wie es einem Menschen nach einem Mordanschlag durch Verbrennen eben gehen konnte.

»Wir haben eine gründliche Durchsuchung von Marttis Wohnung vorgenommen und haben dabei Tagebücher gefunden«, erklärte Anton. »Es gab Dutzende davon, alle waren vollgeschrieben. Wir sind sie durchgegangen. Martti war Toivo, Sara Lummes verschwundener Sohn. Der kleine Junge starb nicht, sondern wurde von seinem Vater entführt. Jahrelang wurde er manipuliert und einer Gehirnwäsche unterzogen. Er wollte sich rächen. An allen.«

»Der letzte Eintrag ist erst ein paar Tage alt«, ergänzte Oona. »Er hatte alles geplant. Den Mord an Ihrem Vater und auch an Ihnen ... Er wollte Rache. Ihr Vater war für ihn derjenige, der an allem schuld war. Harri und seine Beziehung mit Sara Lumme.«

Dann erzählte Milla von den Fotos, die sie in Saras Wohnung gefunden hatte. Ronja saugte die Informationen förmlich auf.

»Eine heimliche Affäre? Papa und Sara? Deshalb haben wir also Fotos von ihnen zwischen den Buchseiten gefunden. Jetzt ergibt alles einen Sinn. Aber was hatte Papa mit dem Verschwinden der Kinder zu tun? Er war es doch nicht, der sie entführt hat, oder ...« Ronja hielt verwirrt inne.

»Ihr Vater war unschuldig. Ein Opfer der Umstände. Der eigene Vater der Kinder entführte die beiden. Die Tochter konnte fliehen, aber den Jungen, Toivo, nahm er mit nach Spanien. Laut Marttis Einträgen wollte sich sein Vater für die Untreue rächen, aber nicht nur an seiner Frau, sondern auch an Harri. Deshalb entführte er die Kinder, als Harri gerade am Badestrand auf sie aufpasste. Er rächte sich auf diese Weise«, fuhr Oona fort.

Er rächte sich auf die schlimmstmögliche Art.

Alle glaubten, dass sich die Kinder verlaufen hätten und ertrunken wären, aber in Wirklichkeit waren sie entführt worden. Am helllichten Tag. Direkt vor den Augen ihres Vaters. Wie sehr musste das Papa in all den Jahren gequält haben?

»Aus den Tagebucheinträgen geht die jahrelange Manipulation, Gehirnwäsche und Isolation hervor. Es ist nicht leicht, so etwas zu lesen. Einen Sechsjährigen kann man leicht beeinflussen, besonders wenn es der eigene Vater ist, der manipuliert und gegen andere aufhetzt. Gegen die eigene Mutter. In so einer Situation wäre wohl jeder verrückt geworden«, fuhr Anton mit ernster Miene fort.

Atemlos hörte Ronja zu. Das war eine traurige Geschichte. Eine schreckliche Geschichte.

»Wie kommt es, dass Annikkis und Toivos Vater nie verdächtigt wurde, etwas mit der Entführung zu tun zu haben? Er verschwand ja sogar auch noch in dieser Zeit«, sagte Milla.

»Wir haben uns altes Untersuchungsmaterial angesehen. Offenbar war bekannt, dass er gegenüber seiner Ehefrau gewalttätig war. Zeugen haben Andeutungen gemacht, die in diese Richtung gingen. Trotzdem sagte keiner etwas und half Sara auch nicht, von ihrem Mann wegzukommen.«

»Also ein offenes Geheimnis. Großartig, noch mehr davon«, schnaubte Ronja.

»Zudem hatte Sara auch bei der Polizei angegeben, dass sie schon getrennt voneinander lebten und sie nicht wüsste, wo er stecke, weil er berufsbedingt die ganze Zeit unterwegs war. Und trotz einiger Versuche konnte er nicht gefunden werden, um ihn zu befragen. Er wurde nie offiziell verdächtigt, aber anscheinend kursierten Gerüchte, dass er etwas mit der Sache zu tun gehabt hätte.«

»Und als das eine Kind überraschend zurückkehrte, war der Fall für die Polizei abgeschlossen und die Suche nach Toivo wurde irgendwann eingestellt. Man vermutete, dass der Junge ertrunken war«, sagte Oona.

Was für eine Ereigniskette, die so viele Menschenleben kaputt gemacht hatte! Die Zufälle des Lebens waren manchmal wirklich erbarmungslos.

»In seinen Tagebüchern gesteht Martti den Mord an Annikki – den Mord an seiner eigenen Schwester! Als Nächstes hatte er es auf seine Mutter abgesehen, aber als Sara ins Krankenhaus eingeliefert wurde, verschob er den Plan und beschloss, stattdessen seine Wut auf Sie zu richten«, sagte Anton zu Ronja.

Milla griff nach Ronjas Hand.

In dem Krankenzimmer fühlte sie sich einigermaßen sicher. Die Jalousien waren nur zur Hälfte zugezogen, draußen schwebten Schneeflocken wie im Zeitlupentempo durch die Luft. Die Ereignisse der letzten Wochen hatten wie ein Hurrikan alles durcheinandergewirbelt, aber jetzt waren sie hier. Sie hatten überlebt.

»Und Annikki? Hatte Harri vor seinem Tod herausgefunden, wer sie war, und wollte deshalb mit ihr reden, ihr Geld hinterlassen und ihr helfen?«, überlegte Milla laut.

»Wahrscheinlich. Ich weiß nicht, ob er es sofort herausfand oder erst später. Aber irgendwann muss er dahintergekommen sein. Vielleicht wollte er Annikki für alles entschädigen, was sie verloren hatte. Vielleicht war ihm zu dem Zeitpunkt bereits klar, was auf dem Spiel stand.«

»Warum hat Annikki deinen Vater nicht erkannt? Sie war damals immerhin schon neun Jahre alt.«

»Stimmt. Kann sein, dass sie so stark traumatisiert war, dass ihre Erinnerungen verblassten oder verschwanden. Oder sie wusste es, aber behielt es für sich. Das werden wir wohl nie erfahren«, überlegte Ronja laut.

»Und er wollte, dass du Annikki findest und es selbst recherchierst …«, fuhr Milla nachdenklich fort.

»Vielleicht wollte er, dass ich es herausfinde oder dass Annikki mir alles erzählt. Vielleicht hatte Papa Angst, über seine Vergangenheit zu reden …«

»Aber offensichtlich gab er Annikki den Schlüssel, weil er wusste, dass Gefahr drohte. Er versuchte, sie zu schützen. Als wäre sie seine eigene Tochter. Er wollte auch zur Polizei gehen, aber kam nie dazu«, fuhr Anton fort.

Die Liebe zu den Kindern. Vielleicht hatte Papa versucht, sie beide zu beschützen – Ronja und Annikki.

»Dein Vater hatte bestimmt große Schuldgefühle wegen dem, was damals am Strand passiert war. Wie hätten Harri und Sara nach so einem Vorfall denn ganz normal weitermachen können?«, flüsterte Milla.

Ronja nickte. Es zerriss ihr das Herz. Ihr Vater musste wirklich sehr unglücklich gewesen sein. All die Jahre, die er mit diesem

Geheimnis gelebt hatte, ohne jemandem davon zu erzählen. Das war bestimmt eine große Belastung gewesen. Kein Wunder, dass Mama ihn verließ. Kein Wunder, dass Papa in Helenas Armen Trost suchte. Er wollte sogar sterben.

»Aber was ist eigentlich mit Martti passiert, nachdem er die Hütte in Brand gesteckt hat? Konnte die Polizei ihn schnappen?«, fragte Ronja.

»Wir kamen in letzter Minute. Um die Hütte herum hatte er Holzstapel aufgeschichtet, die fast alle schon in Flammen standen. Wir fanden ihn hinter dem Haus, wo er gerade das letzte Feuer anzündete«, erklärte Anton.

»Konnten Sie ihn festnehmen?«, fragte Ronja und hielt den Atem an.

Anton schüttelte den Kopf.

»Er rannte zurück ins brennende Haus. Wir konnten ihn nicht rechtzeitig aufhalten. Später fanden wir seine Leiche auf dem Boden der Hütte.«

KAPITEL 46

Ansku kam ihm auf dem Krankenhausgang entgegen. Anton registrierte, dass sie seinen Blick bemerkte, daraufhin das Gesicht verzog und sich wegdrehte.

»Warte«, rief Anton leise und lief ihr nach kurzem Zögern hinterher.

Ansku sah wütend aus.

»Ich weiß nicht, was du mir noch zu sagen hast. Ich muss jetzt jedenfalls Kaffee holen und dann noch einen Anruf erledigen. Ich hab's eilig«, sagte Ansku scharf.

Sie sah verschlossen aus. Wutentbrannt.

Anton nickte. Nach ihrem Streit hatten sie nicht mehr miteinander geredet. In Harris Wohnung und auch später am Abend waren sie sich, so gut es ging, aus dem Weg gegangen, aber er wusste, dass er einiges erklären musste. Er wusste nur nicht, wie er anfangen sollte.

Anton berührte Ansku leicht an der Schulter.

»Wie geht's dir? Entschuldige, dass ich wegen dieser Unterlagen so durchgedreht bin.«

Ansku antwortete nicht, sie sah ihn nicht mal an.

»Du musst jetzt nicht den fürsorglichen Freund spielen.«

Anton sah sie an. Er wollte sie berühren, wollte alles erklären. Er wollte, dass sie da weitermachten, wo sie aufgehört hatten. Und er wollte auch noch etwas anderes.

»Entschuldige, dass ich nicht zurückgerufen habe und dass ich rumgebrüllt habe«, stammelte er stattdessen.

Auf dem Gang war es so still wie in einer Gruft. Anton wusste nicht, wie er weitermachen sollte.

»Noch irgendwas?«, fragte Ansku. In ihrer Stimme hörte man förmlich die unausgesprochenen Fragen. Und Hoffnung.

Sie hob kurz den Kopf. Anton sah blaue Augen. Wartende Augen. Nur ein Satz, und die Situation wäre sofort eine andere.

Es lag in seinen Händen.

Aurora.

Ihm war, als sähe sie ihn irgendwo aus der Ferne an. Mit sanftem Blick.

Anton konnte es nicht. Die Gelegenheit verstrich.

»Okay, ich muss jetzt los.« Ansku blickte wieder auf den Boden und drehte sich dann schnell um.

Anton spürte, wie die Luft aus seiner Lunge wich. Er war nichts als eine leere Hülle.

Und dann war Ansku weg. Er hörte nur noch das Geräusch ihrer sich entfernenden Schritte.

1975

Er stand vor ihrer Tür. Er flehte sie an, schrie, hämmerte gegen die Tür und versuchte, sie dazu zu bringen, ihm zu öffnen. Aber das tat sie nicht. Die Tür blieb verschlossen.

Er war verzweifelt.

Also blieb er im Flur sitzen, neben der Tür. Er würde dort auch bis ans Ende seiner Tage sitzen bleiben, wenn es sein müsste. Er musste unbedingt mit ihr reden. Es ihr erklären. Sie um Verzeihung bitten.

Die Kinder waren verschwunden. Es war seine Schuld, dass sie weg waren. Ein kurzer Moment, ein wenige Sekunden andauernder Gedanke, ein kurzer glücklicher Moment des Träumens hatte ihm alles genommen. Einfach alles. Sie würde ihm nie verzeihen.

Er selbst hatte ihre Chance auf ein gemeinsames Glück zerstört. Jetzt konnte er nur versuchen, die Scherben einzusammeln und wieder zusammenzusetzen, auch wenn das nie funktionieren würde. Das wusste er, aber er musste es zumindest versuchen.

Stundenlang saß er vor ihrer Tür. Zwischendurch klopfte er immer wieder an, rief nach ihr. Mit allen Koseworten, die er sich für sie ausgedacht hatte. Er weinte und strich über die glatte Holztür, aber sie blieb verschlossen.

Bis es Abend wurde.

Die Tür öffnete sich einen Spaltbreit. Er schreckte aus einem Dämmerschlaf auf, in den er während der letzten Stunden gesunken war. Sein Körper war steif, als er aufsprang.

»Ich weiß nicht, wie das passieren konnte. Es tut mir so leid …«, stammelte er. Er sah ihre Gestalt im Türspalt, aber sie hatte die Kette des Sicherheitsschlosses nicht geöffnet. Er bekam kaum seine Hand durch den Türspalt. Er versuchte, nach ihrer Hand zu greifen und sie festzuhalten.

Sie antwortete nicht, aber schloss auch nicht die Tür.

Sie streckte ihre Hand aus. Sie klammerten sich aneinander fest wie zwei Ertrinkende.

Er wusste, dass noch Hoffnung bestand, bevor sie das Glück endgültig verließ.

»Annikki wurde gefunden«, flüsterte sie.

Er stieß fast einen Schrei aus vor lauter Erleichterung. Das war eine wundervolle Nachricht, die Kinder wurden gefunden. Alles würde sich noch zum Guten wenden, das wusste er. Er war sich so sicher, dass sie zusammen glücklich werden würden und eine gemeinsame Zukunft hätten. Jetzt könnten sie zusammen weggehen, alles zurücklassen und von vorne beginnen. Irgendwo anders.

Aber dann machte ihm das Schicksal doch noch einen Strich durch die Rechnung und verhinderte ihr gemeinsames Glück. Änderte alles. Der Mann verstand es in dem Moment.

»Annikki ist alleine gekommen. Toivo wurde nicht gefunden.«

Die Frau schien in Gedanken ganz weit weg zu sein. Er konnte noch ihre Hand in seiner spüren, ihre warme Haut. Ihr Griff wurde trotzdem schwächer. Ihre Hand zitterte. Der Mann drückte ihre Hand fester. Vielleicht könnte er es schaffen, alles wieder in Ordnung zu bringen. Er versuchte sich an den Überresten des Glücks festzuhalten.

Er wollte zu dem Leben zurückkehren, so wie es vor drei Tagen gewesen war.

Drei quälende Tage der Verdammnis. Was wäre, wenn dieser Zustand niemals enden würde? Er wusste, dass dies seine Bestrafung dafür war, weil er etwas hatte haben wollen, das ihm nicht gehörte. Dafür würde er den Rest seines Lebens im Fegefeuer schmoren. Ohne die Frau.

Er spürte einen starken Druck auf der Brust. Er war bereit, sich auf die Suche nach Toivo zu machen, auch wenn es bis ans Ende seines Lebens dauern sollte, wenn es ihn und die Frau nur wieder zusammenbringen würde.

»Ich bin mir sicher, dass er die Kinder mitgenommen hat. Er ist nicht wieder zurückgekehrt, obwohl er es gesagt hat. Ich habe gehört, dass man ihn im Hafen gesehen hat. Er ist weggefahren. Ich werde Toivo nie wiedersehen. Du weißt, wozu er in der Lage ist. Er hat mich gewarnt, aber ich habe ihm nicht geglaubt«, schluchzte sie leise.

Ihr Griff um seine Hand löste sich.

Ihr Körper bewegte sich ein bisschen, sie verlagerte ihr Gewicht auf den anderen Fuß. Sein Körper schrie danach, sie in seine Arme zu nehmen, um sie vor allem Schlechten zu beschützen. Aber es war ihm nicht mehr erlaubt. Das hatte sie entschieden.

Es würde hier enden. Er wusste, dass sie recht hatte.

»Toivo kann noch gefunden werden. Er kann nicht weit sein …«, stammelte er.

Daraufhin schluchzte sie noch mehr.

»Du weißt selbst, dass es nicht so ist, Harri. Du weißt das ganz genau.«

Hinter der Tür holte sie tief Luft.

In seinem Herzen wusste er, dass sie sich nie wiedersehen würden.

»Ich verspreche dir, dass ich nicht aufhören werde, nach Toivo zu suchen. Ich verspreche dir, dass ich ihn finden werde. Ich bringe ihn zu dir zurück. Und dann können wir zusammen sein.« Nichts wünschte er sich mehr als das. Er wusste nur nicht, ob er sein Versprechen würde halten können.

Er spürte, dass sie das Gleiche dachte. Zwischen ihnen war etwas zu Ende gegangen. Die Zeit hatte sich gegen sie gewendet und ihnen gezeigt, wie vergänglich alles war.

»Wir gehören zusammen, Sara«, sagte er mit erstickter Stimme. Schluchzen.

»Ich liebe dich«, sagte sie so leise, dass es kaum zu hören war.

Dann schloss sich die Tür.

KAPITEL 47

»Darf ich reinkommen?« Ville spähte durch den Türspalt.

Ronja schenkte ihm ein leichtes Lächeln. Sie hatte ein paar Tage praktisch ununterbrochen geschlafen. Ihr ging es so gut wie schon lange nicht mehr. Im Krankenhaus fühlte sie sich sicher. Sie hatte zwar am ganzen Körper Prellungen, blaue Flecken und Wunden, aber sie lebte, sie atmete. Ihr Körper würde wieder heilen. Doch zwischendurch kam es noch immer vor, dass sich ihr die Nackenhaare aufstellten, wenn sie an den Schrecken denken musste, den sie in der Hütte erlebt hatte, an die Flucht in die winterliche Kälte, den fast erlittenen Erfrierungstod und den darauffolgenden Mordversuch.

Villes Gesicht dagegen bot einen beruhigenden Anblick.

»Eigentlich darf man Tiere ja nicht mit ins Krankenhaus nehmen, aber Ansku hat an ein paar Fäden gezogen.«

Ein riesiger schwarzer Hund stürmte in den Raum. Schwanzwedelnd legte Minni die Vorderpfoten auf den Bettrand und schleckte Ronja ab.

»Minni!« Ronja kraulte den Hund und drückte ihr Gesicht in das weiche Fell. Zum Glück ging es dem Tier gut, Ronja fiel ein Stein vom Herzen.

»Ich habe auf sie aufgepasst. Sie ist wirklich ein Schatz«, sagte Ville.

Ronja nickte.

»Danke. Ich habe mir schon Sorgen gemacht, wie es ihr wohl ergangen ist.«

Inzwischen hing sie an Minni, sie konnte und wollte nicht mehr auf den Hund verzichten. Und Minni schien der gleichen Meinung zu sein. Sie blickte Ronja aus treuen Augen an, schleckte noch einmal über ihre Hand und rollte sich dann zufrieden neben dem Bett zusammen.

»Ich kann gar nicht glauben, was du in den letzten Tagen alles durchgemacht hast«, begann der auf der Bettkante sitzende Ville vorsichtig.

Er streichelte Ronjas Hand. Hastig zog sie diese weg.

»Ich weiß, dass ich einiges zu erklären habe ...«, sagte er verlegen.

Ronja unterbrach ihn.

»Ich auch. Ville, es tut mir schrecklich leid, dass ich dich verdächtigt habe. Ich weiß nicht, was in mich gefahren ist. Es tut mir leid, dass ich dich für all diese furchtbaren Dinge verantwortlich gemacht habe«, sagte sie und spürte, wie sie wieder rot anlief.

Ville lächelte.

»Ist schon gut. Das Wichtigste ist, dass du am Leben bist.«

»Ja, mit knapper Not. Aber hier sind wir nun. Ich kann immer noch nicht fassen, dass das alles wirklich passiert ist und ich mir nicht alles nur eingebildet habe.«

»Du warst in einem wirklich schlechten Zustand, als man dich aus dem brennenden Haus holte. Milla war ganz hysterisch und ...« Ville verstummte mitten im Satz.

Ronja schaute ihn fragend an.

»Ronja, ich will dir von diesem Ordner erzählen«, sagte er schließlich.

Ronja nickte.

»Es ist so ... Dein Vater hat mir dabei geholfen herauszufinden, wer meine richtigen Eltern sind. Vor ein paar Jahren bekam ich heraus, dass ich adoptiert wurde, das war ein ziemlich großer Schock.

Es hat lange gedauert, bis ich das verdaut hatte. Meine Mutter und mein Vater wussten nicht, wer meine biologischen Eltern sind. Die Papiere waren unvollständig, und die Nachforschungen führten zu nichts. Und meine Eltern schienen auch nicht besonders scharf darauf zu sein, es herauszufinden.«

»Das ist ja krass!«, sagte Ronja.

Wie konnten manche Leute solche wichtigen Dinge jahrzehntelang verheimlichen? Und dann kamen sie plötzlich ans Tageslicht und brachten alles durcheinander.

»Ich beschloss, deinen Vater um Rat zu fragen, schließlich war er Historiker und hatte schon viel Ahnenforschung betrieben. Er ließ sich gerne auf das Detektivspiel ein. Ich hatte das Gefühl, dass er Gesellschaft vermisste oder jedenfalls jemanden, mit dem er reden konnte. Bei der Recherche stieß er dann auf irgendwas. Er hat Stunden damit verbracht, Nachforschungen anzustellen. Im August gab er mir dann einen dicken Ordner: den Ordner X. Dein Vater drängte mich, ihn mir anzusehen. Ich war ganz aufgeregt und wurde es umso mehr, als ich merkte, dass er etwas mit Harris eigener Verwandtschaft zu tun hatte. Ich war erstaunt, als er mir dann ein Geheimnis erzählte«, berichtete Ville, der inzwischen hochrot angelaufen war.

»Was denn?«, fragte Ronja, die ihm gebannt zuhörte.

Ville zögerte. »Ronja, das könnte dich jetzt überraschen, aber vergiss nicht, dass dein Vater kein schlechter Mensch war. Sein Verhalten war nur menschlich.«

»Was meinst du?«

»In den 1980er-Jahren hatte dein Vater eine Affäre mit einer Frau, die schwanger wurde. Harri wusste nicht, was er tun sollte, er war ja schon mit deiner Mutter verheiratet. Deshalb gab er der Frau ein bisschen Geld und hoffte, dass sie abtreiben würde. Daraufhin verschwand sie aus Harris Leben. Aber bei unseren Untersuchungen erinnerte er sich an ihren Namen und begann zu recherchieren. Es stellte sich heraus, dass sie nie abgetrieben hatte.«

»Was? Noch eine andere Frau? Noch eine andere als Helena?«, fragte Ronja.

In ihrem Kopf drehte sich alles. Diese andere Frau ... Das war ja trotzdem alles passiert, als ihre Eltern schon verheiratet gewesen waren. Vielleicht hatte ihr Vater so sehr mit dem ewigen Schmerz wegen Sara und den Kindern gekämpft, dass auch die Beziehung mit Ronjas Mutter keine Chance gehabt hatte?

Oder hatte Anita von der Affäre erfahren und Harri daraufhin verlassen?

»Ich habe also einen Bruder oder eine Schwester ...«, flüsterte Ronja. Aber sie war gar nicht so überrascht, sondern hauptsächlich traurig.

Traurig wegen ihres Vaters, weil sein Leben so gelaufen war.

Er war fremdgegangen, hatte eine andere Frau geschwängert. Und zum Schluss hatte er trotzdem seine Ehe und Ronjas Zukunft über die andere Frau und das andere Kind gestellt. Aber vielleicht war auch nicht alles derart schwarz-weiß. Manchmal machten Menschen Fehler, vielleicht hatte die Affäre gar nichts zu bedeuten gehabt. Menschen waren chaotisch, verwirrt, unlogisch und ihren Begierden ausgeliefert. Papa war ein trauriger und gebrochener Mann, er hatte seine Schuldgefühle nie überwunden. Aber letztendlich konnte Ronja auch nicht wissen, was in seinem Kopf vorgegangen war.

Sie konnte nur versuchen, es zu verstehen. Harri hatte ein kaputtes, kompliziertes Leben gehabt.

»Dein Vater hatte den Verdacht, dass ich sein Sohn bin. Deshalb rief ich sogar aus einer Laune heraus deine Mutter in Frankreich an und versuchte, von ihr Infos zu bekommen. Ich wusste nicht mal, wonach ich genau suchte. Deine Mutter glaubte meine Ausrede mit dem Geschichtsprojekt bestimmt nicht, die Polizei hat's mir ja auch nicht abgenommen«, lachte Ville verlegen.

Ronja starrte ihn erstaunt an, aber er schüttelte den Kopf, so als ob er ihre Gedanken gelesen hätte.

»Wir beschlossen, einen DNA-Test zu machen. Und, keine Sorge: Ich bin weder mit deinem Vater noch mit dir verwandt«, sagte er und wischte sich dann imaginären Schweiß von der Stirn.

Ronja lachte erleichtert. Sie lachte über diese absurde Situation und darüber, was sie geglaubt hatte. Und sie lachte über alles, was sie erlebt hatte und darüber, dass sie noch am Leben war, dass sie die Vergangenheit endlich hinter sich lassen konnte und dass sich alle Geheimnisse nun aufgelöst hatten. Aber zu welchem Preis, das wusste sie noch nicht. Wahrscheinlich würde das alles sie noch lange beschäftigen.

»Irgendwo da draußen habe ich einen Bruder oder eine Schwester«, sagte sie zufrieden.

Dieser Gedanke eröffnete ihr völlig neue Horizonte. In dieser einsamen Welt gab es jemanden, der die gleichen Gene hatte wie sie. Jemanden, den sie als Familie bezeichnen konnte. Sie würde seine oder ihre Identität herausbekommen und so das letzte Geheimnis ihres Vaters lösen.

Sie wusste jetzt, wie es mit ihrem Leben weitergehen würde. Sicher würde sie vielen Menschen erklären müssen, warum sie plötzlich ihre Meinung geändert hatte. Und sie würde vieles vermissen, nicht zuletzt Max.

Ronja wusste nicht, ob sie und Ville von nun an Freunde oder Liebende sein würden. Das würde sich noch zeigen. Jetzt hatten sie nur diesen Moment. Sie verstanden sich auch ohne Worte.

Vielleicht würde mit ihnen diesmal alles gut werden.

Helsinki, den 16.11.1984

*Meine Liebste,
dies ist mein letzter Brief an dich. Mir ist das alles zu viel geworden. Ich weiß, dass ich mich nicht länger an der Vergangenheit festklammern kann, in der Hoffnung, dass die Zukunft eines Tages anders sein wird. Das wird nicht passieren, das weiß ich jetzt. So lange habe ich gehofft und gewartet. So lange habe ich in der Vorstellung gelebt, dass du mich eines Tages zurücknimmst. So lange habe ich gehofft, dass wir uns gemeinsam die Zukunft aufbauen würden, über die wir geredet haben. Aber viel zu viel ist kaputtgegangen. Viel zu viele Dinge können nicht mehr in Ordnung gebracht werden. Das ist mir jetzt klar.*

Ich weiß nicht, ob du diese Worte verstehst, ob du noch dieselbe Sara bist, in die ich mich verliebt habe. Oder ob du schon auf die andere Seite des Mondes geflogen und für immer in dieser anderen Welt geblieben bist. Das haben sie mir zumindest erzählt, Woche für Woche und Monat für Monat. Aber es ist schwer zu begreifen, dass du nicht mehr so bist, wie ich dich in Erinnerung habe.

Meine Geliebte, mein Goldschatz, der Badestrand hat uns zerstört. Ein Tag, ein Moment und ein Blick in die falsche Richtung reichten aus. Es tut mir so leid, was du durchmachen musstest. Ich vermisse Toivo jeden Tag, er war ein so lieber Junge. Ich liebte ihn, weil er mich an dich erinnerte.

Ich liebte Annikki. Toivo. Dich.

Uns. Das, was hätte sein können.

Sie wollten mich nicht zu dir lassen. Ich war an dem Morgen da, als sie dich wegbrachten. Ich sah dich. Du warst wunderschön, deine Locken wehten im Wind. Du sahst traurig aus. Ich hätte dich gerne geholt, die Leute weggestoßen und dich mitgenommen. Dich an unseren glücklichen Ort gebracht.

Aber das war nicht möglich. Sie brachten dich weg, und ich durfte nicht mit dir sprechen. Man sagte mir, dass dich nur nahe Angehörige besuchen dürften. Sie sagten, dass nur dein Mann mit dir sprechen dürfe. Sie wussten nicht, dass ich das war, nur nicht auf dem Papier. Aber wir hatten uns ein Versprechen gegeben.

Ich vermisse dich, aber ich muss loslassen. Jetzt bin ich derjenige, der an der Reihe ist zu gehen.

Im Frühjahr werde ich Vater. Kannst du dir das vorstellen? Ein Vater! Ich weiß nicht, was das für eine Reise wird, aber ich wäre diesen Weg gerne mit dir gegangen. Nur mit dir. Das Zukünftige fühlt sich falsch an, wenn man daran denkt, was hätte sein können. Und niemand ist schuld daran. Alles ist ein Zufall. Vielleicht sind wir alle nichts weiter als Sternenstaub. Ein Teil des Ganzen in einem irrationalen Universum. Wir schweben am Himmel, ohne einen Anhaltspunkt oder eine Bedeutung. So fühle ich mich zumindest.

Aber vielleicht treffen wir uns irgendwann wieder, auf der anderen Seite des Universums, hinter den Sternen. Das will ich zumindest glauben. Dann werden wir lachen und uns in die Arme nehmen, so wie wir es immer getan haben. Dann sind wir wieder zusammen, nur du und ich. Ich werde dich bis in alle Ewigkeit lieben.

Dein Raumfahrer

DANKSAGUNG

Die Reise mit dieser Geschichte war unheimlich spannend und unglaublich. Zum Glück musste ich den Weg nicht alleine gehen. Kein Buch entsteht aus dem Nichts, und auch ich habe eine Menge Unterstützung, Input und Inspiration von vielen Menschen erhalten. Dafür bin ich allen sehr dankbar.

Im Besonderen möchte ich mich bei folgenden Personen bedanken:

Ich danke Antti Kasper, dass du an meinen Roman geglaubt hast und ihn mit zu Otava genommen hast. Ich kann mich glücklich schätzen, bei diesem Verlag gelandet zu sein.

Ich danke meiner unglaublich talentierten Lektorin Reetta für die Ermutigung, dass du dir mit mir Gedanken über das Leben von Ronja, Milla und Ansku gemacht hast und mich an einen besseren Text herangeführt hast.

Ich danke Tähjis, dass du mich am Beginn meiner Reise als Schriftstellerin unterstützt hast. Dafür bin ich dir für immer dankbar.

Ein großes Dankeschön an die wundervolle Jenni dafür, dass du mit ganzem Herzen die Pressearbeit für mein Buch übernommen hast.

Danke, Adele, du bist einfach super!

Mein Dank geht auch an das gesamte Vertriebs- und Marketingteam von Otava für die großartige Arbeit.

Ich danke Jonne Räsänen, dass du mich auf den Autorenfotos gut aussehen lässt.

Ich danke Elisa Konttinen für das wunderbare Cover!

Ich danke Maija und Aarne, dass ihr mir Zeit gegeben habt, als ich es am meisten brauchte.

Ich danke Jyri, dass du mir deine wertvolle Zeit, dein Urteil und wichtige Hinweise geschenkt hast!

Ich danke Heli Bee, dass du mich während dieses Prozesses unterstützt und ermutigt hast. Deine Visionen und Geduld waren inspirierend. Du bist wundervoll!

Ich danke dir, Sanna. Für deine Hilfe, und dass du ein Teil meines Lebens und bei dieser Buchreise dabei bist und bei allem anderen auch, was sonst noch auf uns zukommt.

Ich danke Sallukka, Nakki, Meppe und Panda. Ich glaube nicht, dass ich dieses Buch ohne unsere lebenslange Freundschaft hätte schreiben können. Es ist toll, Menschen um mich zu haben, die mich in- und auswendig kennen, sowohl im Guten wie im Schlechten und allem dazwischen.

Ich danke meinen Freundinnen Liisa und Ellu, dass ihr dieses Projekt mit mir zelebriert habt und mit mir alles teilt – von Kindesbeinen an. Wir treffen uns bald mal wieder auf ein Glas Wein!

Ich danke Lillan, Antti, Suski und Mama für die Begeisterung für dieses Buchprojekt, für eure aufrichtige Ermutigung und für all eure Hilfe.

Danke, Benjamin und Aava, dass es euch gibt und dass ihr dieses Glück mit mir teilt.

Und zu guter Letzt:

Danke, Juhani. Du weißt am besten, was das hier für mich bedeutet und was es mir abverlangt hat. Ich danke dir für deine ständige Unterstützung. Danke, dass du dich um mich kümmerst, mich inspirierst und dein ganzes Leben mit mir teilst.

Johanna Mo

Eine Insel, fünf Verbrechen und eine Ermittlerin, die unaufhaltsam von ihrer Vergangenheit eingeholt wird

Die packende SPIEGEL-Bestsellerreihe mit Hanna Duncker

978-3-453-42580-4

978-3-453-42581-1

978-3-453-42582-8

978-3-453-42857-7

978-3-453-42977-2
ERSCHEINT IM FEBRUAR 2025

Leseproben unter **www.heyne.de**

Satu Rämö

Drei packende Island-Krimis und eine außergewöhnliche Ermittlerin, die das dunkelste Geheimnis ihrer Familie aufdecken muss

Die atemberaubende Hildur-Reihe von Bestsellerautorin Satu Rämö

978-3-453-42818-8

978-3-453-42819-5

978-3-453-42817-1

Leseproben unter **www.heyne.de**

HEYNE ‹

Martta Kaukonen

Wer zu tief in der Seele schürft, entfesselt das Böse

978-3-453-42704-4
E-Book: 978-3-641-29257-7

»Immer, wenn man denkt, man hat die Geschichte durchschaut, wendet sich das Blatt erneut.« *Maaseudun tulevaisuus*

Leseprobe unter **www.heyne.de**